〈時〉をつなぐ言葉

ラフカディオ・ハーンの再話文学

牧野陽子

新曜社

目次

〈時〉をつなぐ言葉——ラフカディオ・ハーンの再話文学

装幀――虎尾　隆

はじめに　ハーンの『怪談』

ラフカディオ・ハーン晩年の怪談には、不思議な魅力がある。いずれの作品も透明な雰囲気に支配されている。言葉は簡潔で研ぎ澄まされ、純粋ともいえるほどの緊張感がはりつめている。若いころのハーンの紀行文にみられる印象派風の装飾性と技巧が消えて、平易な言葉遣いのうちに象徴性が漂う文体である。

また、人物も舞台も日本の話でありながら、どこか日本ではない場所を思わせる。ただ怖いだけではなく、何か考えさせるような深みと余韻がある。そしてハーンという作者の名前はわからなくても、その作品が知られ、語り継がれているのは、それぞれの作品のもつ表現の力、言葉の力のなせるわざにちがいない。

たとえば「雪女」や「むじな（のっぺらぼう）」の話が、古くから日本に伝わる怪談だと思っている人は少なくないだろう。どちらも、子供向けの絵本などの「日本昔話」シリーズには欠かせない話であり、また地方で編纂された郷土民話集などにも似た話が登場する。

だが、私たちが知っている「雪女」も「のっぺらぼう」も、そのままの形で元から日本にあった話ではない。今から百年ほど前にラフカディオ・ハーン（一八五〇－一九〇四。帰化名、小泉八雲）

によって英語で書かれた短編作品なのである。そして、どちらもハーンの作品を通じて一般に知られるようになった。ただ、この場合、ハーンにとって日本は異国であった。日本の古典の一節なり日本の作家の作品が人々の間に定着していくのとは、違う。

異国の人々の想像力のなかにその国の〝民話〟として根付いていくハーンの作品の言葉の力とは、いかなるものなのか。一見素朴な物語に秘められたその魅力はどこからくるのか。

ラフカディオ・ハーンはアイルランド系英国人を父に、ギリシャの島の娘を母に、ギリシャのレフカダ島で生まれ、アイルランドで子供時代を過ごした。アメリカのシンシナーティやニューオーリーンズで新聞記者として活躍し、西インド諸島の紀行文を刊行後、四十歳で来日した。英語英文学教師として松江の島根県尋常中学校、熊本の第五高等中学校、さらには東京帝国大学、早稲田大学で教えながら、『知られぬ日本の面影』（一八九四年）、『東の国から』（一八九五年）、『心』（一八九六年）、『霊の日本』（一八九九年）、『日本雑記』（一九〇二年）、『怪談』『日本　一つの試論』（一九〇四年）など、十数冊に及ぶ日本関連の著書を次々と発表している。松江で小泉セツ（節子ともいう）と結婚、のち帰化して小泉八雲という名前になり、一九〇四年、東京の西大久保の家で没した。

作品は紀行文、文化論、随想、短編小説風の小品、民話・怪談の再話作品と多岐にわたり、英米圏の読者を対象に英語で書かれている。ハーンは当時の人としては珍しく、西洋優越主義的な偏見に囚われずに、類まれな観察力と深い共感の眼差しで、日本の文化・民俗・宗教について記し、明治期の庶民の生活と心情を描いた。だがそのなかで最も長く、幅広く読まれてきたのは一連の怪異譚だろう。

ハーンの数多くの怪談――「耳なし芳一」「おしどり」「因果話」「茶碗の中」「和解（浅茅が宿）」「お貞の話」「破約」「夢応の鯉魚」「生霊《いきりょう》」「むじな」「雪女」など――はいずれも短編で、純粋の創作は一つもない。どの話も、日本の古い物語を素材に〝再話〟、つまり語り直したものである。原典は『今昔物語』『古今著聞集』『宇治拾遺物語』『夜窓鬼談』『臥遊奇談』から現在ほとんど読まれない『百物語』『新撰百物語』『怪物輿論』『通俗仏教百科全書』『鐺日《とうじつ》奇観』などまで広範囲にわたっている（ハーンの蔵書は現在、富山大学図書館ヘルン文庫にある）。また、土地の民話や言い伝えを記したものもある。

十九世紀後半の欧米では、エキゾチスムと民俗学的関心から、東洋や南洋の民話伝説集が数多く編まれた。だがハーンの場合、ハーンの作品と、用いられた〝原話〟を比較してみると、原話には細かく手が加えられ、ほとんどの物語が、話の筋は同じでありながら、元の話と異なる雰囲気に仕上げられているのがわかる。一見日本の古い物語でありながら、実は、ハーン自身の、そしてハーンが生きた世紀末の感性によって変容をとげたものなのである。

ハーンの〝再話〟は、極めて自覚的な文学的営みとしてなされた。そしてハーンは、怪異な世界のなかに、近代科学文明が置き去りにしようとしている薄明の領域を見出し、怪奇話という形に自己の内面世界を託した。

ハーンがなぜ怪談に心を寄せたのか、ハーンの幼児体験にその原因が求められてきた。母と、ついで父と切り離された不幸な子供時代が心に深い傷を残し、幻想と怪奇の世界に走ったとする説である。確かにハーンがアメリカ時代に書いた新聞記事の犯罪描写の克明さには何か異様なものが漂い、またシンシナーティ、ニューオーリーンズや西インド諸島でも土地の幽霊話に興味を示して記録している。そしてハーンの残した何枚かのスケッチや水彩画[1]からは、精神分析でいう無意識の世界に通じるような何か強烈な不安感が漂ってくる。たとえば、海の朝日を描いた絵の波の描き方などはムンクの「叫び」の背景にうねる縞模様に酷似しているし、青と黄の鮮烈な色使いはゴッホを思わせる。ハーンが長男一雄にテニソンの鷲の詩を書き取らせた際に描いたという絵の岩山も深い青一色の峨々たる山容がただものではない。しかしハーン晩年の怪談が単なる怪奇趣味の所産ではなく、澄んだ深みをたたえているように、岩山を背後から包む濃い藍色の宇宙には、ハーンがめざした境地の静かな高みがほのみえて、見る者をひきつけるのである。

　特筆すべきことは、怪談の再話作品が、ハーンの日本時代に次第にその数を増していったことである。当初は、土地の伝説として紀行文の間に挿入された。民俗学的観点から「古い時代の信仰、それも大乗仏教のような高等なものではなく、西欧人には垣間見ることの難しい、前世と再生というものに関して、当時の庶民が抱いていた一般通念[2]」を示してくれる（「勝五郎再生記」『仏の畑の落穂』）ものとして、取り上げることもあった。だが次第にハーンはそのなかから、より抽象化した問いを浮き上がらせていく。と同時に、独立した短編作品としての完成度も高めていったのである。そして著者が生前に発表した最後の作品集、『怪談』にいたるのである。

　ハーンの文学的人生のなかで重要な転換点があるとすれば、それは日本に来た時、つまり日本との出会いということになろう。たしかに人間は単純ではない。人生のどこかに線を引いて明快に図式化できるわけではなく、多くの場合は、輪郭の定まらぬ部分をもったまま時のなかを歩んでいく。

だが過去をひきずりつつ変化をとげていく、その流動体のような対象のなかから何らかの形を引きだすのが、研究であり、解釈だといえよう。

そしてハーンの場合、来日以降の生活も作品も、それ以前にはない特徴を帯びて深まりをみせていくことが指摘できる。ハーンの十四年間の日本体験の軌跡と、晩年に到達した世界観については、『ラフカディオ・ハーン　異文化体験の果てに』（中公新書、一九九二年）で論じたので、そちらにゆずりたい。そのなかで怪談を中心としたハーンの再話文学の成立に関連して、ここで再度述べておきたいのは、最晩年の『怪談』をまとめる前の時期に多く書かれた一連の〝哲学的〟随想についてである。

ハーンが〝前世〟や〝因果〟など仏教の世界観に強い関心を示したことはよく知られており、「塵」「日本の俗謡における仏教引喩」「涅槃」「環の中」（『仏の畑の落穂』）、「禅の公案」「死者の文学」（『異国風物と回想』）、「仏教に関する日本の諺」（『霊の日本』）など、東京時代の初期の著作には少なからぬ数の仏教関係の随筆が含まれている。ハーンの怪談の多くで、死者、あるいは死者に準ずる存在との出会いが描かれるが、そこでは生者が死者といかに関わるか、はたしてその死者の存在や訴えを受け止めるか否かに主眼が置かれ、死者の霊と直面した主人公が何を感じ、以後どのように生きたかという点に物語のクライマックスがある。美しい恋人が実は死者だとわかる「宿世の恋（牡丹燈籠）」「伊藤則資の話」において問われるのも、男が覚悟をもって死者との結合、二人の因果を、つまりは自らの前世を受け入れることができるかということである。仏教的背景をもつこれらの怪談では、輪廻や因果といういわば〝仕掛け〟によって幽霊が主人公にとって他者ではなく、自己の過去から直接に立ち現われる存在となる。

一方で、ハーンがハーバート・スペンサーの著書に思想の拠り所を求めたこともよく指摘される。ハーンの解釈は学術的なものではなく、感性に重きをおいたものだが、そうした思索のなかで醸成された特有の感覚を書きつづったのが、「第一印象」「美は記憶なり」「美の中の悲哀」「青春の香り」「青の心理学」「小夜曲」「赤い夕日」「身震い」「薄明の認識」「永遠に憑きまとうもの」(以上『異国風物と回想』第二部「回想」)などの東京時代の随筆である。ハーンは人間の五感の心理を分析して、たとえば夕日や青空、干草の匂いなどに触れた時に覚える悲しみの入り交じった感慨は、「死に滅びた生命の、忘れ去られた喜びと悲しみの反響」であり、祖先の記憶が底知れぬ眠りのなかから揺り起こされるのだという。見知らぬ人間から受ける〝第一印象〟も、相手の顔の中の一つの面影に対して自分のなかにひそむ死者が反応し、出会いの瞬間に過去の世の記憶が無意識に蘇ったのだという。

このような過去に遡る記憶をハーンは「有機的記憶」「遺伝的記憶」「集合的無意識」と呼んだ。そして、自分の霊魂は「幾億兆という霊魂の寄せ集め」であり、「我々の感情も思想も願望も、幾千万億の死んだ人たちの感情や思想や欲望を再構成したものにすぎない」[3](「塵」)と考えた。西欧近代の〝自我〟観を根底から否定するがごとくに、心は個人のものではなく、無数の人々の、しかも死者たちの集合体だというのである。ハーンは「有機的記憶」をめぐる議論のなかで、二種類の「過去世」、つまり輪廻転生前の前世なる過去と、血統を遡った祖先という意味の過去を区別せずに用いている。ハーンが仏教思想と進化説を適当に折衷したと評されるのは、こうした用語の曖昧さに一因があるのだろう。ハーンは神道に対しても、その根本を祖先や死者という「過去世」との繋がりの上に成立する宗教とみなして、当時の他の欧米人とは異なる理解を示したが、ハーン本人にとって、これら相異なる思想体系の接点は、時間の連続性という一点にあった。時を遡及し、生命の連綿たる継続性によって自己確認をする〝感覚〟なのである。そしてそれは、「ちょうど自分の神経の一筋一筋が途轍もなく長く伸びて、それが百万年の遠い遠い昔に紡がれた、妖しい感覚の織物につながり、その無数の糸が……人間の頭脳などではとても捉えられない茫漠たる恐怖を、過去の深淵の中から、私という人間の意識の中へ、こんこんと注ぎ入れている──そんな心持だ」[4]（「環の中」）と述べているように、静かな戦慄を伴う自覚でもある。ハーンは厳密な理論より、こういう感覚をイメージ化し言語化することに意味を見出した人だった。

ハーンの怪談の再話は、このような「時間」「過去世」をめぐる思索に裏打ちされて、表裏一体のものとして同時進行の形で数を増やし、完成されていった。共通するのは、人間の現在にとっての「過去」、それも通常の時間体系だけではなく、個体意識を超えた生命の連鎖としての「過去世」の持つ意味を問うていることである。ギリシャ人の母とアイルランド人の父の双方と幼時に別れ、一種の欠落感をもって生きてきたハーンにとって、それは根源的なテーマだった。そして、再話作品の多くで、人の背負う、内なる積み重ねとしての「時間」が重要なモチーフとなる。個々の物語において問われる〝過去〟とは、個人の記憶でもあり、幼年期でもあり、また前世の場合もあれば、民族の、人類の過去の場合もある。そしてハーンにおいては、過去の物語を語り直すという再話の手法が、〝過去〟を問うというテーマとまさに一致しているのである。

最後の作品集『怪談』において集大成されたハーンの〝再話文学〟とは、従来の文学概念を覆すものだといえる。それは、著者の個性を重視し、創作としての独自性と新しさこそが価値であるとみなす近代西欧の文学観とはまったく異なる作品のあり方を示している。再話文学は、人々が語り継いできた素朴な物語世界に意味を見出し、そうした物語に新たな衣を着せて言語化することで、さらに次の時代へと語り継いでゆくこともまた文学の本質であることを示すものなのである。そしてその再話文学が〝日本〟という場との出会いと不可分のものとして完成されたのであれば、グローバル化が進むなかで多文化社会のあり方が問われる現代にあって、多くの示唆をあたえてくれる言葉と思考の形であり、あらためて評価すべき価値観ではないかと私は考える。

本書は、そのような視点からラフカディオ・ハーンにおける再話文学の考察を試みるものである。考察の目的は三つである。

一、ハーンの再話作品の分析を通して、原話と再話作品の間にあるものを明らかにすること。原話が表現するものをどうハーンが変容させ、あらたな作品世界をつくりあげたか。ハーンの再話作品に込められた意味、根源的な「感覚」は何か。

二、ハーンの作品において、再話文学そのもの、再話という文学的営みがどう捉えられ、表現されているか。

三、再話文学者としてのハーンが、同時代の他のジャパノロジストとどのような関係にあったのか、いかに位置付けることができるのか。ハーンが日本に見出したものはハーンにとってどのような意味をもったのか。

一、二、三ともに、ハーンの作品における表現の分析を通しての考察であり、方法は、エクスプリカシオン・ド・テキスト、つまりテキスト解釈を旨とした。

第一章「〈夜〉のなかの〈昼〉――「東洋の土を踏んだ日」「盆踊り」」は、ハーンの日本関係の記述の出発点とされる初期の紀行文に焦点をあてる。エドワード・モースの場合と比較対照しつつ考察することで、ハーンの異文化に対する感性、異文化の捉え方の特徴が後の再話文学にどうつながっていくか、をとらえようとするものである。来日以後のハーンの記述と、来日直前のマルティニーク時代の同趣向の作品との違いをも明らかにし、初期の日本紀行文に見出せる、後の再話文学の萌芽を示そうとした。

第二章「民話を語る母――『ユーマ』」においては、逆に、マルティニーク時代とその後のハーンをつなぐものに着目した。ハーンがクレオール文化に見出したものが、ハーンの再話文学観の形成に大きく寄与したことを、ハーンの残した唯一の創作小説といえる作品である『ユーマ』の分析を通して考察した。

第三章「〈顔〉の恐怖、〈背中〉の感触――「むじな」「因果話」」、第四章「水鏡の中の〈顔〉――「茶碗の中」」、第五章「世紀末〈宿命の女〉の変容――「雪女」」は、それぞれ「むじな」「茶碗の中」「雪女」の作品分析を通して、ハーンがどのように自己の内面世界をそこに託したか、原話の世界との差異を示した。また、それぞれの物語がなぜ〝日本の怪談〟として受け入れられ、読まれているのか、作品としての魅力を明らかにしようと試みた。

「むじな」では、ハーンは原話のもつ可笑しみを除去して〝顔のない存在〟に対する心理的恐怖感を中核にし、ハーン特有の時空感覚のおりなす形而上的な説話に仕立てた。話に当時の文学的流行を反映した西欧風衣裳をまとわせることもした。「茶碗の中」は原話の若衆趣味を排した上で十九世紀に多いドッペルゲンガー（二重人格者）の物語のパターンをふまえているし、「雪女」は世紀末のファム・ファタール（宿命の女）として造形されている。それらの物語は日本の舞台装置と筋の骨子を残しながら、仕上げは西洋風であるため、ハーンの筆を通して描かれる不思議なファンタジー空間は民族の別など脱却して、どこにもない所であるがゆえにどこにでもある所となり、それゆえに作品に託された心象世界が一層浮き上がるのである。

第六章「語り手の肖像――「耳なし芳一」」では、怪談作品の集大成である『怪談』冒頭におかれた「耳なし芳一」の作品分析を通して、再話文学を文学の一つの本質的なあり方と考えるにいたった、ハーンの再話作家としてのいわばマニフェストを読みとる。

第七章「聖なる樹々――「青柳物語」「十六桜」」では、『怪談』所収の二つの樹木の物語をとりあげる。そこにハーンが見出したものとしての日本の自然観、ハーンが抱くにいたった自然と人間のかかわり、自然の時間のイメージのあらわれに焦点をあてた。

そして第八章「海界《うなさか》の風景――「夏の日の夢」」では、「夏の日の夢」の分析を通して、ハーンとバジル・ホール・チェンバレンそれぞれが「浦島伝説」に、ひいては日本で見出したものについて考察する。ハーンとチェンバレンの対立を強調する従来の捉え方を再考し、ハーンがチェンバレンなど同時期の他の外国人日本研究者《ジャパノロジスト》と何を共有し、だがどのように異なったのかを考える。そしてハーンが日本という異文化の場で見出すにいたったものを、ひとつの肯定すべき価値として、またハーンの再話文学のありかたと不可分のものとして提示することを試みた。

最後に、第九章「地底の青い空――「安藝之助の夢」」では、『怪談』のなかの最後の再話作品である「安藝之助の夢」を取り上げた。ハーンにおける最終的な〝異郷〟のイメージと、時空の広がりの感覚を作品表現のなかに読み取ったものである。

本書でとりあげたハーンの作品の心象世界に一貫するテーマは、人間にとって〝時間〟とは何か、という問いである。第三章から第五章において取り上げた作品のなかで問われる〝時間〟が、ハーンの幼年期の記憶とより密着したものであるのに対し、第六章から第八章において問われるのは個人を超えた、集団としての人々の過去であり、文化、歴史にも関わってくる。そしてハーンにおいては、物語を語り継ぐという再話の営みが、人間における〝時〟の積み重ねそのものとなっている。再話とは、人間の内なる〝時〟を、さらには人々の〝時〟をつなぐ言葉のあり方なのである。

ハーンは「一篇のささやかな物語でも、決して滅び去ることがない限り、それで十分です」、「どれほど巧筆であっても、論説や気まぐれな文章や紀行文ではだめなのです。太陽の下でのあらゆる人の暮らしに共通するあるものについての物語に民衆は関心があるのです……そしてそれは我々自身の生活に起因する「感覚」でなければなりません」（チェンバレン宛て手紙、一八九五年四月）(5)と述べており、ハーンが、民族を超えた根源的な「感覚」を伝えたいと考えていたことがわかる。そして、そのような〝ささやかな物語〟として読み伝えられるうちに、作者であるハーンの名前が背景に溶け入るように消えたのが、「雪女」や「のっぺらぼう」なのである。

ところで、「雪女」などの場合と反対に、ハーンの名前とともに、ハーンならではの作品であることが高らかに謳われ続けてきた文章がある。松江到着まもない頃の一日の印象をつづった「神々の国の首都」(『知られぬ日本の面影』)である。ハーンの評伝や、テレビの教養番組などの映像作品でも必ずといっていいほど引用される、冒頭の有名な文章に、ハーンの再話文学論に入る前に触れておきたい。

ハーンは旅館で迎える朝の情景を、「松江の一日で最初に聞こえる物音は、ゆるやかで大きな脈拍が打つように、眠っている人のちょうど耳の下からやって来る(6)」と語りはじめる。鈍く、太く、柔かい、その音は「規則正しい打ち方と、音を包み込んだような奥深さと、聞こえるというより感じられるように枕を伝わって振動がやって来る点で、心臓の鼓動に似ている」とハーンは述べて、実は米搗《つ》きの重い杵《きね》が搗きこむ音だと種明かしをする。ハーンが杵搗きの音に身をゆだねていると、川向こうの洞光寺の大きな鐘の音が空に響きわたり、ついで近所の小さな地蔵堂から朝の太鼓の音が聞こえてくる。ハーンは起き上がり、宍道湖の朝焼けの美しさに見とれていると、今度は川岸の方からも、橋の方からも、小船からも人々が朝日を拝んで拍手《かしわで》を打つ音が聞こえてくる。そして、異国の町の生活が始まるさまを、物売りの呼び声や学校に急ぐ子供たちの様子を織り交ぜて描きながら、ハーン自身も町に散策に出て、町の様子を次々とルポルタージュした。「神々の国の首都」には民俗学的知見が随所に織り込まれ、土地の生活の物音を聞き取る敏感な耳といい、民話伝説のさりげない挿入といい、ハーンの紀行文のスタイルが完成された名作であることは間違いない。これまで多くの研究者がこの文章についてそのような特徴と魅力を語り、かつて私もそのような言い方をしたことがある。だが、今あらためてこの文章を読み直すと、あることに気づく。

それは、ハーンが聞き取った音の響く方向である。

夜明けの杵搗きの音は、大地の遙か下のほうから立ち上がってきて、眠っている体に伝わる。そこに寺や地蔵堂の鐘の音が重なり、人々の拍手の波打つようなポリフォニックな響きと化して、朝日が輝く大空へと立ち昇っていく。大地の鼓動が人々の拍手に形を変えて空に響きわたる、この朝の情景では、人間の肉体を媒介した大地から天への動きが描かれているのである。

ハーンが語る町の古いエピソードのなかにも、地の下の方に感覚が向けられたものがあった。松江大橋に伝わる源助柱の伝説と、松江城築城のとき人柱にされた娘の話である。ハーンは、新大橋の渡り初めの華やかな儀式について記したあとで、昔の人柱伝説を語り、今でも月のない夜には源助が埋められた柱のまわりを鬼火が飛ぶと述べる。城の壮麗な美しさを描写した後で、犠牲になった娘のことでわかっているのは「ただ彼女が美しかったことと踊りが非常に好きだったこと」だけだといい、その後、町の娘たちの踊りが禁止されたのは、誰かが踊るたびに城が震えたからだと記す。英語の読者は源助柱の伝説にロンドン橋の伝説を連想したかもしれない。踊り好きな娘の悲話も、どこかバレエのジゼルの話を連想させる。だが橋とは、この世とあの世をつなぐ境界の場所である。踊り手が犠牲に選ばれたことも、古来踊りというものがもつ非日常性と呪術性を漂わせる。そして大橋を渡りながら、橋を支える柱の下の水底に埋められた存在を感じ取り、城を見学しながら、堅固な石垣の下に潜む柔らかい何かを感じ取るところが、ハーンの感性なのである。それはあるいは、ヨーロッパの古い教会堂の中で足元の石床の地下が墓所であることを思うときに、一瞬足から背筋に何か走るような感覚に似ているかもしれない。

ハーンが大橋を渡る人々の下駄の音に興趣を覚え、「大橋を渡る下駄の響きほど忘れがたいものはない。足速で、楽しくて、音楽的で、大舞踏会の音響にも似ている」と記したこともまたよく知られている。この記述にちなんで、現在松江市内には「カラコロ広場」があり、「カラコロ橋」と名づけられた菓子もある。だが、ハーンが右の文に続けて、「朝の日差しを受けた橋の上を無数の足がちらちら動くさまは驚くべき眺めである。それらの足はすべて小さく均整がとれていて、ギリシャの壺に描かれた人物の足のように軽やかである」と記しているところを読むと、ハーンの視線が引き寄せられたのは、人々の素足だったことがわかる。素足だからこそ、肌が朝日を反射して輝くのである。ハーンは、人々の上半身も顔も全く描かず、素足の足元をクローズアップした。そして町ゆく人々の無数の足の踊るような動きが音楽となることに感心した。

ハーンのこういう描写には、ギリシャ風のチュニックを身に纏《まと》って、裸足で自由に舞った、アイルランド系アメリカ人の現代舞踊家イサドラ・ダンカン（一八七八―一九二七）の感性にどこか通じるものがあるといえるかもしれない。靴を脱いで、素足で大地に触れること。大地の底にあるものを足の裏に感じ取り、神経を集中させて、自らの身体で表現して伝えること。ハーンもまた、そのような感性で、日本で見出した様々なものをとらえたのではないか。地の底深くに潜むものが、ひとつひとつ拾い上げられ、ハーンという人の身体を通して、空へと奏でられた幾多の調べ。それがハーンの文学なのだと思う。

本書は、ハーンが奏でた調べにひそむ奥深く広大な響きと、その奏法としての革新性を解き明かそうとする試みである。

第一章 〈夜〉のなかの〈昼〉――「東洋の土を踏んだ日」「盆踊り」

一 ラフカディオ・ハーンとエドワード・モース

ラフカディオ・ハーンは一八九〇年の春四月四日に来日し、四ヶ月半あまりを、横浜で過ごしたあと、八月に松江の尋常中学校へ赴任した。横浜到着から、翌年の秋に松江を去るまでの見聞を記したのが、『知られぬ日本の面影』(*Glimpses of Unfamiliar Japan*, 一八九四年)である。来日前に西インド諸島の滞在記『仏領西インド諸島の二年間』(一八九〇年)をすでに刊行していたハーンが横浜や出雲地方での見聞を記す筆致も巧みであり、その後、ハーンは、熊本、神戸、東京へと移り住みながら、『東の国から』『心』『骨董』『怪談』『日本　一つの試論』など、十二冊におよぶ日本関係の著作を残した。

ハーンの日本に関する言説について、これまで繰り返し指摘されてきたのは、ハーンが、十九世紀西欧の人でありながら、西洋文化とキリスト教を絶対的優位におくことをしなかったということである。たとえば、フランス海軍士官として長崎に滞在したピエール・ロティ(一八五〇―一九二三)は日本の女に冷めた皮肉っぽい言葉を浴びせ(『お菊さん』一八八七年)、路傍の地蔵菩薩像にも苛立ちと嫌悪感に満ちた眼差しを向けた（『秋の日本』一八八九年）。帝国大学で言語学教授をつとめたバジル・ホール・チェンバレン（一八五〇―一九三五）は、日本の文学や音楽、神道、伊勢神宮などに対して、ほとんど罵倒に近い言葉を『日本事物誌』（一八九〇年）のなかのそれぞれの項目に記した。イギリスの女性旅行家イザベラ・バード（一八三一―一九〇四）もまた、東北地方を旅しながら、耳慣れぬ生活の雑音に不快を感じ、祭りの山車《だし》とお囃子《はやし》の音楽に身震いした（『日本奥地紀行』一八八〇年）。それに対して、ハーンがいかに温かな共感の眼差しをもって、お地蔵さまに代表される日本の民間信仰を理解しようとしたか、当時の西洋的論理による神道の評価を覆したか、異文化の音世界への豊かな感受性を示したか、平川祐弘（『小泉八雲　西洋脱出の夢』）、遠田勝（『小泉八雲　神道発見の旅』）、内藤高（『明治の音』）がそれぞれの著作で鮮やかに分析し論証してきたとおりである。そのような対比を通じて浮かびあがるのは、日本という異郷をその懐深く分け入って「理解」することができたハーンの姿であり、異文化の価値観を「理解」できなかった人々との対比は、明快で小気味よく説得力もある。西成彦は、さらにその「日本」のなかでもハーンが支配者の文字文化ではなく、被抑圧者の非文字文化の方に心を寄せたことを明らかにする優れた論考（『ラフカディオ・ハーンの耳』）を著わした。

だが、来日外国人のなかで、日本の文物に魅了され、ここに優れた古来の文化があると西洋に向かって主張した人は、ハーンだけではない。むしろ、ハーンの日本描写の特質は、ハーン同様に、共感的なまなざしを日本に向けた人の文章と読み比べてみると、一層はっきりと見えてくるのではないか。そして「他者」を「理解」しえたか否か、認めたか否かという問題とは別のところにある、ハーンの想像力の質が、紀行文やエッセイに頻出する、さまざまな「夜」の情景の描かれ方のなかに明らかにされるのではないかと思われる。

ラフカディオ・ハーンは夜の情景を描くことに秀でた作家だった。

松江に赴任して間もないころの一日の見聞を記した「神々の国の首都」（『知られぬ日本の面影』）は、たしかに、その冒頭を飾る松江の朝の描写が有名である。夜明けを告げる米搗《つ》きの杵《きね》の響き、朝日に色づく山々と湖水のきらめき。太陽を拝む人々の拍手《かしわで》の音、寺の鐘の音、地蔵堂の太鼓の音。そして物売りの活気あふれる声、学校へ急ぐ子供たち。人々の生活が始動する朝の風景に、明治日本の夜明けを重ねあわせることもできよう。

だが、この朝の描写に深みを与え、作品を完結させているのは、一日を終えた後の、夕闇に包まれる町の夜の情景なのである。ハーンは橋の欄干から西方を眺め、「霊気のような薄靄《もや》」がゆっくりと立ち昇ってゆくさまに見入る。山々の姿は跡形もなく、ただ「仄《ほの》暗い水の広がり」が遠く「空との境も定かでない薄暗闇——海ならぬ幻の海(1)」に消えいる。家の障子窓を開けて、橋の上を提灯が長く尾を引く蛍の光のように渡って行くのを眺めながら、寺の鐘の音、うどんやそば売り、辻占の呼び声、人々の下駄の音に聞き入る。すると、東の空に大きな白い月が昇り、道行く人々が今度は「お月さま」を拝み、拍手を打つ音がまた聞こえる。そしてハーンは「崩れかかったどこかの苔むした寺の庭で「影鬼」などをして遊ぶ幼い子供たちの夢でも見よう(2)」と述べて眠りにつく。ハーンは、まるで厳密な対位法に基づいて作曲するかのように、朝と夜のひとつひとつの光、音、声、動きを呼応させており、ハーンの探訪のすべては再び夜の眠りと夢の中へと引き寄せられ、戻っていく。

「神々の国の首都」という作品が最後に夜の闇の中へ収束していくとすれば、『知られぬ日本の面影』のなかで次に置かれた出雲訪問記「杵築《きづき》」は、夜の出雲大社のたたずまいを描くことから始まる。ハーンは、出雲に着いてすぐ、翌日の内殿参拝予定を待ちきれずに、夜、一人出かけて行ったというのだが、その描写は実に印象的である。月もない、荘厳な暗闇のなか広大な参道がぼんやりと浮かび上がり、鬱蒼たる大樹が深い「闇の中へと延びて(3)」いく。樹頭は夜空の中に溶け込み、地上を這う太根は群れなす竜蛇のように不気味にうごめく。参拝者の提灯の灯りが蛍の群れのように行き交い、水を叩くような拍手の音が闇の中にこだましていた。翌日の昼に再び参拝したハーンが、宮司の説明や、神話伝説などを挿入しながら神道論を展開する「杵築」の後半部分は、バジル・ホール・チェンバレンやアーネスト・サトウなど当時の主たる日本研究者《ジャパノロジスト》たちの神道論を論駁したものとして知られている。ただ、ここでも、ハーンが展開する議論と披瀝する知見を無言のうちに支えるのは、はじめに読者の脳裏に刻みこまれる、夜の帳《とばり》に包まれた空間そのものだといえる。

このように、ハーンが残した数多くのスケッチや随筆のなかで、特に夜の場面、夜の情景描写が心にひびく魅力をたたえていることは、誰もが気づくことだろう。今挙げた『知られぬ日本の面影』所収の「神々の国の首都」「杵築」の例以外にも、「日本海の浜辺で」の怪奇な夜の仏海《ほとけうみ》の話、死を悟った生徒が夜に中学の校舎の黒いシルエットを見に行く場面（「英語教師の日記から」）。熊本時代、家庭で一日をどう過ごしているかを知らせた有名な手紙でも、休む前に家族そろって神棚と仏壇におまいりすることを述べるところで、「夜が更けると、神様の世になる(4)」とハーンは書き添えた。夜の墓地を散策した話（「石仏」）、夜の闇に響く虫の鳴き声をめぐる随想（「草雲雀」）。そして、晩年の、夜の海を舞台にした幻想的な詩的散文（「焼津にて」「夜光るもの」）。他にも多々あげられようが、いずれも、単に描写の巧みさといったレベルを超えて、夜の奥深さと広がり、ビロードのような夜の大気の質感とでもいうべき世界を表現して、それぞれの作品のなかで忘れがたい場面となっている。必ずしも作品の主題そのものというのではない。むしろ、たとえば絵画でいえば下地の色や額縁のように全体を支え、楽曲でいえばコーダのように響きを残す。それゆえ逆に余韻として読者の脳裏に残る力は大きく、作家の想像力と創作の本質に深く関わる情景描写ではないかと思われる。

本章は、ハーンが描く「夜」の情景の意味を問うために、明治初期に来日して大森貝塚の発見など生物学者としても、また帰国後は日本研究者としても活躍したエドワード・モース（一八三八―一九二五）を取り上げ、両者の「日本」との出会いに焦点をあてることから始める。モースが日記『日本その日その日』（*Japan Day by Day*, 一九一七年）のなかに記した横浜到着後の日本の印象。そして、ハーンの『知られぬ日本の面影』の冒頭を飾る「東洋の土を踏んだ日」（"My First Day in the Orient"）。それぞれの、日本における最初の日々を比べることで、二人が日本に何を見出したのか、見出そうとしたのかがより明確になり、ハーンの作品「東洋の土を踏んだ日」のさらなる解釈も可能になるだろう。ハーンは、やがて日本の怪異譚の再話に力をそそぐようになるのだが、「東洋の土を踏んだ日」は、ハーンの日本での日々がどのように始まったかをうかがわせるだけでなく、ハーンの紀行文のなかに「夜」がいかに立ち現われるか、ひいては、ハーンの著述が向かう方向も示しているように思われるのである。

ハーンとモース、来日の年はハーンが一八九〇年、モースは一八七七年と、時期は異なるものの、二人の日本体験には、共通するところがいくつもある。

アメリカから太平洋を渡って横浜に到着したとき、ハーンもモースも三十九歳だった。ハーンはジャーナリスト・作家として、モースは生物学者として、それぞれアメリカでキャリアをつみ、ある程度社会的に評価も得ていた。そして二人とも、最初は数ヶ月の滞在のつもりで来日した。

ハーンは日本に関する記事を書いてニューヨークの雑誌社「ハーパーズ」社に送るため、画家のウェルドンを伴って来たものの、まもなくウェルドンだけが帰国し、ハーンは日本にとどまる。

一方のモースは、専門の腕足類《わんそくるい》が日本近海に豊富にいると聞き知り、ひと夏を江ノ島で調査収集のために過ごすつもりで来たが、モースがかつてミシガン大学で進化論の講義をしたときに聴講していた外山正一に請われて、東京大学の初代の動物学教授となった（ちなみにハーンを大学に招聘したのも、外山だった）。モースは二年余の滞在中、進化論を紹介し、科学的考古学の講義などを行なう一方で、日本人の生活文化にも深い関心を寄せ、たくさんのスケッチや写真を残した。また日本の民具や陶磁器を収集し[6]、その「モース・コレクション」のうち陶磁器類はボストン美術館に、民具類はボストン近郊セイラムのピーボディ博物館に現在所蔵されている。帰国後、一八八六年に『日本人のすまい』(*Japanese Homes and their Surroundings*) を出版し、アメリカ各地で日本と日本文化についての講演を晩年にいたるまで続けたことでも知られる。

二人とも多くの日本人弟子に慕われ、その著作は欧米の日本文化の理解を深めることに貢献した。

モースは『日本人のすまい』の序文で、民族学者が研究対象である異文化を観察するときには「偏見の煤で汚れた眼鏡」で見るよりは「薔薇色の眼鏡」をかける方がましだ、必要なのは「対象に対する共感の精神である」(7)と述べて、一方的に異国の状況を中傷する人々を批判しているが、ハーンの言葉かと思うような、ストレートな意見である。このように二人は、十九世紀西洋の価値観にとらわれることを意識的に回避したが、今ひとつ二人を当時の他の多くの来日外国人と分かつのは、キリスト教信仰との距離感かもしれない。興味深いことに、ハーンは幼いころ、地獄の恐ろしさばかり説く従姉妹の言動に苦しめられたことを回想している（「私の守護天使」）が、モースもまた子供の時、急死した兄の葬儀に際し、洗礼を受けなかった兄は地獄の業火に苦しめられると牧師が説教したことに深く傷ついたという(8)。そしてハーンが大叔母のカトリック教育に反撥したように、モースも父親の厳格なピューリタニズムに反撥して育った(9)。日本におけるキリスト教宣教師の教化的言動に違和感を覚えた二人には、似た幼児体験があったということになる。

また大きな共通点として指摘されるのは、庶民の生活に関心を寄せたことだろう。ハーンがその作品に描いたのは名もない市井の人々の物語であり、古い民間伝承や民間信仰をもっぱら書き留めた。モースも、立派な寺院や城郭や庭園には興味を示さず、普通の日本人が実際に暮らす住まいをとりあげた。そしてハーンもモースも書物を通した研究ではなく、直接自分の目で見、自分の耳で聞き取ったことを記述することを重んじ、消え去ろうとする昔の日本の面影をとどめていた明治日本の姿に愛着をもった。

民俗学者の宮田登は、「印象深く当時の日本人の生活記録をのこし、貴重な民俗資料となって」

いるモースとハーンの著作に、のちに日本民俗学を体系化した柳田国男も目を留めたはずだと述べるが、[10] 民具を収集したモースと、民話や怪談の再話作品を残したハーンのそれぞれの仕事は、「もの」の民俗学と「こころ」の民俗学として対をなすといえるほど、呼応するところがあった。

このハーンとモースは直接の面識はなかったものの、互いの著作は読んでいた。ハーンは、『知られぬ日本の面影』のなかのエッセイ「日本の庭にて」「神棚について」や、『仏の畑の落穂』のなかの「大阪にて」で、モースの著作に言及している。[11] 一方、モースもまた、「日本人の精神を描くのにもっとも成功したのはラフカディオ・ハーンである」とハーンの著作を評価し、[12] ハーンからモースに宛てた丁寧な礼状（一八九六年九月二十一日付）も残っている。[13]

このように日本という異文化に対する姿勢において共鳴するところがある二人がそれぞれ書き残した日本の第一印象が、ハーンの『知られぬ日本の面影』冒頭の「東洋の土を踏んだ日」と、モースの『日本その日その日』の第一章である。

ハーンは「第一印象をなるべく早く書きとめるように」と「あるイギリス人教授」から助言を受けた、と書き起こし、モースも「心から新鮮な印象が消えぬうちに書き始めよ」というホーソンの言葉を引いている。[14] 両者とも、初めての印象ほど魅力的なものはなく、読者に伝えるべき大切なものだと考えたのだろう。到着早々、朝から町に繰り出すことで、話が始まる。

二　人力車の風景――『日本その日その日』と「東洋の土を踏んだ日」

先に来日したモースの方から見ていこう。一八七七（明治十）年六月十七日の夜、モースは港で接岸用の小舟に乗り換えて、横浜に上陸した。「私は叫びたいほどうれしくなって、日本の海岸に飛びあがった」、「すべてが新しく珍しい景色を眺めたとき、何という歓喜の世界が突然私の前に展開されたことだろう⑮」というモースは、翌朝、早速、横浜の町を見物に出かける。

日本の町をさまよい歩いた第一印象は、いつまでも消え失せぬだろう。——不思議な建築、極めて清潔な陳列箱にも似た、見慣れぬ開け放しの店、店員たちの礼儀、様々な細かい物品の新奇さ、人々の立てる奇妙な物音、空気を充たす杉と茶の香。我々にとって珍しくないものとては、足下の大地と、暖かい輝かしい陽光くらいであった。ホテルの角には、人力車が数台並んでいて客を待っていた⑯。

モースは、人力車に目をとめるが、人間が引く俥に乗ることを申し訳なく感じて、歩きだす。だが、いざ乗ってみると、車夫の力強い走りに魅了されてしまう。そして、「それにしても人力車に乗ることの面白さ！　狭い街路を全速力で走って行くと、人々、衣服、店、女や子供や老人や男の子たち……これらすべてがかつて見た扇子に描かれた絵を思い起こさせた」、「人力車に乗ることは絶え間なき愉快である。身に感じるのは静かな上下の動きだけだ。速度も大きい⑰」と繰り返し記すモースの文章からは、人力車の躍動感とともに異国の街の賑わいのなかを行く楽しさが伝わってくる。

そして十三年後の四月に横浜に降り立ったハーンもまた、モースの喜びをなぞるように、「初めて日本の町を旅する、甘美な驚きの感情」の声を上げる。穏やかに晴れた春の朝、「大気全体が、こころもち青みを帯びて、澄み渡って」いて、その柔らかな冷たさは、「雪におおわれた富士の頂から波のように寄せてくる風のせい」だとハーンは感じる。そして「見るもの、聞くもの、新鮮で、いいようもなく愉しいから、どこでもかまわない、とにかく連れていってくれ」と俥屋に身ぶり手ぶりで伝えて、ハーンも人力車に乗って、町に繰り出す。

陽射しは暖かに快く、人力車は、世にこれほど小じんまりと寛げる乗り物があるかと思う。わらじ履きの俥屋のかぶっている白いきのこのような笠が上下に揺れて、その笠越しに見晴るかす町並みの魅力は、これまた見飽きるということがない。

小さな妖精の国――人も物も、みな、小さく風変わりで神秘をたたえている。青い屋根の下の家も小さく、青いのれんを下げた店も小さく、青い着物を着て笑っている人々も小さいのであった。(18)

モースの日記と同じように、ハーンが描く横浜の第一印象も、異国の風物を見ていく心地よい興奮にあふれている。もちろん、生物学者の日記と比べて紀行文作家の文章が技巧をこらした表現なのは当然で、ハーンが、大気と光を「青」の色調でとらえ、家々の屋根やのれん、人々の着物にも青の形容を重ねているところに、青のヴァリエーションで光の質感を表現した印象派絵画の影響を見ることもできよう。また、たとえば、車夫の「きのこのような笠」という形容は、引用した箇所のあとに、「ここに北斎画中の人物が歩いている。蓑を着て、大きなきのこのような笠をかぶり、わらじをはいて……」[19]と繰り返されて、読者のエキゾチスムを喚起し、「小さな妖精の国──人も物も、みな、小さく風変わりで神秘をたたえている」という表現も、当時の西欧の類型的な「小さな」日本のイメージを踏まえたものだろう[20]。

この冒頭の一節で、ハーンは青みを帯びた空間のなかに人力車を登場させた。ハーンの視界のなかで、車夫の白いきのこのような笠が上下にゆれ、ハーンはモースと同じように、その車夫の笠越しに町並みの魅力をとらえていく。そして「東洋の土を踏んだ日」という作品は、「チャ」と名乗るこの車夫の俥で横浜の街を走り、近隣の寺や神社を次々と尋ね歩いて、夜、宿に戻って一日が終わるという構成になっているのである。

人力車の車夫は、それぞれの横浜探訪記のなかで重要な役を担うのだが、それ以外にも、モースとハーンが同じように目をとめ、書き留めたことがらは少なくない。

たとえば、ハーンは、「東洋の土を踏んだ日」や「神々の国の首都」のなかで、下駄の響きを美しく描写しているが、モースも横浜に上陸してすぐに道行く人々の足元を見て、「木製の下駄や草履が立てる音は、どこかしら馬が沢山橋を渡る時の音に似ている──このカラコロいう音には、不思議に響き渡る、どちらかというと音楽的な震動が混じっている」[21]と、日本の下駄の音に注目していた。モースは芝居見物にいくと、「何やらまるで見当もつかぬような漢字をぎっしり書いた細長い布や、派手な色の提灯や怪奇な看板の混合で装飾された奇妙な建物が劇場なのである」[22]と目を見張り、ハーンもまた、「俥の上から見下ろすと、目の届く限り、幟《のぼり》がはためき、濃紺ののれんが揺れ、どれにもみな日本の文字や漢字が書いてある」と、商家の看板や職人の法被などに漢字の意匠が乱舞する様を描いている。

また、ハーンは、一日の終わりに、夜、宿で外から聞こえてくる「あんまーかみしも　ごひゃくもん」という按摩の呼び声に耳をすませるが、モースもまた、「昼夜を問わず、哀れっぽい調子の笛を聞くことがある。この音は盲目の男女が按摩という彼らの仕事を知らせて歩くものである[23]」、「盲目の娘がバンジョーの一種を弾きながら歌ってゆっくりと町を歩くのをよく見た[24]」と、按摩や門付けの女の姿を書きとめた。もっとも、横浜の町を行く盲目の按摩の存在には、来日外国人の多くが言及している。彼らは按摩の制度、つまり、障害者が自立して社会のなかにしかるべき場所をえているという点に感心し、たとえば、英国の詩人エドウィン・アーノルド（一八三二―一九〇四）は「日本の街路でもっともふつうに見かける人物のひとつは按摩さんだ」と、その「物悲しい笛の音」について語り[25]、バジル・ホール・チェンバレンは『日本事物誌』に「按摩」という項目をもうけた。フランスの挿絵画家ジョルジュ・ビゴー（一八六〇―一九二七）による按摩のスケッチをはじめ、写真や挿絵も多く残っている。

人力車に乗って横浜探訪の一日を描いたモースとハーンの文章は、このようにその枠組みも、取り上げる素材も似ているといえる。だが、そこに展開する景観は、対照的といえるほど異なった印象を残す。

三　開かれた世界――細部の豊かさ

『日本その日その日』におけるモースの記述が生彩を放つのは、「狭い路は、更に興味が深い。人力車は速く走る、一軒一軒の家を覗き込む……[26]」と、家々や人々の暮らしぶりの細部を描くときである。

モースは何より、家の開放的なつくりに驚きを隠せなかったのだろう。「風変わりな開け放した店（quaint open shops）[27]」、「小さな店は、あけっぱなしの小屋（open sheds）を連想させる[28]」、「店も、奥にある部屋も、道路に向かって明けっぱなしになっている（wide-open to the street）ので、……店の家族が食事をしたりするのが丸見えだ[29]」、とモースは、open という形容詞を繰り返す。渡辺京二『逝きし世の面影』によれば、モース以外にも当時の外国人の多くが、庶民の家屋と生活があけっぴろげであることに驚いている[30]。だが、そうした人々のなかで、モースはあきれるのではなく、大いに喜んで、通りに面して開け放たれた家々の中を覗き込み、店の棚に並べられている品物や、客と店主のやりとりを、奥で家族がすごす部屋のつくりと生活の様子を活き活きと書き留めていく。母親が往来の真ん中で堂々と（openly）子供に乳房をふくませる姿を見かけると、「この国の人々がもつ開放感（utter freedom）こそ、見るものに彼らの特異性を印象づける[31]」とも述べた。

モースにとっての日本とは、何よりも自分に対して開かれた世界だったといえるだろう。自分を迎え入れるかのように、警戒心もなく、すべてを見せてくれる世界である。その印象は、近郊の村を通ったときにも変わらない。風景のなかに神社仏閣が点在して実に絵画的だとモースが思っていると、お寺では、学校の授業が行なわれていた。「そのお寺は大きな木の柱によって支えられ、まるで開け放したパヴィリオンのような形なので、前からでも後からでも素通しに見ることができる」(32)とモースは述べて、子供たちの賑やかな勉学の様子を温かい目で描く。寺や神社でさえも、奥の方まで見通すことのできる、開け放たれた世界として映ったのである。

そして、その「開かれた」世界を、モースは、庶民の生活の細部を彩る品々の豊かさと多様性の記述で埋め尽くしていく。

「人力車に乗って町を行くと、単純な物品の限りなき変化に気がつく。それで、ちょっと乗っただけでも興味深く、面白がっていられる。二階のある家でいうならば、二階の手摺だけでも格子や彫刻や木材に自然が痕をとどめた物の数百の変種を見せている」(33)とモースは目をみはり、自身のスケッチをそえて次々と解説する。あらゆるところで観察力を発揮し、たとえば、竹が様々な製品の素材として用いられていることや、箸を食事の時に使うだけでなく、炭をつかみ、細工に使い、往来では掃除夫がごみをひろうという、道具としての応用の幅広さに感心する。(34)横浜の市場を訪問したときも、「興味深い光景の連続」だと感嘆し、「いろいろな形の変わった桶や皿や笊《ざる》を見るだけでも面白かったが、それが鮮やかな色の、奇妙な形をした、多種の生魚で充ちているのだから、じつにユニークだ」と、道具と魚介類を列挙し、「種類の多さ」に感じ入る。(35)

「面白い」「興味深い」といかにも嬉しそうに、眼を輝かせながら、感嘆の言葉を繰り返すモース。『日本その日その日』全編にみられる、こうした目に見える「もの」の多様性と機能に対するモースの観察が、帰国後、『日本人のすまい』にまとめられる。日本民家研究の嚆矢とされるこの著で、モースは家の構造や造りだけでなく、室内、調度品、風呂、便所、玄関、門、庭の花にいたるまでを詳述した。

だが、モースの日記を読んでいて、印象深く心に残るのは、モースが描く情景の明るい広がりではないだろうか。興味深い品々であふれる町はすみずみまで清潔であり、人々は礼儀正しく正直であることを、モースは繰り返し指摘する。

軒を並べる家々は、質素だが「清潔で品がよく」、「あらゆる階級を通して、人々は家の近くの小路に水を撒き、短い柄の箒で掃き清める」。欧米と比べてゴミや廃棄物の処理がうまくなされており[36]、それゆえ衛生的で、病気が少ない。人々は風呂好きで、きれい好きである。

モースが特に感心したのは、行動をともにした人力車の車夫の礼儀正しく丁寧であることで、つねに微笑をたやさないし、動物はいたわる。アメリカの馬車屋なら喧嘩になるような場面でも穏便に事を収める[37]、と再三車夫の話が登場する。そして、日本の住まいでは鍵も閂《かんぬき》もかけずにいることができる。「人々が正直である国にいることは実に気持ちが良い[38]」とモースは述べて、外国人は「日本人にすべてを教える気で」日本にやってくるが、数ヶ月もいれば、残念ながら教えることは何もない。「自分の国で道徳的徳目として課される善徳や品性を日本人は生まれながらに持っているらしい」と気づく[39]、という結論に達する。

モースは日本の社会を、近代の悪徳や弊害の未だない社会として捉えていたのだろう。アメリカで行なった日本の魅力についての講演には、モースなりの文明批評の意味もこめられていたかもしれない。だが、日本の家屋の開放性と、町の清潔さと、人々の心の明朗さを同列に同一のものとして記述するモースにとって、庶民の風景も、日本の住まいも、すべて、昼間の光に照らされた明るい世界だったのだといえる。

モースは、横浜から日光に向かったときに見た、ある村の風景を次のように描写した。

艶々《つやつや》した鮮紅色の石榴《ざくろ》の花が、家を取り囲む濃い緑の木立の間に咲いている所はまことに美しい。路に接した農家は、裏から差し込む光線に、よく磨きこまれた板の間が光って見えるほど、あけっぱなしである。家屋の開放的であるのを見ると、常に新鮮な空気が出入りしていることを了解せざるをえない。（中略）

道路に添う美しい生垣、戸口の前の綺麗に掃かれた歩道、家内にある物はすべて小ざっぱりとしていい趣味をあらわしている。可愛らしい湯呑茶碗や土瓶急須、炭を入れる青銅の器、木目の美しい鏡板、奇妙な木の瘤、花を生けるための木製の茸形の器。これらの美しい品物がすべて、当たり前の百姓家にあるのである。(40)

モースにとっての日本の原風景がここにある。光がふりそそぎ、風が吹き抜ける。明るく、清潔で、開かれ、多様な品々もすべて見渡せる。それは、江ノ島の海岸で腕足類を採集して過ごした夏の日々にそのままつながる世界であり、また、目に見える現実世界を信じるモースのまなざしに応えて広がっていき、展開していく風景だともいえる。

四　〝寺へ行け〟――〈夜〉のなかの〈昼〉

横浜の町を見てまわるモースの視線が、眼に見える世界を渉猟して、その豊かな広がりを堪能していくものだとすれば、ハーンの視線は、逆に、様々なもののなかに、目に見えない何かを求めつつ、内に収斂していく動きを見せることに、読者は気づくだろう。

「東洋の土を踏んだ日」は横浜の町の探訪記だが、作品の中心をなすのは、車夫「チャ」の案内で、近郊の寺めぐりをすることである。導入部の、「小さな妖精の国」「北斎」「漢字」「幟《のぼり》」など周知のエキゾチスムの言葉に彩られた街なかの描写が一段落すると、あたかも本題に入るかのように、ハーンは、いきなり日本語のフレーズを出して、語りを転調させる。

　"Tera e yuke!"
　私は、いったん洋風の旅館へもどらねばならなくなった――昼食のためではない。食事の時間さえ惜しいのだから。お寺へ行きたい、という希望をチャにわからせることができなかったからである。やっとチャにその意が通じた。旅館の主《あるじ》が、神秘に充ちたその言葉を言ってくれたから――
　"Tera e yuke!"(41)

「テラヘユケ！」とこの後も日本語のまま繰り返される言葉は、英語の読者には意味がわからず魔法の呪文のように響く。そしてハーンは〝開けゴマ〟と唱えるがごとく、この「神秘に充ちた言葉」（mystical words）を車夫に伝えては、そのつど、異なる場所へ行くことになる。

ハーンは三つの場所に案内される。

最初は、「シナ風の屋根を頂く山門」のある寺院だった。見慣れぬ小さな店が並ぶ町の一画を走りぬけ、川を渡り、運河を渡ると、やがて行く手に山が現われる。石段を登って、広い台地に出、不思議な彫刻を施した門が現われた。欄間には龍が絡みつき、軒からは、奇怪な獅子の頭が突き出ている。「灰色で、石を思わせる色調」だが、「彫刻特有の不動の安定感を持っているようには思えない。蛇も龍も群がりうねって、水のように渦巻き、いかにも捉え難い様子である[42]」とハーンは述べる。石段をさらに登ると第二の門があり、石灯籠の先に寺がある。ハーンは本堂のなかに上がり、そこで若い僧侶と経典について会話を交わす。そして、どうしてここに仏陀の像がないのかと問うと、僧は、仏様の御厨子《みずし》は閉めてあるのだ、縁日の時以外は、開帳されない、と答える。

つぎに案内されたのは神社だった。やはり「不思議な店」が続くなかを、どの方向に走っているか見当もつかぬまま、道は狭くなっていき、何度も橋を渡ってから、丘の麓で俥が停まる。ふたたび石段を登ると、「この国のもっと古い宗教の神々を祀ったところ――、宮“Miya”」の前に出る。ハーンは、はじめて鳥居を見て、「その荘厳な感じ、門（Gateway）としての神秘的な意味合い[43]」に感じ入り、神社のそばに小さな社《やしろ》を見つけるものの、扉はすべて閉めきってあった。ふと振り返ると、山なみの遙か上に、「精霊のように白々と冴えかえる」富士が幻のようにかかっているのが見える。別のところでは、「真っ白な花が枝という枝に夏空の雲のように咲き誇る[45]」桜の木立の美しさに、おもわず見とれる。

そしてハーンが"Tera e yuke!"と唱えて、案内された三つめの場所は、さらに町から遠く、断崖絶壁の海ぞいの曲がりくねった道を進んで、これまでになく急な石段を登ったところにある古色蒼然たる小さな寺だった。海からの風が吹きつける荒涼とした寺の中へ入っていくと、障子が閉まっている。老僧が障子を開け、暗い内陣の中に光が差し込んで、「渦巻きを思わせる蝋燭立ての立ち並ぶ間に」ご本尊の像を探してみるが、そこには淡い光を放つ一枚の鏡があるだけであり、映っているのは、「遠い海の幻影[46]」を背景にした自分の姿だったという。

ハーンが描く寺めぐりを特徴づけるのは、まずは「寺」にいたるまでの道程が長く詳しいことだろう。モースもハーンも横浜の路地を走りながら、モースの目は家々と人々の営みに向けられ、ハーンは道そのもの、道程そのものを描くのである。ハーンの人力車は常に、曲がりくねった道を走り、いくつもの橋を渡り、だんだん狭くなる小道を分け入っていく。俥を降りて、今度は石段や山道を登っていき、門を入ると、さらに境内のなかを、そしてお堂のなかを進む。迷路のような入り組んだ道をたどり、橋や門という異界への入口を通って秘められた領域に入っていくのは、いわゆる桃源郷文学の型であるともいえるし、また、求めるものを見出すことはできずに、呪文を唱えて次の「寺」の扉を開いていくさまは、中世の聖杯伝説やダンテの地獄めぐりなど古今東西の異界めぐりの探求の旅を連想させる。呪文に応えて、次々と「寺」の景色を開いてみせてくれるチャも、単なる車曳きではない。モースが車夫を現実の社会に生きる人間として、その日常の振舞いに感心するのに対して、ハーンが「寺」という合言葉のみを交わす「白いきのこのような笠」をかぶった車夫は、一種の象徴性をおびた案内人と化している。

そして印象的なのが、寺の御厨子も、神社の祠も、扉は閉ざされていることだろう。モースの目には多様な品々が映り、ハーンの目には、閉じられた扉が映る。モースの横浜が開かれた明るい広がりを見せるのに対して、ハーンは異国の奥深くへと、閉じられた扉の向こう側のほの暗い内陣へと向かうのである。

ハーンは、「寺」を求め歩いた。来日前のハーンがエドウィン・アーノルドの『アジアの光』（一八七九年）を読み、仏教に関心をもったことは知られているが[47]、少なくとも「東洋の土を踏んだ日」のなかでは、「寺」という言葉で提示されるものは、一定ではない。それは立派な寺院であったり、古びた小さな寺であったり、神社であったり、僧との教義問答であったり、ふと目に映る富士山や桜だったりする。ハーンが最初の寺で、蛇や龍の彫り物を見て、物質感も安定感もないと感じ、最後の寺でも祭壇の蝋燭立ての形が渦巻き文様に見えるのは、そこにハーンの定まらぬ気持が投影されているのかもしれない。ハーンが向かおうとするのは、仏教そのものというよりは、より漠然とした日本の宗教的な内奥にあるというべきなのだろうが、その内奥も、ハーン自身の心の内深くと繋がっていることが、夕方になり、最後の寺で、鏡の中に自分の姿を見る場面から推し量ることができる。鏡に映る背後の「遠い海の幻影」には、ユリシーズの放浪のごとく、ハーンがこれまで見てきたギリシャの海、アイルランドの海、大西洋にメキシコ湾、カリブ海、太平洋の海が当然重なりあっている[48]。

ハーンは、探すものを見つけた、とは思えないまま、車夫に"Tera?"と問われて、「寺？　いや、もう時間が遅い。ホテルだ」、と答えて宿に戻る。一日が終わって、夜、眠りにつくハーンの耳に聞こえてきたものが、盲目の按摩の声である。

「あんまーかみしもーごーひゃくもん」

夜の中から、女の声が響いてくる。一種特別なうるわしい節をつけて唱されるその文句は、一語一語、開け放った部屋の窓から、笛のさざ波立つ音のように流れ込んでくる。少し英語を話す女中が、その言葉の意味を教えてくれた。

「あんまーかみしもーごーひゃくもん」

この長いうるわしい呼び声の合間合間に、決まってうら悲しい笛の音が入る。

夜と盲目と、いわば二重の闇の中から聞こえてくる按摩の声と笛の音。この場面が、聴覚に優れた「耳」の人であったハーン、そして怪談の作者となったハーンにいかにもふさわしいものであることは、これまでも指摘されてきた。すでに述べたように、按摩についてはモースも言及しているが、ハーンのこの按摩の描写が印象に残るのは、他の外国人による記述と異なり、按摩の職業と制度については触れないからだろう。人力車の車夫から日常社会の背景をはぎとったように、按摩からも、ハーンは、具体的な肉体を取り去った。ただ、その笛の音と声だけが夜の広がりのなかからハーンのもとに届く。姿は見えない。それゆえに盲目の按摩は現実の社会的弱者以上のものとなり、夜の領域と目に見えぬ世界を象徴する、いわば神話伝説に登場するがごとき存在となるのである。

さらに、この場面では、部屋の窓が「開け放たれて」いる。昼間、訪ね歩いた寺も、神社の祠も、ハーンが見たのは、戸や障子が閉じられている状態であった。閉じられた扉を開いて、中へ入っていこうとする。それが"Tera e yuke!"と唱えつづけた、ハーンの探求の一日だったといえる。だが夜になり、ゆったりと部屋で横になっている今、まだ四月はじめの、夜はぐっと冷え込むだろう時期に、当たり前のように、窓が大きく開け放たれている。モースが、昼間の光がそそぐ町並みに心を開いたのに対して、ハーンは、夜、窓を開ける。外の闇のかなたから、打ち寄せるさざ波のように見えない世界の音が聞こえてくるとき、ハーンは心を開くのである。

そして「東洋の土を踏んだ日」は、つぎのように終わる。

私は眠ろうとして横になり、夢を見た。妖しい、謎めいた漢字の文句が数知れず、私のそばを走りぬける。（中略）私は、いつまでも、軒の低い、狭い、日射しの明るい町を、幻の人力車に揺られている。しかし、その車輪はまるで音を立てない。そして走っているチャの、巨大なきのこのような白い笠が、いつまでも、いつまでも、上下に揺れている。(49)

ハーンは夜、夢の中で、音もなく走る幻の人力車に乗って何処かに向かっている。

「東洋の土を踏んだ日」は、一日の見聞記のひとつのかたちとして、朝に始まり、夜に終わる。

最後の場面の、夢の中を走る幻の人力車という構図は、冒頭に描かれた、青みがかった大気のなかに登場する北斎風の車夫のひく俥のイメージに呼応しており、朝は、いかにもエキゾチックな霊峰富士から吹き寄せた風も、夜には、見えない世界から打ち寄せてくるものへと変容している。このような構成も、巧みである。

ハーンのスケッチや随筆のなかで、夜の情景描写が強い魅力をたたえていることについては、すでに本章の冒頭で述べたが、来日以前、アメリカの新聞記者時代のルポルタージュにも、たとえば、シンシナーティの廃墟と化した夜のダンス・ホールで黒人ジムが目にする死霊たちの狂おしい踊りの場面（「バンジョー・ジムの物語」）、月夜の河で泳ぐ波止場の女の姿（「ドリー──波止場の牧歌」）など、夜の場面が心に残る作品がいくつもある。ハーンの想像力は、本質的に夜に解放され、〈夜〉の領域に共鳴する傾向だったのだといえるだろう。もちろん、ハーンが再話した数々の怪談も、来日前の怪奇趣味の探訪記事なども〈夜〉の領域に属するものである。

そうしたハーンの作品のなかの〈夜の情景〉といった系譜のなかに、日本という異郷との出会いの一日を描いた「東洋の土を踏んだ日」の最後をしめくくる場面を置いてみると、注意をひかれる点が、二つある。

ひとつは、夜、一日の最後にようやく開かれた窓の向こう側にハーンが見たもの、それは、昼に見た光景の夢、つまり再現だったということである。夢の中の人力車を引くのは、昼にハーンを「寺」めぐりに案内した車夫であり、ハーンは昼に見た景色を夜、再び見ている──夜の中で昼の世界がとらえなおされているのである。

ハーンは、夜の夢の中で、「日射しの明るい町」のなかをいつまでも、どこまでも、走っている。ハーンが最後に行き着く夢の中の町には、細部の描写もない。ただ人力車の姿だけが日差しのなかに照らし出されて浮かびあがり、周辺部は水墨画のように闇の中へ消え入って、余分なものは捨象される。モースの昼の光あふれる町の情景となんと異なることか。ここの日射しの明るさは、現実の陽光ではない。それは、いわば、〈夜〉につつまれた〈昼〉の光である。

今ひとつは、この場面の最後に広がる全くの静けさである。

人力車に揺られながら、「車輪はまるで音を立てない」。音もなく、車の輪が回り、車夫の笠が上下に揺れる。その催眠的な動きがクローズアップされていくところは、映画の遅回しのフラッシュバックのようでもあり、聴覚に敏感な「耳の人」と称されるハーンも、ふっとこのような無音の世界に入っていくことがある。音のない一瞬の濃密さ——そういう時、ハーンは、外の世界の音から遮断され、時間が止まったかのように、みずからの想念に耳をこらすようになっていく。

五　無音の空間——「盆踊り」

「東洋の土を踏んだ日」の最後に予感のごとく示された、夜の無音の空間が、さらに大きく描かれているのが、やはり『知られぬ日本の面影』におさめられた「盆踊り」という作品である。

ハーンは、来日した年の八月、松江の尋常中学校に赴任した。横浜から鉄道で姫路まで行き、姫路からは人力車で日本海側へ山を越えていった。

「神代そのままの国、古い神々の国、出雲に行くには、幾つも山を越えなくてはならない。太平洋岸から日本海岸へと、強力《ごうりき》の車夫をとっかえひっかえ、俥で四日の旅である」(50)と始まる「盆踊り」は、異郷への参入の旅路を描いたという点で「東洋の土を踏んだ日」に直接連なる作品といえる。

横浜での寺めぐりの道が、街なかから橋や運河を次々に渡って山へ向かったように、出雲への山越えの道も谷間を縫うように、「谷はさらに高い谷へと開け、それにつれて道ものぼり、山と山とに挟まれた稲田の谷は、畦をめぐらした台地の段々につれて上へ上へと」「巨大な緑の階段」(51)のように続いていく。異世界に至る道程として同じように詳しく描かれながら、「東洋の土を踏んだ日」と異なるのは、横浜の町で「寺」を訪ね歩いては、閉ざされた扉を見出すハーンの記述に、いくばくかの迷いと不安さえ漂っていたのに対し、ここでは、幾重にも曲折する山の奥深い道を登りながらも、谷が次の谷へと「開けて」いく開放感があることだろう。

周辺の様子、特に宗教民俗が変わっていくさまを観察して、仏教の優勢な地域から、神道が息づく古代の土地に近づくことを描いていく筆致にも揺らぎがない。しかも、途中のある村では、道端に小さな祠《ほこら》を見つけると、閉ざされた扉にかけてあった横棒を「おそれ多くも取り除け、小さな戸を開け」させて中を覗いてみるという大胆さを発揮するのである。中にあったのは天狗の面で、ハーンは「天狗様」(52)の民間信仰について説明する。

やがて、うねるように「続いていた道が、突然下りになったと思ったら、藁葺き屋根の見える谷間が開けて」(53)、伯耆《ほうき》の国、上市《かみいち》に到着する。ちょうどお盆で、その夜、村の寺で盆踊りが行なわれ、ハーンは、異郷の奥深く、扉が開かれて誘われたかのように、太鼓の音とともに始まった「夢幻の世界の踊り」を見にいく。

盆踊りの印象的な記述については、これまでも多くの言及があるが、やはり注目すべきは、踊りを包む静寂な雰囲気である。


ゆったりと進む踊りの列は、いつの間にか月光に照らされた境内一杯に広がる大きな輪になって、声もなく眺め入る人々のまわりをめぐる。

そして絶えず白い手がいっせいに、しなしなと揺れ動く。交互に輪の内と外に、手のひらを或いは上に、或いは下に向けて続いてゆくそのしぐさは、何か呪文でも紡ぎ出すかのようである。（中略）眺めている中に、思わず眠気を誘われてしまう――ちょうど、ちらちら光りながら流れて行く水に見入っている時のように。

この眠気をいっそう強めるのは、物音ひとつしないあたりの静けさである。誰一人口をきくものがない。見物人でさえ黙している。かなり間遠な手拍子の合間合間に、やぶにすだく虫の音と、軽く土埃をあげる、しゅうしゅうという草履《ぞうり》の音が入るだけである。(54)


月明かりの境内という、夜の闇のなかの光の空間、白い手の上下の動き、催眠的な仕草で回り続ける踊りの輪。そして、声もなく、物音ひとつしない無音の時間。ハーンは、眠りに誘われていくのだが、ハーンが山越えの旅を終えた夜に見たこの夢のごとき情景は、横浜で寺めぐりをした日の夢と、根底において通じあう要素で構成されているといえるだろう。

そもそも、「物音ひとつしない」ような盆踊りが実際に明治の山陰地方で踊られていたのだろうか[55]。ハーンが見たままを記述したのかどうかは当時の映像も音も記録として残っていない以上、検証することは難しいかもしれない[56]。だが、ハーンが見学した実際の踊りに、音のない部分があったにせよ、なかったにせよ、ハーンがそれを「無音の踊り」としてとらえ、作品に描いたことに意味があるのではないか。

読者は、すべての音が消えた、無音の踊りの映像に強い印象を受ける。そして「東洋の土を踏んだ日」の最後の夢の続きともいえる、この無音の時間の濃密さが際立つのは、ハーンの想念が無音の情景を起点に幾重にも広がりゆき、現実の向こう側に突き抜けていく感覚が描かれているからだと思われる。

ハーンは盆踊りの夜を、「静かで明るくて、ヨーロッパの夜よりも広大な印象」の美しい夜であったという。その「広大な印象」をかもしだすのは、澄みきった月の光だけではない。ハーンは娘たちの姿に「ギリシャかエトルリアの」「古代の壺の面に描かれた夢のような人々の姿」を重ねてもいるが、古代地中海世界の連想が重要なのでもない。ハーンの想像が広がりゆくのは、もちろん、盆踊りが死者を迎える行事だからである。

ハーンが、“the Festival of the Dead”（死者の祭り）[57]、つまりお盆のことを知ったのは、松江赴任を前にした七月のことだった。盂蘭盆《うらぼん》のお供えをした仏壇のある家を訪ね、幼子を亡くしたばかりの母の話を聞き、そしてお盆に用いる品々を売る盆市に行った。そのときの印象がいかに深いものであったかは、「初めて聞き知ったこれらの事柄についてぜひとも書きたい」とわざわざ述べて、その日のことを“At the Market of the Dead”（「盆市にて」）というエッセイに詳しく記したことでもわかる。「いま午後五時をすぎた。書斎の開け放った戸口から夕風がふきこんで机上の紙が乱れ、日本の太陽の白い光が翳りだして、昼の暑さの終わりを告げる」という書き出しで始まり、宵闇迫る盆市の雑踏のなかを一人行く母親の寂しげな姿を映しだして終わる、味わい深い小品である。ハーンが描く異国の町の盆市の夜は、あかあかと店屋の提灯に照らされている。様々な珍しい飾り物や、お供え物、玩具さえ売っていて、お盆用品を買い求める人々で賑わうさまは、ヨーロッパのクリスマス市のさんざめきをどこか連想させ、そうした品々をひとつひとつ挙げては説明を加えていくところなど、好奇心にみちたモースの姿とも重なる。だがハーンは、盆市の雑踏のなかにたたずむうちに、やがて群衆の姿も、さんざめきの音も遠のいていき、盆市のどこかにいるであろう、子をなくした母親のうつろな姿だけを思い描く。最後にハーンの想像のなかを女が浮遊していく場面といい、また訪ねた家で、仏壇のなかに仏像があるかと思って戸をあけてみると白木の位牌しかないことに、はっとするくだりといい、「盆市にて」には、「東洋の土を踏んだ日」の余韻が色濃く残っている。その余韻のなかに、「死者の祭り」を知った驚きが描かれ、『知られぬ日本の面影』のなかで、「盆市にて」の次の章「盆踊り」へとつながっていくのである。

そして今、ハーンは踊りの輪の向こう側に、「白い提灯がともる灰色の墓石」があるのを見ている。盆踊りは、死者を迎える行事だということを改めて思ったにちがいない。墓の下で「幾百年もの長い間眠り続けている人たち、その親たち、その親の親のまた親たち」という代々の死者たちの存在を間近に感じて、こう述べる。

今自分が見ているこの踊りは、遠い遠い太古のものだ、この東洋の生活の記録以前の時代、おそらくは薄明の神代の時代に属するものだろう。(中略)物言わぬ笑顔、物言わぬお辞儀が、誰か目に見えぬ見物人に向けられているもののように思われてくる。こうして私の想像は、あらぬ方へとめぐってゆく――今ここで小声ひとつでももらしたなら、すべては永久に消えてしまうのではないだろうか、そしてその後に残るのは、ただ、灰色の荒れ果てた境内と廃寺と手の欠けた地蔵の像だけではなかろうか。[58]

現実の光景に「薄明の神代の時代」の面影が重なり、「目に見えぬ」人々の気配がたちこめる。ハーンはここで、「物言わぬ」無音の空間に満ちる過去の無数の霊魂の存在を垣間見て、その発見におののきつつ、声をたてたら魔法は消えてしまうのではないかと恐れ、自分がその同じ空間にいるという感覚、さらには死者たちとともに時空を超えていく一瞬の感覚を逃すまいとしているかのように思われる。あるいは、無音の瞬間とは、ハーンの五感が何か現実の向こう側――この場合は、死者――を察する緊張感の表現といってもいいのかもしれない。

もちろん死者の世界との接触はハーンの文学の一貫して重要な主題である。たとえば、ハーンは来日前、マルティニークにおいても、死がよりそう無音の踊りの光景を描いていた。疫病に襲われたサンピエールの町、カーニバルの祭りと、あるクレオール娘の死をルポルタージュ風に描いた短編作品「天然痘」（『仏領西インド諸島の二年間』）の終盤、ハーンが夜、やはり夢をみる場面である。

昨夜私は、謝肉祭の踊りを再び見ていたようだ。頭巾をかぶった楽手たち、とんがり帽子の幻想的な流れ、幽霊じみた仮面、揺れ動く人の体に波打つ腕、――しかしそれらは煙が流れゆくように無音である。知っていると思った姿もあったし、どこかで見たような手もあって、その手が黙ったまま伸びてきて触っていくのだった。するといきなり、〈何か目に見えないもの〉が、風に散る木の葉のように、その形をはらはらと散らしたようだった。はっと思って目覚めた時、「神様のお通りだぞ！」というあの恐ろしい声が、カーニバルの最後の日の午後に聞いたように、もう一度はっきり聞こえたように思った。(59)

疫病の恐怖のなかで人々が激しく練り歩く現実世界の狂騒の音は、ハーンの夢の中にはない。ここでも、「盆踊り」と同じように踊り手たちは、波打つような動きを繰り返しながら、静かに浮遊していく。だが異なるのは、無音のなかに忍び寄る〈何か目に見えないもの〉が現実に迫る死の影であるということで、顔見知りらしき踊り手たちも生者なのかすでに死者なのか判然としない。ハーンは、先に触れたシンシナーティ時代の短編「バンジョー・ジムの物語」においても、「盛り場の死んでしまった昔馴染の娘たち」が夜のダンスホールいっぱいに狂おしげに踊るさまを描いており、「天然痘」に描かれたカーニバルの踊りは明らかに、「死の舞踏」の様相を呈している。そしてヨーロッパ中世ではなく、熱帯の光あふれるマルティニークのカーニバルの死の踊りの夢は、映画

『黒いオルフェ』（マルセル・カミュ監督、一九五九年、フランス・ブラジル合作）を先取りしたかのように、白い輝きのなかに漆黒の深淵が裂けてのぞいている。垣間見える「恐ろしい」死は、生の背後に潜んで身近な人々の命を奪い、生を脅かす。〈夜〉は、〈昼〉のなかに潜み、〈昼〉を侵すのである。

伯耆の盆踊りの印象は、よほど異なる。踊り手は、「目に見えぬ」人々に向かって無言の挨拶をし、静かに微笑みかける。月に照らされたお盆の夜、死は、親しく迎えられ、踊りの輪を包み込む。そしてその死は、今現在を脅かすのではなく、「薄明の神代の時代」につながる。

さらに、熱帯のカーニバルの無音の夢は「「神様のお通りだぞ！」というあの恐ろしい声」が遠くから聞こえてきて破られるのに対して、「盆踊り」では無言の踊りの輪の中から、「突然、低く張りのある歌声が沈黙を破って響き渡」り、次々と歌声が迸《ほとばし》るように唱和して、広大な空へと立ち上るような展開をみせる。しかも大事なのは、このとき、音の方向、音の質が変わっていることではないかと思われる。いわば閉ざされた異郷の内奥へ深くもぐり、そこから反転して一気に飛翔し、さまざまな歌が響きわたる時空を旅するような感覚である。来日直後の横浜の街中で聞いた様々な物音、按摩の呼び声。上市に到着し耳にした踊りの開始を告げる太鼓の音。遠くの手拍子の音。外の世界から聞こえてきた単発のさまざまな音が、今、無音の空間を通り抜けて、ハーン自身がともに奏でる内なる歌へ集成されて、重層的交響へと変わっている。外から内へ、聞き取る音から奏でる歌へ。他者の内在化といってもよいその転換は、ハーンの思索を促す〈夜〉という領域で、〈無音の時間〉をへて、行なわれる。

ハーンの〈夜の情景〉は、来日後たしかに変わり、晩年にむけて熟成していく。その最初の兆しが本章で取り上げた二つの作品にみられるといっていいだろう。闇は光を脅かすものではなく、〈夜〉は〈昼〉との対立性において捉えられているわけでもない。無音の〈夜〉は、「東洋の土を踏んだ日」の夢では、〈昼〉の光を包み込み、「盆踊り」のなかでは、無数の死者の霊魂と唱和するような歌声とともに、遠く遙かな時空間へと突き抜けていく。ハーンの幻想が生み出す伯耆の夜の「広大な印象」は、モースの描く昼の情景の広がりとはまったく別種の、異次元の地平線が幾重にも開けていく美しさがある。

六　内なる交響へ

モースもハーンも、絵が玄人なみに上手であった。モースの著作は多数のスケッチと図解に彩られており、またモースが各地で行なった講演では、黒板に次々と動植物の絵を名人芸のように描いてみせたといわれている。だが、モースの写実的な素描と異なり、ハーンの残した水彩画は、ルドンやムンクの作品に通じるような幻想性がある。

モースは一八七七年、一八七八年、一八八二年と三回来日し、それぞれ五ヵ月、一年半、八ヵ月滞在した。二度目の滞在の折には家族も一緒で、三度目の来日のときには、知人のウィリアム・ビゲローと、アーネスト・フェノロサを伴い、各地で日本の民具と陶磁器を収集した。モースは日本美術に魅了されたフェノロサらを残して一人日本を離れた後、再び戻ることはなかった。だが、帰国後も、セイラムの自宅に日本からの留学生や訪問客を喜んで迎え、日本に対する大衆の無理解を解くべく、講演活動の努力を惜しまなかった。フェノロサとビゲローへの影響をはじめ、アメリカ東部における日本美術嗜好の中心となったことも知られている。その全蔵書は東京大学に遺贈され、日米双方の多くの人がモースの善良な人柄を回想している(60)。モースは、父親の信仰に反撥し、独善的な宣教師を嫌ったが、その人生は、アメリカのニューイングランド地方に所属して揺らがず、不安がない。モースの著作に一貫する健全な明るさは、その基盤の安定によっているといえるのかもしれない。モースは「古きよき日本」を愛したといわれるが、そのようなモース自身、現代からみると、「古きよき時代の善良なるアメリカ人」といった趣きがある。そして、モースが描いた日本の情景も、明治初期というはっきりした時代と社会に所属する。

それに対してハーンは、最後まで日本にとどまったものの、ちょうど、神社の鏡に映った自分の姿の背後に海が広がっていたように、ハーンの精神を形作っていたのは、ギリシャ、アイルランド、アメリカ、カリブ海、日本という、さまざまな地域の水が、ひとつの海に溶けいったような、渾然とした想像力であった。ハーンに関する幾多のエピソードからは、その激しい気性と同時に心優しさと繊細さとがうかがえ、晩年は大学で西洋文学の伝統を講じる一方で、人付き合いを嫌って、創作に打ち込んだ。そして、ちょうど来日早々の横浜で、"Tera e yuke!"と呪文を唱えて、さまざまな場所へ行っては戻ってきたように、ハーンは夜の想念のなかに、日本の「寺」の扉を、眼に見えぬ扉を開くことを求めて、往還運動を繰り返した。たずねたのは仏教であり、神道であり、民間信仰であり、伝説であり、名も無き人の心のうちであり、ときに、幼き日の思い出に立ち返った。最後は怪異譚の再話に力をそそいだが、そこに抽出された物語世界は、「東洋の土を踏んだ日」に登場する人力車の車夫と按摩の姿に社会の背景や現実の肉体が稀薄であるように、明治日本という時代と地域をどこか超越して、現代の読者の感性に直接訴えてくる。

作品「盆踊り」の最後につぶやきのように聞こえてくるのは、異郷の風景に見入る自分自身に対する、新たな発見への戸惑いとおぼろげな確信とが入り混じった問いかけである。ハーンは眠りにつきながら盆踊りを思い返し、「それにしても、この感情とはいったい何ものだろう」と問い、それにまだ答えることはできないが、と断わったうえで、「私一個の生命より無限に古いもの」、「あまねき太陽のもと、生きとし生ける万物の喜びや悲しみに共鳴音を発するもの」のような気がする、と結んでいる。ハーンがここで述べている、この漠たる感情こそ、以後、ハーンの様々な作品のなかで次第に明確な形で自覚されるようになっていくことになるのである。そしてハーンは、様々な場面で聞き取った音や物語のなかから、そのつど「無限に古いもの」を抽出し、〈夜〉の領域のなかで自らの声で、内なる「共鳴音」へと転換していった。晩年の再話作品のひとつひとつは、そのようにして紡ぎだされたものなのだが、ハーンが「盆踊り」の最後につぶやいた問いの答えは、やがてハーン晩年の作品、お盆のころの夜の海を舞台にした随想「焼津にて」（『霊の日本』一八九九年）と「夜光るもの」（『影』一九〇〇年）に記されることになる。

海は、周知のようにハーンの作品のなかに繰り返し登場する重要なモチーフである。たとえば、メキシコ湾を舞台にした『チータ』のなかで描かれる、海の猛威と癒しの力。マルティニークの熱帯の海。「日本海の浜辺で」のなかの不気味な仏海《ほとけうみ》。「夏の日の夢」のなかで回想される幼き日のギリシャらしき海。ハーンは海で泳ぐことも好んだ。だが、何よりも、「東洋の土を踏んだ日」の寺めぐりの一日のなかで、最後に訪ねたお堂の内陣の鏡に映った自分の背後に海が広がっているのを見たように、海は、ハーンに自らの心の内深くへと向かわせる、想念の場であったということができるだろう。

ハーンは東京に出てから亡くなるまでのほとんど毎年の夏を、駿河湾にのぞむ焼津の海辺ですごした。魚屋の山口乙吉の実直な人柄が気に入って、そこの二階を定宿にしていた。焼津での夏の日々は、「乙吉の達磨さん」(『日本雑録』)などの心温まる小品にも描かれているが、〈海〉という場に〈夜〉の領域が重ねられたときに、やはりハーンは本領を発揮する。

「焼津にて」(“At Yaizu”)では、嵐の夜の海の声に耳をすませるハーンの瞑想がつづられる。「いつもお盆のころに、海は荒れる」とハーンは始める。ハーンは、夜闇に轟《とどろ》く怒濤と、沖合の潮騒に「子供の頃に海の声に耳を傾けていたときに感じた漠とした恐れ」を思う。そして、その後の人生での「世界各地の海岸で打ち寄せる波の音」を重ねつつ、それは「太古から先祖代々伝わってきた無数の恐れの総和なのだ」という。ハーンの想念が次々に喚起され、海が霊的な生命体としてとらえられ、幻想のなかで海の「深い淵が深い淵に呼びかけ」あう壮大な音楽の宇宙と化していくさまが詩的に叙述されている。音楽を論じた「焼津にて」の最終段は、ハーンの霊的な世界観がうかがわれる文章として知られている(61)。だが、音楽について語りながら、ハーン自身の文学の素描となっている一節に、ここで改めて触れておきたい。

ハーンは、「喜びと痛み、この二つは常に偉大な音楽では混じり合っていて、それゆえ他のどんな声よりも音楽がより深く私たちを感動させるのだ。しかし、音楽の広大な声の底に流れるのはいつでも悲哀の低音、霊の海の岸に寄せる波の悲しいつぶやき声である[62]」、と述べる。

異郷の「寺」のかなたを求めたハーンが、もっとも力をそそぐことになった、怪談の再話という営みのもつ意味は、この一節にある「音楽」を「文学」とおきかえれば、極めてはっきりとした像を結ぶと思われる。

ハーンは、人間が語り伝える古今東西の物語の広大な海のなかに、通奏低音のように繰り返される、「悲哀の低音」に耳をすませている。そして、「霊の海の岸に寄せる」ひとつひとつの「波の悲しいつぶやき声」を聞き取り、ひろいあげようとした。波のつぶやき声は、世界各地の岸辺に打ち寄せる波の音に重なり、そして太古から繰り返し伝わる無数の声にならない声にも重なっている。ハーンにとって、民衆が伝える怪談とは、人間存在の根源的な感情を低音部に潜ませている言語作品だったといえるだろう。ハーンは、そうしたつぶやき声を拾い上げて、再話したのである。

"Life infinitesimal", "life illimitable"

「夜光るもの」("Noctilucae")も、夏の焼津の海で夜泳いだ時の観想を記した、さらに短い文章である。「焼津にて」では、ハーンは部屋にいて潮騒の音に耳をすませていたわけだが、翌年のこの作品では、海に直接入っていき、夜の海水に全身をひたす。

月はまだ昇っていなかった。広大な夜空は、満天の星で湧きたち、異常に明るい銀河の橋がそこに架けられていた。そよとの風もない。しかし見渡す限りの海に、火と燃えるさざ波があふれ、あたかも冥界の美の幻影のようであった。さざ波だけが輝き（波間は漆黒の闇そのもの）、しかも、その明るさは、驚くばかりだった。波のうねりは、おおかた蝋燭の火のように黄色であった。が、なかには深紅の灯もあり、空色、橙、エメラルドもあった。くねくねと続くそのきらめきは、波立つ海水の脈動と言うより、あまたの意志あるものの奮闘——知覚をもった、奇怪きわまる流動——幽界《エレボス》（Erebus）の深い淵にいる怪龍のように身をよじり、数知れず群がっているさまを思わせた。

そして実は、生命こそが、その光景に不気味な光彩を与えているのだった。ただ、それは、微細で、霊妙極まる生命——無限に広がりながら、はかなく消え入る生命で、水平線までも、海面全域にわたって絶えず明滅をくりかえし、その上の虚空には、他の無数の光が、これまたさまざまな霊的色合いで脈打ちつづけていた（Life infinitesimal, and of ghostliest delicacy— life illimitable yet ephemeral, flaming and fading in ceaseless alteration over the whole round of waters even to the sky -line, above which, in the vaster abyss, other countless lights were throbbing with other spectral colors.）[63]。

“Noctilucae”とは、海の夜光虫（“Noctiluca”の複数形）のことである。月のない海は静かで、見渡すかぎり夜光虫が火のさざ波のように煌《きらめ》いている。「冥界の美の幻影」（a vision of infernal beauty）のような、燐光輝く夜の海に浸りながら、ハーンは、"Nocti" "luca"——つまり夜の中に光る、ということそのものに思索をめぐらす。波間に浮かぶ無数の光が様々な色に輝いている。光の波がうねるようなその動きを、ハーンは、ギリシャ神話のエレボス、つまり暗黒の幽界にうごめく龍のようだという。エレボスは地下の暗闇であり、夜の女神ニュクスと交わって、光の天界エーテルと昼の女神へメラが生まれた。つまり、夜が昼を、闇が光を生んだのである。その「夜」の海に浮かぶ光をみつめて、ハーンは、その輝きに「生命」そのものを見る。夜の無限に暗い闇の広がりが、無数の微細な生命の光で満ちあふれ、見上げれば幾億千万の恒星が輝く満天の星空である。夜光虫の「微細な生命」（Life infinitesimal）は「無限に広がりゆく生命」（life illimitable）である、とハーンは考えるのである。

闇に光の微粒子が満ちる、この異様に美しい空間のなかでハーンは波に身を任せ、微細な夜光虫のきらめきと一体化する。そして、すべての微細な光がひとつの大きな「白い光の高み」（the White of the Altitudes）へと統合されていく幻影で作品は閉じられる。

「東洋の第一日」の夢に現われ、「盆踊り」を包んでいた、〈夜〉のなかの白い光が、湧き上がるように広大な宇宙空間へと引き上げられていき、「盆踊り」の最後に問うた、遙かな過去から連続する生命の感覚が、ここでは、もはや問いではなく自信にあふれたイメージとして捉えられているといえるだろう。

「夜光るもの」も「焼津にて」も濃密な一編の散文詩であり、ハーンの「夜の情景」の系譜の到達点といえる。

「夜光るもの」のなかでは、夜の闇の中に光が満ち溢れ、「焼津にて」では、ハーンの心の中で壮大な交響曲が奏でられる。この二つの作品は、ハーンが到達した思索の世界をかたや視覚的な映像として、かたや聴覚をこらした音楽としてとらえたものであると、筆者は以前論じたことがある。そして、この二つの作品をはじめ、虫をめぐる短編「草雲雀」、哲学的色彩の随想「露の一滴」などのなかに"infinitesimal"（無限小）という語が頻出することを指摘し、ハーンが夜光虫の微細な輝きにも、小さな草雲雀の命にも、そして夜明けの露の一滴にも、時空間の奥行きを垣間見たこと、そしてハーンの思考がその微小なる世界から広大無辺の宇宙へと突き抜けていく動きが、豊穣な映像詩を創りだしていることを論じた（『ラフカディオ・ハーン　異文化体験の果てに』最終章「晩年の結実——微粒子の世界像」）。それはまた、名もなき人々の生活を彩るささやかな「小さきもの」に共感を寄せ、過去世へ思いをはせてきたハーンの道程の結実であったことも、同書ですでに論じたので、ここでは繰り返さない。

ハーンの作品群は、晩年の再話作品を含めて、何らかの理想を体現したものではない。思想的に体系化されるものでもない。また、西洋的価値観に対峙するものとして、「日本」文化の評価を目指したものとして単純化して捉えてすますこともできない。

ハーンの怪談は、いわば、夜の領域に描かれた光の微粒子であり、夜の海の岸辺に寄せる波のつぶやきなのである。その魅力は、夜の領域がハーンにあっては、昼を包み込み、昼の世界を問うものとしてあるように、人間存在を明らかにするものとしての怪奇の世界を見せることにあり、ひとつひとつの再話作品が、ミクロコスモスの光を放ちつつ、夜の空間に満ち、広大な宇宙と一体化することにある。

「東洋の土を踏んだ日」と「盆踊り」は、横浜の寺への道、山陽から出雲への道、という異文化参入の道程を描いたものである。そこに読み取れるのは、ハーンとモースがともに共感した「明治日本」の彼方へと突き抜ける、再話文学者への道であり、ハーンは、モースが渉猟した明るく広々とした昼の世界の彼方への扉を開いた。来日直後の二つの紀行文は、ハーンの日本体験全体を予見させる、暗示的な作品なのである。

第二章　民話を語る母——『ユーマ』

一　ハーンとマルティニーク

民話や伝説というものに対するハーンの関心は、来日以前からすでに見られた。アメリカでの新聞記者時代には、黒人たちの間に伝わる話や迷信を記事にし、南洋の神話伝説集を翻訳した。そして『知られぬ日本の面影』のなかでも、土地に伝わる民話や怪談、歌謡、風習などが叙述の合間に効果的に折り込まれていて、ハーンの文章に魅力ある独特の奥行き感をかもしだしている。口承文芸や民間宗教、風俗習慣といったもののなかに民衆の心を伝える何か大切なものがあると考えるのは、来日以前も以後も一貫したハーンの基本的な姿勢のひとつとみていい。だが、日本時代の著作を通じて指摘できることは、民話の再話物語が占める割合が次第に増えていき、再話文学として独自の領域を築くにいたったことである。

ところで、ハーンは来日前、アメリカのニューオーリーンズでの新聞記者生活に区切りをつけて、西インド諸島の仏領マルティニーク島に一八八七年から二年間滞在している。マルティニークに赴いた理由のひとつは、クレオール文化への興味にあった。クレオールとは、元々はアメリカ南部や中南米の植民地における現地生まれのヨーロッパ系住民のことであった。それが、土着の白人のみならず、白人と黒人奴隷の混血の有色人をもさすようになり、ついで彼らの使う独特の言語を、そしてさらにそうした地域に固有の文化全体を表わすようになったものである。フランスの植民地で奴隷たちが使っていた一種の簡単なフランス語方言ともいえるクレオール語は、植民者の言葉であるフランス語と、奴隷たちのアフリカ系の言葉の混成語である。そしてクレオール料理にしろクレオール音楽にしろ、クレオール文化の特質として、ヨーロッパ由来の要素とアフリカ起源の要素が融合または混在していることがあげられる。

ハーンがいた十九世紀後半のニューオーリーンズには、フランス植民地時代の名残りのクレオール文化がまだ残っていて、異国情緒を漂わせていた。そしてハーンは失われゆくクレオールの民俗を新聞記事のなかで再三とりあげ、クレオールの諺集『ゴンボ・ゼーブ』、レシピ集『クレオール料理』を出版した。仏領マルティニーク行きは、そのようなハーンにとっていわば、クレオールの土地のただなかへ入っていくことだったのである。そして、カリブ海のこの島での暮らしのなかから生まれたのが紀行文『仏領西インド諸島の二年間』（*Two Years in the French West Indies*）と小説『ユーマ』（*Youma*）である。ともに一八九〇年にハーパーズ社から出版され、この二つの作品をもって、ハーンは本格的に文筆家として生きていく決意を固め、次の取材地、日本へと向かうことになった。

では、このマルティニークで書かれた作品は、ハーンの文学全体のなかでどのように位置づけされうるのだろうか。そしてハーンにとって、西インド諸島のクレオール文化とはいかなる意味をもったのだろうか。

まず『仏領西インド諸島の二年間』の方は、その四年後に書かれた『知られぬ日本の面影』と、内容、手法ともに、直接つながる作品である。『知られぬ日本の面影』の方が洗練されて完成度は高いが、姉妹編といえるほど共通点が多い。滞在記という大枠のなかに、スケッチ風の様々な短い作品を連ねた構成。口承文芸や土地の民間信仰に対する民俗学的知見を散りばめた文章。二つの著作に一貫してみられるのは、異文化に対する共感と理解である。そして両方ともに、仏訳、日本訳の形で今もそれぞれの土地で読みつがれていることも似ている。

一方、『ユーマ』の方は、紀行文ではなくて小説である。ハーンは生涯に小説を二つだけ書いており、アメリカ時代、ニューオーリーンズで執筆した『チータ』(*Chita*, 一八八八年)に続いて、ハーンはマルティニークで二作目の『ユーマ』を書いた。『チータ』も『ユーマ』も、女主人公の名前をそのまま題名にするという、西洋の小説のいわば伝統的なひとつの形を踏襲していると言える。だが、貴族の令嬢から娼婦にいたるまで様々な女の一生を描いた数多くの十九世紀小説のなかで、『ユーマ』がめずらしいのは、その副題(*Youma: The Story of a West Indian Slave*)にあるように、植民地の、しかも混血の女奴隷が主人公だということだ。奴隷制度廃止直前のフランス領マルティニークの農園を舞台に、ハーンは、乳母として献身的に尽くすユーマが、解放を求める黒人奴隷青年との恋と自らの義務感との間に板挟みとなり、奴隷の暴動に巻き込まれて白人の主人一家と共に焼け死ぬまでの物語を書いた。

もっとも、これまで『ユーマ』は小説としてはあまり評価されず、プロットや心理描写などが弱いとされ、色々な要素の寄せ集めの習作にすぎないとみなされてきた。特に議論が分かれるのが、ユーマが白人に忠誠を尽くし、主人の幼い娘を抱いて死ぬという結末である。ここに西欧の人間であるハーンの時代的限界を見出して批判する立場があれば、それに対して、ユーマの強い倫理感と行動には、単なる忠誠心という以上に、「高貴で温かで崇高な人間性」[1]（平川祐弘）が感じられると肯定する意見もある。一方、十九世紀当時の人種観を前提にした物語の枠組みのなかで、その人種観と矛盾するような性格描写の端々に、ハーンの他者への同一化を見出す研究（杉山直子[2]）もあれば、ユーマに、支配された地域の人々の抑圧された母語による口承文芸の担い手としての役割を見出す研究（西成彦[3]）もある。

『ユーマ』の新しい日本語訳を一九九九年に出した平川祐弘は、この作品の特色は、マルティニークの自然風景、砂糖黍農園の生活、黒人奴隷女の乳母についての論、挿入されたクレオール語の会話、諺や民話などが新鮮で強烈な印象のもとに記述されていることであり、そのようなマルティニークの民俗学的記録として貴重な「非小説的要素」に魅力があると評価した。そして『ユーマ』を書いたことでハーンは自らの才能の向き不向きを悟り、異文化のルポルタージュや民俗観察など、新たな分野の開拓を目指すようになったと指摘する。[4]

ハーンはたしかにこれ以後、小説という形で創作をすることはやめてしまった。しかし『ユーマ』を書いたその時点においては、ハーンにとって、『ユーマ』という作品の眼目は、あくまでも、その題名の通り、主人公の造形にあったと考えていいのではないだろうか。

主人公ユーマは先に述べたように、植民地の混血の女奴隷なのだが、ここで大事な問題は、奴隷という身分から派生する人種的、社会的問題ではない。ユーマが他の奴隷と異なるのは、混血のクレオールだという点であり、さらに重要なのは、その混血のユーマに託された「母」なる存在の描かれ方、そしてその「母」が語るクレオール民話というものにハーンが見出した意味ではないかと思われる。

そこに、ハーンの文学の原点と同時に、最後の作品『怪談』に結実した「再話」という到達点にいたる道筋が示唆されていると考えるからである。

二　母なる存在

ハーンは物語を、植民地のフランス人上流家庭における「ダァ」(Da)と呼ばれる乳母の特別な存在について語ることから始める。

「ダァと呼ばれた乳母は、昔の植民地時代、マルティニーク島の豊かな家庭ではしばしば高い地位を占めていた。ダァになるのは、たいていフランス領西インド諸島の混血黒人女性だった[5]」とハーンは書き出す。子供は当然、まずは乳母になつく。子供が成長するにつれて生母の存在の比重が増すものの、乳母に対する愛情は終生変わらないし、従って、白人社会のなかで「ダァ」は他の奴隷とは異なる扱いを受けて大事にされる、とハーンは説明する。

物語の主人公ユーマは、ペロンネット家の娘エメーの乳母の子として生まれた。エメーがデリヴィエール家に嫁ぐと、ユーマも付き従い、そしてエメーの幼い娘マイヨットの乳母となった。

やがて農園の逞しい黒人奴隷ガブリエルと恋に落ちるが、内働きのユーマと外働きのガブリエルとでは身分が違うと主人に許してもらえず、ガブリエルが島から脱出逃亡する計画を持ちかけても、ユーマは結局は主家と子供のもとにとどまることを決める。そして最後、怒り狂った反乱奴隷たちに襲撃された暴動の夜、乳母のユーマだけなら助けられるとガブリエルが必死に差し延べる救いの手を拒み、ユーマは炎に包まれた館の中で、子供と運命を共にする。

物語を閉じるのは、屋敷が崩れ落ち、すべてが暗黒のなかへと消えてしまう前の一瞬、ガブリエルの眼に映じたユーマとその胸に抱かれた子供の姿である。

ユーマは窓辺に踏みとどまっている。いま彼女の美しい顔には憎しみもなければ惧《おそ》れもない。その顔は落ち着いていた。大蛇の頸の根を足で押さえつけて微動だにせず突っ立っていたあの夜のユーマとそっくりである。ガブリエルにはそう見えた。

すると突然ユーマの背後で炎がめらめらと赤く燃え上がった。その炎を背景にしてユーマの背の高い姿が浮かびあがった。それはかつてガブリエルが碇泊地のチャペルで見た、金地を背景にした「良き港の守りの聖母」の御姿さながらであった。すらりとしたユーマの顔だちにはとくに感情の動きは見えない。両の目はユーマの胸に隠れている金髪の少女の頭に注がれている。――ユーマの唇が動いている。マイヨットに話かけているらしい。マイヨットは一瞬上を見上げた。ユーマの黒くて美しい顔が自分の方を見おろしている。――マイヨットはほっそりした両手を合わせた。まるでお祈りでもしているかのようだった。

　だが、悲鳴をあげて少女はまたユーマの胸にしがみついた。厚い壁がぐらぐらと揺れたからである。それはハリケーンが吹く時に壁が揺れる様に似ていた。悲鳴がおこった。建物の奥から狂乱の叫び声が聞こえる。建物が崩壊する音がした。低い雷鳴に似た響きである。ユーマは黄色いスカーフを首もとからはずすと、それを子供の頭にくるんだ。それからおだやかに優しく子供を愛撫し始めた——なにか囁《ささや》いている——両腕に抱えて左右にゆっくりとゆすっている——いかにも落ち着いて子供を寝かしつけるかのようだった。見つめるガブリエルの目にユーマがこれほど美しく見えたことはなかった(6)。

小説としてのクライマックスでもあるこの最後の場面は、視覚的に鮮やかであり、音の効果も巧みである。夜の闇を背景に、燃え上がる炎。黒人群衆の騒乱のどよめきに、白人一族の悲鳴が交錯する。そして崩れゆく屋敷の窓に浮かび上がる、聖母子像のごときユーマとマイヨットの姿。阿鼻叫喚のただなかでユーマは幼子を優しく抱きしめ、見つめて安心させ、その子供の頭を黄色のスカーフが光輪のように包む。

この劇的な場面を際立たせているのが、一体と化したその二人が作る周囲から隔絶した静かで濃密な空間であるのは明らかだろう。

そしてまた一方、ここに描かれているのは、四面を敵に包囲され絶望的な状況のなかで守ってくれる、絶対的な保護者としての母の強さでもある。

ガブリエルはその姿を見ながら、初めてユーマに心をひかれた時のことを思いだしている。その夜、突然闇の中から現われた巨大な毒蛇を、ユーマがマイヨットの身を守るために一人で退治したのだった。この大蛇事件は物語前半に出てくるのだが、その時ガブリエルはユーマのとった行動に驚き、「偉いものだな、お前は。強くて、厳しくて[7]」と感嘆する。ハーンは、この「厳しい」(sévè)というクレオールの言葉が黒人たちのいかに高い評価を表わすかを説明した上で、ユーマの強さと勇気ある行動がガブリエルをはじめ周囲の畏敬の的となったという。そして「崇拝の対象と化し」、「物神に対するがごとき敬意[8]」という表現にみられるように、子供を守るユーマの姿には、乳母の献身というより、守護神のような頼もしさと神々しさがただよう。

ハーンはまだ幼い子供のころに、母ローザと生き別れになっている。ローザはハーンを連れてダブリンの夫の生家に来て暮らし始めたものの、アイルランドの言葉にも気候風土にもなじめず、心を病み、ハーンの弟を出産するためにギリシャに帰郷している間に、夫に離縁されたのだった。そのため、ハーンは終生父を恨み、母を慕ったことが知られている。そして、ハーンの部屋にはローザが残していったギリシャ正教のイコン像が壁にかかっていて、ハーンはそれを毎日眺めていたという。またハーンは後に日本で、お地蔵様に強く心をひかれて、いくつかの文章を書いているが、地蔵菩薩があの世へ旅立つ孤独な子供の守り神であるところにハーンは特に関心を抱いた。

だから聖母のごときユーマの姿には、ハーンの「母なるもの」への思いが込められていると考えるのは、自然なことだろう。ただし、それは実際の母親のローザの面影がそこに込められているということではない。経緯はどうであれ、ローザは、幼いハーンを一人ダブリンに残して、祖国に帰ってしまった。ローザには、ハーンを守りぬく強さも、またアイルランドの異文化に耐え、受け止める強さもなかったといえる。それゆえ、ここに見られる母の面影とは、実際のハーンには与えられなかったゆえに、ハーンが心の底から欲しただろう「母」の存在、いわば理想化された「母なるもの」の姿だというべきかと思われる。

『ユーマ』という作品は、乳母というものについて語ることから始まり、神々しい聖母子像を描いて終わる。いわば、「母なるもの」に関する記述が冒頭と最後に置かれて、物語を包みこんでいるわけだが、そのなかで、主人公のユーマを究極的な母子像といえる最後の場面へといたらしめるものは、ただ単にユーマの乳母としての愛情や、主人への忠誠心や恩義の心、また人間としての立派さであるとするだけでは充分ではなかろう。

ユーマは、物語のなかで「母なるもの」に関するより根源的かつ象徴的な意味を与えられている。では、そのユーマという存在を特徴づけるものは何なのか。

ハーンは物語の冒頭、「ダァ」という乳母について述べた部分で、次のようにいう。

> 西インド諸島の上流家庭の子供には、二人の母親がいた。貴族的な白人の生みの母と黒人奴隷の育ての母とで、後者が子供の一切の面倒を見たからである。――食事の世話をし、入浴をさせ、奴隷たちの柔らかで音楽的なクレオールの言葉を教え、腕に抱いて外へ連れ出しては美しい熱帯の世界を見せ、夕方にはすばらしい言い伝えや昔話を語って聞かせる。そして子供をあやして寝かしつけ、昼となく夜となく、子供に何不自由ないよう気を配る。(9)

ハーンはこの一節で、「二人いる母」の片方としての「ダァ」の役割を、詩的な表現で美しく描いている。そこではすでに乳母の仕事が純粋化され、昇華されているといえるのだが、ユーマの立場はそれ以上に強いものだった。

たとえば、ガブリエルは、駆け落ちを拒むユーマに向かって叫ぶ。「お前は子供のために俺を置き去りにするのか。お前の子供でもない子供のために？」「お前はまるでお前がこの世でただ一人の乳母でもあるかのような口の利き方をするが、世間には乳母ならたくさんいるぞ」。

すると、ユーマは言う。「でも私みたいなのはいません」、「少なくともあの子にはいません。私はあの子にとっては、あの子のお母さんが亡くなった時から母親代わりでした」[10]。

ユーマがここで述べているのは、自分がマイヨットにとって「二人いる母」の一人としての乳母ではない、ということである。実母のエメーは臨終にあたり、ユーマに二歳のマイヨットを託して息をひきとっていて、その時、ユーマはマイヨットをいわば授かり、まさしく「ただ一人の母」そのものとなったといえる。

ところでハーンは、小説『ユーマ』を一八四八年五月二十三日の黒人暴動の際に実際に起きた事件にヒントを得て書いたのだということを、後に友人のミッチェル・マクドナルド宛の手紙のなかで言及して、こう述べている。「その娘は、本当に本に書いた通りの英雄的状況で死んだのです——黒人たちの救いの手を拒み、梯子も退けて。もちろん、彼女については理想化していますが、彼女の行動は事実そのままです」[11]。

この事件のことは当時のピエール・デサールという名の白人農園経営者の日記[12]などにも記されており、暴徒による焼打ちの際、内働きの有色人奴隷十人が館の中にいて、三十数人の白人とともに犠牲になったという。

また、ユーマのモデルとなった娘が仕えていた家の縁者の女性アデリーヌ・ドゥ・レイナルの回顧談も近年発表された[13]。その女性の話によると、モデルとされるデザベイ家のナタリーという名の乳母は、ユーマと同じく、窓辺に立って暴徒どもに抗議し、自分のスカーフで腕に抱いた子供を包んで守ったらしい。屋敷の人々の暴動前後の行動、暴徒の群れが火を放つ経緯なども史実通りに作品中に描かれているとのことである。もちろん、このレイナル女史が親や祖父母から伝え聞いた彼女の言う〝家族の伝説〟の方が、いくらかハーンの作品の影響をうけて逆に脚色されているだろう可能性は考慮せねばならない。それでも、史実とハーンの作品との間で異なる重要な点がひとつある。それは、実際には子供の白人の生母デザベイ夫人は健在で、屋敷の最後の場面にも一緒にいて死ぬということである。レイナルによれば、ナタリーは「私は奥様と子供たちを見捨てることはできない」と叫んだという。つまりモデルのナタリーの子供に対する立場はまさに忠実なる乳母そのものだったといえよう。

ところが、ユーマは、生母を幼くして失ったマイヨットの、人種を異にしながら実質的な母となるという設定になっている。いわば、所属する文化を異にする、〝異文化の養母〟なのである。また、物語前半の大蛇のエピソードについても、ハーンは前述の手紙で、ルフツという歴史家の著書に記された実際の事件をもとにしたと述べているのだが、ルフツが記したのは単に黒人の女奴隷が人気のない屋敷に入ったところ突然出てきた大蛇を素足で踏んで退治した、というものだった[14]。それをハーンは『ユーマ』のなかで、マイヨットを守るために神業《かみわざ》的な強さを示すというエピソードに脚色して、クライマックスの死の場面の重要な伏線として用いた。

血のつながりはないが、母そのものの「異文化の養母」。守り神のような強さ。これがハーンの加えた変更であればこそ、そこにハーンが意味をこめ、ハーンが手紙のなかでいうモデルの「理想化」あるいは「理念化」の内容と関わると考えてよいのではないか。そこにこそハーンにとっての「母なる存在」の意味がみられるのではないのだろうか。

では、その「異文化の養母」に託された母性とは、どのようなものなのか。

三　異文化の養母――『チータ』と『秘密の花園』

ユーマが「母」となった時、マイヨットの環境は変化する。

実母エメーの死後、マイヨットはそれまで暮らしていた、マルティニークの中心地であるサン・ピエールの町を離れ、ユーマとともに海辺にあるアンス・マリーヌの父の農園に行って育てられることになる。つまり、ユーマが代わりに養母となることで、マイヨットは新たな異なる世界と出会うことになるのである。

ハーンが描く、町から農園への移動の様子は印象深い。海辺へは馬で山を越えていく。熱帯の太陽に照らされ、鞍の上でゆられながらの行程は、原生林の緑の薄明の中を通り、幾重にも曲がりくねった山や谷間の道を行きながら、「この世のものでない、幻のような[15]」色あいの山や海、野原が次々と見えてくる。そして、生き生きとした若い有色人の娘や豊かな農産物を運ぶ逞しい黒人の姿がかいま見えはじめると、やがて砂糖黍畑が黄金色に広がる「この世でいちばん美しい谷間[16]」にある農園にいたる。マイヨットの眼に初めて映じる未知の世界がしだいにひらけていく情景を、ハーンはまるで異境の理想郷への旅のように描いていて、その筆致は来日後、「盆踊り」(『知られぬ日本の面影』)のなかの、神々の国の出雲に赴く山越えの旅のくだりを思わせる。

そして、美しく豊かな自然に囲まれ、温かな潮風に吹かれて、実母エメーに似てひよわだったマイヨットはみるみる健康に丈夫になっていく。母を失った子供が、「異文化の養母」によって新たな異世界に導かれ、傷ついた子供の心身がそこで癒され、養い育てられていくわけである。

ところで、ハーンは『ユーマ』の前の作品、ハーンにとっては初の創作である小説『チータ』(*Chita: A Memory of Last Island*)においても、養母のもとで大自然の力に触れていく子供の物語を書いている。アメリカ南部の島を舞台に、島を襲ったハリケーンで両親を失い、一人ぼっちになったチータという名の都会の少女が、漁師に助けられ、海で育つうちに生きる力を得ていくという物語である。

豊かな地方色、自然描写の巧みさ、挿入されるクレオールの言葉などはこの時期のハーンの文章の特色だが、何よりも印象的なのは、チータが海の世界にふれ、「天や地とともに古く、永遠に新しく永遠に若いものの多くを見て、聞いて、感じた[17]」ことを綴っていく、散文詩のように美しい一節である。

チータはこんな光景も見た。晴れに晴れた夏の日、岸もなく、雲もない、素晴らしい紺青の円が天と海と二重になっている——限りなく深い青みが二つ互いに映発しあっている。その間にサファイアが気化したかと思われるような光があたり一面にみなぎり、「世界魂」とでもいうべきものが静かに憩うている。

彼女はまた海が色を変えるのを見た。それは目に見えぬ風の魔法使いが海の面に息を吹きかけ、海を緑色にした時だった。(18)

ハーンはさらに、「(彼女は)また数限りない恐慌の場面も目撃した。浜辺には何里にもわたって小魚の肢体が銀色の曲線を描くのであった」、「大空に描かれる白昼の夢の数々を見た」、「何か不思議な夜の祭典のためのように、海は数かぞえきれない霊の燭台をともす。暗い空の下で海が輝きながらうねる」、「(彼女は)また月が催眠術を施すのを見た。魔法をかけられた潮流が渦高くつのる」、「彼女は幾度も夜を通して沼地の音楽を聞いた。小さな両棲動物が立てる鈴のような声と笛のような声が数限りなく響く」、「だがいつもいつも彼女は巨大な盲目の海が、あの永遠の神秘の歌をうたうのを聞いていた」(19)と続けていく。後年、「日本海の浜辺にて」「焼津にて」など海を主題にしたすぐれた作品を書いたことを思わせる、ハーンの観察というより夢想というべき海の描写だが、ここではすべてが子どもの視点を通じて捉えられている。そしてハーンは「彼女は…を見た」「彼女は…を聞いた」というフレーズを歌のリフレインのように効果的に繰り返す。

空と海が季節のなかで織りなす様々な場面、一日のうちに見せる様々な表情を、子供は大きな眼でじっと見つめ、海が奏でる様々な音楽に耳をすませて無心に聞き入る。そしてやがて、「自分の心と世界の魂との太古からの共感と共鳴とを感じるように[20]」なった、とハーンは言う。チータは泳ぐことも覚えて、青白かった肌も、華奢な体つきも変わっていく。その変化について、ハーンは、海の「驚くべき愛撫と治癒の力をチータが感得するようになった[21]」のだ、そして「海の力がチータの体内に入ったのだ。海の鋭い息が彼女の若い血潮を新しくし、光り輝かせたのだ[22]」と表現している。

つまり、マイヨットと同じく帰属すべき母を失った子であるチータは、同じように代わりの養母に慈しみ育てられ、広大な自然の世界に眼を見開かれていき、生きる力を得ていくわけである。いわば、『ユーマ』のなかのマイヨットの話の原型がここ『チータ』にあるといえるのだが、一方で、この『チータ』の物語は、十九世紀から二十世紀にかけて多くみられる児童文学のひとつの物語パターンをふまえているということが指摘できる。母のない病める子供が自然に触れることで心身の健康を取り戻すという筋書の物語で、ヨハンナ・スピリ（一八二九―一九〇一）の『アルプスの少女ハイジ』（第一部一八八〇年、第二部一八八一年）や、フランシス・バーネット（一八四九―一九二四）の『秘密の花園』（一九一一年）などがその典型的な作品としてあげられよう。

こうした物語では、子供を自然の方へ導き、心と体を癒す媒介者が登場する。『アルプスの少女ハイジ』『秘密の花園』ではその媒介者が話の主人公である。アルプス山中に変わり者の祖父と共に暮らす自然児ハイジは、街なかの屋敷の外へ出たことのない車椅子の令嬢クララをスイスの山に連れていき、インドから帰国した孤児のメアリーは従兄弟で寝たきりの少年コリンを古色蒼然たる領主館の中から、コリンの亡き母が残した秘密の花園の中へと手を引いていく。クララもコリンも最後には自らの足で立って歩けるほど元気になる。花園の美しさは、メアリーの傷ついた依怙地な心をも癒して素直な子供に変える。『秘密の花園』のなかでは、さらに庭師の老人や女中のマーサも、子供たちと自然の仲立ちとして養母に似た重要な役割を果たし、どちらの物語でも、媒介者は自然の領域により近い存在だということができよう。

『チータ』はこのような物語と共通のテーマを取り上げるが、違う点が二つある。

ひとつは、自然との媒介の役を担う漁師の妻カルメンが、言語を異にするという点である。裕福なフランス系の娘チータと、スペイン語を話す島の人間であるカルメンは、ユーマとマイヨットほど歴然とはしていないながら、帰属する所が異なる。ただ単に、自然との距離が異なるだけではなく、ここに言語を異にする「異文化」という要素が加わっている。

そしてもう一つ重要な相違点は、物語のなかの父親に与えられた役回りである。クララの父は銀行家の仕事が忙しくて家にいない。コリンの父親の伯爵は、妻が出産で命を落としたことから息子に温かく接することができず、いつも旅に出ている。チータの父は、実は嵐の海の中から救助されて生きているのだが、娘と父は互いの生存を知らぬまま、別々の土地で暮らしている。つまり、どの物語でも、子供たちは、ごく幼い時に母親と死別しているが、また同時に父親も不在なのである。その父親が、『アルプスの少女ハイジ』『秘密の花園』では最後に子供のもとに戻ってくる。そして、山や庭の自然に抱かれてしっかりと歩く我が子を見て父親は感動し、父子は抱擁する。物語は、父と子の再会と和解をもって終わるのである。

だが『チータ』では、両者が再び手を取りあうことはない。運命の引き合わせで父は島に来て病に倒れる。その看病に現われたチータが娘であることに父は気づくが、父の最期の譫言《うわごと》はもはやチータには通じない。チータは、そのまま島で幸せに暮らしていく。

結末の違いは示唆的である。物語のなかでの父親は、とりもなおさず、子供がもともと帰属していた社会、世界そのものの象徴だといえよう。父の不在は、母を失った子供が世界と齟齬をきたし、不和の状態にあり、世界が欠落していることを意味している。

一方の『アルプスの少女ハイジ』『秘密の花園』において、自然からの力を得て、子が健康と同時に父をも取り戻すことは、つまりは世界との和解であり、子にとって世界が回復したことに他ならない。そして、ここで回復の力を与える自然が、いわば母親に代わって母性を発揮していることは、特に『秘密の花園』において明快にあらわれているといえる。花が咲きあふれ、小鳥がさえずる庭園は亡き母が丹精こめたものであり、その遺言で老庭師が守っていた。子供は「庭の中に母は生きている」ことを、母の愛情と息吹と命を育む力を感じる。父親の方も、それまで避けていた庭、すなわち母なる世界に戻ってくることではじめて救われる。そして庭園が石塀で囲まれていることは、父親の属する社会をも母性の力で回復させる母なる世界が、完結した、それゆえ安定感をもたらす世界であることを暗示しているのかもしれない[23]。

それに対して『チータ』では、元の世界は回復しない。生母ではなく養母の媒介で、チータが見出す自然は、子供にとって心地よく懐かしい故郷ではなく、未知の新しいものであると同時に、

「神秘に富み、怪物どもの母であり神々の母でもある海[24]」という太古に遡る神話的な自然でもあった。つまり、ハーンの『チータ』にあっては、母なる力が果たす役割、母性の質と向かう方向が違っているといえるのではないか。母は子に、別の世界のありようを示す。

そしてまさにその点に、母が「異文化の養母」であること、さらにはクレオールという異文化の性格が深く関わってくるのであり、子から母そのものの方へ焦点を移した物語が『チータ』の次に書かれた『ユーマ』なのだといえる。

四　民話を語る母――混血の存在

では、マルティニークを舞台にしたユーマという「異文化の養母」を際立たせる特徴は何か。それは、ユーマがクレオールの民話を語る母だということである。

マイヨットがユーマとともに暮らすようになった海辺の農園の様子と奴隷たちの仕事ぶりをハーンは牧歌的に描いている。そして、奴隷たちの一日をしめくくるのは民話の語りだった、とハーンは言う。夜、空が澄んで暑い時、奴隷たちは夕食後に集まり、古老の語る面白い物語を聞いた。「読書には縁のない人々が伝える、非文字文学の枠といえるような口伝えの話[25]」である。そのような話をユーマもまたマイヨットに毎晩語って聞かせたのだ、とハーンは言う。

ハーンは、マルティニークで自らが聞き集めたそうした民話の数々を作品のなかに列挙して粗筋も記しているが、『ユーマ』のなかでさらに印象的なのは、民話が語られる場面や状況、民話の語りの空間が、大きく描かれていることである。そして、ユーマがマイヨットに民話を語って聞かせるのは、子供が自分の存在に一種の不安感を抱いた時、その気持ちを鎮め、宥めるために他ならない。

ところで、これまで比較してきた『ハイジ』や『秘密の花園』そして『チータ』において、子どもの心身の病、心の不安をなしていたのは、母の喪失と父との乖離だった。また、『チータ』のなかで、養母カルメンがチータに特別愛情を注ぐのは、幼い娘を失っていて、チータがその生まれ変わりのように思われるからである。つまり、母を失った子と子を失った母が互いの欠如を埋め合わせるという直接的な理由で両者は結びついている。

しかし、『ユーマ』のなかでは、子供のマイヨットの不安は、母の不在というよりは、むしろ、自分が生母と養母のどちらの世界に帰属するのかという、自己の曖昧さの方にある。さらに『ユーマ』において興味深いのは、母と子を結び、一体化させるのは、そのような存在の同質性だということである。

前述したように、白人のマイヨットは黒人のユーマを実質上の母として育つ。

ハーンは小説の冒頭で、クレオール社会における乳母の役割について説明するとき、その乳母が子供に与える影響を次のように述べている。

白人の子供を預かる乳母はだれもがお話上手で、子供たちの空想力を最初にはぐくんだのは、乳母がしてやるお伽話だった。こうして一旦アフリカナイズされた空想力は、後に公教育を受けても、完全に消えることはなかった(26)。

クレオール白人の子供が多かれ少なかれ、乳母の養育により意識のなかにアフリカという異文化の要素を植えつけられていくことを述べているのだが、マイヨットの場合は、その乳母とバランスをとるべき白人の生母がいないために、心の中が黒人の世界で占められてしまう。それでもマイヨットは黒人の子供たちとともに、日中、外で遊ぶことは許されない。

朝、ユーマはいつもマイヨットをつれて川へ水浴びに行った。竹藪で隠された澄んだ水がゆっくり流れる浅い淵で、珍しい小魚をたくさん見かけた。――時々、日没の一時間前にユーマはマイヨットを海浜へ連れて行った。そこでそよ風で涼をとり、波が飛び上がるのを眺めた。だが日中、暑い間、農園のすばらしい驚異の世界を見ることは家のベランダからに限られていた。その時間がマイヨットにはたまらなく長く思われた。近くの畠では太鼓の音にあわせて砂糖黍が刈られている。切り取った黍を満載した車が、その重みできしみながら、行ったり来たりする。砥石で鎌を研ぐ音がする。砂糖黍の搾り汁の甘美な匂い。機械がごとごと音をたてる。水車小屋の水車をまわす小川のごぼごぼと音をたてる水沫。こうした農園生活の音という音、匂いという匂い、眺めという眺めが、マイヨットの子供心を物狂わしいばかりにした。早く自分も外に出てそうした中に立ちまじりたい、という気持ちにせかされるのである。マイヨットをたまらない気持ちにさせるのは、奴隷の子供たちが草の上や家の建物の周囲で遊びまわっている姿だった。いかにも面白そうに飛び跳ねているのに、自分だけが仲間入りすることを禁じられている。[27]

熱帯の農園生活の魅力が、子供の眼を通じて描かれている。だがマイヨットは「農園のすばらしい驚異の世界」を「音」と「匂い」と「眺め」で、つまり間接的に味わうことしかできない。直接、そのただなかに身を投じることはできない。農園生活は、マイヨットの体を丈夫にし、五感を刺激しながら、また同時にマイヨットに疎外感をも与えるのである。いわば、養母を通じた異文化との出会いは、プラスにもマイナスにも作用するものだということになる。そしてユーマがマイヨットを川や海辺に連れていくのは、いつも朝と夕暮れ時である。昼と夜のあわいの時間は、帰属の曖昧な境界的存在に似つかわしいが、そこに幼いマイヨットの存在の矛盾に対する不満と不安がある。

右の引用文は、こう続く。

「私も黒人の女の子だったらいいのに」とある日、マイヨットがポーチから黒人の子供たちを眺めて言った。

（"I wish I was a little negress," she said one day, as she watched them from the porch.）

マイヨットは奴隷の子たちが元気に農園の中を飛び跳ねているのを見ては、自分の体が白人であることが納得できないのである。そして、駄々をこねてユーマを困らせる。黒人になりたいなど、とんでもないと嗜《たしな》めるユーマに、マイヨットはこう言い返す。

「だって、ダァは黒人の……つまり、ほぼ黒人の女の人よ。ダァはとっても綺麗。ダァはチョコレートみたいよ」

「それよりクリームのように見えるほうがずっと可愛いでしょう?」

「いいえ。私はチョコレートの方がクリームより好きなの。……ね、何かお話をして頂戴」

(“You are a negress, da,— or nearly the same thing— You are beautiful, da; you look like chocolate.”

“Is it not much prettier to look like cream?”

“No: I like chocolate better than cream.— tell me a story, da.”)[28]

マイヨットは、自分はやっぱり「チョコレート」になりたいのだ、と可愛らしい口調で抗弁するのだが、その後、口をつぐむ。そして、しばし考えこんで、何が必要なのか気づいたかのように、ユーマを見上げて、「何かお話をして」と、せがむのである。「話をして聞かせることが彼女を静かにさせる唯一の方法」だったから、とハーンは結ぶ[29]。ハーンは続けて、ユーマがマイヨットに語って聞かせた物語の数々を挙げていき、そのなかに「ケレマン婆さん」という民話を挿入し、紹介している。いわゆる名前探しの物語であるこの話の筋はアイデンティティに関わるものであり、この時、ユーマは名前探しの民話を語り聞かせることで、マイヨットが抱く存在の不安を受け止め、鎮め、宥《なだ》めるのである。

一方、ユーマにもまた、マイヨットと同質の存在の不安定さがある。ユーマも幼い時にペロンネット家の乳母であった母が死に、その時以後、ペロンネット夫人という異文化の人がユーマにとっての養母となったのである。その結果、「名目的には（ペロンネット夫人の娘の）エメーを主人と呼ぶ立場にあったにもかかわらず、エメーの乳兄弟のように[30]」、「いわば白人の養女のような扱いで[31]」ユーマは様々な贅沢や特権や教育を与えられて大事に育てられた。しかし、奴隷で召使であるという身分に変わりはなく、意思の自由はないという厳然たる事実をガブリエルとの結婚を阻まれた時、思い知ることになる。

先に、ユーマが世間的には乳母でも実質的には母であることを述べた。つまりユーマはマイヨットに対して、母であって母でない両義的な立場にあるのだが、ユーマ自身も奴隷でありながら白人の世界に育ち、両世界にまたがった存在なのである。ユーマもマイヨットも本来帰属すべき社会から外れており、この存在の混血性、帰属の不安定さにおいて、合わせ鏡のように一致している。

ユーマのモデルとされる、前述のデザベイ家の乳母ナタリーの生い立ちは明らかではない。つまり、マイヨットもユーマも、ともに実母を幼くして失い、文化を異にする養母をもった、それゆえに曖昧さと不安定なアイデンティティをもつという性格づけは、ハーンの脚色に他ならず、そこにハーン自身、幼時にギリシャ人の生母を失い、その母とは文化の異なるアイルランドで育てられたという生い立ちゆえの、存在の帰属の不安定感が投影されていると考えていい。

そして『ユーマ』という物語のなかでは、母が子に民話を語るという行為が、その不安感を静め、宥める。子はお話を聞くことで、周囲と齟齬を感じ、あるいは敵対して閉じ籠もった殻の中から、想像の広い世界へと再びつながり、落ち着きを取り戻す。
ハーンは、マイヨットがそうした民話を聞くことで、世界に心を開いていくさまをこう述べる。

こうした類の話はもっとずっと種類も多く、小さなマイヨットはもう何遍も聞いていた。そしてそうした話は聞けば聞くほど聞きたくなるのであった。そうした話のおかげでマイヨットの他のもろもろの喜びもいよいよ興趣と色彩に富めるものとなった。現実世界の周辺になんともいえぬ甘美で非現実的な雰囲気を漂わせてくれたのである。そのおかげで本来は生気のないものまでが不思議な個性を帯びてきた。こうして物影にはゾンビが満ち、灌木にも樹木にも石にも物言う力が付与された。(32)

マイヨットにとって、ユーマが繰り返し語ってくれるクレオールの様々な民話がまわりのすべてを息づかせ、いわば世界に命を吹き込んだというのである。
そしてハーンはさらに、民話が語られるそのような時を包む自然の情景を、まるでカメラのレンズをぐっと引いていくかのように、今度ははるか後方から捉えて描く。

ユーマがマイヨットに語ってきかせたそんなお話は、たいていユーマがここアンス・マリーヌで聞いたものだった。マイヨットが大きくなってそうした物語に喜んで耳を傾けるようになったとき、ユーマがそうした話を毎晩語って聞かせたのである。

……この谷間での農園の生活はこうして過去百年間、ほとんど変化することなく、同じ様な調子で続いた。きっと口にも出せぬ辛いこともあっただろう。誰もが歌に歌ってくれることもないまま忘れさられた事件もあっただろう。その生活には、疑いなく影もあれば暗い面もあったはずだ。歌もなければ笑いのない日々もあったに相違ない。農園や畠さえもが押し黙ってしまったような日々も……

だが熱帯の太陽は燦々とあふれるばかりに降りそそいだ。それは目がくらむほどまばゆい色彩であった。そして大きな月がのぼってはその谷間の上を薔薇色の光で照らした。そしていつもいつも紫色のはてしなく広い海からは、力強い吐息が農園の谷間の上に吹き寄せてきた。それは清らかで温かな吐息だった。その風の吐息は、「いつも変わらぬ風」(les Vents Alizés) と呼ばれている。[33]

ここで脳裏に残るのは、まばゆい太陽と大きな月、広い海と風の吐息、そして永久の時間である。ここには、ハーンの他の熱帯世界の描写、たとえば『仏領西インド諸島の二年間』のなかで繰り返し描かれる熱帯の自然の恐ろしさや荒々しさ、不気味さがない。現実のマルティニークの景色というより、どこか神話のなかの自然を思わせる風景なのであり、そこに漂う透明な雰囲気は、すでに『チータ』のなかに描かれたメキシコ湾の海の詩的な景色にも見られる。また、後に日本の九州で書かれる紀行文「夏の日の夢」のなかに挿入された浦島物語にまつわる幻想の光景にも重なる。つまりハーンにとって、根源的な心象風景の一つと言っていい。

そして『ユーマ』のこの場面で重要なのは、太陽と空と海が輝きわたるこの始源の風景が、民話が語られた後に、ユーマとマイヨットの二人を包み込む象徴的な空間として描かれていることに他ならず、さらに、現実の厳しい世界をいわば覆うように、二重重ねになっていることだろう。

背後には、影もあれば暗い面もあり、歌もなければ笑いもない、沈黙と忘却、不安と葛藤が支配する現実の世界が厳然とある。だが、民話を語る二人のまわりには、明るく広大な始源の情景が広がっていて、ちょうど最後の死の場面が聖母子像の神々しさに照らされていたように、ここでも静かな神秘性を漂わせているのである。その景色のただなかにユーマとマイヨット、母と子がいる。

物語のクライマックスの場面を支えていたのも、実は同じ象徴的な構図である。

炎に包まれた屋敷の窓に浮かび上がる母と子は見つめあい、母はまるで子供を寝かしつける時のように、優しく語りかけて、子の不安を癒していた。騒乱と恐怖のなかで、救いをもたらし、現実を越える普遍的で澄んだ空間を生み出したのは、守護神のごとき母の語りの力なのだが、その力とは、存在の不安や両義性をそのまま受け入れ、異なる次元へと昇華させることができる強さに他ならないとも思われる。

そして、ユーマという混血の存在に託された「異文化の養母」の母性は、クレオール民話の語りを通じてそのように根源的な世界を創り啓示するものとして、表現されているのである。

五　再話文学へ

ハーンが民話伝説や昔話などに関心を持ち、民衆が伝える物語をとりあげて書き残したことは、ドイツのグリム兄弟、アイルランドのイェイツ、日本の柳田国男などの仕事に通じるものである。

しかし、ハーンが彼らと異なるのは、自国の民族の口承文芸や伝承文学を取り上げたのではないということである。グリム童話の編纂も、イェイツのアイルランド妖精物語の編集、日本の柳田国男の研究も、ある面で十九世紀の国民文学運動、あるいは民族主義運動の文脈のなかでなされた。それは、民話のなかに一つの民族の変わらぬ想像力の伝統を求め、固有の民族性の体現としての昔話を収集したものである。

その点、ハーンが見出したクレオール民話、そして後に西洋の人であるハーン自身が行なった日本民話の再話は、十九世紀的な民話観だけでは把握できないのではないか。クレオールの民話でもハーンの再話作品でも、異文化の作用が重要な特質と認められるからである。

ハーンは、アメリカのニューオーリーンズで地元新聞の文芸部の記者をしていたころからすでに、外国の神話伝説に関心をもち、北欧やインド、南洋の珍しい物語を翻訳紹介している。マルティニークで奴隷たちの語る物語に耳を傾けたのも、当初はそうした関心の延長上に発したものだったろう。

だが、ハーンはマルティニークで発見したクレオール民話の魅力を、こう分析して述べている。

　こうしたクレオールの民話は——純粋にアフリカ種の民話であれ、ヨーロッパ起源の民話や寓話で黒人風に翻案されたものであれ——このマルティニークの土地ならではの味わいが素晴らしい。植民地特有の生活習慣や考え方を反映していて、いかなる翻訳もその味わいを同じようには伝えきれまい。物語の舞台は西インド諸島の森や丘、時には古い植民地の港町の異趣に富む場末に設定される(34)。

ヨーロッパの村の家が、ここでは竹を組んだ壁と干した砂糖黍の葉で葺いた南国の小屋となること。眠り姫を原生林で見つけるのは、逃亡奴隷や椰子の実を探しに行った黒人であること。シンデレラは美しい混血の美女と化し、青髭や巨人は呪術師や悪魔に変身すること。ハーンはつぎつぎと具体例をあげていくのだが、注目すべきなのは、クレオールの民話が原話であるヨーロッパの物語を変容させた点にハーンが特に関心をよせていることだろう。すなわち、ハーンは、マルティニーク島で語り伝えられている民話のなかに、異文化の混在と変容を見出し、その点に独自性と魅力を認めたのではないだろうか。

この混在性が、ユーマとマイヨット、さらにはハーン自身のアイデンティティの両義性、境界性と表裏一体のものであり、本論の冒頭でふれたクレオール文化の状況そのものに由来するものであることは明らかである。

クレオールの民話では、土地の力が、異文化を内に取り込んでは変容させ、消化吸収して生き延びていく。それは、言い換えれば、異質なものを生まれながらに否応なく抱えこんだ混血の中間的存在における帰属の曖昧さ、混在の不安が、逆に混交の強さへと反転し、肯定されていくということでもある。この混交の生命力、変形の生命力ともいうべき強さに、ハーンはクレオール性の意味と価値を見出し、そこにひきつけられたのだといえよう。

そしてハーンはそこに、西洋に対する非西洋という、いわば対象としての異文化ではなく、他の文化を取り込む〝混交の異文化〟のあり方を発見したのではないかと思われる。


ハーンがとらえたクレオールのこのような異文化の在り方は、たとえば、先ほどのバーネットの『秘密の花園』のなかにおけるインドの位置づけとは対照的である。『秘密の花園』では、植民地インドから英国に戻って来たメアリーが、最初にコリンの母の庭園を発見してコリンを引き入れ、インドで覚えた遊びをそこでコリンに教える。だが、あるフェミニスト批評家がこの物語について指摘するように、メアリーが媒介として癒しの役を果たすと、物語の重点は父と子の再会抱擁に移り、主人公であったはずのメアリーは、物語の背景のなかにいつしか消え入ってしまう(35)。この物語のなかでは、母なるもの、母性的なものとしての自然と同様に、インドという異文化もまた、父親が属する既存世界の欠落を補い、維持修復する要素として、いわば、十九世紀英米世界の秩序のなかに組み込まれているのかもしれない。

だがハーンは、クレオール民話に見出した〝混交の異文化〟の形を、既存の世界にはまらずに別の方向に向かうもの、すなわち十九世紀の価値体系を越える可能性をはらむものとして捉えたといえるのではないか。

それはハーンがマルティニーク島からやがて赴く次の土地、明治日本の文化のゆくえとも重なってくる観点であり、ここに後にハーンの主な仕事となる再話文学がハーン自身にとって大きな意味をもってくるのだと考えられる。

　クレオールの民話の変容を文学的な営みとして完成させたともいえるハーンの日本民話の再話においては、再話すなわち〝語り直すこと〟を媒介として、日本と西洋という異なる文化が混交し、新たな想像力の世界を生み出していく。その一方で、再話による変容の過程は、そうした文化の違いや時代の違いをも包摂し、超越する普遍的な構造を物語の核として浮かび上がらせていくことにもなるのである。

第三章 〈顔〉の恐怖、〈背中〉の感触――「むじな」「因果話」

一 「むじな」

『怪談』は日本を題材にしたハーンの作品群のなかでも特に読者に親しまれてきた。中学、高校の英語の副教材としてもよく用いられたばかりでなく、話自体が読書界に定着したために、私たちはうっかりすると、元もと日本にその通りの怪談があって広く流布していたのだと考えがちになる。

ハーンの生きた十九世紀後半は、欧米において非西洋の風物や民俗、伝承文学への関心が高まった時代であった。いわゆるエキゾチスムの風潮に、グリム兄弟以来の民話への関心があいまって、東洋、南洋の伝説民話集が当時数多く編まれ、そうした書物をハーンも濫読したことは、ヘルン文庫所蔵目録によって知ることができる。[1] ハーンの『怪談』についても、現代のあるフランス人研究者は、ハーンが〝異国趣味者〟として日本民族の心の表われである伝説を取り上げたものだとして論じている。[2]

だがハーンは取材収集を旨とした〝採話〟ではなく、〝再話〟を行なった。しかもこの〝再話〟は極めて自覚的な文学的営みとしてなされ、原話は多くの場合、細かく手を加えられ、換骨奪胎されているのである。

新聞記者として出発し、翻訳、小説の試みをへて、紀行文作家として成功したハーンは、その文学的道程のなかで再話文学という領域を開拓していった。そして人生の最後近くにまとめられた、『霊の日本』『影』『骨董』『怪談』などの怪談集のなかには、ハーン自身の内的世界が投影されて、原話とはおよそ異なった物語に仕上げられたものがある。その代表的な例のひとつが、「むじな」というごく短かい、一見単純な作品である。教室で読まれた方も多いだろうと思う。

MUJINA

On the Akasaka Road, in Tokyo, there is a slope called Kii-no-kuni-zaka—which means the Slope of the Province of Kii. I do not know why it is called the Slope of the Province of Kii. On one side of this slope you see an ancient moat, deep and very wide, with high green banks rising up to some place of gardens;—and on the other side of the road extend the long and lofty walls of an imperial palace. Before the era of street-lamps and jinrikishas, this neighborhood was very lonesome after dark; and belated pedestrians would go miles out of their way rather than mount the Kii-no-kuni-zaka, alone, after sunset.

All because of a Mujina that used to walk there.

The last man who saw the Mujina was an old merchant of the Kyobashi quarter, who died about thirty years ago.(3)

紀の国坂という一本の坂道がある。両側には高い土塀が続いている。夜になると人っ子一人通らない、ごく寂しい所だった。というのも、そこにはむじなが出没したからで、最後にそのむじなを見たのはある年老いた商人だった、と始まるこの怪談「むじな」は、ハーンの最後の怪談集『怪談』（一九〇四年）に収められ、いわゆる〝のっぺらぼう〟の話として知られている。話はこう続く。

One night, at a late hour, he was hurrying up the Kii-no-kuni-zaka, when he perceived a woman crouching by the moat, all alone, and weeping bitterly. ... She appeared to be a slight and graceful person, handsomely dressed; and her hair was arranged like that of a young girl of good family. "O-jochu," he exclaimed, approaching her,— "O-jochu, do not cry like that! ... Tell me what the trouble is; and if there be any way to help you, I shall be glad to help you." (He really meant what he said; for he was a very kind man.) But she continued to weep,— hiding her face from him with one of her long sleeves. "O-jochu," he said again, as gently as he could,— "please, please listen to me! ... Slowly she rose up, but turned her back to him, and continued to moan and sob behind her sleeve. He laid his hand lightly upon her shoulder, and pleaded: "O-jochu! — O-jochu! — O-jochu! ... Listen to me, just for one little moment! ... O-jochu! — O-jochu!" ...

ある夜更け、そこを通った老商人は濠端にほっそりとした女がかがみこんでいるのを見つける。身投げをするのではないかと心配した老商人は歩み寄り、優しく声をかける。女は答えない。ただ背を向けたまま、顔を長い袖で隠して泣き続けるだけである。そして老商人が再三「お女中、お女中」と問いかけると突然、

O-jochu turned around, and dropped her sleeve, and stroked her face with her hand; — and the man saw that she had no eyes or nose or mouth,— and he screamed and ran away.

Up Kii-no-kuni-zaka he ran and ran; and all was black and empty before him. On and on he ran, never daring to look back; and at last he saw a lantern, so far away that it looked like the gleam of a firefly; and he made for it. It proved to be only the lantern of an itinerant soba-seller, who had set down his stand by the road-side; but any light and any human companionship was good after that experience; and he flung himself down at the feet of the soba-seller, crying out, “Ah! — aa!! — aa!!!”…

女は振り向き、顔を隠していた袖をおろしながら、顔をすっとなでた。顔には、目も鼻も口もなかった。度肝を抜かれた男は叫び、真っ暗な紀の国坂をやみくもに逃げる。そして彼方に一点の明かりを認め、息せき切ってその燈火、蕎麦屋の屋台にころげこむ。

"Kore! kore!" roughly exclaimed the soba-man. "Here! what is the matter with you? Anybody hurt you?"

"No — nobody hurt me," panted the other, — "only... Ah! — aa!"...

"— Only scared you?" queried the peddler, unsympathetically. "Robbers?"

"Not robbers, — not robbers," gasped the terrified man... "I saw... I saw a woman — by the moat; — and she showed me... Ah! I cannot tell you what she showed me!"...

「ああ！」と恐怖にあえいでいる老商人に対し、蕎麦屋の応対はつっけんどんである。「いったいどうしたんですか。追いはぎに会いましたか」。そして、「とても口では言えない！」と震えている老商人の方を向きながら、蕎麦屋は冷然と言い放つ。

"He! Was it anything like THIS that she showed you?" cried the soba-man, stroking his own face — which therewith became like unto an Egg... And, simultaneously, the light went out.

「へーえ、あなたが見たのはこんなものではなかったですか」と蕎麦屋が言った途端、その顔ものっぺらぼうと化し、同時に屋台の燈も消えてしまう。

以上が「むじな」の全容である。そしてその作品世界を明らかにするために、まずは再話過程の検討という作業からはじめよう。

「むじな」の原話が、現在ハーン文庫にある町田宗七編『百物語』（明治二十七年）のなかの「第三十三席」であることは、これまでの研究によって明らかにされている。[4] 周知のように、「百物語」とは、夜、一堂に会した人々が、百本の蝋燭を点《とも》す。一人一つずつ恐い話をしていき、一つ話が終わると、ろうそくを一本吹き消す。すると最後の一本、百本目が消えて真暗闇になった時、本物の化物が出るという趣向の催物である。御山苔松なる人の語るこの一席の話は、長さも短いので、以下にその全文を挙げよう。

第三十三席　　　　御山苔松

拙者の宅に年久しく仕へまする佐太郎といふ実直な老僕が御坐りますが、この男が若い時に遭遇した話しださうで御坐いますが、或日のこと赤坂から四谷へ参る急用が出来ましたが、生憎雨は降りますし殊に夜中のことで御坐いますからドットいたしません次第で御坐いますが、急用ゆゑ致方なくスタ〳〵とやッて参り紀の国坂の中程へ差掛ッた頃には雨は車軸を流すが如くに降てまゐり風さへ俄に加はりまして物凄きこと言はむ方も御坐りませんからなんでも早く指す方へまゐらうと飛ぶが如くに駈出しますと、ポント何やら蹴附たものがありますから、ハット思ッて提燈を差し附て見ると、コハ如何《いかに》高島田にフサフサと金紗をかけた形姿《みなり》も賎しからざる一人の女が俯向《うつむけ》に屈んで居りますから、驚きながらも貴女どうなさいましたト聞と俯向たまゝ持病の癪が起りましてといふからヲ、夫《それ》は嘸《さぞ》かしお困り、ム、幸ひ持合せの薄荷《はっか》がありますから差上ませう、サ、お手をお出しなさいと言ふと、ハイ誠に御親切様にありがたう御坐いますと礼を述べながら、ぬッと上《あげ》た顔を見ると顔の長さが二尺もあらうといふ化物、アッと言て逃出したのなんのと夢中になッて三四町もまゐると、向ふの方から蕎麦うわゥイーチンリン〳〵と一人の夜鷹蕎麦屋がまゐりましたから、ヤレ嬉しやと馳寄て、あゝ蕎麦屋さん助けてくれト申しますと蕎麦屋も驚きまして、貴郎《あなた》ど如何《どう》なさいました。イヤもうどうのかうのと言て話しにはならない化物に此先で遭ひました。イヤ夫《それ》は〳〵シテどんな化物で御坐いました。イヤモどんなと言て真似も出来ませんドゞどうかミゝ水を一杯下さいト言ふとお易い御用と茶碗へ水を汲でくれながら、モシその化物の顔ハこんなでハ御坐いませんかト、言ッた蕎麦屋の顔が、また二尺、今度はあッと言た儘気を失ッてしまひまして、時過て通りかゝッた人に助けてもらひましたが、後に聞ますると、それハ御堀に栖む獺《かはうそ》の所行《しはざ》だらうといふ評判で御坐いましたが、この説話《はなし》は決して獺《うそ》の皮ではないさうで御坐います。[5]

調子の良い語り言葉が早いテンポで畳みかけられてゆく「第三十三席」の話は、いわゆる「化かし話」「肝だめし」の型をふまえている。「化かし話」とは、狐狸の類が何かに化けて人をかついだり驚かす話で、「肝だめし」の方はそういう化け物が出没するという風評のある場所へ出かけて行き、ひどい目に会って逃げてきたり気絶したあげく、仲間や通行人に助けられる、というパターンの話である。いずれにせよ本人は面目丸つぶれ、その様を笑い物にする結末が多いため、この「肝だめし」という話型は関敬吾の『日本昔話集成』では「笑話」のなかの「愚人譚」に分類されている。そしてこの『百物語』「第三十三席」にも随所にそこはかとなく可笑しみが漂っているのが読みとれる。〝佐太郎という実直な下僕〟とはいかにも化かされやすい、いわば民話に類型的な素朴な人物像であるし、この下僕が、御堀の獺にまんまと引っかかって土砂降りの雨でずぶ濡れになり、男のくせに気絶した、と恐さ半分可笑しさ半分といった口調で人々が噂している様子が、最後の「評判で御坐いました」という個所から想像できる。また、獺であると承知の上で再び読み直してみれば、「ポント何やら蹴附けたものがあります」という表現は、いかにも足元に丸々とした小動物がころがっていることを連想させ、また下僕と女、下僕と蕎麦屋の短かいやりとりにも、獺が女の上品ぶった声、蕎麦屋の親切気な声をそれぞれもっともらしく出して見せる、そんな様子が行間にうかがえて、〝お堀の獺〟にまつわるこの原話はなかなか良く出来た話だといえるかもしれない。そして、このような整理された語り口に、最後の落語風のオチがついて、御山苔松（おやま、こけまつとも、お山の大将とも読める）なる名前の講談家によるこの「第三十三席」からは、江戸時代から明治の当時まで流行していた「百物語」という遊びの生の雰囲気がそのまま伝わってくる。

ところがハーンはこの原話に、一つ一つは小さく見えても全体としては大きな改変を加えた。

まずハーンは、冒頭に“the Slope of the Province of Kii”の描写を出す。「東京の赤坂には紀伊国坂という坂がある。その坂道がなぜこう呼ばれるのか、そのわけは知らない」と一種謎めかせながら、「坂の片側は古いお濠になっている。深くて幅も広く、緑の土手がどこかの屋敷の庭までせりあがっている。反対側は御所の高い壁で、高い石垣が長く続いている」と述べて、両側に古びた堀の土手と奥深い皇居の高い石壁が聳え立つ、一本の長い坂道、という印象的な風景をまず提示し、その上で話に入ってゆく。

原話の方で不気味さを盛り上げていたのは「車軸を流すが如く」降りしきる雨と「物凄きこと言はむ方」なく吹き付ける風だった。それはまた、廻り道をせずにこの坂を通るはめになった理由ともなっていたのだが、ハーンはこの嵐のような激しい雨風を消した。そのため、雨の音、風の音がなくなり、雨脚に視界が遮られずに澄みわたった、無音の闇夜が広がる。そしてその闇夜の中で男に蕎麦屋の存在がわかるのは、〝チリンチリン〟と鈴を鳴らしながら「蕎麦うわウィー」と呼ばる商いの声によってではなく、遙か彼方に見える螢火のような提灯の明かりによってである。

ハーンはまた、〝若い下僕〟を〝old merchant〟に変えた。merchantという言葉には、江戸の大店の旦那というより、むしろ国から国を渡り歩く貿易商の意味が強く、つまり富裕でかつ多少教養もある孤独な旅人のイメージがある。ボーモン夫人の『美女と野獣』では、夜、森の中で道に迷い、樹間に見える遙かな灯火に惹きよせられて野獣の城に入り込んでしまう男もやはり年老いた商人であったが、あるいは異国を旅する商人とは、ふとしたことから異次元の空間にすべりこみ、異常な体験をするという存在なのかもしれない。ハーンの再話の老商人も、もはや土地の下僕が良からぬ噂を気にしながら急いで通りすぎようとするのではなくて、商用の旅の途中、何も知らぬまま、この一本の坂道へ足を踏み入れるのである。生真面目でひょうきんな下僕から来る可笑しさはこの老商人にはない。

そして先に指摘した原話の方の可笑しみの要素はすべて再話では注意深く取り除かれていること

がわかる。出会い頭に蹴飛ばす条《くだ》りもなければ、両者の掛け合いもない。女の姿形から「フサフサと金紗をかけた」きらびやかさは消え、ただ「身なりもいやしからず、良家の子女の髪型をしていた」とだけ説明される。そして原話にはない“she appeared to be a slight and graceful person”(ほっそりとした上品な姿だった)という一行が加わることで、道にかがみこんだ女の背中のほっそりしたシルエットが浮かび上がる。その女の背中に向かって、商人は一方的に「お女中、お女中」と語りかけるだけである。女の方は一言も答えず黙って背を向けて立ち上がり、ただならぬ気配を感じさせる。

蕎麦屋の応答もハーンはずっとぶっきらぼうなものにした。原話では下僕が「イヤもう…」と嘆けば、蕎麦屋も「イヤ夫は…」と応じ、一緒に調子を合わせて驚いてみせるところは落語を思わせる。だがその部分に対応するハーンの文章では、“panted”,“gasped”(喘いだ、声にならぬ声をあげた)と恐怖に高ぶっている老商人とは対照的に、蕎麦屋は“roughly”,“unsympathetically”(つっけんどんに、冷淡に)とその表情のない無感動な冷淡さが強調されていて、女にも蕎麦屋にも、血の通っていない仕掛け人形のような無機質な不気味さが生じている。また最後の「気絶して…」という条りも削除され、ただ“And simultaneously the light went out”(そしてそれと同時に屋台の灯も消えた)と、読者をこの商人と同じ恐怖感のなかに置き去りにする。

さらに、題名の〝むじな〟についていえば、日本語の読者は貉《むじな》が狸と同類の、つまり、人をかついで喜ぶとされ、滑稽な容姿で描かれる小動物だと知っている。しかし、ハーンはこの〝むじな〟をそのまま題名に取り上げながら、その説明をしていない。ハーンはニューオーリーンズでもマルティニークでも、土地の言葉とその背景に対しては常に関心をもってきた。この「むじな」のなかでも〝お女中〟〝そば〟など風俗を示す面白い言葉は日本語のまま作中に用いて丁寧な脚注を付けているのに、〝貉〟に関しては何の説明もない。そしてこのため、英文の読者にとって“Mujina”とは“The Slope of the Province of Kii”という由来のわからぬ国の名を持つ謎めいた領域のなかを徘徊する、得体の知れぬ不可思議な怪異に他ならないわけである。ここではもはや〝貉〟から元の実体はすっかり剝奪され、ただその不可解な音の響きだけが作品を包みこんでいる。

ハーンは原話における可笑しみを取り除いた。ではその結果、原話の不気味さだけを残したのだろうか。まずは原話のもつ恐怖感がいかなる性質のものであるかを見ておこう。

ハーンの〝むじな〟は玉子のような、のっぺらぼうの顔を見せるが、『百物語』の下僕は〝二尺もの化物の顔〟を見て腰を抜かす。この怪異が具体的にいかなる姿形だったかは、「第三十三席」に挿絵がない以上、想像するしかないのだが、はっきりしているのは顔が異様な大きさを呈したこと、また正体は動物だということである。

ところで冒頭でも述べたように、ハーンの「むじな」があまりに定着してしまったため、〝のっぺらぼう〟といえば、今、私たちはハーンの怪談の方の顔のない人間の姿を想像してしまう。だが、もともとは例えば鳥山石燕の木版画集『画図百鬼夜行』に一ッ目小僧やろくろ首、赤舌などと並んで描かれている「ぬつぺつぽふ」(8)の絵のような姿であった。ハーンの妻セツの養母稲垣トミがハーンに向かって「顔なしの怪物《バケ》なら貉に定《きま》っちょる」と断言した際に、(9)トミが想い浮かべたのも、やはりこのような、顔なしというよりは顔の化物ではなかったかと考えられる。そして次頁の図の通

図１　鳥山石燕　「ぬつぺつぽふ」『画図百鬼夜行』

り、異様で気味悪いがどことなくユーモラスで、この格好だったら、いかにも狸、貉の類が化けそうな、つまり頭を引っ込めて太鼓腹を突きだして化けた妖怪として納得できる。

　この絵の中で、背景に見えるのは、破れた戸障子、落ちそうな小鐘からして、荒廃した村はずれの化物寺らしい。手前に咲き乱れる曼珠沙華のような花は彼岸に墓場でよく見かけるが、その鮮やかな真紅の色に左方の棕櫚としか思えぬ亜熱帯の常緑樹の組合わせは、ぬっぺっぽうのグロテスクな容姿と相俟って、この線彫りの木版画を見る者の脳裏に一種異様な映像を焼き付け、歌舞伎における極彩色の演出を連想させる。そして『百物語』「第三十三席」の怪談の女もやはり身なりは派手で、全体に不気味さと様式化された可笑しさが綯《な》い交《ま》ぜになっていたのが思い出されよう。

　『百物語』の化物は石燕の図とは同一でないかもしれないが、少なくとも言えるのは、両者が属していたのが、このような怪奇と色彩、諧謔と装飾性の錯綜するいわばバロックの、グロテスクな下手物《げてもの》ともいうべき怪異の世界であったということだろう。そのなかでは動物と妖怪変化が互いに密着した関係を保ちつつ棲息し[10]、この怪異の世界は、人間社会とは領域を異にしながらも、人の日常世界に現実的に隣接して存在する、いわば文化の周辺領域であった。従ってこの場合、こういう化け物に出くわす恐ろしさも、いわば人間の守備範囲をふっと逸脱した時に、〝異形のもの〟と接する恐怖感なのである。そして笑いは、その迂闊さに対する戒めの裏返しとして付随するのかもしれない。

ところがハーンの手になる怪談の方は、可笑しみが抜け落ちているばかりでなく、恐怖感自体の質がおよそ異なる。振り返った女、および蕎麦屋は、『百物語』のように異形の存在の〝二尺もの化物の顔〟を見せるから怖いのではなく、ここで感じられるのは、

The man saw that she had no eyes or nose or mouth

つまり、そこに当然あるべき目や鼻や口、人間としての顔が無いことを発見したおののきなのである。ハーンが"became like unto an Egg"（卵のようになった）と、大文字のEのEggで強調したこの不気味な顔面は、まるで大理石のような冷たく硬い質感をもってせり出し、商人に迫る。そしてこの強さ、クローズアップされた顔の輪郭の明確さにおいて、このハーンののっぺらぼうは、一説にこの怪談の土台をなしたという[11]ハーンの幼児体験、つまりダブリンの陰鬱な屋敷の暗がりで、ある日見た従姉ジェーンの

She had no face. There was only a pale blur instead of a face.（彼女には顔がなかった。顔のかわりに、青白いぼんやりとしたものがあるだけだった。）（『私の守護天使』[12]）

という、闇に溶け入るようなぼんやりした生霊の顔とも、やはり異なるのがわかるだろう。

商人にとって女が振り向いたその一瞬のうちに、それまで疑ってもみなかった日常的な情景が覆される。異形の世界に横すべりして足を踏み入れてしまったのでもない。亡霊の姿を見たのでもない。いわば陽画がそのままの輪郭で陰画に転じてしまったようなものである。そしてこの一瞬の場面の転換に恐怖が凝縮されていると言えよう。原話にはない一行

all was black and empty before him

という表現に、拠り所を失い、足元をすくわれて果てしなく暗い虚空に放りだされたような恐ろしさと不安がにじみでている。

今、女が振り向く瞬間のどんでん返しの恐さについて述べた。だが、もう一度原話と再話の方を読み比べてみると、原話になくてハーンにあるものは、のっぺらぼうの顔の他に、女の顔を見た直後の夜の闇の描写と、蕎麦屋の提灯の明かりである。そして蕎麦屋が正体を現わすと同時に、この灯もまた消え失せてしまう。

「むじな」における恐怖が頂点に達するのは、まさにこの時、女から逃げ出してやっとたどり着いた蕎麦屋が再びのっぺらぼうだとわかり、再び闇に包まれる瞬間に他ならない。原話の方では、下僕は気を失ない、通行人に助けてもらって無事、現実の日常世界に戻ることができる。いわゆる

「二度の怪」とよばれる民話のパターンそのままに、同じ化物、つまり獺に二回かつがれてそれで終わり、話を聞く方もけりがついて安心するわけである。しかし、ハーンの商人は、気絶することなく、再び闇に取り残される。そして、この闇が実は一回目に女を見た後の“all was black and empty before him”という描写に呼応していることがわかる。商人はあの暗い無の空間に逆戻りしてしまったわけだ。恐らく、この男の神経は一層研ぎ澄まされ、一層恐怖に喘ぎながら半狂乱と化して、再び暗闇の中を走り出すに違いない。そして遙か彼方の燈火を頼りに、やっと人家を見つけたと思うと、息継ぐ間もなくまた消えてしまうに違いないのである。つまり、ここには、あたかも悪夢にうなされた時の、壊れたレコードのような同じパターンの繰返しとそこから抜け出すことのできない恐怖感が生みだされていると言えよう。口をきかない女、無表情の蕎麦屋は、いわば夢の中に登場する象徴表現としての無機的なからくり装置に相当する。

そしてここ結末にいたって、冒頭の紀の国坂の描写はにわかに生彩を帯び、男の前方に続く果てしなく暗い一本の細い坂道の映像がまざまざと読者の脳裏にクローズアップされる。両側に土手が高くせり上がるこの道は、脇に逃げることも阻まれた、いわばメビウスの輪の如き異次元の異様な空間、恐怖と安堵、幻と現実が無限に繰り返される閉ざされた円環に他ならない。ハーンの「むじな」の恐怖感の核をなしているのは、悪夢のような、この永久に逃れられぬ無限反復の空間感覚にあるのである。

この空間感覚は原話にはみられないものであった。ならば、何がそれをつくりだしたのだろうか。ここに現出する感覚はハーンのいかなる内的世界を表わしているのだろうか。それを明らかにするためには、ハーンの初期の怪奇趣味の作品にまで遡り、「むじな」がそれ以前のハーンの内なる恐怖の世界とどのような関係にあるのかを問わなくてはならない。

二　「ゴシックの恐怖」

ハーンが幼少の頃より幽霊や魑魅魍魎にとりつかれていたことはよく知られている。先に引用した従姉ジェーンの幻というのも、ダブリンの陰鬱な大叔母の屋敷の中でただ一人孤独だった幼児ハーンをおびえさせた様々な化物の一つである。このような幼児体験は、長じては、超自然的霊の世界に対する強い関心となってゆく。

そして新聞記者であったアメリカ時代には、猟奇的な事件、噂の幽霊屋敷、あるいは当時流行していた心霊現象などを取材したルポルタージュ記事を中心に、怪奇小説風の短編を数多く誌上に載せた。例えば、呪われた館に死者が出没する四つの幽霊事件を実話として紹介する「さまよえる亡者たち」(“The Restless Dead”)[13]などがそうである。

『コマーシャル』誌に一八七六年に掲載された「バンジョー・ジムの物語」でも、オハイオ河に面した波止場のうらさびれた建物に出る幽霊の話をつづっている。だが印象的なのは、そのクライマックス、つまりバンジョー弾きの黒人ジムが深夜、崩れかかった旧舞踏館に迷いこみ、そこで死んだはずの黒人男女が踊り狂う様を見る、恐ろしいが幻想的な場面である。

古風なダンス・ホールは青ざめた、海緑色の光で満たされていた。――深海へもぐった潜水夫の行手をぼんやり照らすような、定かでない光であった。

ジムはものの一時間ほどダンスを見物したように思ったが、その頃になると舞踏館の内部の様子がにわかに変わり始めた。幻のようなヴァイオリン弾きの気味の悪い姿が、どんどん背が伸びてますます不気味なものとなった。[14]

青ざめた、海緑色の光に満ちた古いホールの中で、幽霊の踊り子たちが亡きヴァイオリン弾きの奏でる狂おしい調べに身を委ねている。ジムが息をのんでしばらく凝視していると突然、幻のようなヴァイオリン弾きの気味の悪い姿が、どんどん背が伸びてますます不気味になる。それと同時に踊り子たちの背も天井に向けて、みるみる聳えんばかりに高く伸びていき、さらには上の方で下を見降ろしつつ互いに絡みあいはじめる。ジムの度肝を抜いたこの幽霊たちの不気味さが、上へ上へと伸びるその動きにあることは明らかであろう。そして同じような恐怖感が、ハーンの西インド諸島時代の作品にも登場する。

『仏領西インド諸島の二年間』所収の「魔女」(“La Guiablesse”[15])は、島の人々が昔から恐れているゾンビ(Zombi)という幽鬼についてハーンが聞いた話を記した、ドラマ風の随想である。そして下宿屋の娘アドゥが、ハーンの

“Adou, what is a Zombi?”

という度重なる問いに、

“Ah, pa pale ca!”（その名は口にしないで！）

と、怯えながらクレオール語混じりで答えたところによると、ゾンビは、身の丈十四フィートもの背の異常に高い女や、五フィートの高さの犬、また、子供だと思うとみるみる背が伸びはじめる妖怪の姿で、真夜中、人の家にしのびこんでくるらしい。

ハーンは、熱帯の森林の“weird and awful beauty”（不気味で恐ろしい美しさ）[16]に言及する際にも、まずその高さに注目している。次に挙げるのは一八八九年の「真夏の熱帯行」（“A Midsummer Trip to the Tropics”）の一節である。

頭上、おそらく千フィートのもの高さまで様々な形をした緑が上に昇っていくあの美しい景色（that beautiful upclimbing of green shapes to the height of perhaps a thousand feet overhead）を眺めていると、熱帯の森というものが外から見てどういうものであるか、なにか畏怖の感覚を伴ってわかってくるだろう。……密生している樹木の全体の形など、一見しただけではわからない。わずかに、樹木らしきもの、樹木の幻（dreams of trees）のごときものが、百フィートも高く立っている。他にも同じように巨大なものが、そのまた上に聳えている。さらにそれより高い、化物の群れ（a legion of monstrosities）が高い所で頷《うなず》いたり、屈んだり、緑の腕を高くさしあげたり、大きな膝を突き出したり、背中や肩のような丸みを見せたり、手足かと見紛うものを絡み合わせたりしている[17]。

熱帯の森林の何たるかは、頭上千フィートの高さまで緑が美しく伸び上がっている様を見上げているうちに畏怖とともにわかってくる。木の実体というよりは木の夢、木の幻がはるかに高くに聳え、そして“a legion of monstrosities”（化け物の群れ）のように、上からこちらを見降ろし、緑の手足を不気味に絡ませあっている、とハーンは言うのである。ハーンはさらに、「熱帯の森林を描写するとき、比較の語彙を与えてくれるのは、海だけである[18]」として、緑の色調、形のうねりについても述べている。海と森がハーンの感性のなかで一つのものに重ねあわせられているという点も興味深いが、ここのハーンの捉え方、形容の仕方は先の「バンジョー・ジムの物語」の幽霊の場面の描写に酷似している。踊り子の幽霊は、いわば緑色の光にみちた海の底にゆらめく丈長い海草のイメージで描かれていた。このような背の異常に高いもの、植物のように上に伸び上がる縦方向の動きに対して、西インド諸島時代までのハーンは潜在的に一種独特の抜き難い恐怖感を持っていたといえよう。

ハーンは、熱帯の森林に感じるこの畏怖の念について、後年自ら別の角度から論じている。一九〇〇年の『影』（*Shadowings*）所収の「ゴシックの恐怖」（“Gothic Horror”[19]）がそれである。このなかで、ハーンは子供の頃、教会の中に入るとまるで巨大な怪獣の骸骨の内部にいるような気がして恐ろしかったこと、また夜な夜な自分を苦しめに来る幽鬼や精霊の形が教会の尖塔に似ていたことを語っており、そのためこの文章は、先に挙げた「私の守護天使」とともに、ハーンの特異な幼年時代、およびキリスト教信仰からの離反を示す作品として知られている。だが、さらに興味深いのは、初めて熱帯の森林の中に入り、そこで椰子の木の群れを目にしたときの驚きを回想した次のくだりであろう。

この巨大な柱が空に舞い上がる様をずっと上まで目で追うためには、頭を思いきり後ろへ反らさなければならない。この巨大な幹は緑色の薄明の深淵の中へ、上へ上へと伸びて行き、森の屋根ともいうべき枝と蔓《かずら》の果てしない絡みあいを突き抜けて、さらに彼方へと伸びている。――（中略）

畏敬の感情が、私が幹を見つめている間に、次第にはっきりしてきた。――そしてたちまちのうちに大きな灰色の樹の幹は、巨大な側廊の柱の列に変わった。そして夢のように高いあたりから、突如として私の頭上に、あの昔のゴシックの恐怖の戦慄が降り注いできたのである。[20]

椰子の木の群生が、緑色の光の深淵の中を上へ上へと伸びて行き、夢のような遙かな高みでその枝と蔓を果てしなく絡みあわせているという描写は、前の「真夏の熱帯行」と同じである。だが来日して十年、五十歳のハーンはその時のことを想起して、「灰色の石のような幹は柱となり、森は厳粛な柱廊と映じてきた」と述べ、その瞬間、昔ゴシック教会の中で感じたのと同じ恐怖感に襲われ、長年謎であった〝ゴシックの恐怖〟の本質に思いあたった、というのである。〝ゴシックの恐怖〟とはまさに〝*a horror of monstrous motion*〟（恐ろしい動きの恐怖）に他ならない、とハーンはイタリック体で表現して強調する。そして、子供の頃教会を恐れたのは、「いたるところで上を指し、上を突きさしている」ゴシック建築が、「まるで悪夢のように広がり、上へ上へと伸びていって」「影を帯びた悪意、魑魅魍魎の群と化した」からだとしめくくっている。(21) つまり、ハーンのなかで、教会にまつわる不幸な幼年時代の記憶が、深い心の傷となって残り、〝高く伸び上がるもの〟に対する半ば無意識の根強い恐怖感を形づくっていったのである。その潜在的な恐怖感覚が、あのバンジョー・ジムの幽霊の描写となり、ゾンビへの関心となり、熱帯の旅行記の樹の描写となったのだろう。

そして「むじな」の恐怖は、先述したように、奥へ奥へと反転する無限連鎖の感覚であった。来日以前の作品における、ハーンのいう〝ゴシックの恐怖(22)〟との共通点は、それがひとつの動きの恐怖感だということであり、「恐ろしい動きの恐怖」は、「むじな」のなかにも、いわばハーンにとっての根源的な恐怖感覚として残っているといえよう。だが、異なるのは、「むじな」においては、化物や樹木など物の動きではなく、空間全体のより抽象化された動きの恐怖感となっていること、そしてさらには、その動きの方向である。「むじな」のなかの空間は、高さが直線的に増していくのではなく、奥行が反復によって深まっていくのである。

紀の国坂の両側に高くせり上がり、覆いかぶさってくるような土手と石塀は、この坂道に象徴される閉ざされた円環から、二度と出てくることはできないことを暗示する。これは、言ってみれば、あの〝高さへの恐怖〟が主役を支える脇役に後退したことに他ならない。原話における雨の土砂降りが消されているのも、いわば、空から降ってくる雨という余計な縦方向の動きを除去することによって空間の奥深さ、より透徹した無限の奥行の感覚を際だたせるためと考えられよう。また『百物語』の化物の〝二尺の顔に〟という箇所も、以前のハーンであれば、むしろ惹かれ、注目した要素なのではないか。なぜなら、振り向けば〝二尺の顔に〟なるという変身の過程には、顔がろくろ首のように異様に伸び上がる動きを想像することができるからだ。しかしハーンは、あえてその要素を取り上げず、高く伸び上がる化け物の顔をのっぺらぼうに変えたのである。ハーンは、日本の民話の一つの型をふまえた語り物を素材に換骨脱胎して、そこにおよそ異質な恐怖の空間感覚を表象したと言える。

では、この無限でありながら閉ざされている闇の中で、Mujina という不可解な怪異が繰り返し突きつけてくる〝顔のない存在〟、つまりその後姿しか把握できない存在とは一体何なのか。

そしてこの背中だけの存在が繰り返し点滅する無限空間はハーンにおいて如何なる意味を持つのだろうか。

三 〈背中〉の感触

ハーンは、来日以前より、因果、転生などの仏教概念に関心を示していたが、仏教の因果応報を直接主題とした怪談が一つある。「因果話」である。

「因果話」（"Ingwa-Banashi"）は、一八九九年の『霊の日本』（*In Ghostly Japan*）に含まれている。それほど知られた作品というわけではなく、選集などに編まれる際にもほとんど採用されていないが、なかなか強い印象を与える話であり、「むじな」との関連で読むとさらに興味深い。そしてハーンが取材したと思われる話が、やはり同じ『百物語』のなかにある。松林伯円による「第十四席」である。以下、まずはハーンの作品の方の粗筋を紹介しよう。

The daimyo's wife was dying, and knew that she was dying.[23]
（大名の奥方が死の床にあった。そして自分がやがて死ぬことを知っていた。[24]）

と始まるこの怪談の舞台は、さる大名の屋敷、死の床に伏している奥方の居室である。大名は優しい声で、"all of us will pray... for you, that you may not have to wander in the Black Space but may quickly... attain Buddhahood"（「われら一同、念仏読経を手向けよう。そなたが虚空の暗闇をさまようことなく、すみやかに成仏できるように」）と宥めるが、奥方は庭の桜を、春の喜びを、子供たちのことを、夫の幾多の側室のことを、そして特に若くて美しい雪子のことを考えていた。そして、臨終を迎えると雪子を呼び、庭の桜が見たいから是非背中におぶってくれ、と言う。
ハーンの文章はここまでは、大名と奥方、奥方と雪子の会話が中心で、芝居の静かな導入の場面のように、ゆったりとした筆運びで描いている。ところが、この後、話は急転回する。つまり、雪子が言われたまま奥方を背におぶうと、奥方は何と腕を雪子の胸に回し、その乳房を摑んだまま、高らかに笑って事切れてしまうのである。そして不思議なことに、この手は何としても離れず、やむなく蘭医が死体を手首のところで切断することとなった。しかもそれだけではない。

Withered and bloodless though they seemed, those hands were not dead. At intervals they would stir — stealthily, like great gray spiders. And nightly there after — at the hour of the Ox — they would clutch and compress and torture.

（萎びて血の気も失せているかにみえても、その手は死んではいなかったのだ。折にふれ、二つの手はうごめいた——ひそかに、大きな灰色の蜘蛛のように。それから後というものは夜な夜な——必ず丑の刻になると——手は絡まり、締め付け、責めさいなむのだった。）

干涸びた死体の手は、昼間はそのままだが、毎日決まって夜になると、まるで巨大な熱帯の蜘蛛のように蠢《うごめ》き始め、胸を締めつけてくるのである。雪子は出家して尼となり、奥方の位牌を携えて一人行脚の旅に出た。彼女はその〝wanderings〟（あてどない放浪）のなかで毎日位牌に許しを請う。しかし、〝evil karma〟（邪悪な因果）がそれで消える筈はなく、深夜になれば再び、〝手〟による拷問が始まった。これが数十年前のこと、その後、杳として行方が知れない、という話である。

幽霊にとりつかれて呪い殺されるという怪談はよくあるが、この雪子は死なない。奥方の死体の〝手〟から日中しばし解放されても、夜には責め苛まれるという繰返しのなかで、ずっと旅を続け、生きていかなくてはならない。何と恐ろしい運命を背負わされたのだろうかと読者は愕然とするわけだが、この恐さは実は、原話を読んでもあまり感じられない。というのも、原話の方ではもっぱら、女の嫉妬の凄じさという点に話題が集中するからである。ハーンは冒頭から奥方が死ぬところまでは、翻訳と言ってもいいほど原文に忠実なのだが、いよいよ怪談に展開する段になって、原話に大幅に手を加えはじめ、かつ会話主体の場面を消して自らの語りを前方に出してくる。

ハーンが削ったのは、次のような部分である。

「時に奥方三十三歳さても君公始めとして……臨終際の不思議さに只々呆れて言葉無し」

「其日は空敷《むなしく》彼是の評定に時を移し早や翌日は御同家并《ならび》に分家方へも夫々報知せねばならず然るに……世に浅猿《あさま》しき事……」

「嗚呼此貴夫人は其身大家の姫と産れ妙齢にして諸侯の内室……慎しむべきは嫉妬の一念死しての後に手足を異にし自ら求めて五体不具醜き死骸を埋葬され噂を世々に残すとハ浅猿しかりける次第なり」

「其後雪子は壮健なれど……人目を憚り……苦しさも一時計《ばか》り永の年月馴れたれど……耻かしき」（以上、傍点引用者[25]）

ここには驚きも恐怖もない。あるのはただ、浅ましく思い呆れはてる第三者の視点と、それに対して世間体を憚る当事者側の恥ずかしさだけだ。そもそも原話はかなり長く、その第三部にあたる雪子の身の上話が始まる前に、それを聞きだした宿屋の主人の視点で、中年になった尼雪子の苦しみ、かつうんざりしている様子が語られている。「第十四席」の挿絵を上に掲げたが、隅々まで影のない明るい画面といい、雪子の困惑したばつの悪そうな風情、対する主人夫婦の、特に眉をひそめながら両端が上がり気味の口元に好奇心を漂わせているお内儀の表情など、原話の物語世界をよく表わしており、この無名の絵師による挿絵は悪くない。

図２　『百物語』「第十四席」挿絵

　ハーンの題名は、原話のなかの「死ぬにも死ねぬ身の因果お咄し申すも耻かしき」という節から採られているのだが、原話はいわば人間の煩悩と業の深さを表わす事件を示し、最後に教訓を垂れる仏教説話の延長上にあるといえよう。ただしこの場合、雪子にとってその胸を摑む死体の〝手〟とは、奥方の恨みの象徴に他ならず、そのためそれは同時に彼女自身の「身の罪障」、すなわち彼女が大名から享受していた歓びをもネガティヴな形で表象していることになる。この両義性によって、そこには当然過ぎし日の愛欲の姿が連想されるわけで、だから雪子は恥かしく、世間は浅ましく思わざるをえない。

　ところが、「むじな」で原話における可笑しみを捨てたハーンは、ここでも注意深く以上のようないささか趣味の悪い世俗性をすべて排した。原話では三十三歳の「花の姿」とある奥方もハーンでは老年のように感じられ、三角関係のイメージを薄めている。[26] こうした選択には、あるいは十九世紀ヴィクトリア朝の人であり、かつそういう英語圏の読者を対象としていたハーンの倫理的配慮がうかがえるかもしれない。だが〝手〟の描写に関しては原話以上に詳しく繰り返され、しかも刺戟的で強烈なのである。"like great gray spiders" とある形容は、元々は「さながら（乾し固めたる）細大根の如く」としかない。

ハーンはアメリカ時代、カリブ海の沼地に棲む熱帯の昆虫類に関心を示し報告しているが[27]、「第十四席」を読んだ時はただちに、かつて自ら英訳したモーパッサンの短編怪奇小説 "The Hand" (La Main) の次の一節 "I had a hideous nightmare... I saw the hand, — the horrible Hand, — running like a scorpion or a spider along the curtains and up and down the walls of my room, ... using its fingers like a so many legs"[28]（「私は恐ろしい悪夢を見た……私は、手を見た、あのおそるべき手が、蠍か蜘蛛のように私の部屋のカーテンの上を、壁の上を這い回っているのを、……指を脚のようにうごめかせて……」）を想起したはずである。ここでは、やはり切断された死体の〝手〟は夜間に乗じてまるで蠍《さそり》か蜘蛛のように走り回り、手のかつての所有者の敵の殺害に成功する。そして「因果話」においても「巨大な蜘蛛の様に」と形容された〝手〟は、独自の意志をもって動き、締めつけてくる、実に生々しい存在として強調されるのである。

ハーンは、原話の前半部分、第三者の視点による話の枠組みを取り去り、さらにそのなかで嫉妬心とそれに対する世間的評価などの要素をすべて消すことによって、この〝死人の手〟に取りつかれることそのものに、話の流れを凝集させてゆく。文体もこの時点で変わり、急テンポの緊迫したものになる。そしてこのため、ハーンの作品は、ここから、あたかもなだらかな平地から、いきなり急勾配の坂を登りはじめるかのように、一挙に日常世界を離脱し、ハーン固有の空間に突入してゆくのである。話の冒頭、大名が奥方に、原話では「心を残さずに迷わず仏果を得玉へ」と言うところをハーンは“that you may not have to wander in the Black Space”としている。大文字で始まる“the Black Space”の語をみていると、ハーンにおいては、やはり、果てしなき闇の広がりが重要なイメージであり根源的な心象風景をなしていた、と感じられる。この一節は物語の最後の段落にある“this〔位牌〕she carried about in her wanderings”と当然付合しており、雪子は、はたして、奥方の霊とともに、この闇の空間を永遠にさ迷うことになるわけである。

そしてこの時、雪子の身になってみれば、背後から回された手がそのまま身に残っているということは、死骸を背負い続けていることに等しいということに気づくはずである。ハーンの「因果話」ではまさに、この背中の感触に思いあたった時に、読者は思わず、体の奥底からこみあげてくるような恐怖感に身を震わすのではないだろうか。

さらに、雪子をこのような運命に追いやった“karma”は、先に引用した「身の因果」に対応するのだが、既に見てきたように、原話では、〝因果〟は「奥方の恨み」とも言い換えられており、極めて世俗的倫理的な内容にすぎない。しかし、その世俗的部分をハーンは捨てた。従って、雪子が背負って歩むのは、もはや自ら承知している「身の罪障」、すなわち断ち切るべき浅ましきものではなくなり、輪廻という仏教的時間観念と密接に結びついた過去世、自分には知る由もない前世となるのである。

いわば、ここでは死体の手の象徴する内容が、より抽象的かつ根源的なものへと昇華されているわけで、愛欲や嫉妬といったものが遠い響きのように遙か後方に退き、代わりにより透徹した宇宙空間が生じている。

ところで、自らの前世を知らしむる何か不気味なものを背負いつつ歩む恐ろしさを描いた作品としてすぐ連想されるのは、夏目漱石の『夢十夜』「第三夜」[29]である。このなかで、たぶん漱石自身である語り手は、「何時の間にか眼が潰れて、青坊主になってゐる」盲目の我が子を背負い、田圃の間の細く暗い夜道を歩いている。その道は「不規則にうねって中々思ふ様に出られない」。背中の子の相次ぐ異様な発言に、男はだんだん薄気味悪くなり、「早く森へ行って捨てゝ仕舞はふと思つて急いだ」。だがついに暗い森の奥まで来ると、子供は「御前がおれを殺したのは今から丁度百年前だね」と言う。この言葉を聞くや否や、男には前生で殺人を犯したという記憶が忽然と脳裏に浮かび、同時に、背中の子が急に石地蔵のように重くなった、という所で話が終わる。

人間が自分の背中や背後にあるものに不安や恐れを抱くというのは、そもそも極めて原始的かつ基本的なことだと言えるのかもしれない。〈背中〉は人間にとって死角、盲点であるために、人間の認識の及ばぬ未知の領域を象徴し、それは取りもなおさず、時間的には、生まれる以前と、死後の世界に他ならない。その点、『夢十夜』と「因果話」で背中に取り付くのがそれぞれ子供と老人であるのは意味深い。いずれも背負う当人の〝現在〟にとって〝前世〟と〝来世〟に最も近く、意識の暗がりに属する一見弱者であるが故に非日常の存在だからだ。

先に言及したハーンのアメリカ時代の作品「さまよえる亡者たち」のなかでは、姿なき幽霊の足音が背後から迫ってくる。背後に不気味なもの、この世ならぬものの気配を感じるという、古今東西の物語にありふれた普通の場面である。

ところが、来日以後の作品のなかには、背後の気配が背に密着してきたかのように、背中の感触に神経が集中していく、印象的な場面が登場する。

たとえば第一章でもふれた「盆市にて」のなかで、ハーンは、幼子を亡くした母親が一人、盆市をさまよう姿を最後に映し出した。母親は、子供のための初盆の品々を買い求めながら、去年の盆市にはその子を背負って来たことを思っただろう。彼女は、空っぽの背中に、目に見えない子供の霊を、その小さな体の温《ぬく》もりと重みをありありと感じていたはずである。

また、「幽霊滝の伝説」(『骨董』)という怪談では、幽霊が出るという山奥の滝へ行って賽銭箱を取ってくるという賭けをした若い母親、お勝が、子供をおぶったまま、夜中に滝に行って帰ってくる。麻取り場の仲間の女たちのもとに無事戻ってきて、背中に手をまわすと、生温かいものを手に感じ、子供の首がもぎとられていることがわかる、という話である。ハーンの怪談のなかでも、怖さの巧みな演出という点で屈指の作品とされ、幽霊滝で何者かに自分の名前を呼ばれる場面、麻取り場に戻ってきたときの場面が恐怖の山場として知られる。だが、印象に残るのは、暗い山道を一人、子供をおぶったまま急ぐ女の姿である。女は、自分の背中で幽霊に子供の命を奪われ、それを知らぬまま、背負い続けている。

「盆市にて」の哀感も、「幽霊滝の伝説」の恐怖も、その中核にあるのは母が子をおぶう姿である。子供をおんぶするという日本の習慣については、もちろん、多くの来日外国人が言及している。エドワード・モースも、イザベラ・バードも、母親の、あるいは姉の背中で楽しそうに笑っている子供たちの姿に感心し、ほほえましい日本の情景のひとつとして書きとめた。だがそのような「おんぶ」の情景に、別のイメージが幻のように重なって見えてくるところが、ハーンなのである。
そして「因果話」にいたって、背に因果をおぶった雪子の行脚の姿が照らしだされる。それは過去世を含めた時間の奥深い闇を背負う人間の姿であり、〝背中〟はまた、自己の存立と不可分のものともなっているのである。このような象徴性は、「因果話」とどこか重なる『夢十夜』の次のような映像——

路はだんだん暗くなる。殆ど夢中である。只背中に小さい小僧が食付いてゐて、其の小僧が自分の過去、現在、未来を悉く照して、寸分の事実も洩らさない鏡のように光つてゐる。

にも如実に表われていよう。漱石は『門』のなかで、その問題を〝父母未生以前〟と呼び、再び取り上げた。
漱石と晩年のハーンはともに、「前世」に並々ならぬ関心を示した。異なるのは、漱石にとって前世を認識することの恐怖が耐えがたいものであることが、背中の子が石地蔵のように重くのしかかるところで、筆が止まっていることにうかがえるのに対し、ハーンは、その恐怖を受け止め、そこに一種形而上的な美さえ認めて、身を委ねているように思えることである。「因果話」のなかで、尼となった雪子が、死骸の腕の象徴する前世を背負いつつ、昼と夜の間を、つまり忘却と自覚、救いと恐怖の無限の繰り返しのなかを、あてどなき行脚の旅を続ける姿は、そういったハーンの受け止め方の、作品における形象に他ならないのではないだろうか。

そしてこの、いわば光と陰、一つの幻の陰画と陽画が交互に点滅し続けるような奥行きのある空間は、あの「むじな」におけるものと同じだということが納得できよう。

ハーンがその最晩年に書いた「むじな」の構造は、「因果話」の最後の、雪子の運命に焦点をしぼり、拡大したものに他ならない。そしてここでは、やはり旅の人である年老いた商人は〝背中〟を背負う代わりに、女のほっそりとした背中に、蕎麦屋の無骨な背中に語りかけ、その存在を面と向かって把握しようとしたあげく、そこには、あるべき目や鼻や口は無い、ということを知るのである。

ハーンはここで、人間はカルマをこの手に把握し、認識することはできない、ただ不可知のまま背負って生きるのみ、という理解を示したのではないだろうか。

四　輪廻の幻影

ハーンの西インド諸島時代の作品の一つ、先に引用した「魔女」という短編は、森に出没する魔物の話で終わっている。この怪異は夜闇を舞台とするのではない。

…None ever saw her by night. Her hour is the fullness of the sun's flood-tide: she comes in the dead hush and white flame of windless noons — when colors appear to take a very unearthliness of intensity.[30]

（……今まで夜その女を見たという者は一人もない。出る時刻は、必ず太陽の満潮時である。ちょうと、物の色がこの世のものとは思われぬような鮮烈さをおびる、万物が静まりかえり、白炎燃えさかる、風のない真昼間に出るのである。[31]）

時刻は熱帯の真昼。太陽が燃えさかり、物の色はこの世のものとも思えぬ鮮烈さを帯び、台地には影一つない。人々はシェスタで寝静まり、風も無ければ物の音一つしない。この、いわば時が止まり、すべてが麻痺したような静寂のなか、町から森へと入る一本の道に、美しいマルティニークの女が立ち現われる。

ハーンは、熱帯の逢魔が時である真昼特有の不気味さに注目し、紀行文などで再三言及した。熱帯の豪華な光の横溢のなかにすら、いわば〝白い闇〟を見出したハーンは、シェスタ時の気懈《けだる》さ、物憂さを強調する他の異国趣味者とは一線を画しているといえよう。

この〝白い闇〟のなか、一人の男がその魔女に魅きつけられ、会話を交わしながらその後をついて行くと、森の奥深く、山の中へと入り込んでしまう。気がつくと夕暮れであり、崖の上に立っている。すると、真赤に沈む壮大な太陽を背にして女が突然振り返り、化け物の顔を見せ、男は肝をつぶして崖下に転落してしまう、という話なのだが、状況が「むじな」とよく似ている。

ただ、「魔女」の方を構成する時間が、白昼から日没という決定的瞬間に向かう、直線的な定まったものであるという点が、「むじな」における、加速しつつ反転を繰り返す無限の時間と大きく違う。そして後者に見出されるこの時空感覚こそ、「むじな」における恐怖の本質だった。

ハーンはキリスト教に反撥し、スペンサーの進化思想と、東洋の輪廻説に興味を示したといわれる。アメリカ時代にはすでに、「転生」「遺伝的記憶」などの短い随想を発表しているが、作品内にある形で結実されるのは日本に来てからのことである。ただ、ハーンが仏教思想に惹かれたのは、単に非西欧の思想に対する関心からだけではなく、輪廻という時間観念のなかに、自らの内なるリズム感と共鳴するものを無意識に感じ取ったからに違いあるまい。動的な恐怖感覚という点での「むじな」とそれ以前の作品の共通性についてはすでに述べた。ハーンの輪廻説の理解がどの程度のものであったかは、また別の問題であるが、「むじな」のなかの、あの光と闇が無限に反転する奥深い空間は、ハーンの内なる感覚と仏教思想との出会い、合体によって生まれたといえる。それは、日本の素朴な語り物のなかに重ねあわされ、投影された、ハーン自身の脳裏に一瞬鮮やかに映じた輪廻の幻影に他ならない。

ハーンの再話作品は、ただ単に東洋の珍しい物語を欧米の読者に紹介するものではない。そこに描かれているのは、もはや日本の民話の心ではなく、異文化と出会ったハーンの心であった。少なくとも、ハーンにとって日本の怪談奇談は、ハーン自身の内面を写し出す鏡だったのであり、また逆に日本の怪談はハーンによって新たな意味を与えられ、新たな文学的生命を吹きこまれたといえる。

ハーンの怪奇趣味の展開の跡をたどり、アメリカ時代のごく初期のもの、たとえば「さまよえる亡者たち」、西インド諸島時代の「魔女」そして終着点としての日本の怪談の再話作品を比べる時、作品としての完成度、力の差は歴然としている。ハーンにおいて〝恐怖〟とは幼時より心にしみついたものでありながら、そのなかから抽出された感覚が文学表現に高められたのは、日本の怪談に接してからだったといえるだろう。

ハーンは東大での文学講義のなかで、「話の一部だけ、人間の感情の一瞬だけを全き暗闇の中に映しだすことによって、読者の想像力に強烈な印象を残す技法」[32]こそ、詩であれ散文であれ、文学において最も肝要だと説いた。「むじな」という再話作品にも、ハーンのいうその「技法」がみられよう。

だがそれだけではない。「ゴシックの恐怖」を書いた時、ハーンは、距離を置いて過去の恐怖感を対象化することができた。その結果、教会にまつわる〝記憶〟がより抽象的な〝過去〟という時間の観念に形を変えた。だが、実は、ハーンはただ単に〝ゴシックの恐怖〟を分析しただけではなく、そこに「恐ろしい美しさの感覚」、上に向かって噴出し、溢れあがる力がある、とも述べているのである。あれほど反撥し恐れたゴシック教会の内部構造に美を認めたことになろう。ハーンは晩年にいたり、いわば〝輪廻〟を見出すことによって〝ゴシック〟の美さえも見出したのではないだろうか。内なる恐怖感を日本の怪談に昇華させることは、幼時を振り返って確認した昔日の強迫観念をもあるがままに認めることでもあったのだ。

ハーンは波乱にみちた生涯を送った。心の内の根強い恐怖感、北ヨーロッパの陰鬱な風土の影を追い払おうとして、アメリカ南部に、マルティニークに、ことさら南国の太陽の光と華やかな色彩を求めてきた。そのようなハーンにとって、あるいは日本で得た家庭生活も、自らのたどってきた内的過程を静かに見据えさせたにちがいないと思われる。

第四章　水鏡の中の〈顔〉――「茶碗の中」

一　未完の物語

ハーンの怪談作品のなかには、ただ単に日本の古い怪異譚として画白いという以上に、妙にいつまでも心に引っかかって残るものがある。

「茶碗の中」("In a Cup of Tea")[1]もそういう怪談のひとつといえる。わずか五頁ほどの短編で、『骨董』のなかに他の八つの話とともに〈古い物語〉としてまとめて収められている。

ハーンの他の多くの怪談と同様に、「茶碗の中」にも下敷きとなった日本語の原話があり、ハーンの作品は著者が欧米の読者に対して日本のこの古い物語を紹介するという形で書かれた。話の筋はこうである。

新年の挨拶回りにでた中川佐渡守の一行が本郷白山のある茶店で休憩したおり、供の関内《せきない》という若党が茶を飲もうとすると、取り上げた茶碗の中に見知らぬ若者の顔が映っている。それはごく普通の、何の変哲もない茶碗だった。びっくりして茶碗を替えてみても、同じである。その茶を捨て、新しく入れかえると、またその顔が今度は嘲るような笑みを浮かべて現われる。関内は一瞬気味悪く思うが、その茶を飲んでしまう。するとその晩、屋敷で当直だった関内の前にどこからともなく突然その若者が現われ、式部平内《へいない》と名乗り、やはり嘲るような笑みを浮かべて真直ぐ見据えながら関内に詰めよる。関内には何の心あたりもないものの、思わず身構えて刀を抜き切りつける。だが、男はすっと壁の中に消えてしまう。翌晩、関内が家にいると、平内の家来と称する侍が三人訪ねてきて玄関にそろって立ち、主人が復讐するだろうと予告する。関内が飛び出して討ってかかると、やはり刃先に手応えはなく、男たちは消えてしまう。「そして……」という、まだ話の先があることを暗示させる文で怪談は終わる。

なかなか不気味な話だといえよう。その不気味さは、まず平内と名乗る怪しげな幻が正体不明だという点にある。関内は突然、全く見覚えのない人の幻に当然のごとく取りつかれはじめた。だが何故なのか、本人には皆目見当がつかない。人に恨まれるようなことをした記憶はない。平内が自分にとってどういう関わりのある存在なのかさえわからない。関内が体験する恐怖は理不尽である。

さらには茶碗という小道具の効果が大きい。薄気味悪い幻は、茶碗の中から立ち現われた。もっとも、ある一つの〝もの〟にまつわる怪談話は珍しくはない。例えば鏡や刀、茶器、髪飾りや衣などが重要な意味を持ち、そのなかから過去の持ち主の霊が出現するのは、歌舞伎などでよく使われる手法である。だが、そうした場合は家宝や愛用の品であるなど、霊が特に執心して乗り移るにふさわしい因縁が存在する。ところが、関内に取りつく幻が現われたのは、通りがかりに手にしただけの、ごくありきたりの平凡な茶碗だった。しかも、茶碗を取り替えても同じ幻影が現われたところからすると、ここでは器の個別性は問われない。むしろ、何気ない平凡な日用品だからこそ気持ち悪いのである。茶碗は、人が極めて日常的に接する生活用具である。そして茶席ならいざ知らず、毎日の茶を飲む時に、いちいち茶碗の中を覗き込んでから飲む者はあまりいまい。ほとんど無意識に口許に運んでいるはずだ。だが、もしその茶の表面に、気づかぬうちに自分をじっと見つめている顔があったとしたら……。この作品を読んで感じるのは、いわば日常性の亀裂のなかに潜む不条理な恐怖だといえる。

　この話が心に引っかかるもうひとつの理由は、〝未完〟の物語だからだろう。そのことについて、ハーンは次のような前置きを書いている。

> 何処か古い塔の薄暗い螺旋階段を昇ってみると、何もない突き当たりの暗闇のただなかに蜘蛛の巣がかかっているだけだったということはないだろうか。あるいは、海岸の切り立った断崖ぞいの道を辿っていき、岩角を曲がった途端、何もない絶壁の縁《ふち》に立っていたというようなことはないだろうか。そういった経験のもつ感情的価値がいかに大きいかは——文学的観点からいえば——その時に味わった感覚の強烈さとその感覚が残す記憶の鮮やかさが何より雄弁に物語るものである。
>
> 　さて日本の古い物語の本のなかには、不思議にも、ほとんど同じような感情的効果をもたらす作品の断片がいくつか残されている。……作者が怠慢だったのかもしれないし、版元と口論したのかもしれない。あるいは急に呼びだされて書きかけの小机を離れ、そのまま再び戻らなかったのかもしれない。不慮の死が文章の中途で筆を折らせたのかもしれない。しかし、本当のところ

は、なぜこれらの物語が未完のままになっているのか、もはや誰にもわからないのである。……その典型的な例を一つここにあげよう。(2)

つまり、意表を突かれて物語が中断してしまう、その意外感の比喩として、ハーンは、薄暗い円塔を昇って暗闇に突き当たった時、また切り立った海岸沿いの道を歩いて突然絶壁の縁に出た時の経験をあげ、それが極めて鮮烈な記憶として残っているとまず冒頭に述べたわけである。そしてこの前書きに対応させて最後にこう結ぶ。

古い物語はここで途切れている。(中略) こうもあろうかという結末をいくつか想像してみることはできよう。しかしどうも西洋人の想像力を満足させそうなものはひとつとしてない。むしろ読者自身の考えにまかせておいた方がいいと私は思うのである。
霊魂を飲み込むと、いったいどういう結果になるかを。

ハーンは話に結末はあえてつけずに、読者の想像を喚起するという形をとったのである。
ところで、昭和三十九年制作の小林正樹監督のオムニバス形式の映画『怪談』でとりあげられたのは、「和解」(映画での題は「黒髪」)「雪女」「耳なし芳一」そして最後がこの「茶碗の中」なのだが、この映画はハーンの問いかけに対してひとつの答えを提示している。
たしか映画のなかでは、整ったすべらかな顔立ちの若き日の仲谷昇が式部平内を演じ、その薄い昼の片端をつりあげて不敵な笑みを浮かべていた。江戸市中の往来の映像から長屋の部屋で文机に向かう物書きの姿がアップになっていく間に、原作冒頭のハーンの前置きがナレーションとして流れる。関内の話が終わると、最後に再び長屋の場面になり、水を飲もうと台所に下りた物書きが水桶を覗きこむと悲鳴をあげ、中に引き込まれて死んでしまう。そして、今度は誰もいなくなったその長屋の片隅の水桶にカメラが寄っていくと、その水の表面に、死んだ物書きの顔の影が映っていて、そこからにゅうっと手がこちらに向かって伸びてくる、というところで幕だったように記憶している。また、原作では茶碗の中に顔が見えるのは茶店でだけだったが、映画では帰宅後も、それが何か飲もうとする度に繰り返される。

この箇所と最後の場面は原作にない映画の脚色であり、ハーンの作品に対するこの映画の制作者たちの解釈がそこから明らかになるだろう。つまり、茶碗の中に映っていたのは死者の霊で、それを飲んだ関内は、すこしずつ追いこまれるようにして、それに取り殺された。そして今度は関内が茶碗の水面に封じ込められた霊となって飲もうとするものに手を伸ばすであろうと。またその作者がこのような不慮の死を遂げたためにこの怪談は中断しているのだと。

このような解釈がなされた理由の一端は、平井呈一訳『小泉八雲作品集』における訳文[3]にもあると思われる。平井は、関内が飲み込んだものが ghost ではないかとふと疑う箇所はいいとして、茶碗の中の幻影である apparition, phantom さらに、最後の一文"I prefer to let the reader attempt to decide the probable consequence of swallowing a Soul" の Soul をもみな一様に「幽霊」と訳しているからである。しかし、そう解してしまうと、なぜこの幽霊が関内の飲もうとする茶に現われるのかという疑問が生じてくる。ハーンの文章は、茶碗の中の幻が死者であるとは述べていないし、その幻と茶碗、また関内との因縁にも何も触れていないからである。

では、はたしてこの解釈が妥当か、それをみるために、まずハーンの作品を原話と比較し、再話の際にハーンがいかなる手を加えたかを検討してみよう。

二　原話「茶店の水椀若年の面を現ず」

「茶碗の中」の原話については、ハーン自身がその出典を明記しており[4]、平井呈一訳、小泉八雲作品集『骨董・怪談』および平川祐弘編訳『怪談・奇談』の巻末にもその全文が掲載されている。

茶店の水椀若年の面を現ず

天和四年正月四日に中川佐渡守殿年礼におはせし供に、堀田小三郎といふ人まいり、本郷の白山の茶店に立より休らひしに、召仕の関内といふ者水を飲けるが、茶碗の中に最麗《いと》しき若年の顔うつりしかば、いぶせくおもひ、水をすてて又汲むに、顔の見えしかば、是非なく飲みてし。其夜関内が部屋へ若衆来り、昼は初めて逢ひまいらせつ式部平内といふ者也。関内おどろき、全く我は覚え侍らず。扨表《さて》の門をば何として通り来れるぞや。不審《いぶかし》きものなり。人にはあらじとおもひ、抜うちに切ければ、逃げ出たりしを厳しく追かくるに、隣の境まで行きて見うしなひし。人々出合ひ其由を問ひ、心得がたしとて扨《さて》やみぬ。翌晩関内に逢はんとて人来る。誰と問ば、式部平内が使ひ松岡平蔵、岡村平六、土橋文蔵といふ者なり。思ひよりてまいりしものを、いたはるまでこそなくとも、手を負せるはいかがぞや。疵《きず》の養生に湯治したり。来る十六日には帰りなん。其時恨をなすべしといふを見れば、中々あらけなき形なり。関内心得たりとて、脇指をぬきりかかれば、逃げて件《くだん》の境めまで行き、隣の壁に飛びあがりて失侍《うせ》りし。後又も来らず。(明治二十四年『新著聞集』巻五、第十奇怪編所載)(5)

原話は作者が誰ともわからぬ小話で、極めて淡々とした叙述だが、ハーンは同じ筋立て、同じ登場人物ながら、原話にかなり手を加えている。西洋の読者にはわかりにくいだろう語句や状況には、脚注の他にも説明を巧みに文内に折り込んでいるのは翻訳上の配慮として、それ以外に、要所々々の場面描写を生き生きと詳しくした。

まず、初めて茶碗の中に顔が現出するところ、原話では「召仕の関内という者水を飲けるが、茶碗の中に最麗しき若年の顔うつりしかば、いぶせくおもひ、水をすてて又汲むに、顔の見えしかば、是非なく飲みてし」のくだりをこう書いている。

茶碗を取り上げ、口をつけようとするとその時、彼は突然、透明な黄色の液体のなかに自分のではない顔の形、顔の影が映っているのに気づいた。驚いて彼は後ろを振り返ったが、そばには誰もいなかった。茶碗の顔は髪型からすると若侍の顔のようであった。奇妙なほどありありと映っていて、非常に端正な——まるで少女の顔のような繊細な——顔立ちだった。そして映っていたのは確かに生きている人間の顔のように見えた。目も唇も動いていたからである。この謎めいた幻像（apparition）に当惑した関内は茶を捨て、注意深く茶碗を調べてみた。だがそれは何の変哲もない、ただの安物の湯飲みでしかなかった。彼は別の茶碗を見つけてまた茶を注いだ。すると再びその顔がお茶の中に現れた。そこで彼は新しく茶を入れなおさせた上で、改めて茶碗に注いだ。すると今またその不思議な顔が現れ、今度は嘲るような笑みを浮かべていた。しかし関内はじっと堪えて恐怖感を抑えつけた。「貴様が誰であろうと」彼は口ごもりながら言った、「もはやだまされないぞ」――そしてその茶を、顔も何もかも一気に飲み干した後、一行に連なって出掛けた。はたして霊を飲みこんだのだろうかといぶかしみながら。

まず、茶碗の中に顔を見た時の関内の狼狽、続いて武士らしく自制する心の動きが描きこまれている。だが注意すべきは、茶碗の日用品的平凡さの記述がハーンの挿入であること、そして元はただ「最麗《いと》しき」とあるだけの顔に、原話にはない「嘲けるような笑み」をその特徴として付け加えていること、さらにその顔に何度も言及し、そのたびに「顔」「顔」と代名詞を使わずに繰り返すことで、顔の幻像そのものを関内の視野のなかで大きく拡大し、強調していることである。

次に、夜になって茶碗の幻の男が訪ねて来る部分、原話の「其夜関内が部屋へ若衆来り、昼は初めて逢ひまゐらせつ。式部平内といふ者也。関内おどろき、全く我は覚え侍らず。表の門をば何として通り来れるぞや。不審きものなり。人にはあらじとおもひ、抜うちに切りければ、逃げ出たりしを厳く追かくるに、隣の境まで行きて見うしなひし」の部分は、以下のようになっている。

その日の晩遅く、中川殿の屋敷に詰めて当直にあたっていると、見慣れぬ客人（stranger）が音もなく部屋に入ってきたのに関内は驚いた。客は立派な身なりをした若侍で、関内の真向かいに坐ると、軽くお辞儀をしてからこう述べた。

「式部平内と申します。――今日初めてお目にかかりました。……お気づきにならないようですね」

その男は極めて低い、だがよく通る声で話した。そして関内は自分の前に、あの同じ不気味で端正な顔を、彼が茶碗の中に見て飲み込んでしまった幻像（apparition）と同じ顔があるのを認めて仰天した。その顔は今微笑んでいた。茶碗の中の幻影（phantom）が微笑んでいたのと同じように。しかし笑っている口許の上の両眼がまじろぎもせずに自分を見据えているのは挑戦であり、また侮辱でもあった。

「はて、存じ上げませんな」、関内は内心怒気を含んで冷ややかに答えた。「それよりも、当屋敷内に如何にして忍び入られたか、それを承りたい」

（封建時代には、大名の屋敷は刻限を問わず厳重に守りが置かれていたため、警備の者に許し難き不注意でもない限り、誰も取次ぎなしに入ることはできなかった）

「ほう、御存じないとおっしゃるか！」いかにも皮肉な調子で、そう声をあげると、訪問者（visitor）は少しずつにじり寄ってきた。「御存じないとな！　それでも貴殿は今朝、わざわざ拙者に手ひどい危害を加えられた……」

関内はとっさに腰の短刀を摑み、男の喉元めがけて鋭く突いた。しかし刃先には何の手応えもない。と同時に、侵入者（intruder）は音もなくさっと壁ぎわへ飛びのき、その壁をするりと通り抜けてしまった。……壁に通った痕跡は何もなかった。まるで蠟燭の明かりが行燈の紙を透かし通るように壁をすりぬけていったのだ

ここでハーンは、原話の単なる「若衆」を、見慣れぬ客人（stranger）・訪問者（visitor）・侵入者（intruder）に変えて、幻の登場を関内の視点からとらえる。また茶碗の中に現われたのと同じ顔をした訪問者の顔をクローズアップし、その微笑とさらに関内を直視する挑むような眼差しを強調した。「見覚えがない」と主張する関内に対し、平内が繰り返し「知らないはずがない」と食い下がる個所もハーンの挿入である。そして原話では、逃げ出した平内を追いかけたあげく「見失った」とあるだけだが、ハーンは「刀に何の手応えもなく」、平内が「音もなくさっと」壁の中に消えていくさまを描き、平内がこの世ならぬ存在であり、物質的実体がないことを知らせるのである。

最後の家来たちが訪ねてくる部分でも、関内が切りつけようとすると、ハーンの再話では家来たちは「影のように」ひらひらと壁のむこうに消えていく。そして原話にある家来たちの「あらけなき形」、つまり侮辱された主人の仇を討ちに来た彼らの腹にすえかねて荒々しい形相などはかえって人間味があるためか、削除されている。

こういったハーンの改変の跡に関していえば、原話よりハーンの再話作品の方がはるかに緊迫感があって不気味であり、恐怖感の漂う仕上がりになっているといえよう。

だが、ハーンはただ原話を敷衍しただけではなく、重要な文章をそっくり削除している所が二箇所ある。松岡平蔵以下が関内を訪ねてきて恨みごとを言う場面の「思ひよりてまゐりしものを、いたはるまでこそなくとも、手を負はせるはいかがぞや」という台詞、そして最後の「後又も来らず」という締めくくりの一文である。

原話では、家来のこの言葉によって、なぜ茶碗の中に美少年の顔が現われ、その晩当人が関内を訪れたかが明らかにされる。つまり、茶碗に浮かんだ顔はただの怪異現象ではなく、それは「思ひよりてまゐつた」、思いを寄せて恋い慕い、その恋慕の情を伝えんがための一念で現われた若侍だったのである。そして関内がその茶碗を飲み干し体内に受け入れたため、若侍は自分の思いが受け入れられたと勘違いし、喜び勇んで夜やってきた。それなのに関内はそのいじらしさをいたわることさえもせず、いきなり切りつけた。それはあまりに酷いではないか、というのが家来たちの言い分であり、それゆえ彼らは腹を立てて主人の仇討に来た、と述べたのである。

このことからわかるように、原話の重点は茶碗の中に顔が見えたりすることの不思議さにあるのではなく、その若侍と関内の関係の方にあり、テーマは、一方的な思い込みによる愛とその不覚の受容であるといえる。言いかえれば、原話の読者にとって、茶碗の中の水の映像が恋慕の情の結晶として現われるのだということは自明のことなのであって、それは文学的モチーフとしては、例えば、『万葉集』にある、任地に赴く防人の「わが妻はいたく恋ひらし飲む水に影さへ見えてよに忘られず」（巻二十・四三二二）という歌の延長線上にあるといえるし、さらに盃を汲み交わして契りを固める風習が、茶を飲み干す事すなわち相手の思いを受け入れることという筋立てに遠く響いているのかもしれない。あるいは、『美女と野獣』のなかで、鏡をのぞいた美女が病床にある野獣の姿をみいだす場面を思いだしてもいいだろう。鏡や水面にうつるのは、自分ではなく、相手なのである。

こういった原話のテーマを浮かび上がらせる「思ひよりてまゐりしものを、……」という重要な台詞をハーンは削った。またわざわざ結末の「その後はもう現われなかった」という一文を削った。ところで、一九八四年度の泉鏡花賞をとった赤江瀑の『八雲が殺した』は、この点を枕にしたサスペンス風の短編である。『八雲が殺した』では、若い頃にハーンのこの作品を読んで理解できずにいた中年の一人暮らしの女主人公が関内と似た体験をへた後、夢のなかに毎夜現われては自分を虜にするようになった見知らぬ相手の男への殺意を覚え、やがて原話の方の意味に気づく。赤江は、『八雲が殺した』の女主人公に「八雲って、なんてトンチキな、小説のわからない男だろう。しかも原話をおくめんもなく〝未完の物語〟ときめつけている。未完にしたのは、八雲自身ではないか！　原話の花や実に気づかず、それをむしりとっておきながら！」と憤慨させ、素朴ながら完成された原話に比べてハーンの短編は「字数が多い割りに、……物語の完成度は数等劣って」「通俗ばなしの原話にはるかに及ばない不出来の作になってしまった」[6]と批判する。

だがこの批判は的はずれというべきだろう。ハーンは、再話の材料を集める時、妻の小泉セツや弟子の助けを借りて、日本語の原話を行間の心理にいたるまで細かく読みこんだことが知られている[7]。そのハーンが、このように誰が読んでもわかるような〝通俗話〟の原話のテーマに気づかぬはずはない。しかし、わかってはいても、原話の人間関係をそのまま活かすことははばかられたろうと思われる。いうまでもなく、原話が描いているのは、要するに男色にからむ話だからだ。江戸時代（特にその初期）の武士社会では、美少年愛玩が必ずしも異常で反社会的な行為とは認識されず、かなりおおっぴらに行なわれたとされており、年下の方を「若衆《わかしゅ》」、年長の方を「念者《ねんじゃ》」、そういう関係を「衆道《しゅどう》」と称した。衆道はかなり切実な問題だったらしく、気持ちの行き違いやら三角関係やらに武士の体面が加わっていざこざが絶えず、当事者ばかりか家来まで巻き込んだ刃傷沙汰がよく起きたらしい。(8) そういう文脈でみれば、原話における「若衆」の「いと麗しき」という形容、復讐に来た家来たちの「あらけなき」形相、そして話全体の珍しくもないといった調子の淡々とした語り口が納得される。

しかしハーンは、英米ヴィクトリア朝の読者層に対する倫理的配慮からか、他の怪談の再話においても原話に少しでも悪趣味と思われる所があれば、注意深く削った。ではそうしたハーンの良識的取捨選択のために、ハーンの「茶碗の中」は赤江がいうように「原話にはるかに及ばない不出来の作になってしまった」のだろうか。そうではあるまい。

そもそも原話のなかで、相手が男だという点を別にして、女に置きかえれば、この世ならぬ存在ないしこの世ならぬ方法で幻出する女との恋物語は、ハーンが非常に好んだテーマであり、アメリカ時代の「泉の乙女」「鳥妻」から日本の怪談の「雪女」「牡丹燈籠」「お貞の話」「伊藤則資の話」など、ハーンの作品のなかに数多くみられる。だがそのテーマをあえて採らなかったということは、原話のモチーフである茶碗の水面に顔が現われるという現われ方が、ハーンのなかに強く喚起し揺さぶり起こすものが他にあったということになろう。ハーンは原話という布地のなかに何か別のものを、全く異なるテーマを織り込んだのではないか。

三　分身の物語

ここで、ハーンが原話にない要素として何を付け加えたかを思い起こせば、ハーンが強調したのは、まず茶碗の日常的平凡さであり、器の中の水面に映った顔の影そのものだった。それは関内と同じ年若い侍の顔であり、その幻影は小さな椀の枠の中に収まっているとはとても考えられないほど、いわばまるで鏡の中に見える等身大の像のように大きくはっきりと関内に迫ってくる。その表情だが、顔の幻は関内の心の内の動揺を見すかしているかのごとく、関内をじっと見据えて嘲りの笑いを浮かべている。その顔にはもはや当初の繊細な美しさなど消し飛んでしまっている。そしてその揺るがぬ不敵な視線と嘲笑は、茶碗の中の水鏡から抜け出て式部平内と名乗ったあとも、関内が反撥するとその反撥を返すごとく、一層執拗に関内に向けられ、関内を挑発する。つまり、ハーンは、茶碗に現われた幻影の意味するところを、恋慕の情から直視する視線（steady gaze）と嘲笑（mocking smile）へと変えたのである。さらに関内にとって、その幻影の映る茶を飲み干すという行為の意味も、相手の受け容れから相手の負傷へと変わっており、また幻影が関内に要求するのは、いたわりではなく、自分を知っていることを認めよという要求、いわば無自覚な関内に対する自覚の促しだった。

このように、茶碗の中の水鏡を中心にハーンが浮上させた、日常のなかの不意打ち、直視する視線、嘲笑、攻撃、無自覚と自覚の強要といった要素をまとめてみると、連想されるのは、十九世紀に入ってから特に多く登場するようになったドッペルゲンガー、すなわち主人公がもう一人の自分と出会うという分身の主題である。

例えば、エドガー・アラン・ポーの短編「ウィリアム・ウィルソン」では、どこからともなく不意に現われてはウィルソンと対立したと思うと消えてしまう分身の姿は、本人にそっくりだという抽象的な形容しかされていないために、実体性の稀薄な幻のごとくぼんやりと霞がかかって見えるのだが、ほの暗いその顔の中でその「皮肉な笑み」だけが強い印象を与えている。また、ハーンが文学上の師と仰いだテオフィル・ゴーチエの短編「二重の騎士」では、主人公の騎士オーロフの人格が分裂する契機となるのは、オーロフが母の胎内にあった時のある旅人の来訪なのだが、その旅人は「天使のように美しかった。ただし堕天使のように。彼は静かに微笑み静かに相手を見つめたが、その眼差しと微笑は恐怖で人を凍りつかせ、深淵をのぞき込むような恐ろしさを覚えさせた」(9)と形容されている。母親がその悪魔的な旅人を見つめ、眼ざしで交わったために、その旅人はオーロフの第二の父親となり、オーロフは善なる領主の実子でありながら、その旅人そっくりの分身を持った存在となる。いずれの場合にも、分身は本体の面前にその姿を現出させ、対決することにより、人格の分裂という現実を、不審感を抱いている程度でいまだ気づいていない本人に自覚させるのである。

英国の民俗学者J・フレイザーは『金枝篇』(一八九〇—一九一五)のなかで、未開人は水面に映った相手の影を突いて、その人間をあやめようとしたと述べているが、古来より鏡なるものには、それに姿を映した人間の分身化作用があると考えられてきたといえる。そしてハーンが「茶碗の中」において描いたのも、茶碗の水面を鏡とした分身の物語だと解釈できるのではないだろうか。いわば、ハーンはこの怪談のテーマを、茶碗の水鏡を軸に、〝恋慕〟から〝分身〟へと巧妙かつ大胆に転換させたのである。

「誰にでも内なる人生がある。それは本人にしかわからず、その秘密は決して明かされない。ただ美しい何ものかを創造する際に、時としてその影を一瞬微かに見せてしまうことがある。まるで闇の中にさっと開いて閉じる扉のように。……我々はみなドッペルゲンガーではないだろうか[10]」。ハーンのこの言葉にうかがわれるように、ハーンはドッペルゲンガー、つまり分身の物語が人間存在の本質に触れるものだと考えていた。ところで、ポーその他のドッペルゲンガーの物語の場合、分身はほとんど常に、善に対する悪、ないしは悪行に対する良心の化身、象徴である。ハーンの物語でもそうなのだろうか。茶碗の水鏡に現われた幻が象徴するのは何なのか。このように問うた時、「茶碗の中」冒頭のハーンの前置きがにわかに生彩を帯びて意味をもってくる。

ハーンは話の読後感を、何処ともしれぬ古い塔の螺旋階段を昇ってみると何もなく、蜘蛛の巣のかかった暗がりに佇んでいたという経験、また海岸の険しい崖沿いの道を辿っていくと突然何もない絶壁の縁に出てしまったという経験になぞらえている。ということは、ハーンが原話から内面的な問題をはらむ鏡の物語を形作りつつあった時、脳裏にまず浮かんだのが以上の体験だったということである。前述したように、この経験が引かれているのは、まずは、クライマックスになる手前で意表を突かれて中断してしまうという終わり方の比喩のためであるが、それだけだろうか。なぜハーンはその経験について、感性を激しくゆさぶる重要な記憶だと述べているのだろうか。

この情景は、それ自体がまるで夢の中の出来事であるかのように、どこかモノクロの幻想味を漂よわせていて、印象に残る。

そして、この一節に焦点をあててみれば、それが、ハーンの他の作品における幾多の風景描写のなかで特異な性格をもっていることに気づく。ハーンが基本的に好んだのは、緑濃い山々や光の溢れる暖かな海と空、つまりハーンが生涯慕い続けたとされる、生き別れた母の国ギリシャを彷彿とさせる南国の風景である。ハーンはこういった風景を、アメリカ南部、西インド諸島、日本と舞台をかえつつ、朝、真昼、夕刻、夜と様々な時刻の姿に変奏させながら、ルポルタージュのなかに、随筆のなかに、再話作品のなかに描き続けた。だが、古い塔の薄暗い螺旋階段や寒々とした海岸の絶壁が登場することは、極めて稀である。それは何処の風景なのだろうか。

ハーンは三歳から十三歳までを主としてアイルランドのダブリンで過ごした。従ってそこは、子供時代の大半を過ごし、大体の精神形成がその地でなされた、ハーンにとって重要な土地のはずなのだが、またつらい思い出の地でもあった。ハーンはギリシャのレフカダ島で、島の娘と英国陸軍軍医のアイルランド人の父との間に生まれている。ところがハーン四歳の時、母子がギリシャからアイルランドにやってくるとまもなく、父親は母を一方的に離縁し、ギリシャへ追い返してしまった。そのために淋しい子供時代を送るはめになったアイルランドのダブリンについて、ハーンは終生めったに具体的な形で語ろうとはしなかったのである。ハーンがアイルランドでの幼児時代に触れるのは、わずかに「夢魔の感触」「薄明の認識」などで、それも必ず、自分が毎夜悪魔にうなされお化けにとりつかれていたのは恐ろしいケルトの民話を聞かされたせいだと、間接的否定的にぽつりぽつりと述べているにすぎない。

だが、チェンバレンへ宛てた手紙のなかで、珍しく子供の頃の回想をしている一節がある。「カルナヴォン城が好きでよく行ったものだ。いつもイーグル塔を昇っては、沖合の船を眺めた……ある年の夏には乳母とたった二人で海辺の船乗りのコテージで暮らした……」[11]と。ダブリンは荒涼たる北の海に面していて、現在でも近郊には中世以前からの古城が点在している。そしてそれらはほとんど、原始的で簡素な石造りのアイルランド特有の鉛筆型の黒ずんだ物見の円塔なのである。廃墟に近いそのような苔むした塔の崩れかかった薄暗い階段を黙々とひとり昇る孤独な夢想家の少年。浅黒い肌、黒い髪に異国人の血を彷彿とさせ、どこか周囲になじめずに海岸を散歩しては、言葉を失なったかのように波のかなたを見つめる姿。その情景は、「茶碗の中」冒頭の前置きに置かれた心象風景とぴたりと重なりあう。ハーンがそこで想起していたのは、心の奥深く幼時に刻み込まれたアイルランドのひとつの風景だったのではないだろうか。

ハーンの幾多の怪談において、このような自らの生いたちにかかわる個人的な前書きをわざわざ記したものは他にほとんどない。いうならば、ハーンは、「茶碗の中」の物語にこめた自らの思い入れを前書きという擬装のなかに託したのである。「茶碗の中」冒頭の前書きにおける風景描写は、単に物語が〝未完〟であることの比喩ではなく、この物語の内容全体を支配しているのであって、意味の根底において本文の物語と不可分の関係にあると考えるべきだろう。「茶碗の中」という作品は前書きと本文の物語の両者を一体としてはじめて理解できるのである。

ハーンが両親の離婚後、いわば厄介者払いのように預けられた一人住まいの大伯母の家は裕福だったが陰鬱だった。やがてハーンは熱狂的なカトリック教徒のその大伯母に強制的に神学校へ入学させられるが、後に宗教上の問題、財産の争いごともからんでハーンは絶縁され、一人で貧困生活を送ることとなる。十九歳のとき単身アメリカへ渡り苦労の末、新聞記者となってようやく一息つけるようになった。そうした経緯のため、ハーンが終生、父と父の国アイルランドにまつわる思い出を否定し、二度と会うことのなかったギリシャの母を慕い続けたことはよく知られている。

ハーンは自分に付けられたパトリック・ラフカディオという名のうち、アイルランドの守護聖人にちなんだファーストネームの方は捨て、ギリシャの出生地にちなむ方を名乗った。また自らのことを語る時には必ず自分をギリシャ人であるとしている。例えば略歴には「アメリカ人ではなく生まれからしてギリシャ人[12]」と記し、自分の文学についても、「私の昔ながらのギリシャの耳に心地よく響くような散文詩を書くのが夢[13]」であり、「私自身、地中海民族つまりギリシャ人であるために、ラテン民族との方が気が合う。アングロ・サクソンのあの灰色がかったさむざむしい文体とは肌が合わない[14]」と述べているほどである。

そこまで徹底的に遠ざけ、否認しようとした幼年時代の記憶のなかのアイルランドの風景が、「茶碗の中」では、冒頭におかれて作品全体を支配する基調風景となっている。いわば、険しい海岸の崖にたつ古い円塔の描かれた書き割りを背景に演じられたこの物語のなかで、日常性のなかの亀裂の象徴に他ならぬ茶碗の中の鏡に現われる正体不明の幻像とは、ハーンの内なるケルト的分身、ハーンが封じ込めようとする過去の時間の霊なのではないか。だからこそ、「茶碗の中」で、関内が最初一瞬 ghost だろうかと疑った幻像の実体が、対決をへた後、最後には大文字の Soul になっていると解すべきだろう（従って、平井訳のように両方とも同じに〝幽霊〟と訳してはハーンの意図がそこなわれる）。その Soul を、ハーンがいくら否定し、抑えこもうとしても、それはハーンを見据えて離さず、ハーンの無駄な努力を嘲笑う。ハーンがその分身を打ちのめそうと、その影を飲み込むという呪術的攻撃行為に出ても、分身は、口では「ひどい傷を被った」と言いつつも、一向にこたえた様子もなく、変幻自在に出没し、分身の存在を認知せよとハーンに迫るのである。むしろ、ハーンの体内に飲み込まれることでますます根づき、勝ち誇っているようにも思える。

ハーンは十九世紀西欧文学に多く登場する分身化のテーマを、鏡のモチーフを使って「茶碗の中」に描いた。十九世紀に入ってからのこのテーマの流行自体は、道徳行為やたてまえの倫理性を重視するヴィクトリア朝の価値観にその一側面が代表される市民社会を時代背景としていると考えられるが、ハーンの「茶碗の中」にはそういった西欧の同テーマの作品と違う点が二つある。

まず第一に、ハーンの描く分身化作用は、ポーやゴーチエなどのように善悪という道徳的基準をもって人間の一貫した人格に働きかけるのではなく、人間の心の中にたゆたう時間の流れのなかで、過去なるものの存在を抽出して分裂させるものである。

そして第二に、そのような分身化作用の結果生じるアイデンティティの危機的状況の処理の仕方が異なる。例えば、ポーの「ウィリアム・ウィルソン」では、分身が何度もウィルソンの前に現われてウィルソンの苛立ちが高まっていき、ついにウィルソンは分身を刺殺してしまう。だが相手を殺したと思ったのは実は鏡に映った自分の姿だった。そして息絶えながらウィルソンは分身の、すなわち自分の声が響くのを聞く。「君は僕の中にあって生きていたのだが……その僕の死によって……君は完全に自分自身を殺してしまった」[15]と。それに対してゴーチエの「二重の騎士」では、緑の星の騎士オーロフは自分に影のようにつきまとう邪悪な赤い星の騎士の存在を知ると、森の中で決闘をし、相手を倒す。そのとき自分が倒したのは自分と全く同じ顔の分身であったと悟るのだが、オーロフは悪に対する善の勝利者として幸せになる。ポーとゴーチエの結末はそれぞれ、分身を滅ぼすことによる自滅と救いとの両端の典型だが、十九世紀西欧の大方のドッペルゲンガーの物語において、分身と敵対したあげく、本体の勝利か、あるいは敗北か、いずれかの決着がつけられることが多い。

それに対し、ハーンはあえて未完の物語という形をとることで結末を保留している。その判断に、ハーンの分身たる「過去」の霊に対する考えがうかがわれるのではないだろうか。つまり、分身を完全に否定し、克服することもなければ、逆にそれに打ちのめされて自滅するということもない。ただ、ありのままに受け入れ、体内に抱えこんだまま、日々淡々と生きていくだけだと。二律背反的な選択のなかから一元的な結論を引き出すことを回避したハーンに、完結した原話を再話の際にわざわざ〝未完の物語〟にした積極的な意図が読み取れる。またそれでこそ、〝茶碗〟という極めて日常的で無意識に用いる小道具に、内なる自己を照らし出す水鏡の魔力が宿ることの重要さも改めて明らかになる。そして人生における抽象化された「過去」の分身のそのような位置づけ方に、仏教の輪廻思想に親しむようになったハーンの精神的な道程の跡を見出すこともできよう。

「茶碗の中」の冒頭に記された古塔と海岸線の昔日の風景のなかの幼い日の思い出を、今、晩年のハーンが追体験している。そして今、改めて古い塔の薄暗い螺旋階段を昇って、静かな暗闇のただなかに佇み、海岸のきりたった断崖ぞいの道を辿って、眼下に海の広がる絶壁の縁に立ってみると、階段の先も、道の先もない、と知った時の驚きと同時に一種の悟りにも似た感覚も感じられたのではないだろうか。そうした気持ちで幼き日を振り返った時、その記憶はより抽象的な意味での「過去」にまつわるものとなる。それゆえハーンは「その時に味わった感覚の強烈さ」を「極めて重大な感情的価値のあるものとして」自らのなかに位置づけ、「茶碗の中」の冒頭にそう記したと思えるのである。

「茶碗の中」を含めて、ハーンの怪談のほとんどは、あくまで日本の古い民話として語られている。ハーンの叙述の何処にもハーン個人の物語はあらわに顔を見せていない。これまで論じてきた「茶碗の中」におけるハーンの心理の動きは、一つの解釈として読みとれるだけである。「自分個人の悲しみ、自分一人の喪失したもの、失敗や苦しみ、心の痛みが、人間全体の痛みを真に表わすのではない限り、文学に書きとめる価値があるなどと夢々思ってはならぬ」[16]（「人生および性格と文学との関係について」）と述べたハーンは、怪談などにおいても自らを声高に語りはしなかった。そしてそれ故にこそ、物語はハーンを突き抜けて読者すべての感情の祖型のレベルに触れる力を持っているといえる。そしてハーンの怪談ものの魅力はいわば、時代、地域ともにローカルな物語のなかに見いだされる時間空間を超超したこの普遍性にある。江戸時代の若侍関内の物語である「茶碗の中」の鏡の分身はハーンの分身であると同時に読む者の分身ともなるのである。

第五章　世紀末〈宿命の女〉の変容——「雪女」

一　「雪女」

「雪女」（Yuki-Onna）(1) はラフカディオ・ハーン晩年の名作『怪談』（一九〇四年）に収められており、ハーンの数多くの再話物のなかでも特に広く知られるようになった作品のひとつである。

雪のように白い透明な肌をもった神秘的な美女、その無垢な優しさの陰に隠れたもうひとつの恐ろしい顔といったドラマチックな要素に加え、雪という自然現象の鮮やかなイメージが効果的に重なって、読む者に強い印象を残すのだろう。ハーンの作品集以外にも、子供向けの日本民話集などによく登場し、「茶碗の中」その他とともに映画化もされた。

わずか六頁ほどのこの短編の話の筋は周知のように、茂作と巳之吉という二人の樵《きこり》がある寒い冬の夕暮、いつも行く山から帰る途中でひどい吹雪に襲われ、川の渡し守の小屋で一夜を明かすことになる。夜中に雪女が現われて、年老いた茂作を殺すが、若い巳之吉のことはこの夜のことを口外しないという条件で命を助ける。その後、巳之吉は偶然、お雪という名の色白の美しい娘と知り合い、結ばれる。子供にも恵まれ、幸せな家庭を築くが、ある晩、雪女を昔見たことがあると話したために、お雪は正体を現わし、巳之吉を捨てて去ってしまう、というものである。

「雪女」は『怪談』に含まれているが、いわゆる亡霊や化け物が出てくる類の〝怪談〟ではない。雪女は恨みをもって現われる死者の霊ではないし、人を凍死させる恐るべき超自然的存在であっても、その姿形は、命を奪われるかもしれぬ瀬戸際の巳之吉の目をも見張らせるほど美しい。

だが、読みながら思わず固唾《かたず》をのみ、微かな戦慄を覚えるという意味で恐怖感のただようのは、前半の雪女に見入られる場面、そして最後に正体を現わす場面だろう。

小屋の中で、年老いた親方の茂作は横になるとすぐに眠りに落ちたが、巳之吉は激しい吹雪の音が耳について、寝つかれずにぶるぶると震えていた。それでもいつとはなしに眠りこんだ巳之吉は、

顔にさらさらと吹きつける雪で目を覚ました。知らぬまに、戸口が押し開けられている。そして、雪明かりに照らされて、一人の女が小屋のなかにいるのが見えた。全身白装束の女である。女は茂作の上にかがみこみ、息を吹きかけていた。白く光る煙のような息だ。その時、女は急にこちらの方を向いて今度は巳之吉の上にも身をかがめてきた。巳之吉は叫ぼうとしたが、どうしたことか、声にならない。白い女は巳之吉の上に段々低くかがみこんできて、顔が今にも触れんばかりになった。その女をよく見れば、ぞっとするような恐ろしい眼をしているものの、顔はこの上なく美しいのである。女はしばらく巳之吉をじっと見つめると、微笑み、囁いた。「お前のことも同じ目にあわせるつもりだった。だが何だか不憫になってしまった、お前がまだあまりに若いから。巳之吉、お前は可愛い。だから助けてあげよう。今宵のことは決して誰にも話しては

ならないよ。言えば必ず私にわかり、お前の命はなくなるのだから。覚えておきなさい」
そう言うと女は外の雪のなかへと消えるように出ていく。（中略）茂作の方は氷のように冷たくなって死んでいた。(2)

眠りからふと目覚めると、闇の中に浮かびあがる白い女の姿。その女が、横たわって無力な自分の上におおいかぶさり、美しいが恐ろしい顔を間近に寄せてくる。見つめられ、呪縛され、蛇に見入られたように、身動きできない。

およそ夢にうなされ、叫ぼうとして声の出なかったという経験のある者なら誰でも、この場の巳之吉の味わった怖さはわかるだろう。ハーン自身子供のころは、夜ひとり眠るとき、さまざまな化け物の幻にうなされ、後年西インド諸島へ渡ったときも、寝苦しい熱帯の夜枕辺に現われる怪異にとりつかれていたことを、「夢魔および夢魔伝説」「夢魔の感触」などのエッセイに書き記している。

だが読者は、怖さ以上に、この情景自体の鮮やかさに強い印象を刻みつけられるはずだ。闇に照らし出される白さ、振り向く顔、ゆっくりと歩みよってくる動き。男の上に身をかがみこませ、しばしの沈黙と凝視のあと、おもむろにせりふを吐いて語りかけはじめる。場面構成が演劇的で実に鮮明である。

この印象的な前半部分につづいて、巳之吉がショックからしばらくは病にふせっていたこと、翌年の冬のある夕べ、お雪というほっそりとした美しい旅の娘と出会い、互いに心ひかれたこと、夫婦となって築いた家庭の暖かさ、十人のそろって色白で可愛い子が生まれたこと、しかもお雪が周りの早く老け込む百姓女たちと異なり、何年たっても色褪せぬ不思議なみずみずしい美しさをたたえていることが、淡々と綴られる。遠景描写のごとく、会話などは一切なく、叙述のみの穏やかな抑えた筆致である。

そしてこのいわば静かなアダージョの間奏曲が終わると、ふたたび劇的な後半のヤマ場をむかえる。ハーンは、前の段階では、「雪女」という名は使っていない。ただ白さの形容を重ね、「白い女」(the woman in white, the white woman) と記して、白い姿のイメージを固めているだけだったが、最後の破局の場面で雪女であったことが確認される。

ある晩のことだった。子供たちが寝てしまってから、お雪が行灯《あんどん》の明かりのもとで縫い物をしていると、巳之吉はその姿をつくづくと眺めながら、こんなことを言った。「そういう明かりに照らされたお前の顔を見ていると十八の年にあった不思議な出来事を思い出すよ。その時、ちょうど今のお前にそっくりの美しい色の白い女を見たのだ……そういえば、本当によく似ている……」

お雪は、針仕事から目をあげずに、答えた。

「話してください。どこでその方を見たのですか。」

そこで巳之吉は、渡し守の小屋であかした恐ろしい一夜のこと、あの白い女 (The White Woman) が自分の上にかがみこみ、にっこり微笑んでささやいたこと、茂作が声もたてずに死んだことなどを話してきかせた。そして、言った。

「夢にも現《うつつ》にも、お前と同じほど美しい女を見たのは、あのときだけだ。むろん、あれは人間ではなかった。おれは怖かった。死ぬほど怖かった。だが、あの女ときたら、本当に真っ白だったのだ。実際、あのとき見たのが夢だったのか、雪女（The Woman of the Snow）だったのか、いまでもわからない。」

お雪はいきなり縫い物を放り出すと、立ち上がり、坐っている巳之吉の上にかがみこむようにして夫の顔に鋭い叫び声を浴びせた。

「あれは、わたし、このわたし、このお雪だったのです。あの時、一言でも喋ったら命はないと言ったはずです。あそこに眠っている子供たちのことがなければ、この瞬間にでもお前を殺していたものを。今となっては子供たちをくれぐれも大事に育てるがいい。さもなければ容赦はしませぬ。」

そう叫びながらも、お雪の声は風の響きのごとくに次第に細くなり、やがてその姿は白く輝く霧となって屋根の棟木の方へと立ち昇ったと思うと、震えつつ煙出しの穴から外へ消え去ってしまい、二度と見ることができなかった。

闇の中、行灯の明かりに照らし出されるお雪の顔をじっと見つめる巳之吉。ただよう緊迫した空気。巳之吉の上にかがみこみ、迫りくるお雪、交わされる運命的な言葉。そして消えるようにして立ち去った女のあとに残された男。この破局の場面が、はじめの出会いの場面と構成において呼応していることがわかると思う。

短い間奏をあいだにはさんだこれら両端の二つの鮮やかな場面、その基本構図に加えてそれが二度繰り返されるということが「雪女」の中核的イメージをなしているのであり、読者に強烈な印象を与え、ひいては、一見単純な民話の形をとっているこの短編を文学作品たらしめているのだともいえる。

「雪女」をしめくくる最後の一行の原文は、“Never again was she seen.”である。‘n’の音と長母音が効果的に使用されて、耳に余韻が残る。

色彩的にも、「雪女」は夜の闇、雪明かりと行灯の火、吹雪とお雪の肌の白など、白黒の鮮明な対比ながらモノトーンの色調で、全体的に冬の大気のような、非常に透徹した雰囲気が支配している。

そして、ページを閉じた後、読者の胸に残されるのは、恐怖感というよりは、一種のもの哀しさだろう。それも、ただ妻を失い、家庭を失ったための悲しさではない。なにか胸の奥底をえぐられるような、生の根源にふれるような哀しみである。

いったいこのような民話が日本にあったのだろうか。再話の名手とされるハーンは、どのような原話を土台に、いかなる手を加えたのか。またハーンの手になった再話作品「雪女」のもつ文学的なインパクト、作品の核たる場面およびその繰り返しが人の心をとらえる秘密は何なのか、考えさせられるのである。

二　原話をめぐって

ところで、ハーンの怪談に関しては、一般的にはっきりとした日本語の原作が残っている場合が多い。従って日本語の原文とハーンの作品とを照らし合わせてハーンの再話の過程を探ることが可能なのだが、そんななかで「雪女」については用いられた元の伝説が活字の形で残っていない。ハーン自身は『怪談』の序文で、

「雪女」という不思議な物語は、武蔵の国、西多摩郡、調布村のある百姓が、自分の生まれた村の伝説として物語ってくれたものである。この話が日本の書物に既に記録されてあるかどうか私は知らない。しかしその伝説に語られた不思議な信仰は、必ずや日本の各地に、様々な珍しい形で存在したものだろう」と述べている。

ハーンが耳で聞いたこの原話を書き留めていない以上、調布村の百姓の語った話自体を具体的に明らかにすることはできない。

ただハーンが雪女の話を聞いたのは、このときが初めてではなかった。来日してからの第一作である『知られぬ日本の面影』所収の「幽霊と化け物」（"Of Ghosts and Goblins"）では、その冒頭に、松江で聞いた話として既に雪女への言及があるのである。

ハーンがアメリカのハーパーズ社の特派員として来日したのは一八九〇年の四月だった。横浜、東京で数ヵ月を過ごしたあと、ハーンは長期滞在の意思を固め、ハーパーズ社との契約は破棄、八

月に松江中学校の英語教師として赴任する。古代の神々の世界を髣髴とさせるこの出雲の地での生活をハーンはこよなく愛したが、ただひとつ、この地方が日本海側の気候の例にもれず、夏暑い上に冬のひどく寒いのに閉口した。ハーンの過ごした年の冬は特に大雪が降り、ハーンは風邪をこじらせて数週間寝込んでしまう。熱帯の自然風物を好み、来日以前はニューオーリーンズや西インド諸島などで暮らしていたハーンにとって、ろくな暖房設備もない松江の寒さがいかに身にこたえたか、ハーンは東京のチェンバレン宛の手紙（一八九一年一月）に次のように述べている。

天候の悪さは悪魔的です……肺をひどく冒されて、すでに数週間も病臥しています。この病気で、私の燃えるような熱狂的な気持ちも、これまでになくすっかりそがれてしまいました。このような冬を二、三回も過ごせば、私はもう地下の住人になるのではないかと不安です。しかし、今年の冬は極めて例外的だということです。初めての吹雪で、湖に面して、杵築に向かって建っている私の家の周辺は、五フィートも雪が積もりました。山という山は真っ白です。出雲全体が雪にすっぽりとおおわれ、風が猛烈に吹きつのります。私はアメリカでもカナダでもこれほどものすごい雪をみたことがありません。……家の中は家畜小屋のように冷たく、火鉢も炬燵も火の気の影——幽霊か幻にしか過ぎません……(3)

火鉢と炬燵の暖房としての心もとなさを言うのに、「火の気の影——幽霊か幻」(mere shadows of heat —ghosts, illusions) と表現するところがいかにも怪談好きのハーンらしい。ともかくもハーンは翌年、町の人々との別れを惜しみつつ、松江滞在中に結ばれた妻の小泉セツとその一族をともなって暖かい熊本へと引っ越すことになるのだが、雪に閉ざされ寒さにふるえたこの冬の松江で、ハーンは初めて「雪女」なるものの存在を知ったのだろうと思われる。先述した「幽霊と化け物」[4]のなかでハーンは、氏神の祭礼に登場する日本の様々な化け物についてルポルタージュ風に述べている。その祭にでかけたのは、雪の晩だった。そこで雪の積もった道を歩きながら、案内の金十郎なる人物にハーンが、雪の神様というのはいますか、と尋ね、それに対して、雪女というものならいるが、と金十郎が次のように説明しはじめるのである。

「雪女とは、雪のなかでいろんな顔になる、白いもの（the White One）です。べつに悪さをするわけではなく、人を怖がらせるだけです。昼間はぬーっと顔を上げて、一人旅の者を脅かし、夜には時に立木よりも背が高く延びたと思うと、一陣の粉雪となって空から降ってきます。」

「顔はどんな顔？」

「白く、ただ真っ白で、大きな顔です、そしてさみしい顔です。」

金十郎のいう雪女は、ただ雪という自然現象の化身として立ち現われるだけで、そこには物語性の萌芽もないほどのきわめて素朴なしろものだといえる。だが、ハーンが生まれてはじめて見たというほどの吹雪のすさまじさと、真っ白に雪化粧した出雲の山々の美しい眺めという演出効果も多分に手伝ってのことであろう、この雪女にハーンは強く心ひかれた。二年後、熊本へ移ってからも、その関心が衰えていなかったことが、冬のある日チェンバレンに宛てた次の手紙（一八九三年二月）での雪女への言及からもうかがわれる。

雪の霊（the Soul of Snow）というものを、その幻想性、不思議さを含めて、日本の芸術ほど見事にとらえて形象しえた例は、ヨーロッパの芸術には全くなかったのではないかと私は思います。それに日本人の空想力は「雪女」（"Snow-women"）というものまで生み出しています。それは雪の精、雪の妖怪で、別に人に危害を加えるわけではなく、口もきかないのですが、見た者は怖いのと寒いのでぞっとして身震いするのです。いまや私にも雪の美しさがわかりますが、あいかわらず寒さで凍えそうになります。時々私が眠っていると、雪女（Yukionna）がその白い腕を雨戸の隙間からするりと入れて、私の寝室にしのびこみ、暖炉の火が燃えているにもかかわらず、私の胸に触れて笑っているような気がすることがあります。私ははっとして目が覚め、布団をぐっと引き寄せると、ひたすら椰子の木やオウム、マンゴーの実、熱帯の海の青さに思いを馳せるのです。(5)

ここで、ハーンが西欧の文芸の伝統を念頭に置き、そのなかに日本の雪女伝説に対応するものがあるかどうか考えをめぐらしていたことがわかる。また、夜眠っているときに雨戸の隙間から白い雪女が入ってきて自分に触れるという、いわば後年の「雪女」の原型的イメージがここに、つまり調布村の百姓の話を聞く何年も前に、すでにあらわれていることも注目すべきだろう。

Honrai wa
Kū naru mono ka
Yoku-yoku mireba
Ichi butsu mo nashi

図３　ハーンのスケッチ「雪女」（小泉一雄編『小泉八雲秘稿畫本　妖魔詩話』より）

また一方、ハーンの死後発見された手帳には、雪女を歌った日本の狂歌（たとえば、「本来はくうなるものか雪女　よくよくみれば一物《いちぶつ》もなし」など）が何点か英語の訳とともにメモされており、[6] それに加えてハーンが想像して描いた雪女の姿の鉛筆のスケッチまで添えられている。こうしたことからも、ハーンが長い期間にわたって雪女というものに関心を寄せていたことがうかがえる。

　では調布村の百姓が「自分の生まれた村の伝説」としてハーンに語ったのはどういう話だったのだろうか。その出身地については雪深い東北ないし信越地方であると考えるのが自然であるとして、近年各県の郷土史家などによって刊行されている様々な日本民話集をもとに、「雪女」の原話の詮索もなされているが、ハーンの時代以前まで遡ろうとすると、たとえばハーンの蔵書中にもある江戸後期の代表的な雪国生活風俗誌というべき越後国塩沢の鈴木牧之著『北越雪譜』（天保十二年、一八四二年）などに雪女伝説の言及は見当たらない。

民俗学者の今野圓輔が『日本怪談集（妖怪編）』[7]の「雪女」の項で考察しているところによれば、雪女の名称は雪娘、雪女郎、雪婆、雪降婆、シッケンケンなど色々だが、その伝説の形をあえて分類すれば、三種類ぐらいに分かれるらしい。第一が雪の精霊・化身として姿を現わすものである。[8]時には、直視すると死ぬという恐怖の要素が加味されている場合もあるが、大体が、雪の降り積もった後や吹雪の夜に雪の精霊である白い女の姿をただ遠くから見かけるという話で、自然の脅威への畏敬を宿した素朴な雪鬼、雪神信仰が変化していったものとされている。次に、吹雪で行き倒れになった者の霊魂が出てくる幽霊話風のもの[9]、そして案外多いのが笑い話化したものであり、風呂に入るのを嫌がる嫁を無理やり入れたら、いつまでたっても出てこない、心配してのぞくと、あぶくになって浮いていた、とか、雪女を囲炉裏にあたらせたら溶けてしまったという類のはなしである。

断定できることではないが、おそらく、調布の百姓の話も、このような各地に散在した雪女話と同じくらいに単純なものだったと考えていいのではないか。そして、原話が素朴である分だけ、ハーンは自由に創造力を発揮できたはずである。晩年の作品である「雪女」は、ちょうど真珠貝が小さな砂粒を核に美しい真珠をそだてるがごとく、日本にきた西洋人ハーンの胸に長年はぐくまれたイメージが結実したものだろうと思われる。

では、その「雪女」とは、ハーンにとっていかなる意味をもつ物語なのだろうか。

三　雪の女

ハーンの「雪女」という作品で印象的なのは、第一節ですでに述べたように、前半の部分の雪女の描写とその登場の仕方である。つまり真夜中の小屋の闇の中に、開いた戸口から外の雪明かりが一陣の粉雪をともなってさしこむ。そしてその雪明かりのなかに、ほの白く浮かび上がる白装束の女、その女が巳之吉の上にかがみこんできて白い息を吹きかけようとするという緊張感あふれる場面である。巳之吉は女の顔の美しさに見とれつつも、氷のような眼差しに射すくめられて手足が硬直してしまう。いわば美と死に同時に魅入られていたことになる。この瞬間、巳之吉は恐怖におののいたはずであるが、案に相違して、女は接吻せんばかりに顔を寄せると、微笑み、魅惑的な低い声で囁くのだった。お前はまだ若く、可愛い、だから私の言うことを聞けば許してあげよう、と。女は微笑みつつ男の運命を手中にし、決定し、そして支配したのである。ここにおいて、美と破滅が表裏一体となった、魔性の女としての雪女の姿が強く印象づけられる。

そして、ハーンの「雪女」の造形をなすこの印象的な場面に色濃く反映していると思われるフランス文学の一作品がある。ハーンが若い頃に読み、翻訳を発表したボードレールの散文詩「月の贈り物」（"Les Bienfaits de la lune"）（『パリの憂鬱』一八六九年所収）である。いささか長くなるがここに引用したい。

移り気そのもののあの月が、窓ごしに、揺籃《ゆりかご》の中で眠っているお前の姿に眼をとめて、こう言ったのだった。「私はこの子が気に入った。」

そして彼女はしずしずと雲の階段を下りてきて、音もなく硝子戸を抜けたのだった。それから彼女は母親らしい優しさで、お前の上に身を投げかけ、お前の顔を彼女の色で染めたのだった。それから後、お前の瞳は緑になり、お前の頬は世の常ならず蒼ざめた。(中略)

そしてその時、月は歓喜に満ち溢れて、燐光を放つ空気のように、発光する毒のように、残る隈なく部屋中を照らしたのだった。そしてその生命ある光のすべてが、こう考えてこんな風にいったのだった、

「私の接吻の影響を、お前は永久に受けるだろう。私に倣って、お前は美しくなるだろう。お前は私が愛するものを、そして私を愛するものを、愛するようになるだろう。水を、雲を、静寂を、夜を、広大な緑の海を、形なくしてあらゆる形をとる水を、お前のいない場所を、お前の知らない恋人を、悪魔的な花を、気を狂わせる香料を、ピアノの上に息をひそめて、皺枯《しわが》れた優しい声で、女のように溜め息つく猫を!

そしてお前は、私の愛人たちから愛せられ、私の寵臣たちから愛されるだろう。(中略)広大な騒ぎたつ緑の海を、形なくしてあらゆる形をとる水を、彼らのいない場所を、彼らの知らない恋人を、未知の宗教の香炉にも似た不吉の花を、意志を掻き乱す香料を、そして彼らの狂気の表徴である淫逸な野性の獣を愛する人々の、お前は女王となるだろう」と。

さて、さればこそ、今私はお前の膝下に身を伏せて、甘えっ子の私の呪われた恋人よ、お前の

体の隅々にまで、怖るべき神性の、宿命の教母の、あらゆる偏癖者の毒ある乳母の、その反映を探し求めてならないのだ。[10]（三好達治訳）

夜、戸口から暗い部屋のなかに射し込む一条の白い月の光。その光とともに入ってくる、月の化身たる美しい、だが「発光する毒のような」怖るべき白い女神。二面性をそなえたこの「宿命の教母」が、眠っている無力な赤子の上に「母親らしい優しさで」かがみこみ、接吻する。「私はこの子が気に入った」と。そして微笑みながら運命の言葉を囁いて自らの支配下におさめるというこの情景の構図は、「雪女」の核たる場面構成にそのまま投影していることが見てとれよう。

そして、「雪女」の性格づけが、怖るべき「宿命の教母」すなわち、「発光する毒」と「母親の優しさ」をあわせもったいわゆる「宿命の女」たる月の女神の二面性を引き継ぐものであることも明らかである。

〝宿命の女〟（ファム・ファタル）とは、十九世紀中頃から世紀末にかけて、ラファエル前派を中心に文学のみならず美術にも多く描かれ、一世を風靡した文学上の女の一類型であるが、[11]ハーンが雪女に「宿命の女」の面影を重ねたのはここだけではない。

先に引用した「幽霊と化け物」において、実は本文外の脚注に、こう記している。「日本の他の地域で、若い男を淋しい場所に誘いこみ、その血を吸う美女としての雪女伝説を聞いたことがある」と。まさに西洋的なイメージの〝宿命の女〟としての吸血鬼雪女で、ここを読むと一瞬おどろくが、この脚注には不審な点がないではない。このエッセイを書いた時期のハーンの手法は、紀行文のなかにそれぞれの土地で聞いた面白いエピソードや説話を折り込んでいくという形なのに、なぜこのような興味深い、また当時の、つまり十九世紀末の英米の読者が喜びそうな話を本文中に書かなかったか。またある民話ないし伝承を記す場合、ハーンはつねに地名などを固有名詞であげているのに、なぜここでは、曖昧《あいまい》にしておくのか。さらにこの時期は来日してまだ日が浅く、東京・横浜・松江しか滞在したことのないハーンのいう「他の地域」とはどこなのか。そういった点を考えあわせると、この脚注には疑問が生じる。おそらくは、雪女のことを聞いて、こういう印象をハーンが受けたことを表わしているのではないかと思えるのである。

ボードレールの月の女神が「形なくしてあらゆる形をとる水」と関係づけられていることにもみられるように、十九世紀後半の〝宿命の女〟たちが、〝水の女〟とも時に呼ばれるほど、川や湖、海などの変幻自在に流れる水をその属性としていることが多いことは、しばしば指摘されてきている。

雪は吹雪いては空に舞い、溶けては水と流れる。その雪の化身である白い姿の女。雪は純白の輝く美しさで人の心を魅了しつつ、一転して荒れ狂えば人命を奪う自然の猛威と化す。そのような豊穣と危険の二面性を一身にそなえている超自然の女。前述した熊本時代の手紙のなかで、ハーン自身述懐しているように、ハーンは日本の雪女伝説と、西洋の文芸世界との接点を模索していた。そして、おそらく、ハーンの脳裏のなかで、雪女のイメージが次第に増幅していく一方で、当時、西洋文学で一世を風靡していた、美の魅力と破滅の危険とを同時に持つ「宿命の女」たちを、そして特にかつて傾倒したボードレールの詩を、容易に連想させたのではないだろうか。その連想が、まず「幽霊と化け物」の脚注に小さく顔を出し、ついで熊本時代のチェンバレン宛の手紙のなかの雪女の夢想の描写に現われ、「雪女」にいたって、よりはっきりとボードレール描くひとつの典型的な十九世紀西洋の〝宿命の女〟像のパターンをとらせた、と考えられる。「雪女」は言ってみれば、ハーンのなかで、日本の伝説と西洋文学の女性像が相互作用をへて熟成し、ボードレールの言葉を用いれば、両者の照応・コレスポンダンスの結果、生み出された作品だといえよう。

ボードレールのこの散文詩「月の贈り物」は、最後の三行によって、詩人が恋人を讃えた歌という形をとっていることがわかる。詩人はその恋人に身も心も捧げてひれ伏している。恋人は母なる月の女神の加護をうけており、いわばその魅惑的な化身である。そして詩人はこの「呪われた」恋人のなかに月の女神の面影を探し求める。女神と恋人、恋人と詩人という二つの関係を内包するこの三者の輪があり、その三者が愛し共有する世界として、夜の白い光、変幻自在の水の流れ、南の海、見果てぬ異国、見果てぬ理想の女、悪魔的な花、気を狂わせる香料、ピアノの上に寝そべる猫、狂気の野獣等々のいかにもボードレール好みの諸事象が倦怠感と悪徳の匂いを漂わせつつ、華麗にちりばめられている。

ハーンはこの詩を大変好み、"The Moon's Blessings" と題した翻訳をアメリカの新聞記者時代の一八八二年に『タイムズ・デモクラット』紙（三月十二日）に発表し[12]、その前年この詩をめぐる「春の幻影」（"Spring Phantoms"）という短いエッセイも書いている。また一八八二年のボードレール論「偉大なる奇人の偶像[13]」では、詩人をとりこにした「謎めいた熱帯の女魔法使い」、愛人の混血女性ジャンヌへの執着を語るのに、「月よりも冷たい接吻をするために死後戻ってくる」という詩句を引き合いに出している。やはり、運命的な白い月の接吻というイメージがハーンにとって強烈だったのだろう。さらに約二十年後、東大での文学講義をもとにした『文学の解釈』所収の「散文芸術論」においても、詩的散文の最高傑作として全文を引用している[14]。そして、実はボードレールをはじめて日本に紹介したのは、他ならぬハーンのこの散文詩の講義だったとされているのである[15]。ハーンは、フランスの寄宿学校で中等教育を受けたために、フランス語に堪能だったのだが、その経歴を生かして、若かりしアメリカ時代は、フランス文学の翻訳や紹介に腕をふるい、好評をはくしていた。そして、ゴーチエやロティを文学上の師とあがめ、印象派作家として華やかな文章の習作を世に問うていたのもその頃である。だが、晩年、ハーンの文体の趣味は、より簡潔なものへと変化している。それに東大でのハーンの担当はフランス文学ではなく、英文学なのである。古典から同時代まで英米の様々な作家作品を論ずるなかで、特にボードレールのこの散文詩「月の贈り物」をとりあげ、紹介したということは、この詩に対するハーンの愛着の深さを物語っていよう。「雪女」をはじめとする『怪談』の諸作品が書きすすめられていたのが、ほぼ同じ時期だということも記憶しておいていい。ハーンは講義では、この作品の文体の見事さを主に讃えているのだが、ハーンがなぜこの詩を好み、何処にひかれつづけたかを窺わせるのは、一八八一年に『アイテム』紙（四月二十一日）に載せた先述の「春の幻影」[16]という短文である。

ここでハーンは、冒頭にボードレールの「月の贈り物」のなかの、月の女神が降りてきて赤子にささやきかける場面をわずか五行に要約して掲げる。

月は、(ボードレールの)「小さな散文詩」のなかで、雲の階段を下り、新しく生まれた子供の部屋をのぞきこんで、赤子の夢のなかへささやく。——「おまえは、私を愛するものをすべて愛さなければいけないよ。——形なくしてあらゆる形になる水、広い青海原、お前の一生行けない国、お前の一生会えない女性、——おまえは必ずそういうものを愛するようになる」。

(The moon, descending her staircase of clouds in one of the 'Petits Poèmes en Prose', enters the chamber of a newborn child, and whispers into his dreams: Thou shalt love all that loves me—the water that is formless and multiform, the vast green sea, the place where thou shalt never be, the woman thou shalt never know.)

女神の「発光する毒のような」という形容、また「悪魔的な花、気を狂わせる香料、野獣」といった蠱惑《こわく》的な小道具は取り除かれており、その結果、原詩にかもしだされている特有の倦怠感や悪徳感もなくなっている。女神が愛するようにと命ずるさまざまなもののうちハーンが記すのは、「形なくしてあらゆる形になる水、広い青海原、お前の一生行けない国、お前の一生会えない女性」の四つだけである。つまり、この四つのものが当時のハーンにとって意味があったということに他ならない。さらに原詩では、月の女神が愛する赤子は成長して詩人の恋人となるのだから、詩の冒頭で"cette enfant me plaît"(この女の子は気に入った)[17]とあるように、当然女の子である。だが、「春の幻影」では、"whispers into his dreams"(彼の夢のなかにささやいた)という形で[18]、赤子は男の子になっている。つまりハーンの解釈というより夢想のなかでは、ボードレールの詩が描く月の化身たる恋人は姿を消し、自分自身が月の女神に魅入られる赤子となって、直接、月の光の接吻を受けるのである。そしてこの引用に続けて、ハーンは原詩末尾の「呪われた赤子」という言葉を念頭に置いてであろう、次のように述べる。

人間は生まれた時に、祝福されるものもあれば、呪われるものもある。そういう人間にとって、人間が絶対に行けない国に対する、世界苦みたいにつかみどころのない郷愁や、一生会えない女性についての、煙がつくる唐草模様みたいなはかない夢は、おそらく特殊な季節の夢なのだろう。――たとえば、（中略）南国の森の楽師が月光に和して美しい擬音の波をかよわしてくるようなところ。

以下、南洋の楽園と幻想の美女をめぐるロマンティックな夢想がつづられる。「春の幻影」では、一般的なエキゾチスムの願望という形をとりながら、ハーンはここに、幼くして生き別れたギリシャ人の母と、母と二人で幸せな数年をすごした地中海のレフカダ島への、個人的な思いを吐露していたと考えてよいだろう。

ハーンは、ボードレールの「月の贈り物」を授かる赤子に自分の姿を重ねた。眠っている幼い日の自分の上にかがみこむ白く美しい女の姿に、過ぎ去りし日の母の思い出を重ねたかもしれない。母親なら誰でも、わが子の可愛い無心な寝顔をあくことなく見つめて時を過ごす。ハーンを見つめる母、ローザ・カシマチのまなざしも、ギリシャにいるころは、幸せにひたった慈愛あふれるものだったろう。だが、二人がアイルランドの父の生家に身を寄せてからは、母の表情に複雑な影がかかっていったにちがいない。母親は異国の風土と慣習、宗教の違いになじめず、言葉も通じないために悩んだ。頼みとなるべき海軍軍医の夫は留守がちのうえ、こともあろうに、未亡人となった昔の恋人に心を動かしていた。孤立していく母親の唯一の心の支えは子供のハーンの存在だが、幼なすぎて直接相談相手にはならない。ハーンは寝ていてふと目覚めた時、自分を見つめる母のおそらく思いつめたような深刻な顔つきを見て驚き、一瞬恐怖にとらわれたこともあっただろう。そしてその姿がはっきりとした記憶として残ることはなくても、無意識のイメージとして脳裏の奥深くに刻みこまれていったに違いないのである。ハーンの母親はまもなく離縁され、子供を置いてひとりギリシャに戻された。ハーンはその母とその生地を慕いつづけることとなる。

ボードレールの月の女神の接吻は、祝福であると同時に呪いでもあった。そしてアメリカ時代のハーンは、この〝宿命の女〟によって課された運命とは、「自分が一生行けない国、自分が一生会えない女性」を恋こがれつづけるというものであると、解釈した。当時のそのような秘めた思いを心の中で反芻《はんすう》しつつ、ハーンは二十年後、東大の文学講義で、ボードレールのこの詩を紹介し、ほぼ同じ時期に、「雪女」という作品のなかに溶け込ませたのではないだろうか。

では、ハーンの「雪女」において、おなじ〝宿命の女〟の面影を宿し、西洋的な月の女、水の女たちの姉妹ともいえる、この雪の女は巳之吉に、いかなる定めをもたらしたのか。

それを検討する前に、晩年の「雪女」の先駆けというべき一連の作品を見なくてはならない。

四　白い女たち

「雪女」は人間の男が超自然的な存在の女と結ばれる話であるが、この点に関していえばハーンは、「雪女」を書くずっと以前、まだ二十代のアメリカ時代からすでに、同じようなテーマの再話作品を何点か書いている。それらは北欧、中国、南洋の伝説に取材したもので、いずれも、妖精や精霊など、この世ならぬ美女たちを妻とし、子供をつくり、一定期間の幸せな家庭生活を送ったのち、妻を失うという共通した筋をもっている。

これら〝妖精妻もの〟とでもいえる一連の物語は、最初はエピソードのかたちで短く伝説が引用されている一八七八年の「夢魔および夢魔伝説」[19]から始まり、やがて独立した説話となって、「熱帯間奏曲」「鳥妻」「泉の乙女」「織女伝説」など一八八七年までのいくつかのヴァリエーションを経て、最後に「雪女」に行きつく。

白黒の世界の「雪女」と比べて、これらの作品は、当時のハーンの異国趣味を反映して、南洋の常夏の至福の国が舞台となっており、ハーンは遺憾なく、その色彩豊かで華麗な印象主義派の筆致を駆使しているのが特徴といえる。だが、ハーンがボードレールの「月の贈り物」論とその翻訳をあいついで発表したあとに書かれた「鳥妻」と「泉の乙女」では、妖精妻たちの描写に「月のように色の白い」という形容がなされているのが目をひく。

日本の羽衣伝説に似た話の「鳥妻」[20]では、象牙採りの男がある日海辺で捕らえた海鷗《かもめ》の妻は「月のように色の白い、ほっそりした」女として姿を現わしている。そして「月のような白さ」というこの要素が、単なる女の属性を越えて、物語の主題とも思われるほど、強調されて描かれているのが、「泉の乙女」（"The Fountain Maiden — A Legend of the South Pacific"[21]）という幻想的な小品である。

酋長のアキという男が、ある新月の静まりかえった夜更け、地下の世界を流れる水が湧き出す泉の中から、「月よりも白く、魚のごとく一糸もまとわぬ、夢のように美しい」娘が水面へ上がってくるのを見る。そして、大きな網でその「白いもの」（The White One）を捕らえ、女を地上にとどめる。「雪女」の場合と同じように、何年がすぎても、女の不思議な美しさは変わらず、川で泳げば、その跡は水面にきらめく一条の月光となってふるえた。この女の白さがいちばん輝く時は新月の時で、満月になるとほとんど光らなくなった。女は新月がのぼるごとにひっそりと泣いたが、男の愛に答えて、十数年の幸深い日々を送り、二人の間には、白い星のような美しい男の子も生まれる。だがある日ついに、女は男に別れを告げ、ちょうど雪女が一筋の白く輝く霧となって屋根の煙出しから雪の降る夜空へ消え去ったように、泉の女も微かな一抹の光が流れるように、森の泉の水底へ姿を消した。子供もある嵐の晩にいなくなってしまう。「雪女」と異なるのは「泉の乙女」が必ず戻ってくると誓いつつ去ったことで、残された男は女の帰りを泉のほとりで待ちながら、百歳まで生きのびる。そしてある新月の夜、「白い女が月の光よりも白く、湖の魚のようにしなやかな姿で」男の眠っている傍に現われると、その白髪の頭を自分の輝く胸の上に抱いて、歌いかけ、優しく接吻し、その年老いた顔をそっと撫でさすった。夜があけると、男は息をひきとっていた。

「泉の乙女」のなかで、泉の妖精が月光の化身のように描写され、「白いもの」(The White One)と呼ばれているのは、もともとの南太平洋の伝説にはない、ハーンの創作であることが指摘されている。(22)

女の美しさを月光にたとえることは、先のボードレールの散文詩をはじめとして、たしかに、ロマン派から世紀末にかけて多出したひとつの固定イメージでもあった。美の基準、美のイメージというのは、世につれ変わっていくものであり、ひとつの時代にはその時代の好みの女のタイプというものがある。

だが、ハーンの場合はアメリカ時代、むしろ褐色の肌をした、しなやかな肢体の混血のクレオールの女たちの魅力を好んで、カリブ海や西インド諸島を舞台とした数多くの作品に描いていたのである。そのなかで、こういった超自然の妖精妻だけが、「月のように色が白い」と形容される女たちだった。雪女のこともハーンは「白いもの」(The White One)と記していたが、これらの白い女たちは、超自然の世界から現実の下界へと降りたち、しばしのあいだ男に家庭の幸せを授けると、時満ちたかのように、みなひとしく幻想の世へと戻り、去ってしまうのである。

そもそも妖精妻ものなる説話のタイプのどこにハーンが惹かれつづけたかといえば、それは、女たちが男に家庭の幸せという〝見果てぬ夢〟を優しくかなえてくれる点であることは改めていうまでもない。そしてハーンにとって重要なこのテーマにおいて、妖精妻のモチーフがハーン描くところのボードレール「月の贈り物」像と結びついたと考えていい。「泉の乙女」の最後の場面、つまり、いまや年老いて小さな体となり、無力な赤子に戻った男が夜ひとり眠る枕辺に、神々しい月光の聖母のごときかつての妖精妻が現われ、優しく男に接吻して胸に抱きよせるという美しい情景が、「月の贈り物」の冒頭部分に実は呼応しているということがわかるだろう。「泉の乙女」が月光の化身として描かれたのは、「月の贈り物」の女神のイメージを重ねたからに他なるまい。だからこそ、その「月光の白さ」は、単なる好み、美の比喩の域を越え、ハーンの潜在的願望というフィルターを通して一種の象徴性をおびているのである。

ハーンの「雪女」のなかでも、ハーンの個人的な思いが色を染めたのだろうとこれまでも指摘されてきた[23]のは、巳之吉の家庭生活の暖かさが大きく描かれていることだった。巳之吉の母は優しい日本の母であり、嫁と姑のなかは申し分がなく、母は嫁にいたわりと感謝の言葉をのこして亡くなる。雪女もまた、最後に子供たちの面倒をよくみるようにと言い残して消え去る。「泉の乙女」でも、夫婦の愛情の深さが強調され、最後に再会することで愛が確認されることはすでに見たとおりである。

このような個所に、ハーンの幼い頃の幸福な日々への回帰願望、わずか数年にしてその幸せを壊されたという原体験、夫も子供も奪われた母の無念さへの思い、また子供の自分をおいて遠い国へ帰らねばならなかったその母への憧憬がこだましていることは容易に想像できる。

だが、そのような幼児体験をもつハーンだからこそ、〝白い女〟たちは妖精や精霊、つまり非現実の夢・幻想の存在でしかありえなかったのだといえる。女たちが異世界からの来訪者だということは、妖精であるという素性以外に、女たちとの出会いの場、時間にもはっきりとあらわれている。

女と出会うのは、海辺、水辺など、この世とあの世の境目であり、出会うときも、眠りのなかや新月の真夜中など、逢う魔が時である。男は漁師や狩人という別世界へ旅する人である。「泉の乙女」で、妖精は地下の世界を流れる水が湧き出す泉の中から、地上に現われ出たのだった。そして「雪女」では、出会いの場の境界感がもっとも強く出ている。樵《きこり》の男は、毎日大きな川を渡って離れた森に行くのだが、その川にはふだんからどうしても橋がかからない。この世とあの世の厳たる境界だからである。そして吹雪の夜、川の水が溢れて渡し舟も出なくなり、川のほとりの渡し守の小屋で一晩を過ごした時、雪女が現われるのである。雪女出現の前奏ともいえる嵐の描写をみてみよう。

巳之吉と茂作が吹雪の中に逃げこんだ小屋は、窓もない、二畳ほどの小さなものだった。ひとつしかない入口の戸をしっかり閉めて、二人は横になる。そして、

年老いた親方の茂作は横になるとすぐに眠りに落ちたが、まだ若い巳之吉は激しい風の音、ひっきりなしに戸に吹きあてる雪の音を聞きながら、いつまでも寝つかれずに目を覚ましていた。川の流れがごうごうとうなりをあげ、小さな小屋は、まるで大海に浮かぶ木の葉舟のように揺れきしんだ。すさまじい嵐で、夜気は刻々に冷えてくる。巳之吉は蓑の下でふるえていた。

小屋の中は真っ暗で何も見えない。外は風と雪が空に渦巻き、川水が大地を疾駆している。宇宙そのものが生を得てうごめき始めたのではないかとさえ思われる轟音のなか、身をちぢこまらせ、息をひそめている。ここにはいわば、小さなブラックボックスに入って異次元の世界にスリップし

た時のような不安、常ならぬ巨大な異世界に四方八方包囲されて逃げ場のない不安が感じられる。そしてその予感は的中する。別世界からの顕現として雪女が姿を現わすのである。

ハーンの白い女たちは、現実のかなたから地上のハーンのもとに現われ、ハーンの見果てぬ夢を優しくかなえてくれる幻想の女たち、ツルタ・キンヤのいう「向こう側[24]」の女たちである。その幻想性が、夜の闇の中の白さに象徴されている。彼女たちは、ほの暗いハーンの夢と無意識の世界のなかで白く光り、彼女たちの授けてくれる幸福は、現実と幻想世界の重なりの上になりたっていたのである。

だが、来日以前、アメリカ時代の妖精妻ものと、晩年、その流れの終着点ともいうべき「雪女」とでは、同じボードレールの「月の贈り物」の女神のイメージがこだました〝白い女〟でも、結末は対照的に異なる。

「鳥妻」も「泉の乙女」も、うっかりすると逃げられてしまう心配があるだけの、かわいい少女のような妻たちだった。だが、雪女は、まず冒頭で、男の生命を脅かす恐ろしい存在、〝宿命の女〟として登場する。そして「泉の乙女」が、年老いた夫の上に身をかがめて接吻する時、彼女は、ハーンの心の願いを結晶させたかのように、約束を守って迎えにきてくれたのであり、男は安らかに幸せに息を引き取ることができる。しかし雪女は男の上にかがみこんで一つの条件を通告し、それに従わなかった夫巳之吉を絶望のただなかに置き去っていくのであった。

この変貌には、ハーン自身の人生の歩み、その結果としての心境と思想の内なる変化があずかっているはずである。雪女が巳之吉に与えた定めはいかなる性質のものなのか。

五　過去というタブー

「雪女」は民話のタイプとしては、いわゆる異類婚姻譚の部類にはいる。異類婚姻譚では、人間ならぬ妻ないし夫は最後には去っていく。そして、その婚姻を破綻させる原因となるのはどうやら二種類あるようである。

相手の素性を人間のほうが知っている場合（たとえば日本の羽衣伝説。ハーンのアメリカ時代の妖精妻ものでは、「夢魔伝説」「鳥妻」もそれに分類できよう）は、元の異世界に戻る手段（羽や天衣、特別な出口など）をうかつにも相手に入手させることが、破綻のきっかけとなる。だが、相手の素性を知らない場合は、設定されたひとつのタブーを人間が冒すことで、すべてが崩れてしまう。

この後者の型の典型として、すぐに思いつかれるものに、日本では「鶴女房」「三輪山伝説」、西洋のものでは「ローエングリン伝説」などがあげられよう。「雪女」もこれにあてはまる。では、破綻の原因となるタブーとは、どのようなものなのだろうか。

「鶴女房」の木下順二による現代劇化である『夕鶴』では、おつうが機《はた》を織っている間は決して姿を見てはいけない、と約束させられたにもかかわらず、夫は好奇心からのぞいてしまう。「三輪山伝説」では、毎晩通ってくる夫の着物の裾に一本の糸を縫い付け、それをたぐって後をつけていって正体を見てしまう。「ローエングリン伝説」でも、どこからともなく現われた白鳥の騎士が、自分が誰であるかをたずねてはならぬときつく言い置いたにもかかわらず、妻は好奇心に耐えられなくなってついに質問してしまう。

ここに共通しているのは、すべて相手の素性に対する好奇心から、禁止された行為におよんだということである。つまりタブーは、未知の領域の不可侵性、一種の対社会的な規範に関わり、空間的な性質のものといえる。ではハーンの「雪女」の場合もそうなのか。

巳之吉は吹雪の夜、雪女にこう言われた。「今宵のことは決して誰にも話してはならない。言えば必ず私にわかり、お前の命はなくなるのだから。覚えておきなさい」、と。

ところが、何年か後のある晩、巳之吉は行灯の明かりのもとで縫い物をしているお雪を眺めているうちに、昔みた雪女を思いだしてしまう。巳之吉は言う。「そういう明かりに照らされたお前の顔を見ていると十八の年にあった不思議な出来事を思い出す。ちょうど今のお前にそっくりの、色の白い美しい女を見たのだ……」。

巳之吉はこの時、行灯の明かりに照らされたお雪の顔に、かつて雪明かりのなかに浮かびあがった雪女の顔、おそらくは巳之吉の脳裏に焼きついたまま色褪せぬ記憶の雪女の顔を重ねたのだった。いわば、過去を現在に重ね合わせようとしたのであり、お雪に語ることによって、記憶を確認し、過去の出来事を現在の時のなかに再生させようとした、といえる。そしてここにタブーがおかされた。

お雪は、それまでうつむいていた顔を突然あげると、みるみるうちに雪女の顔になっていく。そして、「あれは、この私だったのです」と叫び、巳之吉の問いかけに答える。この時、お雪は巳之吉の上にかがみこみ、顔を寄せて迫りくる。つまり、出会いの場の構図がここに象徴的に繰り返されるのだった。過去が再生したのである。そしてそのため、タブーを守ることで、現実と幻想とが溶け合った微妙なバランスの上になりたっていた二人の生活は崩壊せざるをえない。

ハーンの「雪女」におけるタブーとは、つまりは人生における過去、記憶の処理に関わり、時間的な性質のものにほかならない。

作品の冒頭で、美しいが人の命を脅かす危険な〝宿命の女〟として描写された雪女が巳之吉に与えた定めとは、過去を問うなということだった、といえる。雪女は巳之吉に死を猶予し、優しい〝白い女〟と化して巳之吉に幸福な時を授けるが、巳之吉が過去を蘇生させようとタブーを冒したため、幻と消えてしまうのだった。つまり、雪の女はボードレール描く月の女とは正反対の運命を与えたことになろう。月の女神が詩人にたいして、一生一つの幻影への憧憬を保ちつづけ、その幻影とのきずなの自覚を求めるのにたいして、雪女はそのきずなを断ち切ることを求めているのである。ハーンは再話の名手といわれるが、ハーンが換骨脱胎したのは、日本の民話だけではなかった。第四章で論じた「茶碗の中」における分身のテーマと同じく、「雪女」においても、ハーンは、十九世紀西欧の白い〝宿命の女〟像の姿をとらせながら、意味は微妙にすりかえている。(25)

先にボードレールの「月の贈り物」に関して引用した「春の幻影」のなかで、ハーンはこう述べる。

この幻は、人の心に戻ってくるたびに、前よりさらにいっそう人の心を酔わすのではなかろうか。ちょうどわれわれが夜見る夢のなかの、幻の太陽に金色に染められた夢の霧のなかでしか見られない国のように。この幻想は、そのつどだんだん悲しいものになってくる。それは昔の幻の記憶が、それにつれて浮かんでくるからだ。

ハーンのなかで、夢や憧憬と過去の記憶が分かちがたく結びついていることを、うかがわせる文章である。

ハーンは幼時に父のせいで母と生き別れになってしまった。この原体験の記憶からある意味で、ハーンはほとんど生涯逃れられなかった人である。少なくとも来日まではそうだった。ハーンが西インド諸島から日本に渡ったのも、また非西洋の伝承文学の再話に力を入れたのも、過去の、ギリシャの島での日々への憧憬があってのことなのだろう。

ハーンが来日以前から、仏教の輪廻思想に関心を示し、来日以後は一層、因果、前世などといった仏教の時間哲学に造詣を深めていったことはよく知られる通りであるが、このような関心のゆくえも、やはり、みずからの心の内にしまわれた「過去」というものへの無意識のこだわりが作動していたと思われる。はたして人間にとって過去とは、記憶とは何なのか。そのような思索が、終生、ハーンをとらえつづけた。

そして「茶碗の中」とおなじく、「雪女」もまた、過去なる時間の処理をめぐるハーンの心のさまざまな思索の道程の結果、その答えのひとつが投影された作品であるといえよう。

その「雪女」のなかで、過去はタブーとされている。ここには、過去を問いつつもじかに直面することへのハーンのためらいと恐れ、記憶というもののもつ、甘美さと同時に、心をむしばむ虚しさ、恐ろしさの認識が働いているのではないか。
「泉の乙女」がハッピー・エンドなのに対し、「雪女」は記憶という罠にかかり、幸せは崩壊する。それはとりもなおさず、現実の生活では小泉セツという良き伴侶を得、四十歳を過ぎて父親となる幸せをかみしめていたハーンが、逆に記憶というそのくびきから解放され、突き放して見定める余裕が生じたあかしではないかとも思われる。

ハーン晩年のこの作品は、ハーンの〝白い女〟の系譜の終着点でもある。そして、過去というタブーを鍵とする物語に仕上げられた。この「雪女」にいたって、ハーンの甘く切なかった〝白い女〟たちの異世界に、〝時間〟という哲学的なパースペクティヴが加わり、時の流れという深い奥行きが生じたことになる。「雪女」の全体を支配する澄み切った雰囲気は、ただ単に小道具や舞台装置、作家の文体に由来するものではない。それはこの作品のなかに垣間見える人の心の中の「時」の異世界・幻想の宇宙の広がりがかもしだすものなのである。そして、読後に残る哀しみの余韻は、人間すべての魂の深みをゆさぶる、記憶というもののもつ悲哀に他ならない。

ハーンの「雪女」は、説話という一見素朴な形をとりながら、そこには、人間の生にかかわるより根源的な意味が託されているのである。読者がこの作品に魅力を感じるのは、それと気づかぬうちに、ここに内省的・心理的な物語の劇を読みとるからなのだろう。

ところで、最後に再び「雪女」の原話の問題に戻ると、雪女の伝説は、特に昭和に入ってから、東北、北陸信越などの豪雪地帯でかなり多く集められたという。そして、実はそれらのなかで、ハーンの「雪女」にそっくりの話が信州地方で三件採集されている。[°] いずれも、郷土の伝説や昔話として地元の人が執筆したものなのだが、筋立てから登場人物の名前にいたるまでそっくりなのである。[26] ただしこれらの話は、それぞれ地元の古老から聞き出して記録したものであり、その聞き書きの時点がハーンの死後数十年も経た後であることを忘れてはならない。そもそも、柳田国男の『遠野物語』が著わされたのがハーンの没後六年の一九一〇年であり、それから後に日本民俗学による組織的な民話や伝説の採集が盛んになったのだった。

従って民俗学者の今野圓輔は、ハーンの「雪女」そっくりのこれらの話について、先にあげた著作のなかで、「明白な原作者が忘れられてしまい、話だけが伝わり語られつづけている間にまるで土着してしまって、その地に伝承された世間噺、伝説あるいは昔話ふうに取りまぎれてしまう場合」であろうと評している。[27] 今野は、民俗学者の直観でそう推測して述べているのだが、この見解がいかにも妥当であると思わせる特殊な事情がハーンの場合には存在する。

ハーンの英文著作、特に代表作とされる『怪談』について、意外に重要で見落としてならないのは、それが英語の授業の教材として、全国の旧制中学などで幅広く使用されてきたということである。そしてこの事実が、ハーンの再話作品が「土着して」いく経緯に大きく働いたとおもわれる。教科書にたびたび編集されたのは、ハーンが東京大学文学部で教鞭をとり、弟子たちの多くが英文学者、英語教師となったことも影響しているかもしれないが、ハーンの文体は高雅でありながら簡潔・明瞭で読みやすく、また一編の長さが短いために、教室で教えるのに好都合なのである。そのハーンの『怪談』を、都会の限られた大学生ではなく、地方のおおぜいの中学生が、授業で、また試験のために夜遅く自宅の灯火のもとで読む。たとえば教育熱心で知られる信州など雪国の子供であれば、「雪女」の話に強い印象を受けたであろう。そしてずっと後になってから雪の降る日に、ふと思い出し、こんな話を知っている、と家の祖父母に、幼い弟妹に、近所の友人に話したかもしれない。成長して親となれば、「おはなし」をせがむ子供に語って聞かせただろう。このようにして、「雪女」の読書の記憶が社会の裾野まで幅広く浸透していったのにちがいない。

ハーンは素朴な日本の雪女伝説に自らの内的な夢想の世界を投影させて一編の印象的な物語を創作した。それを当初原著の形で読んだのは都会の読書人だったのだろうが、やがてその枠をはるかに越え、雪深い農村や山奥の片隅にまで物語が広まっていく。そしてハーンの名など聞いたこともないだろうような、土地の古老が囲炉裏の傍らでハーンの「雪女」を、はるか遠い日に親から聞いた地元の伝説として語っているのである。

そもそも民話や神話というものは、時の流れとともに生成し、変化してゆくものであり、あたかも炎と燃え散った灰のなかから蘇る不死鳥のごとく、死しては生まれ変わり、それぞれの時代にふさわしい微妙な意味の衣をまとうものなのかもしれない。

富山大学ヘルン文庫として保存されているハーンの蔵書には、ハーンが再話作品の種本とした怪談集や講談本が収められている。その多くは、江戸末期から明治にかけての通俗文学の資料としても高い価値をもつといえる。それらの大衆本は、あるいはハーンが見出さなければ、無価値なものとして、処分され、燃やされたかもしれない。ハーンは、そのような古書の山から、黒ずんだ原石を捜し出すように、普遍的な意味や問いかけを宿しうる日本の古い民話を見出し、共鳴した。そして、新しい衣をきせ、細工をほどこして変容させたその民話を、再び日本の土壌に植え直したのである。

ハーンの「雪女」をめぐって、再話文学というもののもつ生命力の不思議さに感じ入らざるをえない。

第六章　語り手の肖像──「耳なし芳一」

ラフカディオ・ハーンの『怪談』(一九〇四年)には、日本の古い民話や怪異譚のすぐれた再話作品が多く収められている。その巻頭を飾るのが、盲目の琵琶法師「耳なし芳一」の物語である。芳一の奏でる音楽が平家の怨霊を目覚めさせ、引き寄せ、あわや取り殺されそうになるというこの物語には、ハーン自身、特に愛着を持っていたといわれる。

芳一は目が見えない。真夜中、阿弥陀寺の縁側に一人坐って涼をとっていると、見知らぬ侍の足音がする。「芳一!」と名前を呼ばれ、とある屋敷に連れていかれて平曲を語るよう求められる。そこでは障子や襖を開ける音、囁きあう声、衣ずれの音、女官が芳一にかける言葉など、いかにも高貴の人の屋敷らしい様子である。芳一が鬼気迫る巧みさで源平の戦を語り、琵琶を奏でると、屋敷の人々は感動し、翌晩も来るように言われる。ところが、芳一が夜中に一人出かけていくのを不審に思った寺の和尚が後をつけさせると、芳一は寺の平家一門の墓の前で夢中で歌っているのだった。和尚は怨霊の呪縛から芳一を救おうとして魔除けのお経を体中に書きつけてくれるのだが、両耳だけ忘れてしまい、芳一はその夜、迎えにきた亡霊に耳を引きちぎられてしまう。

「耳なし芳一」は、怨霊と関わりあった恐怖体験の話だという点で、また平川祐弘も指摘しているように〝音〟を小道具として効果的に使って読者の聴覚に巧みに訴えるという点で、怪談らしい怪談だとたしかにいえよう。(1) 夜、亡霊に耳を裂かれる恐ろしい場面でも、盲目という完全な暗闇の中、全身が〝耳〟と化して一層不安と緊迫、恐怖感が募る。

だが、この物語がハーンの他の多くの怪談作品と異なる重要な点がある。それは、主人公と立ち現われる亡霊との間に、なんの因縁も存在しないということである。平家の亡霊は、芳一の前にしか現われない。だが芳一は亡霊に恨まれるようなこと、その怒りにふれるようなことは何もしていない。前世における強い関係が〝因果〟となって現世に作用している、というのでもない。ハーンの多くの怪談では、むしろ、この〝因果〟の関係を主人公が相手と対峙するなかでいかに自覚し受け止めるかということが大きな要素となっているため、「耳なし芳一」は、死者との間に直接的因縁がないという点で異色の作品だといってよい。

では、ハーンの怪談の集大成ともいえる再話作品集『怪談』の冒頭にあえて、この異質な怪奇話が置かれているのは何故なのか。ハーンにとって「耳なし芳一」とはどのような意味をもつ物語なのか。

一　海の物語

いまを去る七百余年の昔、下関海峡の壇ノ浦で、長い間覇《は》を競うた源氏と平家の最後の合戦が行われた。そこで平家はことごとく滅び、平家の女も子供も、いまでは安徳天皇として記憶される幼帝も、亡くなられたのである。そしてその海も浜辺も七百余年の間、亡霊にとりつかれてきた。……その海岸沿いには、幾つもの奇怪な事が見聞きされる。月のない夜に不気味な火が何千となく浜辺の上を飛び、波の上を舞う。それは青白い火で漁師たちはそれを鬼火と呼んでいる。風が立つとそのたびに、合戦のどよめきにも似た大きな鬨《とき》の声が、沖の方から聞こえてくるのである。(2)

「耳なし芳一」は海を舞台とした物語である。ハーンは、壇の浦での平家一門の悲話から語り起こし、七百年後の今でも、月のない夜には火の玉が何千となく浜辺や波の上を漂い、風が立ったびに合戦のどよめきに似た鬨《とき》の声が沖の方から聞こえてくる、と続ける。暗闇の中に無数の怪しげな光が点滅し、不思議な声がこだまする、この不気味な夜の海が舞台背景となって物語全体を支配している。

海の合戦という叙事詩的な壮大な過去の光景と、現在の神秘的な夜の海の情景を読者の脳裏に刻んだ上で、ハーンは主人公の芳一を登場させる。

何百年か前に赤間関には芳一という名の盲人が住んでいた。琵琶を弾いて語るのが上手なことで名を知られた。

このように切り出される主人公は、盲人である以上に、まずもって、言葉を語り、歌い、音楽を奏でる人である。しかも、とハーンは続ける。

幼い時から芸を仕込まれたので、まだ若者のうちに師匠たちを凌駕してしまったのだという。琵琶法師として身を立てたが、源平の物語を語るのが特に上手で、芳一が壇ノ浦の戦の段を語る様子は、「鬼神ヲモ泣カシム」といわれたほどである。

芳一のような琵琶法師、つまり、語り歌う口承文芸に職業として携わった多くの盲目の放浪芸能者が存在したことは、社会史的事実として確かだろう。[3] だが芳一は、ただ、大勢の無名の芸能者の一人というわけではない。その芸の見事さにおいて抜きんでた名人なのである。

そのような芳一の物語のなかにおける役割とはいかなるものなのか。

ハーン自身が左目を失明して右目も弱く、その分、聴覚が鋭敏だったことは、あまりによく知られていて、ここで改めて言及するのがためらわれるほどである。ハーンが、物売りの声など土地固有の生活の物音や、虫や鳥などの自然の声に耳をすませたこと、来日以前から民衆音楽に関心があり、農民の民謡や門つけの女の語りの魅力について書き記したこと。感性においても、文化研究の面でも、普通の人が気づかぬもの、時代の流れのなかに埋もれ消えていくものを聞き取ろうとしていたハーンには、〝耳の人〟であるという点でたしかに芳一に通じるものがある。だから、盲目の芸能者が遭遇する異様の物語に注目したことは理解できる。

だが、ハーンが「耳なし芳一」の物語に読み取り、再話することによって込めた意味はそれだけではあるまい。ギリシャ神話のオルフェウスに芳一の姿を重ねてみれば、明らかになると思う。

トラキアのオルフェウスは神秘的な竪琴《たてごと》の名器を奏で、その美しい声には不思議な霊力が備わっていて、木々や動物さえ魅了したという。巨船アルゴ号の遠征に加わった時には竪琴を弾いてギリシャの海の風浪を鎮め、魔女セイレンをも宥《なだ》めて退けた。また妻エウリディケの死後、妻を追って冥界に下ると、オルフェウスの奏でる楽の音に渡し守や地獄の番犬、さらに冥王ハデスまで心打たれて涙した。だが、妻を生き返らせることに失敗した後は絶望して、歌うことを止めてしまったために、かつてはオルフェウスの音楽を共に楽しんだトラキアの女たちに八つ裂きにされてしまう。遺骸は海に運ばれ、頭と竪琴だけが波間を漂ってレスボス島に流れつき、島はそこから詩歌の聖地とされるようになる。

芳一もオルフェウスも、海を舞台に、音楽の魔力で異界と交わり、稀有な体験をする。オルフェウスはアポロンの血を引く半神的英雄なのだが、芳一もまた、盲目であるゆえに幻視も可能な、非現実世界に通じる〝異形の者〟である。そして両者ともに、ただ異界と交わるだけでなく、異界のものたちの心を揺さぶる、特別な力をもった音楽家なのである。それが、オルフェウスは亡き妻を思うあまりに、芳一は和尚の元に戻るべく、歌との縁を絶とうとして、かつての聴衆を怒らせ、悲惨な結果になる。さらにどちらも、その音楽に密接に関わった身体部分が切断されて、本来所属すべき場所に行き着く。

ハーンは少年時代、チャールズ・キングズレイの『ギリシア神話英雄物語』（*The Heroes, or Greek Fairy Tales for My Children,* 一八五六年）を愛読したという(4)。ハーンが出雲地方の風物を描くとき、たとえば出雲大社の神官の姿や、盆踊りの踊り子の姿など、しばしば古代ギリシャの面影を重ねていたことは周知の通りである。虫の鳴き声を文学の題材にするのは日本人と古代ギリシャの人々だけだと、東京大学における文学講義で語ったこともある。そのように、古代ギリシャの神話世界に親しんでいたハーンが、芳一の物語とオルフェウスの物語に共通点を見出し、両者の人物像を重ね合わせたとしても不思議はあるまい。さきほど、芳一と平家の亡霊との関係には直接の因縁はないと述べたが、芳一と亡霊を結びつけたもの――それはただ、芳一が平曲の名人であること、つまり芳一の語りと音楽の力なのである。

楽器や歌の霊力、神秘的な力をもつ楽師にまつわる話は、スコットランド伝説「歌人トマス」、ドイツ民話の「ハーメルンの笛吹き」、モーツァルトの「魔笛」、アメリカ大陸の先住民族の「笛吹きココペリ」など、世界各地に数多くみられよう。そうしたなかで、オルフェウス物語という主題は、絵画や彫刻の分野のみならず、古代のギリシャ悲劇から十七世紀の幾多の戯曲、グルックのオペラ、現代のジャン・コクトーの映画『オルフェ』にいたるまで、西欧文芸の伝統のなかに脈々と生き続けてきたといえる。そのような伝統のなかに育った十九世紀末イギリス人作家であるハーンも、みずからのオルフェウス物語として、「耳なし芳一」を語ったと考えていいのではないか。

ただ、ギリシャ神話のオルフェウス物語とハーンの「耳なし芳一」には、決定的な違いがひとつある。そしてその点にこそ、ハーンにおける〝語り歌うこと〟の本質がこめられていると思われるのである。では、何が異なるのだろうか。

二　タブーの空間

「耳なし芳一」の原話は周知のように、天明年間に出た日本の古い書物『臥遊奇談』のなかの一話「琵琶ノ秘曲幽霊ヲ泣カシム」である。この原話とハーンの作品とを照らし合わせてみると、原話の登場人物や話の筋はほぼそのままなのだが、いくつか重要なところで、記述の表現を強めたり、情景描写や会話を挿入するなど、手が加えられていることに気づく。

ハーンはまず、物語のなかのタブーの設定を強調し、際立たせた。

芳一が見事な語りと琵琶の調べで平家とおぼしき亡霊たちを感涙させた後のところである。屋敷をとりしきる老女官は芳一の芸を誉め、ねぎらい、今後六晩の間、毎夜来て平曲を弾くようにと申しわたす。そして最後にこう付け加える。

「お前がここへ訪ねてきたことを誰にも洩らしてはなりませぬ。御主君はおしのびの御旅行ゆえ、こうした事についてロ外無用との仰せです。それではお寺にお帰りになってよろしい。」

原話では「世間をはばかり給ふ御身なればかたく他にもらし申べからず」とあっただけなのだが、それをハーンは、

“It is required that you shall speak to no one of your visits here.”

“he commands that no mention of these things be made.”

と、命令の調子を強めた上に、二度繰り返させた。そのため、原話ではそれほど不自然ではない〝語るな〟という口止めの言葉が、ハーンの再話では禁忌の色彩を放つようになるのである。そして芳一は亡霊の命に反して和尚にすべてを告白したことで、禁忌を冒してしまう。

タブーの提示が重要な要素となっている民話や伝説、怪談は珍しくない。オルフェウス物語のなかでも、冥王ハデスはオルフェウスに対して、冥界から亡き妻を連れて地上世界に戻るためには、後について来る妻の方を振り向いてはならない、その姿を決して見てはならぬ、と言い含めるのだった。その他にも、例えばハーンの怪談「雪女」「破られた約束」「梅津忠兵衛」をはじめ、ドイツ民話の「白鳥王子」「いばら姫」など、異界や魔に通じる存在や事柄に類似のタブーが付随してくることは多い。

平家の亡霊は芳一に対して、〝語るな〟と言葉を禁じた。亡霊が禁じたのは和尚と交わされる言葉であり、それは、芳一が平曲を語る時の詩歌の言葉とは全く反対の性格のもの、すなわち、平易であからさまな日常の叙述的言語にほかならない。現実世界の言葉で事の全貌を明らかにすることは、闇の中にのみ息づくものを白日のもとに曝すがごとき乱暴さで、詩歌の魔力を奪うのである。〝語るな〟というタブーは〝見るな〟〝問うな〟と同様、現実の確認を禁じる。それが冒された時、現実を越えた存在や非日常の魔力、幻想、了解事といったものが、砂の城のように音をたてて崩壊消滅するのである。そして、平家の亡霊は、芳一の奏で上げるいわば幻想の世界が崩れるのを恐れ、タブーによって守ろうとしたのだといえる。

「耳なし芳一」のなかでは、このタブーが裏返された形でもう一度出てくる。今度は和尚が、芳一の体に魔除のお経を書き終えた後、芳一に言うのである。「お前は縁側に坐ってじっと待っていなさい。（亡霊に）呼ばれるだろうが、何事が起ころうとも返事してはいけない。動いてはならない。何も言わずに黙って坐っていなさい」、と。

和尚は、もし動いたり音を立てたりすれば引き裂かれてしまう、でも言う通りにすれば危険は過ぎ去るから、と重ねて念を押す。ハーンはこの箇所も、原話の「いかようの怪事ありとも言葉を発することなかれと得《とく》と云含め」とあるだけの一文を、畳み掛けるような切迫した調子に敷衍している。芳一は結局、生身の体から耳を引きちぎられても一言も発せずに、命だけは助かるのだが、和尚は、芳一が亡霊側の言葉に答えることで、再び異界に引き戻されてしまうことを恐れたのだった。平家の亡霊も寺の和尚も、共に芳一に対して、「語るな」と言葉を禁じた。夜と昼、異界と日常、想像と現実、過去と現在。相対峙する領域に属する二人は、それぞれ相手側の言語を芳一が口にすることを禁じたのである。言語は言語でも、相反する性質のものなのである。和尚の命令は、平家の亡霊によって示されたタブーを、逆方向から言いかえることで再確認したものにすぎない。

そして、このように繰り返され強化されたタブーの提示によって、両方向から照らしだされるのは、平家の亡霊と芳一が共にした濃密な時と空間である。詩歌の魔力によってつくりだされたこの空間を、二重のタブーがぐるりと取り囲み、浮き立たせる。物語のなかで、平家の亡霊と和尚は言語の質を異にし、いわば夜と昼、想像と現実、過去と現在、異界と日常という相対峙する領域に属するのだが、タブーを張り巡らせることで、ハーンは和尚の方の側の昼と日常の現実世界を周縁部に退却させ、亡霊側の夜と異界の想像の世界を中央に据えたのである。

三　再話の力

この夜の濃密なる空間の描写こそ、ハーンが原話の文にいちばん手を加えて大きく膨らませた箇所、すなわち、芳一が赤間関の海に面した阿弥陀寺の中の平家一門の墓場に引き入れられ、怨霊たちの前で琵琶を弾じ、悲劇の合戦をもの狂わしげに語る場面にほかならない。

芳一は、老女官の求めに応じて満身の力をこめ、平家を語り始める。

　芳一は声も高らかに苦海の合戦の語りを語った。——弾ずる琵琶の音はさながら櫓櫂《ろかい》の軋《きし》るがごとく、舟と舟との突進もさながらに、また矢が唸りを立てて飛び交うごとく、武士の雄叫《おたけ》びや船板を踏み鳴らす音、兜に鋼鉄の刃《やいば》が砕ける音、さらには斬り殺された者があえなく波の間に落ちるがごとくであった。

芳一の語りと音楽の力で、そこに数百年前の壇の浦の合戦の凄まじい様子がまざまざと現出する。そして、目の前に再現され、繰り広げられる悲劇のあまりのリアルさに、聴衆である平家の人々は口々に賛嘆の声をあげる。

"How marvellous an artist!"

「私たちの国でこのような演奏を聞いたことはない」、「日本中探しても芳一ほどの歌い手は他にはいまい」、とさらに讃えられた芳一は、「いよいよ気力がみなぎって、前にもまして巧みに歌いかつ演じた」。ハーンは次のように続ける。

あたりには感嘆の沈黙が深まった。だが、ついに美しく力ない者の運命を語る段となった時、――女子供の哀れな最期と、腕に幼帝を抱いた二位の尼の身投げを語る段となった時、聴く人々はみな一斉に、長い悲嘆の叫びを挙げた。そしてあまりに狂おしく、あまりに激しく大きな声で泣き、叫んだので、目の見えぬ芳一は自分がつくり出した悲哀の情の猛威に思わず脅えたのだった。

平家一族の入水滅亡の段を聴いた者たちは悲痛の嘆声を発し、感極まって一層激しく咽《むせ》び泣き、長い間、嗚咽と啜《すす》り泣きが続いた、とハーンは述べる。

この時点ではまだ聴衆の素性は明かされていない。そして雅びな屋敷の中で高貴な人々の前にいると芳一が思いこむのは、そう受け取れるような様々な音や声を亡霊側が発しているからに他ならない。つまり、平家の亡霊たちも、芳一の音楽世界に応えるがごとく、芳一のためにリアルな幻の像を奏であげ、現出させたわけである。

原話では、「曲を奏すれば初めのほどは左右ただ感賞し給ふ声のひそひそと聞へゐるが一門入水の篇にいたりて男女感泣して其声しばしば止まざりけり」とあるにすぎない。その簡略な記述を敷衍して、ハーンがここに描き出したのは、演じる者と聴く者とが相呼応してつくりあげる、相聞にも似た濃密な語りと音楽の空間である。それは、芳一が浮かび上がらせる悲劇の合戦の幻影と、その幻影のなかで蘇生した過去の霊が現出させた雅びな宮廷模様とが重なりあい、唱和しあう二重幻想の光景だともいえる。タブーをもって守られ、タブーをもって恐れられたのは、このような唱和の空間なのである。

そして、平家の亡霊にそのような唱和の力を与えたのは、実は芳一の歌と琵琶の音だった。物語の冒頭部分では、鬼火が飛び交う夜の海の情景に続いて、阿弥陀寺が建立されたことが説明されている。「後世にいたつて一宇を建立し幽冥を慰する其名を阿弥陀寺と名づく」と原話にある。その記述に、ハーンはこう付け加えた。

以前は平家の亡霊どもは実はいまよりずっと不穏であった。亡霊は夜そのあたりを行く舟の舷《ふなばた》に身をもたげ、舟を沈めようとした。あるいは泳いでいる人を狙って次々と水底へ引きこんだ。赤間関に阿弥陀寺が建てられたのは、こうした死者の霊を弔うためであり、寺の近く、浜辺寄りには墓地も作られた。そしてその境内には入水して亡くなった天皇をはじめ、家臣の主な人々の名を記した塔も建てられた。その霊の菩提を弔うための法会《ほうえ》は定められた日に営まれた。その寺と墓が建てられて以後、平家の亡霊どもは以前ほど人騒がせはしなくなった……。

つまり、阿弥陀寺が「死者の霊を弔うため」に建てられ、法会でなだめ鎮められて亡霊たちの存在も次第に薄らいできていたのである。ところが芳一が平家一門の最期を語った時、聴く者すべてが泣き叫び、長い悲痛の嘆声を一斉に挙げた、とハーンは述べた。音曲が〝鬼神を泣かしむ〟という場合の、鬼神の荒々しい心さえ動いて、感動の優しい涙をはらはら流す、というのではない。あまりに狂おしい、大きな声だったので、目の見えぬ芳一は自分がつくり出した悲哀の情の激しさに思わず脅えた、というのである。ここに、芳一とオルフェウスの違いがある。

オルフェウスは竪琴と歌声の魅力で、海の荒ぶる風浪を鎮め、魔女セイレンを宥め、地獄の恐るべき王ハデスまで心和ませた。だが芳一は、異界の魔的存在や荒ぶる力を鎮めるのではなく、反対に、平家の亡者たちの感情をかきたて高ぶらせて、怒りも悲しみも喜びもすべてをあらたにした(5)。芳一はただ美しい音楽を奏でるのではない。過去の亡霊たちの物語を語り、その世界を再現する。いわば〝再話〟をしたのである。そしてその〝再話〟の力によって、阿弥陀寺の建立以来すっかり勢いを失ってしまっていた彼らを活性化し、存在を強めた。姿形を与え、命を吹き込んで蘇らせたのである。

「何という素晴らしい芸術家だ」という賛辞は、〝再話〟というその行為に対して贈られたのではなかったか。そして真の〝芸術家〟と讃えられた芳一の姿に、口承文芸のなかに生き続けた霊の異世界を、再話という文学の自覚的な営みで現代に蘇生させようとする、ハーンの作家としての自負がこめられていると考えていいのではないか。

四　芸術家の肖像

ハーン晩年のエッセイ「草雲雀」には、最後まで美しい声で歌い続けながら命尽きた小さな虫に対する、しみじみとした感慨がつづられている。世の中には自分の命を縮めてまで歌を歌うことに励む人間の姿をしたこおろぎもいるのだ、とハーンは述べて、自分の姿を草雲雀に重ねた。

オルフェウス物語の主題を古来多くの作家や音楽家が取り上げてきたのは、物語として魅力的だからというだけではあるまい。冥界下りや、死をも越えた愛など他のモチーフもみられるものの、何よりも、そこに詩歌のありようと詩人・音楽家の象徴的な運命をみてきたからだろう。ハーンの芸術観がうかがわれる「耳なし芳一」も、オルフェウス物語のひとつの変奏曲であり、「草雲雀」と同様に一篇の〝芸術家の肖像〟の物語として読むことができると思うのである。そしていわば再話作家のマニフェストとして『怪談』の冒頭に据えられたのではないだろうか。

すでに述べたように、物語空間の中心部に照らし出されるのは、芳一の再話の力によって楽の音の上に現出した二つの幻影が唱和する映像である。実際の芳一は、赤間関の海に面した阿弥陀寺の墓場の、安徳天皇の塔の前に一人坐って琵琶を弾いている。その事実を、読者は芳一を見つけた寺の下男の目を通して知らされるのだが、ハーンはここに、原話にない次のような無数の鬼火の情景描写を付け加えて、物語冒頭に記された、不気味な夜の海という背景を想起させる。

驚いた人々は、すぐに墓地に提灯をかざして急いだ。そして芳一がただひとり雨の中で安徳天皇の塔の前に坐って琵琶を弾き、壇ノ浦の合戦の段を高らかに語っている姿をみつけたのである。そして芳一の背後にも、まわりにも、また墓という墓の上にも、たくさんの鬼火がさながら蝋燭のごとく燃えている。かつてこれほどの鬼火の大群が人間の目にふれたことはなかろうと思われた。

この時、読者の視点は後方に引いてその芳一の姿をも視野に収め、脳裏に描かれる情景は一気に広がっていく。

海辺の闇夜のなかに何千何百という数の鬼火が群がり漂うなかで琵琶を弾じる一人の男。その海で戦われた凄惨な合戦。そしてその戦いで滅びた者たちが栄華を誇っていた日々の宮廷模様。芳一の奏でる音楽が響きわたるなかに、異なる三つの映像が立体的に交錯し、重なりあう。そのさまは、無数の蝋燭の炎が揺らめき燃える、漆黒の闇の上の天空に、薄紗のごとき華やかかつ凄絶な絵巻物が繰り広げられるかのようで、鮮やかに脳裏に刻まれる。「耳なし芳一」の物語としての妖しさ、幻想性と美しさは、間違いなくこの印象深い場面に集約されていよう。

海はもともとハーンにとって特別な思いへと導かれる場であった。

「夏の日の夢」に見られるような、きらきらと光る昼の穏やかな海の風景は、ギリシャや、アイルランド時代の夏の保養地の思い出に、どこか心の底で結びついていた。だが、後年になるほど、日本海の〝仏海《ほとけうみ》〟の話や、焼津の海の精霊流しなど、夜の海の情景に人間の生と死に関わる哲学的な瞑想をめぐらすようになった。

晩年のエッセイ、「夜光るもの」「焼津にて」には、夜、一面の微小な燐光が輝く海の神秘的な魅力と、遠くから聞こえてくる海鳴りの響きの幻想性が語られている。海面の燐光は、死者の灯籠流しの光景に連想がつながり、海鳴りの音は亡者たちのつぶやきの声に聞こえる、というのだった。そして、「耳なし芳一」のなかの、無数の鬼火が闇の海辺を漂うさまは、ハーンにとって同じ根源的な象徴性をたたえた光景だといえる。とすれば、そのような場で展開されるからこそ、この芸術的営みの物語のもつ意味も大きく、芳一の姿がハーン自身の姿に二重写しになって見えてくるのではないだろうか。

小泉セツは『思ひ出の記』で、ハーンが「耳なし芳一」の話を特に気に入っていたと述べている。そして、夜、ランプの明かりも灯さず黙って静かに坐って芳一になりきっていた時の様子や、竹藪の笹の葉ずれや風の音を聞くと「平家が亡《ほろ》びていきます」、「壇の浦の波の音です」と真顔で耳をすましたことなどを、「いつも、こんな調子、何か書いて居る時には、その事ばかりに夢中になつてゐました」と、ハーンの少し子供っぽく思えるほどの没頭ぶりを示すエピソードとして回想している。(6)だが、このハーンの姿は、あるいはセツが微苦笑をもって受け止めた以上のものを伝えているのかもしれないと、今は思えるのである。

第七章　聖なる樹々——「青柳物語」「十六桜」

一　樹霊の物語

ハーンの『怪談』（一九〇四年）には、「雪女」「むじな」「耳なし芳一」などよく知られたもののほかに、全十五編のうち樹木にまつわる話が三編含まれている。柳の樹の精と結ばれた若者の「青柳物語」と、寒いうちに花をつける早咲きの桜の由来を語る「乳母《うば》桜」と「十六桜」の三作である。

ハーンは、日本の古い怪奇な物語や不思議な話の再話を『霊の日本』『影』『骨董』などに収めてきたが、特に構成に意を尽くした、遺作とも言える最後の作品集に至って、他の怪談話とはまったく読後感の異なる樹木の物語が入っている。ハーンはこれらの物語にどのような意味を認めたのだろうか。

日本についてのハーンの第一作である『知られぬ日本の面影』（一八九四年）にふくまれる紀行文を読むと、日本の自然風景のなかでも特に樹々の風情に心をひかれた様子がそこにはうかがえる。巨大な古樹に囲まれた寺や神社の境内、山上へと続く石段や山道に覆いかぶさるように鬱蒼と生い茂る杉や楓の林。そうした樹々がつくりだす、ほの暗い空間の厳かさに、ハーンは「地蔵」「盆踊り」「杵築」など初期の文章のなかで繰り返し触れていた。

また後年、東京の市ヶ谷に住んでいた頃には、隣の瘤《こぶ》寺の緑濃い墓地を朝夕散策するのを何より の楽しみとし、そこの境内の樹木が伐り倒された時に悲しみ怒って、転居の一因となったというエピソードもよく知られている。

一八九〇年の春、来日直後のハーンは横浜近郊の神社仏閣を見てまわりながら、咲き誇る桜の美しさに感嘆して、こう記した。


どうして日本では、樹木がこうも美しいのであろう。西洋では、梅や桜が花をつけても、目をみはらせる光景になるということがない。それが、この国では世にも不思議な美しさなので、どんなにあらかじめ本で読んでいる人も、実景に接すれば、思わず知らず息を呑む。葉は見えず、一面にうすものを延べたような花の霞である。この神々の国では、昔から木々もまた、人間になれ親しんでわが子のようにいとおしまれ、その果てに木々にさえ魂というものが宿るようになり、ちょうど愛された女のするように、自分をいっそう美しくすることによって、この国の人たちに感謝のこころを表そうとつとめているのだろうか。(「東洋の土を踏んだ日」(1))

ここで直接讃えられているのは、「ヨーロッパのどんな花も及ばないほど美しい」とB・H・チェンバレンでさえ評したという(2)、春の桜の幻想的な光景である。ただ、ハーンは、花の景色としての美しさに感心するだけではなく、「この神々の国では樹々にさえ魂というものが宿っている」と感じる。そして樹木の優しい風情は人間と心が通いあっているからなのではないかと考え、心動かされている。

出雲の松江に赴任すると、注連縄《しめなわ》を巻いて御幣《ごへい》を飾った古木の姿を山陰各地で目にし、ハーンは御神木にまつわる民間信仰や習俗に興味を抱いた。自宅とした武家屋敷の庭の四季を彩る花や樹々にまつわる伝説や迷信をもひとつひとつ書き留めており、「木に、少なくとも日本の木に魂があるということは、不自然な幻想などとは思えない。……人間の用に立つべく創造されたものという西洋古来の樹木観に比べて、ある意味で、はるかに宇宙の真理に近いという印象を与える」(「日本の庭で」(3))と述べている。

「青柳物語」などの樹霊の話を晩年のハーンが取り上げたのも、ひとつには民俗学的関心からであり、物語のなかに「西洋古来の樹木観」とは異なる人々の自然観が息づいていることを感じたからであろう。ハーン自身もまた、万物の背後に霊的なものを感じとる心性の持ち主であった。ハーンが、虫や蛙など小さな生き物や草木の命を慈しみ、動物にも植物にも人間と同じ霊魂の存在を認めるアニミズム的世界観に共感を覚える人であったことは、重ねて指摘されてきたことである(4)。ハーンには虫にまつわる物語や研究も多い。

だが、ハーンは他の怪談話の再話の場合と同じく、ここでも素材とした原話に手を加えている。そしてそこに、ハーンが見出した日本の樹木観に加えて、ギリシャ神話など西洋にも伝わる樹霊のフォークロアとのかかわりをさぐることもできる。ならば、ハーンは何をどのように変えた上で、『怪談』に収めたのか。「青柳物語」および「十六桜」とはいかなる物語なのか。

二 「青柳物語」――樹霊のいざない

「青柳物語」("The Story of Aoyagi")は人間の男が柳の樹の精と結ばれる話である。能登の大名に仕える友忠という名の若侍がいた。文武両道に秀でて主君の覚えめでたく、眉目秀麗で人柄もよかった。ある冬のこと、主君の命を帯びて都に上ることになる。旅に出たのは、一番寒い時期で、北国はすっかり雪に包まれていた。途中、山の中で、友忠は吹雪に襲われる。あたりに人家はなく、吹きつのる風の中、馬も疲れきってこれ以上進めそうにない。日が暮れ、不安にかられたその時、

思いもかけず、小さな家の藁葺きの屋根が目に入った。それは柳の樹々が生い立つ近くの丘の頂きにあった。やっとのことで疲れた馬をその小家までせきたてて行き、この吹雪の夜しっかり閉ざされた雨戸を激しく叩いた。老婆が雨戸を開けてくれた。そして見知らぬ美貌の若者の様子を見て、いたわるように言った。「まあ、お気の毒な。こんな空模様の日に若いお方が一人旅をなさろうとは。お侍さま、さあ、どうぞ中へお入りくださいませ」(5)。

旅人が森の奥深く、道に迷い、途方に暮れる。宵闇の中、かなたに見える人家の灯り。民話や童話によく見られる、魔と出会う不思議な物語の始まりを知らせる設定である。一面の雪が一層、非

日常の舞台をつくりだしている。そして丘の上の柳の樹陰の家の中へ、「さあ、どうぞ」と招き入れる老婆の言葉はそのまま、物語空間への誘いとなる。

この静かで民話的な導入部に続いて展開するのが、若い二人の出会いと恋、結婚、そして別れまでの話である。

友忠は質素で奥床しい老夫婦に温かく迎え入れられ、一夜の宿を乞う。そしてそこの美しい娘を見初めた。娘は名を青柳といった。髪は長く波打ち、身なりは粗末ながら、そのたおやかな美しさと優しさに友忠は心奪われる。娘の方も頬を赤らめ、二人は和歌をやりとりして、互いの気持ちを確かめあう。友忠は結婚を申し入れた。老夫婦は身分を考えて恐縮するが、申し出を喜び、娘を託すことに同意する。翌朝、遠慮深い老夫婦は友忠がお礼の金子を渡そうとしても、決して受け取らない。そして友忠が娘を大事にしてくれると信じている、という言葉とともに二人を送りだす。

都に出た友忠は、まだ結婚の許しを主君から得ていないため、青柳を人目につかぬよう隠した。ところが、その美しさを聞き知った色好みの細川侯に、無理やり召し出されてしまう。細川侯は主君のさらに主筋にあたる有力な大名である。友忠は自分の非力を嘆き、危険を承知で青柳に密かに漢詩を綴って送った。翌日、大名に呼び出され死を覚悟して出向くと、大名は心打たれた面持ちで友忠の詩を詠じて、それほど想いあっているのなら、ここで婚礼を挙げるがよいと告げると、奥の間に通じる襖が左右にさっと開く。そこには、重臣たちが勢揃いしたなかに、花嫁姿の青柳が待っていた。そして、二人は皆々から祝福され、華やかに喜ばしく式が行なわれる。

二人の恋の展開と成就のいきさつの部分は、会話も多く、互いの気持ちが深まっていく様が描かれ、また老親や細川侯とのからみなどをへて、まるでオペラかバレーの大団円のように華やかに締め括られる。

だが、幸せな五年が過ぎたある日、突然妻が苦しそうな声を発したと思うと、みるみるうちに弱っていく。驚き心配する夫に、妻は言う。

「二人が結ばれたのもきっと何か前世の因縁でしょう。この幸せな結びつきが、きっと来世でも二人を一緒にさせてくれます。でもこの世の縁はこれでおしまいです。もうお別れなのです」。そして打ち明ける。「私は実は人間ではありません。樹の魂が私の魂、樹の心が私の心、柳の樹の樹液が私の命なのです。それなのに誰かが、いま無残にも、私の樹を伐り倒そうとしている。だから死なねばなりません……」。

いま一度苦痛の叫びを発すると、女は顔をそむけ、その美しい顔を袖の蔭に隠そうとした。だがほとんど同じ瞬間に女の体全体が奇妙に崩れて下へ下へと沈んでついに床まで沈んだ。友忠はあわてて妻を支えようとしたが、支えようにも妻の体はもうどこにもない。畳の上には美しい青柳のぬけ殻となった着物と髪にさしてあった飾りだけが落ちていた。

友忠は剃髪して仏門に帰依する。廻国の僧となって国中をあまねく行脚し、各地の霊場に詣でた。そして巡礼の途中、かつて青柳の家があったはずの場所をたずねあてるが、いまは跡形もない。

そこには三本の柳の樹の切株――二本は老樹で一本はまだ若い柳の切株――があるのみであった。

それは友忠がそこに着くはるか前に伐り倒されていたのである。

友忠はかたわらに墓を建てると、そこに経文を刻み、青柳とその父母のために手厚く仏事を営んだ。

「青柳物語」はしっとりとした情緒と優しさに包まれて終わる。『怪談』に収められてはいるが、他の怪異譚におけるような死者は登場せず、恐怖、裏切り、疑い、恨みなどかけらもない。あるのは登場する人々の愛と善意、信頼と誠意である。人々の気持ちは、若い二人の間は勿論のこと、友忠と老夫婦、そして友忠と細川公との間でも、みな必ず通いあう。別れと死も浄化され、ハーンの怪談の多くで悲劇の引き金となる〝前世の因縁〟でさえ、ここでは幸せな縁が来世でも繰り返される保証となる。友忠は剃髪して仏門に入るが、それは、たとえばハーンが再話した「おしどり」「因果話」「持田の百姓」などの結末のように主人公が罪業の深さを悔いてのことではない。友忠には何の過ちも悪因縁もなく、ひとえに菩提を弔うという形で愛を貫くためである。友忠と青柳が織りなすのは、あくまでも優しく純粋で清らかな物語だといえよう。

原話「柳精霊妖」

「青柳物語」の原話は、奇談を集めた浮世草子の『玉すだれ』（辻堂兆風作、元禄十七〔一七〇四〕

年刊）巻三にある「柳精霊妖《りうせいのれいよう》」であることがわかっている。荒筋や状況設定は同じだが、ハーンの再話に比べて全体的に短く、一見小さくみえるようで実は重要な違いがいくつかある。「柳精霊妖」は、次のように始まる。

「文明の年中能登の国の大守畠山義統《よしむね》の家臣に岩木七郎友忠と云ふ者有り。幼少の比《ころ》より才智世に勝れ、文章に名を得和漢の才に富たり(6)。」

続いて、主君が細川氏に与して山名氏攻略のために越前の山中に出陣した経緯を述べて、不穏な戦乱の世に生きながらも詩文の才に長けた一人の若侍の姿をまず打ち出す。

そしてその友忠が雪の中で娘の家を見つける場面は、「雪千峰を埋《うづ》み、寒風はだへを通し、馬なづみて進まず。路の旁《かたはら》に茅舎《ほうしや》の中《うち》に煙ふすぶりければ、友忠馬をうちよせてみるに、姥祖父《むばほゝぢ》十七八の娘を中に置き只三人、焼火《たき》に眠り居たり」となっている。ハーンの再話では「柳の樹々が生いたつ丘の上」に家があるのだが、ここでは、山の中の道ぞいに小家があるというだけである。また、原話では、娘に「青柳」という名前もついていない。つまり、ハーンの作品では、柳の木立の中に家があること、友忠が見初めた美しい娘が「青柳」と名のることが、その娘が実は柳の樹であることを予感させるのだが、原話では、「柳精霊妖」という題名を別にすれば、伏線として提示される樹木のイメージは稀薄だとさえいえる。

むしろ原話の方で目立つのは、友忠と娘の相聞歌と、友忠が書き送った漢詩である。これらの詩歌が話を展開させる重要な役割を果たしている。すでに述べたように、まず冒頭で、友忠は「文章に名を得和漢の才に富たり」と、詩文の才がうたわれる。若い二人は歌のやりとりで心が通じ、娘の間髪を入れぬ鮮やかな返歌ぶりに友忠は「只人《ただびと》にあらじ」と結婚を求める。そして、妻を奪いとられて綴った切々たる漢詩の力が、時の権力者をも、「これ汝の句なりや。誠に深く感心す」とその心を動かし、「則ち女を呼出し友忠に与え、剰《あまつ》さへ種々の引出物して返し給ふ」のは、「尤も文道の徳なりけり」という。

つまり、この話のなかで主眼がおかれているのは、詩歌の力なのだといえよう。和歌によって二人がちぎり、ついで漢詩によって公的に認められるという経緯も、それぞれの文体が関わる世界を象徴しているようで面白いが、いずれにせよ、詩歌の力で樹の精霊とも、この世の権力者とも心が通じ合うのである。「柳精霊妖」は樹霊の話であり、前世の因縁への言及や出家行脚という結末など、仏教説話の面ももつ。しかし、話の核に流れるのは、詩歌には天地鬼神をも感動させる力があるとする古来よりの考え方、つまり、「古今和歌集仮名序」に高らかに記された一節「やまとうたは力をもいれずして、天地を動かし、目にみえぬ鬼神をもあはれと思わせ」に通じる詩歌観だろう。そして友忠は戦国の世にありながら、そのような詩心をもった若侍として描かれている。

ところで、「柳精霊妖」には、さらに中国の原典がある。(7) 友忠が送った漢詩は、元々は唐の詩人崔郊の作で、崔郊は奪われた愛人をこの詩を書いたおかげで取り戻すことができたという。その故事を記した一種の歌物語が『雲谿友議』という晩唐の書物にあり、(8) 辻堂兆風はその短編をもとに「柳精霊妖」を書いた。ここで、この二つの物語を比べてみると、地方長官が崔郊の詩に感動して、女を返し、引き出物まで持たせる、というくだりなどは同じなのだが、興味深いのは、元の『雲谿友議』においては、崔郊の相手は、柳の木の精ではないということである。女は親戚の家の女中で、二人が歌を交わすこともない。また柳に言及があるのは、崔効が女をあきらめきれずに、ひそかに会う場面だけであり、女はそのとき柳の木の木陰に立って、涙を流す。「立於柳陰(9)」というこのたった一節から、辻堂兆風は、柳の精との恋物語へと、話をふくらませたことになる。「柳精霊妖」をハーンの「青柳物語」と比べた場合、樹木の精であることを暗示する要素が少ない、と先ほど述べたが、それも、辻堂兆風が依拠した元の話が人間どうしの現実の恋物語であったからだろう。ただ、ここでいえるのは、中国の原典では、詩人の優れた歌は、地位のある人間の男を動かすものとして讃えられるが、辻堂兆風は、それにあきたらずに、詩人と自然の精霊との恋の話に変えた、ということである。

詩歌の力をもって人間が樹の霊や花の精と結ばれるという話は他にもあげることができる。例えば、江戸時代の怪異譚集である『伽婢子《おとぎぼうこ》』（浅井了意編著、寛文六（一六六六）年刊）は、『剪燈新話』など中国の怪奇物語を素材にしたものだが、そのなかに「早梅花妖精」という話がある。「柳精霊妖」の友忠と同じように戦乱の最中でも「敷島の道」を忘れぬという武士が、ある夕暮れ、満開の梅の花をたずねる。その芳しさに思わず歌を吟じると、匂いたつような美女があらわれて、いぶかしむ武士に「梅の香に誘われ、月にうそぶくこの夕暮れに、やさしき人にあひたてまつることこそうれしけれ」と微笑みかける。二人は和歌をやりとりし、酒を汲み交わし、心を通じ合わせる。ふと目覚めると夜明けであり、男は梅の樹のもとに伏していた。袂の残り香に、梅の花の精であったことに気づくという話なのだが、ここでも興味深いのは、中国の原話（「趙師雄酔憩梅花下云々」『龍城録』）の方には詩歌のくだりがなく、浅井了意が再話に際して脚色し、漢詩と和歌を挿入したことである。[10]「柳精霊妖」の場合と同じように、人間と自然界と歌を一緒にあるものとしてとらえるがゆえの改変だといえるだろう。そしてこのような日本の樹霊にまつわる説話においては、精霊はあたかも自明の存在のごとく、人の歌に応えて登場する。[11]

樹の妖精

ハーンは、人間と自然が歌心を通じて結ばれるという日本の物語に感じ入るところがあったからこそ、「柳精霊妖」を取り上げ、英語に語り直したのだろう。だが、ハーンは、戦国の状況説明を簡略化し、権力者が「文道の徳」をたたえる言葉を削除した。和歌も漢詩も英訳を添えて残してあるが、物語のひとこまとして流れの中に溶け込んでしまっている。かわりに原話にはなくてハーンが大きく前面に浮き上がらせたのが、ひとつは青柳の柳の妖精としての姿であり、今ひとつは物語全体を支配する樹木の存在感である。

まず青柳の描写についていえば、原話では娘の美貌を「花のまなじり麗しく、雪の肌清らかにやさしく媚びて」など、女の美を表わす常套的な言葉で描いているが、ハーンは、そのような顔や肌の美しさといった艶めかしい、生身の具体的な魅力の形容は削除した。かわりに、波打つ「長くゆるやかな髪」の魅力を強調し、「所作のすべてが優雅」、「応える言葉も表情と同じく甘美で」「話し方も身のこなしも貴婦人 a damsel of rank の風情である」と、その気品を際立たせる。ハーンの青柳には、ラファエル前派の絵画に描かれる可憐なニンフを思わせるような雰囲気が漂う。

そして、青柳が身を明かす時も、原話の「みづからもと人間の種ならず柳樹の精」という短いせ

りふに対し、ハーンの青柳は、すでに記したごとく、

"I am not a human being. The soul of a tree is my soul; —the heart of a tree is my heart; —the sap of the willow is my life."（私は実は人間ではありません。樹の魂が私の魂、樹の心が私の心、柳の樹の樹液が私の命なのです）と、たたみかけるように語る。その言葉は、樹の魂から樹の心へ、そして柳の幹の中を流れる瑞々しい樹液へと、次第にリズムを強めていき、脈打つ命のイメージを巧みに具象化させていく。

そして最後に、青柳が苦痛の叫びをあげながら友忠の腕の中で、まるで大地に吸い込まれていくように下へ下へと沈んで消え入る場面もハーンの脚色であり、「雪女」のお雪が一条の白い霧と化して空へ舞い上がって消えていった最後のように、いかにもこの世のものならぬ柳の樹の精であることを彷彿とさせる。

このように青柳を描いたハーンのなかでは、どのような連想がはたらいていたのだろうか。ハーンは、東京大学で「西洋の詩歌における樹の精について[12]」という文学講義をおこない、西洋にはギリシャ神話以来、美しい樹のニンフに神々や人間の男が恋心を抱いて織りなされる物語の伝統があることを語っている。特に古代ギリシャのカロンの作と伝えられる「ロイコス（Rhoecus）の話」は、ギリシャ語の原文は失われているが、欧米の文学のなかで繰り返し語られ作品化されてきており、樹の精と人間の恋物語の一つの原型なのだとハーンはいう[13]。そして、その最もすぐれた作品例として、十九世紀イギリスの詩人ウォルター・サヴェジ・ランドー（一七七五―一八六四）の長編詩「樹の精」（Hamadryad）を詳しく紹介する。

その長編詩では、ロイコスという名の若者が父親の命で森の中の樫の樹を切り倒しに行くと、樫の樹の精ハマドリュアスが姿を現わし、その美しさに心奪われた若者は、樹を伐採から救う。樹の精はお礼に毎年多量の蜂蜜と蝋を若者の父親に与えることを申し出る。若者は乙女の心を求め、二人は愛しあうようになる。そして樹の精は、決して自分を裏切らないように、もしそんなことがあれば悲しい結末になるから、と告げる。だが、ある時、カード遊びに熱中した若者は樹の精の使いの蜜蜂を手で払って傷を負わせてしまう。樹の精のはるかな苦痛の叫びが聞こえた若者は驚いて森に駆け込む。すると樹は哀れな姿で倒れていた。若者も絶望してそこでやがて息絶える。

ハーンは、こうした樹の精の神話は魅力的かつ普遍的なものであり、一千人の詩人が幾世紀にもわたって同じ話に霊感を得て様々に語り直したとしても、その新しさが失われることはない、と講義を締め括った。すでに松江時代のエッセイ「日本の庭で」のなかで、侍と庭の柳の木の精にまつわる京都の伝説に触れていたハーンは、自らもまた「樹精の物語に霊感を得る一千人の詩人」のひとりとして講義を行なったのだろう。(14) 講義が行なわれた月日は定かでないので、はたしてこの時、「青柳物語」の構想がすでにあったのかどうかはわからないが、晩年の文学講義と亡くなる半年前に刊行された『怪談』の執筆とはそう時期が離れていることはあるまい。

ハーンは青柳の姿に西洋の樹の妖精のイメージを重ねた。そして、ハーンの「青柳物語」もランドーの「樹の精」も人間の男と樹の妖精の恋物語である。だが、日本の「柳精霊妖」を原話とするハーンの「青柳物語」を、「ロイコスの物語」を原型とする西洋の樹霊の話と比べてみると、そこで大きく異なるのは、人間と樹々の関係のあり方なのである。

ランドーの「樹の精」では、樹を材木として伐採しないかわりに蜜の収穫を得るという物質的な関係の要素が人間と樹木の間に前提としてある。そういう人間と自然の駆引きと利害関係を乗り越えた所で、若者ロイコスと樹の精の愛は始まるのだが、結局は、「オンディーヌ」や「人魚姫」の話と同様、人間である男の不実と裏切りによって悲劇に終わる。人間側の破約によって、人間ならぬ存在との関係が破綻するのは、たしかに、いわゆる異類婚姻譚に多くみられる結末である。

しかし、「青柳物語」の方では、人間の友忠は最後まで柳の精の青柳に忠実であり、青柳の死後も二人の絆を守り続ける。柳の老夫婦も、友忠に娘の青柳を託すとき、お金を決して受け取ろうとせず、またロイコスに対して樹の精が発したような警告ではなく、信頼の言葉をもって二人を送り出す。「青柳物語」の世界を彩るのは、優しさと愛と信頼だと先に述べたが、その信頼関係は、つまりはその物語における人間と樹々の精、ひいては人間と自然とのかかわり方を表わしているのだといえるのかもしれない。

老樹のいざない

ハーンが来日当初、桜の樹々の美しさに感嘆して、その美しさは人間と樹々とが気持ちを通いあわせてきたことの賜物にちがいないと考えたこと、また西洋の功利主義的な樹木観と対比させて日本の樹霊信仰に感銘を受けたことについては先に触れたが、樹霊と人間の結びつきを描いた晩年の「青柳物語」は、あたかも日本の樹々から受けた印象が物語に投影されたかのようでもある。

ただし、ここでハーンが、この親密で清らかな世界を直接は提示せず、そのままとしては語っていないことに注目すべきだろう。ハーンは、友忠と青柳の織りなす人間と樹霊の物語を、さらに大きな樹木の存在感で包み込んでいる。そしてこの点にこそ、ハーンの再話の創意がある。

ハーンが原話に加えた一番重要な変更は、物語冒頭における柳の老樹の描写である。既に記したように原話では、「路の旁らに茅舎の中に煙ふすぶりければ、友忠馬をうちよせてみるに、姥祖父十七八の娘を中に……」と続き、柳の樹への言及はない。老婆が戸を開けて迎え入れる所もない。最後に、山の中の道ぞいに柳の樹があったのだと切株でわかるだけである。ところがハーンは、先にも引用したように、こう記す。

Tomotada unexpectedly perceived the thatched roof of a cottage on the summit of a near hill, where willow trees were growing.

(思いもかけず、小さな家の藁葺きの屋根が目に入った。それは近くの丘の頂きにあり、そこには柳の樹々が生い立っていた。)

友忠の視線は、茅葺きの屋根から丘の丸い頂きへ、そしてその頂きに立つ柳の樹々へと移っていく。かくして読者の脳裏には、丘の上に立つ樹木の映像が影絵のように刻みこまれるのである。山道の脇に生える柳の樹が、北陸の山の中で現実に見うけられる日常的な風景であるのに対して、丘の稜線の上にくっきりと浮かび上がる樹木のシルエットは、神話的な色彩を帯びている。そこには、天と地、神々と人間とを結ぶ、いわゆる世界樹、生命の樹の面影さえ漂う。そしてその神話的な樹木が、柳の老母の姿に化身し、旅の若武者に向かって扉を開き、誘《いざな》う。ハーンの「青柳物語」の中心をなすのは、若者と柳の妖精の清らかな恋物語なのだが、そのいわば優しい夢の世界へ「さあ、どうぞ中へ」と招き入れるのは、丘の上に立つ柳の老樹に他ならない。老樹の精霊が、冒頭と結末の静かな語りに挿まれた劇中劇のごとくに、樹霊との婚姻の物語を提示する。ここでは樹木と人間の物語が、日本の原話にも、またハーンが意識しただろう西洋の「ロイコスの物語」の系譜にもない枠組み、つまりは二重の物語構造で囲うことによって成立しているのである。

そして、このような老樹の象徴的な存在が、物語全体を支配するがごとく冒頭にあるからこそ、最後に友忠が行脚の僧となるという結末も、より根源的な深みをもって昇華され、読む者の心に響いてくるのではないだろうか。

原話の「柳精霊妖」では、男は「天にこがれ地にふしてかなしめども、さりし面影は夢にだにみえず、せんかたなければ」出家し、実家の跡の柳の切株の傍に塚をつき「泣く泣く別れ去りけり」とある。このやや大仰な悲しみの記述をハーンは削除し、かわりに、「国中をあまねく行脚し、各地の霊場 Holy Places に詣で」と諸国巡礼の旅の部分を膨らませ、原話にはない「(青柳の)父母のために」も仏事を営んだという記述を付け加えた。ここに、友忠が最後に選択した生き方、諸国行脚の巡礼の旅は、妻の弔いというレベルにはとどまらなくなっていく。

青柳の父母とは、物語冒頭に現われる丘の上の柳の老樹に他ならない。そして友忠は、そのような老樹、巨樹が鬱蒼と繁る山深き聖地を巡っていくのである。男はあたかも、冒頭の老樹の誘《いざな》いに応えるがごとく、樹々の聖域に入っていく。男が受け止めたのは、青柳との絆であると同時に、樹木と人間との親密なる世界なのだといえよう。

「青柳物語」とはつまりは、夢の世界を提示した老樹のいざないと、そのいざないに応える人間の物語なのではないか。

ハーンの「青柳物語」と、その日本の原話、またモチーフの似た西洋の物語を比較してみて、わかるのは、ハーンの再話作品を他の二つから際立たせるのが、「青柳物語」のなかの老樹の重要性だということである。

そして、その老樹との絆を別の角度から語るのが、『怪談』のなかで「青柳物語」の次に置かれた「十六桜」である。

三 「十六桜」――樹下の切腹

「十六桜」は、枯れた桜の樹を自らの命を絶つことで救い、再び花を咲かせた老武士の話である。きわめて短いものなので、次に全文を引く。

十六桜

うそのような十六桜咲きにけり

伊予の国の和気郡《わけごおり》に、十六桜と呼ばれる有名な桜の老樹がある。そう呼ばれるのは、陰暦の正月十六日になると花が咲くからで、しかもその日にしか咲かないからである。桜が咲くのは普通、春が来るのを待ってからだが、この樹は大寒《だいかん》の最中に花が咲く。しかし十六桜は自分の命の力で咲くのではない。自分のものではない——少なくとも元々は自分のではなかった——別の命の力で花が咲く。この樹にはある人の霊が宿っているのである。

その人は伊予の侍であった。その樹は侍の家に生えていて、他の桜と同様、三月末か四月の初めに花をつけた。侍は子供のころその樹下で遊んだ。もう百年以上も、花の季節になると父母も祖父母も、またその親も先祖代々、桜を讃える漢詩や和歌を色とりどりの短冊に記しては、満開のその樹の枝に結んできたのだ。だが、いまは侍もたいそう老いて、子供たちにもみな先立たれてしまった。そうなると、この世に愛するものは、もはやこの樹をおいてほかにない。ところが、あるまいことか、ある年の夏、樹は枯れて死んでしまったのである。

老人は深く心をいためた。見かねた近所の人が親切にも美しい桜の若樹を見立てて老人の庭に植えてくれた。そうすれば慰めになろうかと思ったのである。老人は近所の人に礼を言い、嬉しそうな様子をしてみせた。しかしその実、嘆き悲しみで胸はいっぱいであった。あれほど心にかけた老樹であってみれば、何ものもそれを失った嘆きに代わる慰めとはならない。

ついに妙案が浮かんだ。こうすれば枯れた樹を救えるかもしれぬという方策を老人は思いついたのである。それは正月十六日であった。老人はひとりで庭へ出ると、枯れた樹の前で一礼し、こう話しかけた。

「お願いです。いま一度花を咲かせて下さい。私があなたの身代わりになって死にます」。（神《しん》明《めい》の御加護により、人は自分の命を他の人、他の生き物や樹木に対しても譲り渡すことが本当に出来ると信じられている。だから自分の命を他へ転移することを日本語で〝身代わりに立つ〟と言うのである。）それから侍は桜の下に白布や敷物を広げ、そこに正座すると、武家の作法にのっとって腹を切った。すると、侍の霊は樹にのりうつり、即座に老樹に花を咲かせたのである。

そしてそれからというもの、毎年、正月十六日、雪の季節のさなかに、その桜には今も花が咲くのである。[15]

「十六桜」とは、伊予の国に実際にあった有名な寒咲きの桜である。その名木にまつわる言い伝えを物語るという形の平易で淡々とした語り口で、この話は始まる。

すべてがまだ冬の奥に固く閉ざされた大寒の最中に、いちはやく花を咲かせる寒咲きの桜は、それだけで尊く、神秘的な存在である。ところが、十六桜に秘められているのは、実は「自分のものではない、別の命の力」に他ならない。

"There is the ghost of a man in that tree."（この樹には、人の霊が宿っている）とハーンは言う。実に簡明直接な表現で、桜の謎めいたイメージを巧みに提示した後に、一行の空白で間を置き、その後に言い伝えが語られて、樹の中の霊魂とは、その桜をこよなく愛したがために身代わりに命を絶った老武士の魂だとわかる。

原話「十六日櫻」

ハーンが素材とした原話は、『文藝倶楽部』第七巻三号（明治三十四年二月）に掲載された「諸国奇談」六篇のひとつで、〝愛媛　淡水生〟という人の「十六日櫻」であることがわかっている。「伊予国温泉郡《ごほり》山越村竜穏《りうおん》寺の境内に十六日《にち》桜と言う一つの桜樹《おうじゅ》あり……」と始まって、昔から文人墨客、天皇までがこの花を訪ねて愛でてきたことを述べ、「諸君も道後温泉に入浴の際には一度杖を曳《ひ》き賜え何でも道後よりは二十町に不足《たらぬ》そうな」と終わる、いわば地元の名所旧跡の縁起を記した短い文章である。そして、このなかで桜の早咲きの由来の部分は、

往昔《むかし》此里に花を愛する翁《おきな》ありしが、或年の正月十六日、此樹下にたたずみて「吾が齢已《よはひすで》に八旬《じゅん》に余りたれば、また花咲く春に逢ふこともあるらんか」と独言《ひとりごと》せしに不思議や桜樹忽ち二三の蕾綻びければ、翁の喜び言はんかたなく見る人皆涙を催しける。実に草木さへも心ありて其情に感ぜしならん、夫《それ》より今に至る迄日を違《たが》えず蕾を結び花咲くと言ふ。(16)

となっていて、桜は老木だというわけではなく、また枯れたその樹の身代わりに老人が死ぬという部分もまったくない。龍穏寺の十六桜に関する記述は『諸国俚人談』（菊岡沾涼著）など当時の他の書物にもあるが、そこでも内容はただ、病に伏した寺の老僧が、慈しんできた樹に向かって「花を見るまでは存命《ながら》ふべからずと名残を惜しみ」、すると季節を早めて花が咲いた、というだけであ

る。(17)

この寒桜伝説の主眼は、もちろん、「実《げ》に草木さへも心ありて其情に感ぜしならん」という一点であろう。花や樹にも心があり、花を見たいと願う人の気持ちに応える、そして、それにまた人々が感動する、という話は、あるいは珍しいものではなく、日本各地にあるのかもしれない。『平家物語』のなかの桜町中納言（藤原成範）のエピソードでも、中納言が花の命の短いことを惜しんで神に祈ると、屋敷内の桜が、普通は七日で散るのを二十一日花の命を延ばし、「花も心ありければ、二十日の齢を保ちけり」と結ばれている。(18)

これらの言い伝えは、素朴ではあるが、穏やかな優しさが感じられ、「青柳物語」の原話と同じように、ここにも人間と草木の親密な関係を示す自然観が反映されているように思われる。そして、十六桜が毎年同じ冬の日に花を咲かせ、その時、原話が伝えるように花のもとに人々が相集い、その寒桜を愛でるということは、いわば人間と自然の結びつきを確かめあう祝祭の行事、自然との絆を祝い、ことほぎ、祭る行事になっているといえよう。

ところが、ハーンの作品「十六桜」を原話と比べると、そこに元の話にはない要素が加わっていることが指摘できる。

第一に、侍が桜の樹の下で切腹をすること。第二に、桜の木が老木であるということ。侍がいとおしく思い、そのために死のうと思うのは、桜が年月をへた古木、老木だからだ、という点である。では、このことが物語のなかで、どのような意味をもつのか。

樹下の切腹

まず、切腹についていえば、ハーンの英語の文章のなかには〝サムライ〟〝ハラキリ〟〝身代わりに立つ〟という日本語がそのまま使われている。日本の侍による〝ハラキリ〟という行為が、西洋人読者に対して強いインパクトをもっていたことをハーンはわかっていたのだろう。

当時、すでに、日本の切腹という自殺の儀式は、世界に知られていた。そのきっかけになったのは、一八六八（慶応四）年に兵庫の居留地近くで起きた神戸事件である。備前藩の砲兵隊が外国人水兵と衝突し、発砲したのだが、一ヶ月後、隊長の滝善三郎正信が責任を問われ切腹という形で処刑された。しかも、その切腹が外国側の代表団七名の見ている目の前で行なわれたために、侍が粛々と腹を切る様子が、驚きをもって本国に伝えられた。そして『イラストレイテッド・ロンドン・ニュース』などに銅版画付きでセンセーショナルに報道されたことにより、〝ハラキリ〟という言葉が広く知られるようになる。このとき検視として立ち会ったイギリス外交官のA・B・ミットフォードとアーネスト・サトウは、切腹のさまをそれぞれ回顧録のなかで詳述しており[19]、特にミットフォードは滝の切腹前の振舞いに感心して、武士の倫理の考察を、「腹切りについて」（"An Account of the Hara-Kiri"）にまとめ、"Forty Seven Ronins" とともに、短編集 *Tales of Old Japan* に収めている[20]。もちろんチェンバレンの『日本事物誌』にも「ハラキリ」の項がある。

そして、ちょうどハーンがこの「十六桜」を書く四年前の一九〇〇年には、新渡戸稲造の英語の本、『武士道』がアメリカで出版されて、欧米で評判になった。この本のなかにはハーンの名前もでてくるのだが、新渡戸は、『武士道』のなかで腹切りについて丸々一章を設けて、切腹が日本の武士の高潔な精神、忠節、勇気、正義感といった侍の倫理を象徴する儀礼的な行為であるというイメージを世界に定着させた。

それでは、ハーンの「十六桜」の侍もそのような武士道の倫理の表明として腹を切ったのか、というと、そうではない。たしかに、枯れる寸前の桜の樹を助けた侍の行為には、気高さが感じられる[21]。だが、それは忠義・礼節・名誉などとは関係なく、自己犠牲の精神がそこで強調されているわけでもない。

ハーンが「十六桜」の侍に切腹をさせた背景には、新渡戸などによって西洋に広められた武士的行動としての切腹のイメージがあったにせよ[22]、ハーンはそこに全く別の意味をこめて、侍の死の意味を鮮やかに照らし出す。

ハーンは、侍が死を決意する台詞の後に次のように説明を加えている。

> it is believed that one can really give away one's life to another person, or to a creature, or even to a tree...and thus to transfer one's life is expressed by the term 'migawari-ni-tatsu,' "to act as substitute."

（……人は自分の命を他の人、他の生き物や樹木に対しても譲り渡すことが本当に出来ると信じられている。だから自分の命を他へ転移することを、日本語で〝身代わりに立つ〟と言うのである。）

ここでハーンは〝身代わりに立つ〟という言葉に対して"to act as substitute"（人の身代わりとなる）という直訳を添えているものの、その前に自らの言葉として述べている"to transfer one's life"（自己の命を他へ転移させること）の方にむしろハーンの力点が置かれているように思われる。

つまり、ハーンは老武士の死の真の意味を、自己の生命の転移と解したのではないのか。武士は自ら命を絶つが、その結果、他者の生とひきかえに己が身の滅却を甘んじて受け入れるわけではない。老武士は霊となって樹木に乗り移る。

"There is the ghost of a man in that tree"――先に引用した、このいかにも直截《せつ》な表現が、樹霊となって樹の中に再生した武士の姿を映し出して生きてくる。しかも、ここの動詞の現在時制There isは、霊の存在の事実をただ示すのではなく、その存在がいわば時を越えて不変にあるものとして、現在も未来も続いていくことを示唆する。年老いた侍は、樹の中で、永遠に生き続けるのである。

つまり、ハーンは「十六桜」という、素朴で温かな自然と人間の物語を、樹木への転生の物語として語り直したのだと、まずは指摘できよう。そしてこの物語を、他のいわゆる樹木変身譚や死体化生伝説のなかに置いてみると、ハーンの「十六桜」がもつ物語としてのインパクトが明らかになる。

樹木への転生の物語

植物にまつわる話として、非業の死を遂げた死者の灰や血、墓から花や木が生え出て、そのなかで死者の魂が生き続けるという伝説は、洋の東西をとわず、世界各地にみられるという。[23] また、中世のトリスタンとイゾルデの悲恋物語のように、不幸な恋人たちの墓から生えた草木が互いに向かって伸び、枝や蔓を絡み合わせ、二人が永遠に結ばれたことを示唆するという形の話も、トリスタン伝説の発祥地とされるアイルランドをはじめ、類話が少なくない。[24] このような古今東西の植物の神話伝説を収集研究した書物[25]がヘルン文庫に残っており、ハーンは「青柳物語」同様「十六桜」の再話にあたっても、当然、古代より様々に語られてきた樹木への再生譚を念頭においていたものと思われる。

古来、人間にとって樹々は自然の永遠の生命力を象徴し、また冬の死から春の新たな命へと生命の再生を象徴するものであった。死して樹木に生まれ変わるという伝説には、不本意な死を遂げた者に対する鎮魂と浄化の意味も込められていよう。ギリシャ神話のなかの、人間がアネモネや水仙、月桂樹、糸杉などに姿を変える変身物語も、神々がそれぞれの物語の主人公の死を哀れに思って花や樹に変えたのである。

だが、そうした変身譚と異なり、ハーンの「十六桜」の老武士の死は不本意なものではない。死後、ただ結果として樹木に再生したのでもない。本人が意図して自ら死に、霊が桜の樹に乗り移ったのである。その意図の大胆さと強さが、物語の表面的な静けさに烈しさをにじませている。切腹という様式化された死の形は、ここに、武士的行動というより、樹木への意志的な転生の儀式としての意味において、生彩を放つのではないだろうか。

老人は樹の下に真っ白な布を広げ、武家の作法の通りに、腹を切る。すると、“the ghost of him

went into the tree, and made it blossom in that same hour.”(侍の霊は樹の中にすっと入っていき、即座に花を咲かせた)という。

侍の体から抜け出た霊魂が、樹の中に吸い込まれるように乗り移ると、一度は枯れた樹にたちまちにして生気が戻り、見るまに蕾がほころんで花が開いていくのである。そしてここで言及はないが、当然腹を切った瞬間、純白の敷物に赤い鮮血が飛び散っただろうことは、想像にかたくない。そのために、今なお大寒の時期に毎年花を咲かせ続ける美しい桜樹の姿の背後から、その凄烈な転生の儀式の映像が幻影のように重なってくる。桜の花びらのほんのり染まった薄紅色が、まさに温かな血が通っているがごとく、息づいてみえるのである。

「青柳物語」の若者は最後に山々の聖域に入って樹々の世界と結ばれるが、「十六桜」の老武士は、より端的に烈しく、死ぬことで桜の樹と一体化し、永遠の生を共に得る。では、何がこの主人公に、自らの命を絶ってまでそう望むようにさせたのか。

アンデルセン「柳の樹の下で」

「十六桜」の原話では、現在は寒桜の老樹として名高いこの樹も、はるか昔、花を見たいという老人の願いに応えて冬咲きになったその時点では、特に樹齢をへていたわけではない。だが前述したように、ハーンの再話では、桜は百年二百年の時を経た老樹になっている。その桜は庭にあり、侍にとっては子供のころをその樹下で遊んですごした樹だった。隣家の人が美しい若木をかわりに植えても侍の心は癒されなかった、という原話にない一節を付け加えたのは、老樹であることの重要性を強調するためだろう。

ところでハーンは神戸時代、怪談を再話して一巻にまとめることを考えていたころ、アメリカの出版社ホートン社あてにその構想のことを述べて、ついてはアンデルセンを読み直したいので本を送ってくれるよう、依頼している。「私は読みました。そして心の中が感動で渦巻きました」と、ハーンはチェンバレン宛の手紙に記し、アンデルセンの「大きな空想力、素朴な魔術、驚くべき圧縮力」にあらためて感嘆したこと、「その霊感の泉に学びたい」と思っていることを述べた(26)。後の、東大での文学講義「散文芸術論」のなかでもアンデルセンを「並ぶ者のない童話の語り手、深遠な哲学的意味に満ちた不思議な物語の語り手(27)」であると述べていて、高い評価は変わらない。

そのハンス・クリスチャン・アンデルセンに「柳の樹の下で(28)」という作品がある。ハーンはアンデルセンの童話に感銘を受けたことを告白しているものの、個別の作品に言及しているわけではない。したがって、この「柳の樹の下で」にいかなる感想を抱いたかは推測の域を出るものではないが、興味深いのは、ここに登場する老樹の存在である。

物語の主人公の青年クヌートは幼なじみのヨハンネとの恋に破れ、何年もの放浪の果てに力尽きる。そして冬、雪の降り積もる異国の村の柳の樹の下で凍死するのだが、その時、その柳の樹が上から自分の方に枝を下げてくるのを感じる。樹は力強い老人の姿と化していた。それは、若者を探しに来てくれた故郷の柳の老樹の樹霊に他ならなかった。クヌートは子供のころ、小川がそばに流れる家の庭の、この柳の樹の下でいつも遊んで過ごしたのである。そして、柳の老人は若者を優しく両腕に抱きあげると、その魂を祖国の小川のほとりへ、幼い日の庭へと連れていく。そこには昔のままのヨハンネが微笑んで待っていた。異国の冬景色のなかに柳の樹霊が紡ぎ出す、青々とした夏の故郷の夢につつまれて、若者は息を引き取る。

アンデルセンのこの作品では、柳の老樹は、父母の待つ故郷と、あどけなく遊んだ幸せな幼年期の象徴であり、最後にそこに回帰しようとした主人公を受け止め、癒し、救う存在として美しく描かれている。

そしてハーンの「十六桜」においても、侍にはクヌートと同じように子供のころ庭の桜の樹下で遊んだ思い出があればこそ、その樹に対する愛着がある。だがハーンの視点は、そこにとどまらない。さらに過去へと遡っていく。「父母も祖父母も、またその親も先祖代々」桜を讃え、色とりどりの短冊を満開の枝に結んで、同じように花の季節を送ってきたことに思いが及ぶのである。そして侍は、そのような樹だからこそ、そのために切腹して乗り移り、再生させた。

かくして、年をへた古木のもとで、季節が繰り返され、人々の生が繰り返されていく。それは「阿弥陀寺の比丘尼」(『心』)のなかに描かれた、お地蔵様が見守るなかで代々の子供たちが繰り返し遊ぶ光景を髣髴とさせる。[29] 満開の桜の下は、阿弥陀寺の境内と同じく、時間が流れ、反復され、蓄積された、ひとつの聖なる空間なのだといえる。桜の老樹は、その空間も、時間も、いわばこの世の生命の営みすべてを包み込んでいるのである。そしてハーンは、春まだき雪の中に咲く冬の桜とは、そのような樹木の聖性を世に顕現した姿に他ならないととらえたのではないだろうか。

「十六桜」の話は、"And every year it still blooms on the sixteenth day of the first month, in the season of the snow."(そしてその桜は今も毎年正月十六日、雪の季節に花を咲かせるのであ

る）と結ばれ、ほの暗い闇の中にそこだけ春の陽が明るく射しているような、冬の桜の神秘性を最後に再び浮かび上がらせて、終わる。

「十六桜」とは、悠久の時を内包した樹木と向かい合い、老樹への転生を果たすことで、樹木の聖なる空間を目に見える形で世にあきらかにした一人の人間の物語である。静かで清冽な美しさのなかに潜む、樹下の切腹のインパクトが読者の脳裏に残るのは、凝縮されたその一瞬の人間の行為が、永遠を永遠としてあらわしめたからなのではないかと思われる。

四　樹々の原風景

「青柳物語」は、吹雪の中、柳の老樹が丘の上に姿を現わして始まり、「十六桜」は、雪のころに花を咲かせる桜の古木の姿を最後に映し出す。冬の季節を背景にした二つの樹木の物語は、照応しあうかのように、人間が樹木というものにいかなる神秘性を見出したかを描いている。かたや桜がこの世の生の繰り返しを包みこむ。その営みが繰り返しのなかで昇華され、夢幻のごとくそこに立ち現われた物語を今度は柳がすくいとって照らし出す。そして、柳の樹が若者をいざない、対する老武士が桜の樹の中に命をぬりこめる。こうしていずれの物語においても、最後に、樹木の聖なる空間のなかに人間は吸いこまれていく。

ハーンが来日後、日本の風土を描写し、樹木の印象を記した文章のなかで、樹々の美しいたたずまいに感嘆し、樹の中に息づく樹霊の存在を感じとって安らいでいたことは、すでに述べた通りである。

では、来日以前のハーンは、樹木をどのようなイメージで捉えていたのだろうか。

熱帯の樹々

アメリカ時代、ニューオーリーンズの地方紙『アイテム』（一八七九年十一月一日）に掲載された「万聖節の夜」[30]という小品は、死者の霊が戻るという万聖節の夜の、墓地の幻想的な光景を散文詩風に綴ったものである。

夜、月光に照らされた墓地を風が吹き抜け、墓の間の「影たち」に囁きかける。もの言わぬ影にかわって、糸杉の樹々と供えられた花々が囁き返すうち、空が白んで風は飛び去っていく。この詩のなかでは、死者の霊と風、樹々、花々が語りあい、ハーンは花から立ち上る香りを花から抜け出たその魂に見立て、「花の魂」という言葉を再三繰り返す。植物にも霊魂を見出すハーンの感性をそこに指摘できようが、ここではまだ、詩の技法として擬人法を駆使したという要素の方が強いといえるだろう。

そのハーンが樹木の霊的な生命力そのものを直視して語りだすのは、西インド諸島に行ってからである。『仏領西インド諸島の二年間』（一八九〇年）冒頭の紀行文「真夏の熱帯行」のなかで、ハーンは熱帯の樹々と森林から受けた強烈な印象について、第三章でも取り上げたが、次のように記した。

熱帯の森の何たるかは、頭上千フィートの高さまで緑が美しく伸び上がっている様を見上げているうちに、畏怖と共にわかってくる。樹の実体というよりは樹の幻がはるか高くに聳え、怪物の群れと化して上から見下ろし、うなずき、体をかがめ、巨大な膝を突き出し、背中や肩の曲線をあらわにし、緑の腕をさしだし、手足を不気味に絡ませあっている。[31]

ここで樹々は不気味に聳え立つ化け物の群れにたとえられている。群れなす緑の化け物が上の方で身をくねらせ、うごめき、絡みあう。その光景を下から見上げてハーンは、威圧されるような圧迫感と畏怖の念を感じた。また、森に棲む魔女にまつわる話「ラ・ギアブレス」のなかでも、樹々の何ともいえぬ不気味で恐ろしい姿形にふれた上で、「北国では樹は単なる樹にしかすぎない。だが南国では樹は霊を帯びた人格で、その霊性がおのずと感じられる」[32]と述べた。注目すべきは、ハーンのなかで樹々の形の恐ろしさとその霊性が一体のものとしてとらえられていることだろう。

そして、なぜそのように感じたのか、「ゴシックの恐怖」(『影』[33])という晩年の自伝的エッセイにおいて、自らの心理が分析されている。

「ゴシックの恐怖」

ハーンは子供のころ、ひんぱんに教会に連れていかれ、そこでいつも強い恐怖感にかられたことをこのエッセイのなかで回想している。ゴシック大聖堂の内陣の形状に悪夢の化け物を連想し、「なにか定めがたい生命の印象」を持ったというのである。その実体が何か、ハーンはずっと気になったという。だが、ゴシック建築の構造が天をめざすキリスト教信仰の視覚的表現であるがゆえの宗教的畏怖感だという説にも、またゴシック教会の内部が巨大な怪獣の骸骨に似ているという説にも今ひとつ納得できないでいた。ところが後年、西インド諸島でその秘密が解ける。ハーンが熱帯の森の中に入り、椰子の樹の群れが天を目指して聳える「恐ろしくも美しい非日常的な生命の光景」を眺めていると、突然、樹々の幹が巨大な側廊の柱列に見えてきて、幼き日と同じ恐怖感にとらわれた。その時ハーンは、ゴシック様式のアーチが成長繁茂する植物の曲線に、教会の内部が森に似ていると思いあたる。そして、教会の内陣と熱帯の森に共通するのは、「上へ上へと伸びていく」動きと、その「異様な動きの恐怖感」に他ならないと結論づける。

厳格なカトリック教徒の大叔母のもとで育てられたハーンが、孤独な少年時代を送り、無理強いされたカトリック信仰への反発を次第に強めていったことは周知の通りである。そして晩年のエッセイ「ゴシックの恐怖」からわかるのは、ハーンにとってゴシック様式の教会内部の形象が、ひとつの原風景として意識の奥深くに刻まれていたということだろう。いわば、ハーンのなかでは幼年期以来、この原風景が核となって、自分を押しつぶそうとするカトリック教会、ひいては西欧文明そのものと、成長繁茂する鬱蒼たる樹々のイメージとが分かちがたく結びついて、恐怖と圧迫感、霊性と力が渾然一体とした印象を形成していったのではないだろうか。だから西インド諸島でも、高く聳える森の樹々に対して記憶のなかの教会のイメージを重ねたからこそ、思わず身を引きたくなるような恐怖を感じた。熱帯の木々の描写には、西インド諸島の実際の風土以上に、ハーンの内面の投影が大きく作用したにちがいない。

「年老いた樫の木の最後の夢」

ところで、先述したアンデルセンにも、やはり樹木の「上へ上へと伸びていく動き」を描いた作品がある。「年老いた樫の木の最後の夢(34)」という、海辺の崖の上の森の中にひときわ高く立つ樫の老樹の物語である。

夏、三百六十五歳の樫の木のまわりを蜻蛉《かげろう》が飛び交う。樫の木は蜻蛉の短命を哀れむが、蜻蛉は、万物は命の長さに関わりなく皆同じようにそれぞれの生を享受したのち永遠のなかに帰っていくのだと答える。やがて季節がめぐって、樫の木は冬の眠りにつく。そしてクリスマス・イヴの夜、冬の嵐が荒れ狂うなかで老樫の木は美しい夢をみる。長い年月の間の出来事が走馬燈のように過ぎていく夢である。その時、老樹は一番下の細い根から新しい命の流れが昇ってくるのを感じる。その流れはさらに上へ上へと昇っていって枝葉の先々にまで達し、そのうち体全体に力があふれ、太陽の方へと伸び始める。老樹は森中の他の木や草や花もみな同じように成長しているのがわかって感激する。光と喜びに包まれながら、自分の根が地面から離れ始めたのに気づいた時、雪の中に樫の木は倒れる。そして嵐が静まった翌朝、教会のクリスマスの讃美歌が森に響きわたる。

ここで最後にクライマックスとして描かれる老樹の夢を際立たせるのは、森全体が空へと向かって上昇していく動きである。そしてそこに讃美歌が響きわたることで、まるで森そのものが巨大な大聖堂の内陣と化したかのような印象が残る。ハーンとアンデルセンがともに、森の樹々の生命感を上昇する動きのなかにとらえていること、しかもそれが教会の形に何らかの関わっていることは興味深い。ただ、ハーンの場合は、教会内陣の植物的な上昇の動きが異様な力をもって圧迫してくるように感じられた。それに対してアンデルセンは、そこに最後にキリスト教的な昇天と歓喜のイメージを重ねるのである。

美術史家のヴィルヘルム・ヴォリンガーは後に『ゴシック美術形式論』（一九一一年）のなかで、ゴシック教会の内部建築を特徴づけるのは、「ゴシックの線」のもつ抽象的でありながら強烈な生命力とその上昇運動のリズムであると論じた[35]。そしてヴォリンガーの説が興味深いのは、この「空想的で激情的な線」の形象が、キリスト教受容以前の北欧ゲルマン民族の宗教感情に根ざしていることを指摘した点である。つまり、キリスト教信仰の視覚的表現に他ならないとみなされてきたゴシック様式の教会建築が、精霊に満ちた「森の神秘の暗闇の中で思考された[36]」形の面影をとどめている。いわば隠れた地下水のように、はるか古代に遡る異教の記憶が人々の無意識の深層に脈々と流れていることを暗に示唆していたわけである。

アンデルセンの「年老いた樫の木の最後の夢」は、クリスマスの物語らしく讃美歌で締めくくられるが、物語の中心をなすのは、あくまでも樹齢をへた樫の木であり、森の生命力である。また、先に言及した「柳の樹の下で」においても、異国で倒れた若者を抱き上げ、故郷めざして飛翔していく柳の老樹は、実はそこの村の教会の傍らに立つ樹であったことが物語の最後になってわかり、キリスト教的な救いが暗示されるのだが、通奏低音のように主人公を支えるのは、力強い老人の姿に化身する柳の樹霊なのである。そしてその樹霊は、たとえば前に言及したW・C・ランドーの樫の木の精のように人間と対峙する存在ではなく、人の生から死までを見守り、人が最後に帰るべきところとして描かれている。

ハーンがアンデルセンの作品を読んで「心の中が感動で渦巻いた」(前出チェンバレン宛書簡)、少なくとも一つの要素は、アンデルセンがはからずも描いた、このような聖なる樹木の姿にあったのではないだろうか。

ハーンが、樹木の霊性を直視したのは西インド諸島においてであり、はじめて安らぐことのできるような樹木の姿を文章に描いたのは、日本に来てからである。樹木に象徴される自然の根源的な生命力との交わりに強くひかれる気持ちがハーンのなかには元々あったものの、その樹木のイメージを覆っていた、ハーンのいう「ゴシックの恐怖」を取り除くには、西洋世界を離れる必要があったということだろう。

西インド諸島の熱帯の森で心理的な呪縛の実体を自覚し、そして来日後、自然の万物に霊魂が宿るとする日本古来の精神風土や、様々な民俗、伝説にあらわれる日本人の樹木観そのものに感じ入り、共感することで、ハーンは素直に樹々の世界にうちとけることが可能となった。そして、春の桜の花の美しさに、また神社や寺など樹木に囲まれた聖なる空間に、人と樹木がこまやかに心通いあう関係を見出し、樹霊と人間が結ばれる物語を再話した。「青柳物語」や「十六桜」の樹木が象徴し、誘うのは、この世のすべてを包み込むような樹々の世界であった。そしてそこに、来日前とは異なるハーンの心理や精神状況が反映された面があるとみていい。

「青柳物語」のなかの愛と信頼の物語は、その清らかさの点で、およそ御伽話の枠のなかでしか存在しえない世界として、ハーンは枠組みのなかの劇中劇の形で提示して見せる。その劇中劇のなかで、樹の妖精である青柳は、死ぬ時、来世もまた友忠とめぐりあい、結ばれることを誓う。だが、かたや、人間としての生を終えつつある「十六桜」の老武士は、子供たちにも先立たれ、「この世に愛するものはこの樹をおいてほかにない」という心境であった。そして再び人間として生まれかわることはもはや望まないのである。そして、そうした人間の営みが繰り返されるのを見守ってきた樹木の方と一体化し、その樹霊と化す道を選ぶ。老武士にとって桜の樹は、自分の生きてきた年月、先祖代々に遡る過去の年月を包みこむだけではなく、そうした生が反復される輪廻転生の輪を超越し、離脱した存在として浮上したからではないか。

十九世紀末の芸術に、蔓や蔦、繁茂する樹々など植物の表象が好んで用いられたことはよく知られている。前述したように、「青柳物語」の青柳の描き方にもその影響はみられ、またハーンの熱帯の樹々の描写でも枝葉が絡みあう曲線が強調されている。教会の中の線の形象に注目したヴォリンガーの説自体、世紀末芸術と同じ時代背景のなかに位置づけられるのかもしれない。樹木という存在、草木のしなやかな曲線や渦巻き模様に対する時代の嗜好には、加速する西洋近代社会を生きる人々の何らかの渇望がこめられているのだろう。ハーンの描く樹々の世界も、そのような世紀末の幻想に通底している。

大地に深く根ざし、天に向かってのびる樹々は、人間や動物のように音や言葉を発することもなく、みずからの意志で動くこともない。それなのに、あるいはそれゆえにこそ自然の根源に通じ、人間が太古に失ったものを保持し、存在の永遠性をかちえている。植物の静かで受け身の生に、人は、人間をも含めた動物とは全く別様の生のあり方を見出し、救いと癒しを求めるのかもしれない。そして、ハーンの「青柳物語」と「十六桜」には、近代的な人間のあり方とは対極にあるそのような樹々の世界との結合がたしかに描かれている。

正岡子規と「十六桜」

ところで、ハーンの「十六桜」には、作品冒頭に俳句がかかげられている。題名の下に、“Uso no yona /Jiu-roku-zakura / Saki ni keri !”という一句がそのままの表記でエピグラフとして置かれているのだが、作者名が記されていないため、これまでは誰の句かわからないとされ、この句が作品冒頭に置かれている意味についても言及されることがなかった。

しかしこれは、実は、松山の龍穏寺の桜を詠んだ正岡子規の「うそのやうな十六日桜咲きにけり」という句である。明治二十九年の作で、明治三十五（一九〇二）年刊行の子規自選句集『獺祭《だっさい》書屋俳句帖抄』に収められている（高浜虚子選『子規句集』では、「松山十六日桜」と註記があり、「十六日桜」の右に「いざよいざくら」と読みがふってある）[37]。明治二十九年二月、子規は病が重くなり、以後、臥床して過ごすことが増えた。その前年には従軍記者として旅順に赴き、帰途の船中で吐血、神戸の病院に入院後、松山に帰郷して数ヶ月療養していた。句集の明治二十九年の部には桜の句が五つ並べられている。車で一日上野の花見に行った折のものと思われる句が三つ、ついで「病中」と題して「寝て聞けば上野は花のさわぎ哉」の句、その次で最後が「松山十六日桜」の句である。

子規は松山中学校時代に作った文章に「桜亭仙人」「老桜漁夫」「香雲散人」と号したが、それは家の庭に桜の老樹があったからだとされている。それほど桜の花に思いがあったのなら、地元の名勝として知られる龍穏寺の冬の十六桜も見に行っていただろう。当然、十六桜にまつわる伝承も知っていただろう。子規の句は、実際は東京の家の病床にあって詠んだものである。故郷から十六桜の花の便りが届いたのだろうか。それとも、その花を見て感嘆した少年の日を思い出したのだろうか。いずれにせよ、病に倒れ、もう一度花が見られるだろうかと庭の桜の樹に祈った昔の人の故事と、今、床に臥せっている自分の姿とが、この句を詠んだ子規の脳裏で重なっていたと想像していいのではないか。伝承の奇跡など「うそだ」と形容せざるをえない子規の近代人の意識と、だが「うそのやうな」その桜が本当に咲いたのだ、という驚きと静かな喜び、そして祈りと憧憬に似た気持ちがこの一句に読み取れる。

子規のこの句をハーンがどのようにして知るにいたったかは、わからない。ハーンは発句を好んで、沢山覚えていたという。[38] また、随筆のなかでたびたび俳句を取り上げた。たとえば「蛙」(『異国風物と回想』一八九八年)、「蝉」(『影』一九〇〇年)、「蜻蛉」(『日本雑録』一九〇一年)、「蛍」(『骨董』一九〇二年)などでは、日本人がどのような感性で蛙や蝉や蜻蛉や蛍などの生き物を捉えているかを考察しつつ、沢山の俳句作品を有名無名にかかわらず紹介している。そうした句の収集と調査を手伝ったのは、教え子の大谷正信だったとされる。大谷は松江中学でもっともハーンに好かれた生徒の一人で、後に東京大学英文科でもハーンの教えを受けた。そしてハーンは大学時代の大谷に学費を援助するかわりに日本研究の助手としてさまざまなテーマを与えて資料の調査にあたらせていたのである。この大谷が三高時代に高浜虚子や河東碧梧桐と同級で一緒に俳句を始めていた。さらに大学時代には正岡子規とも親しくなり、やがて俳人として「子規門十哲」に数えられるほどになるのだから、(39)ハーンに子規の句を教えたのは大谷だったと考えるのが自然かもしれない。

では、ハーンはなぜこの句を冒頭に掲げたのだろうか。しかも作者の名を伏せて。

ハーンが参照した『文藝俱楽部』の記事が伝える十六桜の由来そのものは、人間と桜の木の心が通じ合って花を咲かせた、という素朴な話である。だが、その原話がさらに強調するのは、この十六桜がそれ以来毎年同じ冬の日に花を咲かせ、別名「節会《せちえ》桜」ともいってその時には花のもとに人々が相集い、その寒桜を愛でる、ということである。古くは舒明天皇が道後温泉行幸の折にこの桜を愛で、冷泉院為村卿が歌を詠み、そして以後も数多くの文人墨客が、この桜の木を訪ねてきては、冬に咲く花を愛でて、和歌を詠み、俳句をつくってきた、と『文藝俱楽部』の記事は記している。舒明天皇は飛鳥時代、七世紀の天皇である。つまりここでわかるのは、古代から明治にいたるまで、人々はこのような由来をもつ寒桜の木を尊いものと考えてきた、そして十六桜のもとで、いわば人間と自然の絆を再確認して、言祝ぎまつる祝祭の行事を行なってきたということである。

ハーンは、十六桜の伝説に心ひかれた。だが、それ以上に興を感じたのは、この素朴な伝説を宿した桜の花を愛で、歌を詠むことで言祝ぐという古代の感性が今なお生きている、その伝統が保たれているということかもしれない。

正岡子規はハーンと同時代の人で、ハーンがこの「十六桜」を書いた、その二年前に亡くなっている。子規の句をハーンに教えた大谷正信は、あるいは一緒に『文藝倶楽部』を読み、正岡子規以外にも、古くは、西行、一遍上人、それから松尾芭蕉、小林一茶なども、この十六桜の花を訪ねて、その時に感じた様々な思いを、それぞれが歌っていることを教えたのだろうか。

ハーンは、「十六桜」をおさめた『怪談』刊行の年の秋に、病で亡くなる。亡くなる数日前、庭の桜の木が花を咲かせ、ハーンは喜んだ。子規の十六桜の句をハーンがどのように理解したかは、何ともいえない。だが、少なくともハーンが自分の作品の冒頭にわざわざその句を、しかも作者の名を伏せて掲げた理由は、多くの人が十六桜を歌いあげてきたという、古代以来連綿と続いてきた伝統の最後、ハーンにとっては一番最近の位置にある作品だからなのではないかと思う。

ハーンは、この伝統の最後尾にあたる子規の句を冒頭に掲げ、それに続けて、今度は自分の「十六桜」という再話作品を置いたのである。冬の桜を歌い、言祝ぐ、その言葉の系譜にみずからも連なろうとすることを、この「十六桜」という再話作品をもってハーンは示したともいえるのではないだろうか。

すでに論じたように、ハーンの「十六桜」とは、いわば悠久の時の流れを内包した樹木と向かい合い、その樹木の聖なる空間を、目に見える形で世にあきらかにした一人の人間の物語である。雪に閉ざされた、ほの暗い闇の中にそこだけ春の陽が射しているような冬の桜の神秘的な姿は、十九世紀後半の時代を生きたハーンが樹木の世界に投影した世紀末の幻想に彩られてもいる。

その上で、冒頭におかれた子規の句は、「十六桜」の再話作品としての文脈の広がりを知らしめ、ハーンの作品と、ハーンが明治の日本に来て見出したものとしての、日本古来の自然観とを結ぶ役割をはたしているのだといえるかと思う。

「十六桜」の再話の過程をたどることで見えてくるのは、花や木、自然の万物に霊魂が宿り、その自然のなかの魂に、人々は歌いかけるという、かつての日本で連綿と伝えられてきた、人と自然がこまやかに心通いあう世界でもあり、さらに、そのような日本の自然観に価値を見出し、その伝統につらなろうとした、ハーンという西洋近代の人の感受性でもあるのだ。

再話文学の面白さは、古い物語が過去の記憶を包み込んだまま、時代の新たな衣をまとって蘇生することにあるかと思う。西洋と日本という二つの文化にまたがって世紀末の時代を生きたラフカディオ・ハーンの再話作品では、日本の原話の世界に西洋の想像力の伝統が照射され、そのなかから、両者をふまえながらも、いずれとも異なる新たな物語がつくりだされている。そこに、ハーンの物語の奥深さと尽きない興味が感じられるのである。

第八章　海界《うなさか》の風景――「夏の日の夢」

一　ハーンと浦島伝説

「夏の日の夢」（"The Dream of a Summer Day"[1]）は、浦島伝説の再話と伝説をめぐる随想を含む印象的な作品である。ハーンの熊本時代の代表作の一つであり、来日第二作の『東の国から』（*Out of the East,* 一八九五年）の巻頭を飾る。

一八九三（明治二十六）年の七月、ハーンは熊本から長崎へ一人旅をした。松江の尋常中学校から熊本の第五高等学校へ転任して二年目の夏のことで、長崎からの帰途、三角《みすみ》港でたまたまハーンが休憩したのが浦島屋という名の宿だった。熊本へ帰ってから書きあげた「夏の日の夢」は、長さ二十頁ほどで、このときの旅の体験を記すという形をとっている。

ハーンの叙述の概要を示そう。

第一節、「旅館は極楽、女中さんたちは天女のようだった」と、ハーンは長崎の近代的な西洋風ホテルから逃げ出すようにして到着した、海辺の風雅な宿の描写から話を始める。渡された団扇《うちわ》には渚に白く打ち寄せる大波と、その上に広がる青空、飛び交うかもめが描かれていた。窓から外を眺めれば「真夏の光る海」が見え、手前の町並みと、入江の舟、緑の崖の他は「ただただ青い」景色が広がっている。もてなしも気がきいていて、たおやかな女主人が美しい声で宿の名は浦島屋だと告げると、あたりに魔法がおりたようになって、ハーンは、物語を思い出した、という。

この短い導入部に続いて、第二節で浦島伝説が語られる。

第三節、ハーンは女主人が手配した人力車に乗りこみ、浜辺の道を帰路につく。そして、海と空と山々の幻影が溶け合う「すべてが青のなかに浸された、果てしない光の世界」に見入る。浦島をめぐる夢想が第四節、第五節と綴られ、最後、道中の村々から雨乞いの太鼓の音が響くなかを、ハーンをのせた人力車が「赫々たる夏の日のただなかへ、大きな太鼓のとどろき渡る方角へと」走っていくところで終わる。

「夏の日の夢」はこのように、現実の叙述、伝説の語り、そして再び現実に戻って随想を述べるという、いわば三部構成をなしている。その構成が形式上の特徴であり、その上で、この作品を印象深いものにしているのは、第一に、夏の海の風景の鮮やかさ、第二に、ハーンが語る浦島の帰郷の場面、そして第三に、浦島をめぐるハーンの随想が余韻に充ちていることかと思う。

海の風景は全編を通して、ライトモチーフのごとく変奏されながら繰り返される。冒頭の三角の海の風景に続き、第二節でハーンが語る浦島伝説も海の物語であり、竜宮への往還の場面がそれぞれ一幅の絵のように描かれている。そして第三節の、海を眺め、浜辺の道をゆられながらの夢想のなかでも、ハーンは遠い記憶のなかの海の情景を描く。つまり「夏の日の夢」という作品では三角の海、浦島伝説の海、帰途の長浜村の海、記憶のなかの海と、夏の海の風景が幾重にも描かれ、一貫して青い海の広がりを舞台に展開するのである。

そのような海の風景のなかに挿入されたハーンの浦島伝説は、私たちが絵本などで親しんできた浦島太郎の物語とはやや趣きが異なる。現代の子供にとっての浦島の昔話とは次のようなものだろう。浦島太郎が海辺で悪戯っ子たちから亀の子を助けて逃がしてやる。すると翌日、亀が海辺に顔を出し、お礼に竜宮城へつれていく。海亀の背に乗って波をきり、海底の竜宮城へ向かう浦島の姿は、挿絵に必ず描かれる場面である。竜宮城につくと乙姫が出迎え、宴席を設け、歓待してくれる。浦島太郎は、家が恋しくなり帰ろうとすると、開けてはならないという玉手箱を渡される。故郷に帰ると家はなく、思わず箱を開けたら白い煙がでてきて、浦島は白髪のお爺さんになってしまう。

それに対してハーンの語る話は、次のように始まる。

今から千四百十六年前のこと、漁師の子浦島太郎は小舟に乗って、住江の岸をあとにした。夏の日は今も昔も変わりがなかった。真っ白な雲がいくつか軽やかに、鏡のような海上にかかっているだけで、あとはただ眠るように穏やかな青一色だった。

ハーンは、舟に乗った浦島太郎が亀を釣り上げ、だが放してやったこと、漂う舟の中で眠ってしまい、気づくと、「まどろむ海の夢の中から」、「海上を滑るように」「風のように軽やかな足どりで」美しい乙女が現われたことを語る。乙女は、竜王の娘であると名乗り、浦島の優しさを褒める。そして「常夏の島」にある竜王の御殿へといざなって、二人は青い海原を漕いでゆく。乙女が水面をすべるようにに登場するくだりはどこか妖精の女王のようでもあり、ハーンの浦島は、このように海神の娘と海上で出会って、亀に乗ってではなく舟で、海底ではなく海の彼方にある島に行くのである。浦島は、娘とともにすばらしい御殿で「新しい驚きと新しい喜び」の日々をすごして三年がたつ。だが、浦島は両親のことを思い、「父と母に一言だけ挨拶をしたら、すぐに戻るから」と告げると、戻るつもりなら決して開けてはならぬと、小さな蒔絵の箱を渡され、ふたたび舟に乗って静かな海を渡り、「夏の日の中を」故郷へと帰ってくる。ここまでは淡々とした描写で、夏の海原と、空と海のかなたに消え入る舟影の情景が印象に残る。ところがここから、ハーンの描写には一段と力が入り、語りは熱を帯びてくる。分量にして、浦島の話の半分が、帰郷後の浦島の動きの描写なのである。

故郷の浜辺に降り立ったとき、浦島の心は「大きな当惑——妖しい疑念に襲われた」(there came upon him a great bewilderment — a weird doubt) とハーンは言う。家も村もなくなり、すべてが様変わりしていた。通りがかった老人の話から、浦島はすでに四百年がたったことを知り、村の墓地で自分の、そして父、母、一族の墓石を見つける。浦島の心理をハーンは次のように描く。

やがて浦島は、自分が何か不思議な幻想の犠牲になっているのだと思いあたった。そして浜辺の方へと戻ってきた——海神の姫君から貰った箱は手放さずに持ち続けていた。しかし、この幻想はいったい何ものだろう。あの箱には何が入っているのだろう。もしかしたら、箱の中のものが幻想の因になっているのではなかろうか。疑惑の念が信じる心をねじふせた (Doubt mastered faith.)。

浦島は、思わず約束を忘れて箱を開けてしまう。箱から白い煙が立ち昇り、南のほうへと海上を漂い行くのを見て、浦島はすべてを失ったことを悟る。

浦島は絶望のあまり、身も世もあらず泣き叫んだ。しかしそれはほんのいっときのことだった。次の瞬間には浦島の様子が変わっていた。氷のような冷気が血管を走りぬけた。歯は抜け落ちた。肌は皺だたみ、髪は雪のように真白になり、手足はしなび、力は潮の退くように抜けていった。浦島は生気を失って砂浜に倒れてしまった。四百年の冬の重みにつぶされたのだ。

「疑念」にとらわれる浦島の顔の不安がアップでとらえられた後の、死の場面のスピード感は、映画的でさえある。そして、「氷のような冷気」「四百年の冬の重み」といった表現が、青い海原の静かな広がりを背景にして印象に残るのである。

この浦島伝説を語ったあとに、第三節から第五節にかけてつづられるハーンの随想は多岐にわたる。ハーンは、まず夢想のなかで千四百年前に戻って、乙姫と言葉を交わす。ついで出雲の芸者が踊る浦島の踊りを見たことを思い出し、浦島明神信仰にも言及する。さらに、記憶の底にある海の風景を語り、最後に山裾の村の池の端で休憩したおりには、「若返りの泉」の民話を思い出すのである。民俗学的知見も織り込まれたハーンの随想は、次々と一見自由にくりだされていくのだが、そのなかで記憶のなかの風景をハーンは、次のように回想する。

私はある場所とある不思議な時を覚えている。その頃は太陽も月も今よりもっと明るく大きかった。それがこの世のことであったか、もっと前の世であったかは定かではない。ただはっきりと分かっているのは、空がもっともっと青かったこと、そして大地に近かったこと——赤道直下の夏に向けて港を出てゆく汽船のマストのすぐ上に空があるかと思われた。海は生きていて、言葉を語った。風は体に触れると私を歓びのあまり叫びたい思いに駆り立てた。ほかにも一、二度、山間で過ごした聖らかな日々に、同じ風が吹いているような心地に束の間誘われたことがある。だが、それとてただの記憶にすぎない。

そこでは雲もまた不思議であった。何ともいえぬ色をしていて、私を激しい渇望に駆り立てた。私は覚えている。一日一日が今よりずっと長かったことを。毎日毎日が新しい驚きと新しい喜びに満ちていたことを。そしてその国と時間とをやさしく統べる人がいて、その人はひたすら私の幸福だけを願っていた。(2)

太陽と月、風と雲が印象的な海の風景である。「一日一日が今よりずっと長く」、現在の生活とは時間の流れ方も、時間の濃さも異なる。「毎日が新しい驚きと喜びに満ちていた」という形容も、浦島が常夏の島で過ごした、やはり「毎日が新しい驚きと喜びに満ちていた」という表現と同じであるため、ハーンの記憶のなかの「ある場所とある不思議な時」が、浦島伝説のなかの「海のかなたにある島」を連想させ、ハーンにとって「常世」に通じる大切な意味をもつのだろうということが伝わってくる。

ハーンの「夏の日の夢」については、これまで多くの言及がなされてきた。作品を構成する要素として取り上げられてきたのは、ハーンの幼年時代の記憶、実際の長崎旅行、そしてハーンが依拠したとされるチェンバレンの縮緬本《ちりめんぼん》『浦島』の三つである。

なかでも、右の回想の場面はハーンの評伝などでよく引用されてきた。ここに描かれている大きな太陽と澄みわたった青い空、そして赤道直下の夏の海は、たしかにギリシャやマルティニークの熱帯の海を連想させる。そしてハーンは、「その国と時間とをやさしく統べる人」がいて、自分を幸せにしてくれたというのである。記憶は、次のように続く。

昼が過ぎて月が出る前のたそがれ時、夜の静寂が大地を領すると、その人は色々なお話を聞かせてくれた。頭から足の先までうれしさでぞくぞくするようなお話を。あんなに美しい物語は、その後もついぞ聞いたことはない。そして嬉しさが極まると、その人は不思議な短い歌を歌ってくれた。眠りへいざなう歌だった。遂に別離の日がやってきた。その人は泣き、いつかくれたお守りの話をした。決して決してなくしてはいけない。それさえあればいつでも年はとらず、帰る力が得られるからと言った。しかし私は一度も帰ることをしなかった。年月が過ぎ、ある日ふと気づいてみたら、お守りはなくなっていて、私は愚かしい齢《よわい》を重ねているのだった。

誰もが幼き日に見た自然のかがやき、決して戻ることのない子供の頃の親密にして幸せな時間。大人になった人間が、ふと浸る感傷がここに描かれていると、まずは指摘できるだろう。それゆえハーンの伝記的事実を知るものにとっては、ここでハーンが語っているのが、「あんなに悲しい別れ方をした彼の母、ローザ・カシマチであることは断るまでもない」（仙北谷晃一「ハーンと浦島伝説――『夏の日の夢』の幻」）ということになる。その母と幼年時代の喪失が、浦島伝説を語ったあとに、想起される。浦島が乙姫の玉手箱を開けてしまったように、自分も、母のくれたお守りを忘れてしまった、と。そして浦島とハーン個人の運命の重なりをこれまで多くの評者は重視してきた。古くは萩原朔太郎が、小泉セツの「（ハーンは）日本のお伽噺のうちでは「浦島太郎」が一番好きでございました。ただ浦島と云ふ名を聞いただけでも「あゝ浦島」と申して喜んでゐました」（『思ひ出の記』(3)）という言葉を引いて、「小泉八雲は、まさしく彼自身が浦島の子であった」、「魂のイデーする桃源郷を求めて、世界を当てなくさまよひ歩いたボヘミアン」（「小泉八雲の家庭生活」）であったと記した。そして、その朔太郎の一節を論文の冒頭に掲げた仙北谷晃一もまた、「ハーンの浦島憧憬の根源にあるのは、ここに描かれているような体験だった」として、「夏の日の夢」という作品を貫くのは、「楽園思慕と喪失の悲哀」であると述べた(4)。西成彦も、みずからを「浦島的存在」と感じ続けた(5)ハーンにとって乙姫は「母ローザ以外には考えられない」として、この回想の場面は「彼が母性原理としての原郷願望を語った寓話として「浦島」を読んだ証拠である」と論じた（西成彦「西洋から来た浦島」(6)）。

一方、七月の長崎旅行の詳細を、ハーンがただちにバジル・ホール・チェンバレン（一八五〇―

一九三五）に宛てた七月二十二日付の長文の手紙で報告していることも知られている。当時、東京のチェンバレンと、熊本のハーンとの間には、頻繁な書簡のやり取りがあり、話題は日々の生活のことから、文学論、日本論にまで及んでいた。そしてハーンの手紙に記された実際の旅行の体験が、いかに脚色されて「夏の日の夢」に作品化されたかについては、すでに論じられている（仙北谷晃一、同論文）。

さて、「夏の日の夢」のなかの浦島伝説は、チェンバレンの縮緬本『浦島』を〝原話〟とした再話とみなされてきた(7)。その理由は、ハーン自身の言葉にある。ハーンは第二節冒頭に前書きとして次のように述べているのである。

その物語は一度聞いたら忘れることがないだろう。毎年、夏、海辺に来ると――風のない穏やかな日などはことさらに――私はその物語を思い出す。それは心について離れない。古来、様々な形で語り継がれてきたその物語は、おびただしい数の芸術作品に霊感を与えてきた。しかし最も古く最も感銘の深いのは、五世紀から九世紀にかけての詩歌を集めた『万葉集』のなかにある歌である。この古い歌を偉大な学者アストンは散文に訳し、偉大な学者チェンバレンは散文・韻文両様に訳した。しかし英語で読む人に一番魅力的なのは、チェンバレンが子供のために書いた『日本御伽話集』の一冊かと思う――それにはこの国の画家たちが、彩り美しい挿絵を描いているからである。その小さな本を前において、私は今一度この伝説を自分の言葉で語ってみよう。

ハーンのいうチェンバレンによる子供向けの一冊とは、Hasegawa's Japanese Fairy Tale Series No.8, *The Fisher-Boy Urashima*（一八八六年）である。当時、浦島の話自体は、すでに外国語で紹介されていた。たとえばウィリアム・グリフィスの日本滞在記『皇国』[8]（*The Mikado's Empire*, 一八七六年）のなかの「昔話と炉辺物語」の章や、ドイツ人医師フェルディナンド・ヨンケル・フォン・ランゲッグによる日本の民話伝説集『扶桑茶話』（*Japanische Thee-Geshichten: Fu-So Cha-Wa*, 一八八四年）に浦島物語が入っている。[9]アメリカの*Century Illustrated Magazine*にも「日本のリップ・ヴァン・ウィンクル　浦島」[10]が挿絵付で一八八六年に掲載された。[11]イギリスの『アンドリュー・ラングの世界童話集』十二巻本（*Andrew Lang's Colored Fairy Books*, 一八八九—一九一〇年）の第四巻（*The Pink Fairy Book*, 一八九七年）にも、そしてフランス人挿絵画家でイギリスで活躍したエドモン・デュラックの豪華絵入『世界おとぎ話集』（*Edmund Dulac's Fairy-Book*, 一九一六年）にも浦島伝説が入っている。ハーンは後に、東京大学における講義「小説における超自然的なものの価値」のなかで浦島伝説とリップ・ヴァン・ウィンクルの物語やマリー・ド・フランスの古歌などとの類似性に言及しているが、[12]浦島の話が広く紹介されたのは、古今東西数多い異郷訪問譚のひとつとしての魅力と親しみやすさからだろう。

そうしたなかで、チェンバレンの『浦島』の特徴は、縮緬状に加工した和紙を用いた和綴じの小型絵本で、日本人絵師による伝統的な手刷り木版の挿絵が美しいことである。英語による長谷川弘文社の『日本御伽話集』（一八八五—一八九二年、全二十四冊）は、「縮緬本」（Crepe-paper books）と呼ばれて人気があり、海外にも販売網があって長く版を重ねた。[13]チェンバレンはそのシリーズのなかで四冊、ハーン自身も後に五冊担当している。

ハーンは、その縮緬本を机上に置いて参考にするとわざわざ断わり、浦島伝説を語る途中でも言及している。当然、基本的な筋の展開は同じである。季節は夏であり、釣り上げた亀を放してやり、舟の中で眠り、海上から乙姫が現われ、舟で海のかなたの島にある竜宮に行く。帰郷した浦島が箱をあけてしまい、絶望して死ぬのも同じである。

だが、細部の表現の違いも多々あり、チェンバレンの縮緬本『浦島』とハーンの語る浦島伝説は、「二人の個性を比較対照するのに好都合である[14]」として、両者の記述が比較されてきた。仙北谷晃一は「こんな小さな作品にもロゴスの人チェンバレンとパトスの人ハーンの差が感じられる[15]」と評した。そしてたとえば浦島の赴く竜宮が縮緬本では単に"the Dragon Palace beyond the sea"であるのに対して、ハーンの作品では、"the island where summer never dies"となって、そのフレーズが歌のルフランのように繰り返されることや、最後に砂浜で浦島が「氷のような冷気」「四百年の冬の重み」のために息絶える場面などをあげて、夏と冬の対比の上に「常夏の国」への強い憧憬が表現されていることが魅力だと述べた。西成彦はさらに、ハーンのこの「南方憧憬」をポストコロニアルな文脈で位置づけ、ハーンの描く浦島は、いわゆる「南北問題」でいう時の「南」から「北」へと生還したために「凍死」したとする。そして、長崎の西洋風旅館を逃げ出して三角の浦島屋に着いた、という導入部は、「南」から「北」への移行期にあった明治日本を舞台に、ハーンがこの作品にこめた文明論的警告を示すのだ、と論じた[16]。

チェンバレンの縮緬本では、「浦島は約束を守らなかったから、楽園に戻れなくなったのですよ。

ばかですね。みなさんは楽園に行ってみたいと思いませんか」と最後にヴィクトリア朝の子供たちに教訓をたれる。それに対して、「ハーンの「浦島」が単なる子供向けの話ではなく、解き難い人生への思いを託された「詩」になっている」[17]のは、確かにその通りだろう。だが、縮緬本は絵本であり、絵師小林永濯《えいたく》の優美な日本画が大きな魅力をそえている。その絵から切り離したチェンバレンの「子供向け」の文字テキストだけを、ハーンの言語作品と単純比較しても、不十分であろう。

ハーンの前置きから明らかなのは、ハーンが、「古来、様々な形で語り継がれてきた」浦島伝説の歴史とその広がりについてある程度の知識をもっていたこと、一般読者に対してはチェンバレンの縮緬本を推奨しているものの、ハーン自身が最も感銘を受けたのは『万葉集』にある歌であり、それにはチェンバレンとアストンの英訳があると述べていることだろう。

ここで、浦島伝説の歴史について触れておきたい。浦島伝説が時代とともに変化をしてきたこと、その複雑で豊かな内容については、三浦佑之『浦島太郎の文学史』（五柳書院、一九八九年）ほか、数多くの研究がある。ここでは、その物語の形におよそ三つの段階――古代、中世、近代――があることだけを、ごく簡単に確認しておく。

浦島伝説は『日本書紀』『丹後国風土記』逸文、『万葉集』など古代の文献に登場する。『日本書紀』には雄略帝の二十一年（四七七）に「丹後の国余社郡」の「水江の浦島子」が小舟に乗って蓬萊の国に行ったこと、後惇和帝の天長二（八二五）年に浦島子が戻ってきたことが記されているが、伝説の内容は仙境の女と人間の男の婚姻の物語であり、原型の伝承が古代において神仙思想の影響を受けて文章化されたものだと考えられている。[18]そして古代の浦島伝説では、浦島は海で仙女と出会う。『日本書紀』では浦島が釣り上げた大亀が舟の上で浦島が眠っている間に美しい娘に変身し、『万葉集』では、浦島が海に出て舟で眠っているときに娘が直接海から現われ、亀は出てこない。そして浦島が赴くのは『万葉集』では常世、『日本書紀』『丹後国風土記』逸文では蓬莱であるが、どちらも不老不死の理想郷であり、海のかなたにある。そして神仙界の立派な御殿[19]から変わり果てた故郷に戻ると、箱をあけてしまった浦島は嘆き悲しみ、たちまち老いて死ぬ。他界訪問と帰郷、現世との時間の相違、神婚、タブーの設定などが伝承を構成する要素である。

平安朝にも多くの漢文伝があるが、浦島の話は室町時代以降、『御伽草子』によって全国に広まり、浦島は不老長寿の明神として祀られた。中世の形の特徴は、名前が浦島太郎となったこと、仏教の放生行為と動物報恩譚の要素が加わったことと、他界の描写、そして最後の終わり方である。『御伽草子』では、浦島太郎が釣った亀を放してやると、その翌日、浜辺にいる浦島のもとに「美しき女房」が小舟で着き、のちに自分が実はその亀であったと明かす[20]。そして、『御伽草子』の竜宮城では、東の戸を開ければ春の景色、南側の戸からは夏、西面には秋、北面には冬の景色が展開し、永遠の時間が「四方四季」の景色の描写で表現されている。最後も、浦島太郎は鶴となり乙姫とともに鶴亀の夫婦明神となった、「めでたかりけるためしなり」と終わる[21]。

明治時代に入ると、巌谷小波の『日本昔噺』（全二十四編、一八九四―一八九六年）におさめられ、やがて『尋常小学唱歌』にも歌われるようになって、子供向けの教訓的昔話として広く定着する。亀を助けた御礼に竜宮城へ案内されるという物語で、乙姫と浦島の結婚はない。現在知られているのが、この近代の形である。

ハーンの「夏の日の夢」のなかの浦島伝説、そしてチェンバレンの縮緬本をこれら古代・中世の両方の形と比べると、名前が浦島太郎であること、釣った亀を「亀は万年」の寿命をもつからと放したこと、帰郷後の村人との会話などは、『御伽草子』に従っている。だが、『御伽草子』の「浦島太郎」の話でよく知られた竜宮の「四方四季」の場面も、鶴亀の最後もない。むしろ、舟の中の眠り、海上で現われる海神の娘、そして最後の死の場面の嘆きの描写など、古代の浦島の要素が色濃い。一方、小林永濯がチェンバレンの縮緬本にそえた挿絵を見ると、平安風の十二単《ひとえ》をまとった女房姿、寝殿造りの館など、明らかに『御伽草子』の文と挿絵を踏まえていることがわかる。帰郷した浦島が通りかかった老人から数百年の経過を教えられる『御伽草子』のなかのくだりも、チェンバレンの文章では、単に村人とあるだけで特に老人ではないにもかかわらず、永濯の挿絵では、『御伽草子』の挿絵と同じ、杖をついた老人の姿である。チェンバレンの文章と小林永濯の絵のずれは、両者の浦島理解の違いからくるのだろう。小林永濯にとっては中世以来の『御伽草子』のイメージが強いのに対して、チェンバレンの縮緬本(22)も、そして「今から千四百十六年前のこと」としてはじまり、最後に、「雄略帝の二十一年に丹後の国余社郡の水江の浦島子が小舟にのって蓬莱の国に行った」との記述が古文書にある、と付け加えているハーンの「夏の日の夢」の浦島伝説も、ともに古代の伝説の形により近いのである。

前述したように、ハーンはチェンバレンの縮緬本を読者に薦めながら、最も感銘深いのは、『万葉集』のなかにある歌だと述べていた。つまりハーンは、浦島伝説を語るにあたって、チェンバレンの縮緬本ではなく、『万葉集』の歌を念頭においていたと考えていいのではないか。ただしここで重要なのは、『万葉集』のなかの「水江浦島子を詠める一首並びに短歌」を、ハーンがアストンとチェンバレンの訳を通じて知るにいたったということだろう。

「水江浦島子を詠める歌」を初めて英語に訳したのは、英国の外交官ウィリアム・ジョージ・アストン（一八四一－一九一一年）だった[23]。チェンバレン、アーネスト・サトウと並ぶ初期の日本研究者《ジャパノロジスト》であり、『日本書紀』の英訳 *Nihongi: Chronicles of Japan from the Earliest Times to A.D. 697*（一八九六年）、『日本文学史』（*A History of Japanese Literature*, 一八九九年）、『神道』（*Shinto, the Way of the Gods*, 一九〇五年）などで知られる。「水江浦島子を詠める歌」の英訳はアストンの最初の著書、『日本語文法』（*A Grammar of the Japanese Written Language*, 一八七一年[24]）にある。アストンは、本論の文法概説のあとに、日本語の例文を九つ挙げて、原文とローマ字表記のテキストに英訳と注釈解説をつけた。例文は各時代から選んであり、『古事記』からはイザナギがイザナミを追って黄泉国に下る一節、スサノヲの「八雲たつ」の和歌、次に『万葉集』から'the Legend of Urashima'と題して「水江浦島子を詠める一首並びに短歌」の長歌と反歌、『竹取物語』の一節、本居宣長『玉あられ』から一節、『八犬伝』から一節、そして最後に追悼文、公文書、私的書簡の例を挙げている。

一方、チェンバレンの英訳“The Fisher Boy Urashima”は、チェンバレンの最初の著書『日本の古典詩歌』（*The Classical Poetry of the Japanese*, 一八八〇年）の巻頭に掲げられている。二人の著書をみて気づくことは、「水江浦島子を詠める歌」を『万葉集』を代表する歌のひとつとして取り上げたことであり、アストンについていえば、後の『日本文学史』のなかでも、『万葉集』に関する章（第二章「奈良時代」第一節「散文『古事記』」に続く、第二節「詩歌『万葉集』」）で、"the Legend of Urashima" を含む長歌六篇、短歌二十数首を英訳し紹介している。アストンは、巻末の参考文献のなかで真淵、宣長の名に触れたのち、「この分野におけるもっとも重要かつ優れた研究」として、東京帝国大学教授三上参次と高津鍬三郎の共著『日本文学史』（一八九〇年）[25]をあげて、二人の著書に大きく助けられたことへの謝辞[26]を述べている。アストンが使っていた本はケンブリッジ大学図書館に所蔵されていて、沢山の書き込みがあるという。[27]だが、三上・高津の著書の『万葉集』に関する章で挙げている数点の長歌のなかに「水江浦島子を詠める歌」はない。つまり、『万葉集』の四千数百首の歌のなかから「水江浦島子を詠める歌」を挙げたことは日本の国文学者に従ったものではなかったといえる。

また、東京大学のドイツ人教師、カール・フローレンツ（一八六五―一九三九）[28]は、後にドイツ語訳『古事記』（一九〇一年）、『日本書紀』（一九〇一年）、『古語拾遺』（一九一九年）と、『日本文学史』（一九〇六年）[29]を著わすことになるが、最初の著作は『東の国からの詩の挨拶――和歌集』（*Dichtergrüsse aus dem Osten— Japanische Dichtungen*, 一八九四年）[30]という題の美しい縮緬本である。その序文で、日本には豊かな詩歌の伝統があり、もっともすばらしいのは『万葉集』だと述べ、『万葉集』と『古今和歌集』などから選んだ詩歌のドイツ語訳を収めたが、ここにもまた「水江浦島子を詠める歌」が入っている。挿絵は、チェンバレンの縮緬本『浦島』[31]と同じ、小林永濯である。ちなみに、フローレンツは一八九一年七月の十八日間、チェンバレンの紹介で松江のハーン宅に投宿している。その間、出雲大社を訪問し、松江の尋常中学校校長の西田千太郎も加わって歓談し、松江市内を散策したという。[32]フローレンツはその年の四月ころから『万葉集』を読みはじめ、本格的な研究をはじめたとされる。[33]チェンバレン、アストン、フローレンツは互いに親しく、日本アジア協会[34]やドイツ東洋文化研究協会[35]の例会で研究成果を発表しあっていた。そして彼ら初期のジャパノロジストに『万葉集』の「水江浦島子を詠める歌」への関心が共通してみられることを、ハーンの「夏の日の夢」のひとつの背景としてふまえておきたい。

ハーンはおそらくアストン訳で、日本語原文の読みと逐語的意味を学んだと考えられる。だが、ここで注目したいのは、ハーンが長崎旅行の前後に、チェンバレンの『日本の古典詩歌』の方を精読していることである。

旅行前、ハーンはチェンバレンに宛てた書簡のなかで、「私は、あなたの『日本の古典詩歌』をもう一度読み返したのです」（一八九三年六月二十五日）と述べているが、旅行後も、チェンバレンの"The Fisher Boy Urashima"の注にある『日本書紀』(*Nihongi*)の浦島伝説の記述に関して、Elysiumのもとの日本語が何かを問い合わせた。箱根滞在中だったチェンバレンは、東京の家から取り寄せた日本語原著の写しをそえて、Elysiumと訳した言葉は「蓬萊」であり、その漢字の横にふってあるカナ「トコヨノクニ」は、the Evergreen Landといったほどの意味であると「〝日本記──浦島〟問題についての回答」をすぐによこした。[36]ハーンはまた、「夏の日の夢」の最後に入れた「若返りの泉」の話についても、その類話を知っていないか、旅行前にチェンバレンに尋ねており、[37]チェンバレンは、折り返し、「日本以外で若返りの水をいっぺんにそんなにがぶ飲みした老婆の話は知りません」と答えている。[38]長崎旅行の詳細を手紙で報告したことについても、ハーンは構想中の作品のいわば下書きまで、チェンバレンに見せていたことになろう。ハーンが「『夏の日の夢』と題して、浦島に関するわが夢想にかかりきりになっておりました」（八月十六日付チェンバレン宛書簡）[39]という、その間、ハーンはチェンバレンの著書を精読し、書簡でも対話を重ねていたのである。

ところで、前述したようにハーンの「夏の日の夢」は作品集 *Out of the East*（『東の国から』）の巻頭作品であり、チェンバレンの『日本の古典詩歌』のなかで冒頭に置かれているのも、『万葉集』の浦島の歌である。*Out of the East* というタイトルについてチェンバレンは、out of the far east, farthest east, uttermost east とした方が、内容を正しく表わせたのではないかと、書簡のなかで感想を述べた（一八九五年三月一日付）[40]。それに対してハーンはそれぞれふさわしくない理由をあげて反論した上で、「表題は、東方協会 the Oriental Society の標語「光は東方より」（Ex Oriente Lux）に暗示を得たものなのです」と返答している。[41] つまり、East とは、ただ日本という極東の国の地理的位置を示すものではなく、啓示としての光の源を示唆しているのだということをハーンは言っている。チェンバレンの方は、ハーンの著書のタイトルを地理的な意味に限定したかったようだが、実はチェンバレンの著書『日本の古典詩歌』は出版社の Oriental Studies 叢書[42]の一つとして刊行されており、叢書の主旨を表わす大きなエンブレムが表紙下半分にある。それは、海のかなたの地平線に光る稲妻の図で、その周りに、"Trubner's Oriental Studies : fulgur exit ab oriente"（稲光は東方より）[43]と記されているのである。もちろん、その意味するところは、ハーンが言及した「光は東方より」と同じである。東方からの光の輝きを示唆するタイトル、そして冒頭におかれた浦島伝説をめぐる作品。二つの著書における一致は、単なる偶然ではないだろう。

　ハーンの「夏の日の夢」には、チェンバレンの『日本の古典詩歌』に触発され、「水江浦島子を詠める歌」のチェンバレン訳に感応して執筆したという側面がある。とすれば、この作品に描かれているのは、単にハーンの内なる母への思いや「楽園喪失の悲哀」ではないのではないか。以下は、「夏の日の夢」と『日本の古典詩歌』冒頭におかれた『万葉集』の「水江浦島子を詠める歌」の英訳との関係を探ることで、ハーンの作品に新たな光をあてる試みである。

二　チェンバレンの『日本の古典詩歌』

“The Fisher Boy Urashima”を冒頭に掲げたチェンバレンの『日本の古典詩歌』（一八八〇年[44]）は、前述したように、チェンバレンの最初の著書だった。『万葉集』の長短歌六十六首、『古今集』の和歌五十首、謡曲の「羽衣」「殺生石」「邯鄲」「仲光」、付録として狂言の「骨皮」「座禅」の英訳に、序論として日本詩歌の概論と解説をそえたものである。
　ここで少し脇にそれるが、『日本の古典詩歌』の評価にかかわることなので、その三十頁ほどの序文について述べておきたい。一八七三（明治六）年、二十二歳で来日したチェンバレンは、三年後には謡曲「殺生石」の英訳をロンドンの雑誌に載せ、その後、枕詞や掛詞の用法に関する論文[45]や、『万葉集』や『大和物語』にうたわれた“The Maiden of Unai”（「菟原処女《うないおとめ》」）の伝説についての考察などを、日本アジア協会の紀要に発表していった。『日本の古典詩歌』の序論は、チェンバレンの初期の日本古典研究をまとめたものでもあった。

チェンバレンは、この序論で、和歌こそ日本独自の文学様式であるとして、和歌の形式、主題、内容といった特色を説明し、日本の詩歌全体の流れを『万葉集』から『古今集』、謡曲へと捉えている。だが、特筆すべきは、この和歌論を、まず日本文化全体の欠点を指摘する否定的言辞から始めていることである。「日本は模倣者の民族だという印象は正しい。今日日本人が我々を真似しているように、千五百年前、彼らは中国を真似していたのだ(46)」という冒頭の文に始まり、「宗教、哲学、行政、文字、芸術、すべては輸入された」として絹、漆器、などの具体例をあげていき、言語さえ漢字の誤った発音で構成されている、と続ける。そして「実に意外なことに、ひとつの文学様式が古代から今日まで独自の形と内容を保持して続いてきた。それが日本固有の和歌である。日本と日本人を研究対象とするものにとって、これほど興味をひくものはない」と述べて、やっと本題に入っていくのである。

外国文学研究を志す三十歳の若者の処女出版の本の序論にしては、ずいぶん斜に構えた物言いである。読者の関心を摑むための気取ったレトリックといえるかもしれない。とはいえ、チェンバレンが後に『日本事物誌』の「文学」の大項目に記した、「読むのも幾分苦痛」(リチャード・バウリング「バジル・ホール・チェンバレン(47)」)なほど辛辣な日本文学批評を予見させるに十分なものがあろう。よく知られているように、その項目でチェンバレンは、日本文学に最も欠けているのは才能とオリジナリティ、思想、論理的把握、奥深さ、幅広さである云々と自説を展開し、日本の詩歌も知性に欠けて可憐なだけである、優雅だが月並みだ、と述べた。

現代イギリスの日本研究者バウリングは、チェンバレンのなかに「心からの称賛の気持ちがあったからこそ、日本語と日本文化の研究に多くの時間と努力を捧げたのだろう」と言う。だが『日本の古典詩歌』に関しては、その序論が腑に落ちなかったのか、チェンバレンは和歌を英語に翻訳するという作業に苦労した結果、日本文学に対する低い評価をもつにいたったのだろうと推測し、チェンバレンによる和歌の翻訳は「今日ではすっかり古色蒼然とした印象を与える詩的表現の回りに、やたらと沢山のつぎあて」をしたものだと容赦がない。そしてこの著作は、チェンバレンが考える「英語で詩的なものとは何か」が「日本の詩歌に欠けているという判断が示されている」という点で意味があるにすぎない、とする。結局、『古事記』の翻訳を別にすれば、チェンバレンの今日的意義とは、「あくまでも『日本事物誌』の著者として、読まれ、知られて[48]」いることであると、バウリングは述べる。

『源氏物語』を英訳したアーサー・ウェイリー(一八八九—一九六六)が、チェンバレンの日本文学論に異を唱えたことについては、平川祐弘『アーサー・ウェイリー 「源氏物語」の翻訳者』に詳しい[49]。ウェイリーはまた、*The Japanese Poetry: The 'Uta'*(一九一九年)のなかでも、日本文明の独創性を論じた *The Originality of Japanese Civilization*(一九二九年)においても、チェンバレンによる「水江浦島子を詠める歌」の英訳に言及して批判している。

このように、『日本の古典詩歌』は今や評価されることなく、翻訳の質と序論の内容が問題視されるだけの書物のように見られるが、ここでは、ハーンがその序論については特に何の言及もせずに、繰り返しこの著作を精読したことに留意したい。チェンバレンの『日本事物誌』の「音楽」や

「神道」「文学」などの項目について反論を重ねたハーンならば、『日本の古典詩歌』の序論にも一言疑問を呈しそうなものである。だが、ハーンは全く触れない。それは、『日本の古典詩歌』が、その序論にもかかわらず、ハーンにとって触発されるところの多い書物だったからではないか。そして、序文にとらわれることなく本論に入れば、ハーンが何に感じ入ったか、見えてくるように思うのである。

I gaze, I muse　チェンバレンの「水江浦島子を詠める歌」

『万葉集』の「水江浦島子を詠める歌」をチェンバレンがどのように英訳し、さらにそれをハーンがどのように受け止めたか。まずは元の長歌、「水江浦島子を詠める歌」の全文を、ここに引こう。

「水江浦島子を詠める一首」（巻九・一七四〇）

春の日の　霞める時に　墨吉《すみのえ》の　岸に出でゐて　釣船の　とをらふ見れば　古《いにしへ》の　事ぞ思ほゆる
水江《みづのえ》の浦島の子が　堅魚《かつを》釣り　鯛《たひ》釣り矜《ほこ》り　七日《なぬか》まで　家にも来ずて　海界《うなさか》を　過ぎて漕ぎ行く
に　海若《わたつみ》の　神の女《をとめ》に　たまさかに　い漕ぎ向ひ　相誂《あひあとら》ひ　こと成りしかば　かき結び　常世《とこよ》に
至り　海若《わたつみ》の　神の宮の　内の重《へ》の　妙《たへ》なる殿に　携《たづさ》はり　二人入り居て　老いもせず　死にも
せずして　永き世に　ありけるものを　世の中の　愚人《おろかびと》の　吾妹子《わぎもこ》に　告《の》りて語らく　須臾《しましく》は
家に帰りて　父母に　事も告《の》らひ　明日のごと　われは来なむと　言ひければ　妹が言へらく

常世辺《とこよべ》に　また帰り来て　今のごと　逢はむとならば　このくしげ　開くなゆめと　そこらくに
堅《かた》めし言を　墨吉《すみのえ》に　還り来《きた》りて　家見れど　家も見かねて　里見れど　里も見かねて　恠《あや》しみ
と　そこに思はく　家ゆ出でて　三歳《みとせ》の間《ほど》に　垣も無く　家滅《う》せめやと　この箱を　開きて見て
ば　もとの如《ごと》　家はあらむと　玉くしげ　少し開くに　白雲《しらくも》の　箱より出でて　常世辺《とこよべ》に　棚引《たなび》
ぬれば　立ち走り　叫び袖振り　反側《こいまろ》び　足ずりしつつ　たちまちに　情消《こころけ》失《う》せぬ　若かりし
膚《はだ》も皺《しわ》みぬ　黒かりし　髪も白《しら》けぬ　ゆなゆなは　気《いき》さへ絶えて　後《のち》つひに　命死にける　水江
の　浦島の子が　家地《いえどころ》見ゆ

反歌　（巻九・一七四一）

常世辺《とこよべ》に　住むべきものを　剣刀《つるぎたち》　己《な》が心から　鈍《おそ》やこの君[50]

「霞立つ春の日に、墨吉《すみのえ》の海辺に立って、釣り舟が波にたゆとうのを見ていると、昔のことが思われてくる」、と始まる「水江浦島子を詠める一首並びに短歌」は、詩人が浜辺に立ち、海を眺めながら、土地に伝わる古の伝説を語るという形の長歌である。冒頭の叙景につづいて中心の物語があり、詩人は最後に現実に帰って、「今も、その水江浦島子の家の跡が見える」、と長歌を歌い終えて後、反歌として、「不老不死の仙境に住むことができたのに、愚かなことをしたものだ」、と感想を添える。

チェンバレンは、この長歌をAnonymous（読み人知らず）の作、“The Fisher Boy Urashima”と題して、次のように始める[51]。

'Tis spring, and the mists come stealing
O'er Suminóye's shore,
And I stand by the seaside musing,
On the days that are no more.

時は春、霞たつ
墨吉の浜辺に
私は立ち、思いをはせる
はるか昔の遠い日々に

I muse on the old-world story,
As the boats glide to and fro,
Of the fisher-boy Urashima,
Who a-fishing loved to go;

眺めれば小船は行きかい
私は思いをはせる　いにしえの物語に
釣りにでるのを愛した
漁師の子、浦島の物語。

How he came not back to the village
Though sev'n suns had risen and set,
But rowed on past the bounds of ocean
And the sea-god's daughter met;

太陽が七たび昇り、七たび沈んでも
ふるさとの村には戻らず、
海界を越えて漕ぎゆき
海の神の娘と出会ったことを。

チェンバレンは、四行一連、弱強の韻律のバラード形式で訳した。[52] 先に英訳したアストンは連を分けず、押韻もせずに直訳的に訳しており、また現在、「水江浦島子を詠める歌」の英訳は何種類か存在するが、西欧詩歌の旧い形式であるバラードの形に訳したものはない。チェンバレンに、日本の古典詩歌のなかに西欧の詩歌伝統に合致する要素を探そうとする意識は多少あったかもしれないが、恐らくは、「水江浦島子を詠める歌」が伝説を語る長詩であるということが、同じく異郷訪問譚を語るイギリスの古歌「歌人トマス」（Thomas the Rhymer）[53] などを連想させてバラードの形をとったのではないかと考えられる。「歌人トマス」では、ハントリ川の水辺でまどろむ青年トマスのもとにすべるように光り輝く貴婦人が近づいてきて、二人は妖精の国に行き、七年後、トマスは柔らかな絹の上着と緑色のビロードの靴をもらって帰るが、その時まで"True Thomas on earth was never seen"（正直トマスの姿を見ることはなかった）と終わる。美しい女に導かれての異郷訪問、帰郷、タブー、時間などの共通要素のみならず、バラードの形とリズムが重なり、チェンバレンが「歌人トマス」を念頭におきつつ「水江浦島子を詠める歌」を英訳しただろうことは十分に考えられる。だが、「歌人トマス」と「水江浦島子を詠める歌」との大きな違いは、異世界での出来事などの細部の相違は別にして、「歌人トマス」が伝説を直接の内容としているのに対して、「水江浦島子を詠める歌」には、その浦島伝説を想起し語る詩人の視点が冒頭と最後に登場することだろう。

そして、チェンバレンの英訳について気づくことの第一点は、伝説の語り手の存在とその視線を原詩以上にはっきりと際だたせたということである。冒頭の句、「古の事ぞ思ほゆる」が、"I stand by the seaside musing", "I muse on the old-world story"となって、主体「私」が明示される。もちろん主語の明示は英語の特性であるので、ここで比較参照のために、チェンバレン自身が「アストンの著書に原詩の逐語訳があるので参照されたい」と自分の訳詩に注をつけて記している、アストン訳の該当部分をみよう。

When the days of spring were hazy,
I went forth upon the beach of Suminoe,
And, as I watched the fishing-boats rock to and fro,
I bethought me of the tale of old:
(How) Urashima of Midzunoe,
Proud of his skill in catching the katsuwo and tai,
For seven days not even coming home,
Rowed on beyond the bounds of the ocean
Where with a daughter of the god of the sea,
He chanced to meet as he rowed onwards.

春の日々に霞がかかったころ
私は墨吉の浜辺へと赴いた
そして　釣り船が揺れるのを眺めながら
私は昔の物語を思い出した。
水江の浦島は
鰹と鯛を釣るわが腕前を誇り
七日間　家に戻らず
海界を越えて漕いで行った。
さらにかなたへと漕いで行き、
そこで海の神の娘と出会った。

アストンの訳では、詩人が浜辺に立って伝説を想起するという行為が、伝説内容と同じ過去の時制で連続して語られている。そのため、詩人の視線はそのまま浦島伝説のなかに溶け込み消え入ってしまう。それに対して、チェンバレン訳の　I stand, I muse　という簡潔な表現の現在時制は、過去形で語られる伝説を対象として捉える詩人の今の視線を際立たせる。そして、最後の連で、原詩の受身的な「水江の浦島の子が家地見ゆる」を、

And I gaze on the spot where his cottage

Once stood, but now stands no more.

私は眺める　彼の家が　あった場所を

今はもうない、昔の家の跡を

と、詩人の存在を"I gaze"の動作にふたたび浮上させ、浦島の家がかつてあった過去と、もはやない現在を対比させる。

昔の伝説を語る詩人の視点も、その視線で物語を囲むという構成も、もちろん原詩の『万葉集』の長歌に由来するものであり、浦島伝説を記した文献としては、『丹後国風土記』や『御伽草子』などにはない特徴である(54)。だが、"I stand"、"I muse"、"I gaze"という、「私」という明確な主語をもった現在形は、海を眺め、そのかなたにある異郷との境——海界《うなさか》——を見やる詩人の視線を際立たせ、長歌の枠組みを補強する。こういうところに、日本の古典の英訳を読む面白さがあるのだが、この英訳からわかることは、チェンバレンが、何よりもこの詩人の視線に共感を覚えたのだろうということである。そして、『万葉集』の数多くの長歌のなかから「浦島の歌」を選び、著書の冒頭においたチェンバレンは、海を眺め、海のかなたの異郷に赴いた人の古代の伝説に想いをはせる詩人の営みに、日本という異郷の島の古代に魅かれ、日本の古典を研究する自分の姿を重ねたのではないかと思うのである。

チェンバレンの「水江浦島子を詠める歌」の翻訳について気づくことが、詩人の視線の強調の他に二点ある。ひとつは、冒頭の海の描写に〝太陽〟を、最後に浦島が息絶える場面に"chill"（寒気）の語を挿入したことであり、今ひとつは、「反歌」の部分を省略して訳さなかったことである。

まず、冒頭部分の「(水江の浦島の子が) 七日まで家にも来ずて　海界を過ぎて漕ぎ行くに」の箇所をチェンバレンは次のように訳していた。

How he came not back to the village / Though sev'n suns had risen and set,/
But rowed on past the bounds of ocean

アストンによる訳"For seven days not even coming home,/ Rowed on beyond the bounds of the ocean"と比べて、「七つの太陽が昇り、沈む」というチェンバレンの表現は、単に七日間の経過を言うだけではなく、大海原の上の天空を太陽が七度めぐる神話的ともいえる情景を描いて巧みだといえる。

そして、浦島が箱をあけてしまったときの、「たちまちに情消《こころけう》失せぬ　若かりし膚も皺みぬ　黒かりし髪も白けぬ」、をアストンが、"Meanwhile, of a sudden, his vigour decayed and departed / His body that had been young grew wrinkled; / His hair, too, that had been black grew white."（突然、力が衰え抜けていった／若かった体はしぼみ／黒かった髪も白くなった）と、直訳したのに対して、チェンバレンは、次のように訳した。

But a sudden chill comes o'er him
　That bleaches his raven hair,
And furrows with hoary wrinkles
　The form erst so young and fair.

突然の寒気が体を走りぬけた
　そして黒髪から色を抜き去り
白霜の皺を刻んでいった
　あれほど若く美しかった肌に

"chill"（寒気）が、魔力をもった生き物のように浦島の肉体をひとなでして生を奪っていくさまが印象的だが、こちらも原詩にはない、チェンバレン独自の色付けである。チェンバレンはさらに、脚注のなかで、「竜宮」が「琉球」と音が似ていることから浦島の赴いた島が南方にあることを示唆しており、(55)チェンバレン訳では、原詩の季節が春であるにもかかわらず、(56)むしろ夏の海の太陽がイメージされ、浦島が南から北に戻り、寒気に襲われて息絶えることを連想させる要素が織り込まれているといえる（ちなみに、チェンバレンは縮緬本『浦島』を夏の物語にしている。『御伽草子』では季節の設定はなく、『日本書紀』の「雄略天皇二十二年七月」という記述が念頭にあったのかもしれないが、要は、夏に異界訪問のイメージが重なったのだろう）。

南の海の風景

英国海軍軍人の長男として生まれたチェンバレンが、海への特別な感情を宿していただろうことは、容易に推し量ることができる。母方の祖父バジル・ホールも海軍軍人で、『朝鮮・琉球航海記』

(*Account of a Voyage of Discovery to the West Coast of Corea and the Great Loo-Choo Island in the Japan Sea*, 一八一八年)[57]の著者として知られ、祖父の名前をもらったチェンバレンは、「私はあの琉球諸島には、一種の祖先伝来の興味を覚えるのです。この諸島には私の祖父バジル・ホール艦長が英国人として最初に訪れたのでした」と熊本のハーンに冬の沖縄旅行を勧める手紙のなかで述べている[58]。

海にまつわる興味深いエピソードもある。たとえば、一八八二年暮から正月にかけてチェンバレンは伊豆大島を旅行し、アジア協会で伊豆大島の地理、風俗習慣などについて発表をした[59]のだが、その旅行で最も感動したのは、伊豆で海に航海の無事を祈るために神への献物として海面に米を撒く行事を目撃したことだったと、十年後、ロンドンの人類学会での講演で述べている[60]。このときチェンバレンは、ハーンに依頼して入手したさまざまな民俗資料をオックスフォードのピットリヴァース博物館に寄贈し、日本の民間信仰について"Notes on Some Minor Japanese Religious Practices"[61]と題して発表したのだが、海上に米を捧げる伊豆の民俗行事を「何て感動的な」(how touching)と記したチェンバレンの脳裏には、あるいは、『古事記』にいう少彦名《すくなひこな》神が穀霊として現世に豊饒をもたらした後、粟粒に乗って、海の彼方の常世国へ帰ったとされる、その海の情景が広がっていたのかもしれない。

チェンバレンは健康上の理由で海軍には行かなかった。そして、療養のための船旅の末に、二十二歳で来日した。到着後、芝の曹洞宗の青龍寺に住み、愛宕下町の旧浜松藩士荒木蕃《しげる》から日本語と日本古典の手ほどきをうけたという[62]。『日本事物誌』のなかで、「初めて日本語の神秘の世界に引き入れてくれた親愛なる老武士は髷《まげ》と両刀をつけていた[63]」と記した人物である。翌年からは築地の海軍兵学寮の英学教師となり、その後さらに旧幕臣の鈴木庸正《つねまさ》について『万葉集』、『枕草子』、謡曲・狂言を教わった。そして和歌を学び、明治初期の歌人、橘東世子《とせこ》（一八一〇—一八八二）の歌会にも参加した。『日本の古典詩歌』の序には、“a man of letters, Suzuki Tsunemasa” と “the aged poetess Tachibana-no-Toseko” の指導と励ましに対して謝辞が述べられているが、橘東世子の夫冬照《ふゆてる》は徳川家の和歌指南で国学者橘守部《もりべ》の長男であり、チェンバレンは橘家で守部の未刊行の資料をも借覧して、研究を進めたという。[64] 天璋院篤姫に仕えたこともある東世子は養子橘道守（一八五二—一九〇二）[65] とともに明治初期歌壇の中心にあって、近世以来の題詠主義の伝統を重視したため、明治三十年代に和歌の革新を提唱した与謝野鉄幹ら「新派」に対して「旧派」と呼ばれる。そのもとにチェンバレンが親しく出入りした様子は、橘東世子編『明治歌集』第二編（明治十（一八七七）年）におさめられたチェンバレン作の和歌からもうかがわれよう。[66] この和綴本には、勝海舟、太田垣蓮月、佐々木弘綱、平戸藩主の松浦詮《まつらあきら》、公卿の東久世通禧《みちとみ》などの政財界人や近衛某、松平某といった人々にまじって、「英人王堂」（チェンバレンの雅号）の次の三首の歌が入っている。

野萩の歌
松虫の　声せざりせば 秋の夜は 誰か野に出て丶 萩を見ましや
明治九年七月吉野山に登りて、花のかたおしたる果物をもてきて橘とせ子刀自におくるとて
君がため　咲いて残れる　三よしのの　吉野の山の　はなぞこの花
宮島に詣て

世にたぐひ波の上にも　宮柱 立て、尊き　神のみやしろ

野萩の題のもとには他に二人の作が並んでおり、橘家で催した歌会での題詠だったのだろう。歌合せ、歌くらべに興じ、能楽や仕舞をたしなむ人々の、古《いにしえ》の趣きを残した雅《みやび》な席にチェンバレンは連なり、その女主人に、吉野の旅の土産の花の菓子に和歌を添えて進呈した。チェンバレンは、橘宅を訪問して守部の稿本を閲覧した折にも、東世子に年賀の歌「百年《ももとせ》も千東世《ちとせ》も絶寿《たえず》かぐわしき花橘に鳴けほととぎす　王堂」としたためた短冊を贈っており[67]、このようなギャラントリーを見せた異国の青年に対して橘東世子も好感を持ったことだろう。異国の人を歌会の輪に入れた「旧派」の老婦人と、海軍の家系に生まれながら体が弱くて跡継ぎになれず、極東の国に来た青年との間には、なにか通じ合うものがあったのではないかと想像される。

チェンバレンは熊本にいるハーン宛の手紙のなかで、「二十二歳の若さで横浜の土を踏んでから、もう二十年になります。そのころの東方は、まさに「光かがやく東方」のように思えたのです」、「当時は、興味深い事物が満ち溢れていたのです」(一八九三年五月十六日付[68])と回想し、さらには晩年、来日した頃に比べて日本がすっかり変わってしまい、自分が「千年も齢を重ねてしまったような気がする」と述べた(杉浦藤四郎宛書簡[69]、一九二二年)。日本の「旧世界」の橘家での宴で、年若いチェンバレンは、ふと「竜宮」にいるかのごとき感を覚えたのではないかと想像してもいいのかも知れない。

そして興味深いのは、安芸の宮島の厳島神社を詠んだ歌である。海辺の社殿と波の上に立つ大鳥

居を前にして、素直に「尊い」と感嘆している。チェンバレンは伊勢神宮については、「檜の白木、茅葺の屋根。彫刻もなく、絵もなく、神像もない。あるのはとてつもない古さだけ」だから、一般の観光客がこの神道の宮をわざわざ訪ねても得るものはない、と酷評した（『日本事物誌』「伊勢」[70]）。「神道」の項目の辛口の解説もよく知られているだけに、単なるクリシェとも思えないこの宮島の一首は、一見意外な感じがする。だが、つまりは、チェンバレンは、山の中の森に囲まれた神社には特に魅力を感じなかったにもかかわらず、海を敷地とする厳島神社の姿は、伊豆の海の神事と同様、心の琴線にふれるものがあったということなのだろう。そしてここにも、海の彼方を見つめるチェンバレンの姿がある。

「水江浦島子を詠める歌」の反歌

チェンバレンは、前述したように、「水江浦島子を詠める歌」の反歌「常世辺《とこよべ》に住むべきものを剣刀《つるぎたち》己《な》が心から鈍《おそ》やこの君」を訳さず、省略した。反歌は、せっかく不老不死の仙境に住むことができたのに、この人は自分の心からとはいえ愚かなことであった、とする作者の浦島伝説に対するいわば感想である。

この反歌をどう解釈するかは論者によって違いがある。たとえば「故郷に帰ろうなどという心をおこさずに、そのまま常世にとどまっていればよかったのに、とする大衆のもつ気持ち[71]」を表わしているとする意見がある一方で、長歌の「世の中の愚人の」「家に帰りて父母に事も告らひ《の》」の部分に注目する別の研究者は、浦島の帰郷の理由が父母への「孝」にあるとし、反歌は「孝道を尽くすという世間の倫理にとらわれた浦島を愚かだと嘲笑」するものであって、「痛烈な「世間」への批判がここにある」[72]と説く。はたしてこのような解釈が妥当か、その問題[73]にここで立ち入ることはしないが、確かなのは、常世という海の彼方の異郷に留まらなかった人間を、いかなるニュアンスでか「愚か」と表現したこの反歌は、浦島伝説を通して浮かび上がる人間存在の本質にかかわる問題を、読み手に考えさせるということだろう。

その反歌をチェンバレンが省略したのは、なぜか。もちろん、知らなかったからではない。すでにアストンが「水江浦島子を詠める歌」を反歌とともに訳しており、チェンバレンも、子供向けの前述の縮緬本 *The Fisherboy Urashima* では、「浦島はばかなことをしたね。言うとおりにしていれば千年生きられたのに。君たちも波の向こうの竜宮城に行ってみたいでしょう。海神が統べる美しい国、木々の葉はエメラルドで、ルビーの実がなり、銀の魚と金の竜が住む竜宮城に」[74]と読者へ最後に語りかけるところに、「水江浦島子を詠める歌」の反歌を投影させている。『日本の古典詩歌』において、チェンバレンは他の長歌、たとえば山上憶良の歌の反歌は stanza と題して英訳して添えている。[75]反歌がもつ余韻の効果について承知していたはずのチェンバレンが、「水江浦島子を詠める歌」の反歌を削除した。その理由は、浦島が父母に会ってきたいと帰郷したことを、仮にも、愚かなことよ、と述べて終えることができなかったからではないか。そして元の反歌にかわる、チェンバレン自身の余韻としての感情を、『日本の古典詩歌』のなかで「水江浦島子を詠める歌」の次に置いた歌から推し量ることができる。

「水江浦島子を詠める歌」に続けてチェンバレンが配したのは、『万葉集』の同じ巻九の少し後にある、田辺福麻呂《さきまろ》の「足柄の坂を過ぎて死《みまか》れる人を見て作る歌一首」(巻九・一八〇〇)である。

小垣内《おかきつ》の　麻を引き干し　妹《いも》なねが　作り着せけむ　白たへの　紐をも解かず　一重結《ゆ》ふ　帯を
三重《みへ》結ひ　苦しきに　仕へ奉りて　今だにも　国に罷りて　父母も　妻をも見むと　思ひつつ
行きけむ君は　鶏が鳴く　東の国の　恐《かしこ》きや　神の御坂《みさか》に　和霊《にぎたま》の　衣寒《ころも》らに　ぬばたまの　髪
は乱れて　国問へど　国をも告《の》らず　家問へど　家をも言はず　大夫《ますらを》の　行《いき》のすすみに　此処に
臥《こや》せる(76)

チェンバレンが"Ballad: Composed On Seeing A Dead Body By The Roadside When Crossing The Ashigara Pass (Sakimaro)"と題して英訳したのは、長歌形式の挽歌で、「行路死人歌」といわれるものである。作者の田辺福麻呂は低い官位の者だったとされる。そして東国に赴き、足柄の坂を通った時に、行き倒れの死人を見て、この歌を残した。歌の意は、こうである。「誰ともわからぬ行き倒れの人のその屍は、妻が垣根の麻で織ったのであろう衣をまとい、しっかり結ばれた腰の紐が、体に三廻りになるほど苦役で痩せ細っている。やっと故郷へ帰って父母に妻に逢おうとしたのに、東国の御坂で倒れてしまった。やわらかな衣が寒々と風に舞い、黒髪も乱れて、国がどこかも、家がどこかも答えることなく、旅路の果てにここでふせている」。

旅人が、異郷で息絶えた旅人の死をみつめ、悼む歌である。無言で横たわる屍の映像に、出立する夫のために麻を集め、心をこめて衣を織り上げた妻の姿が、遠国にあっても他の女に帯を解くことなく、苦役に耐えた男の姿が、そして家族との再会を期して帰路を急ぐ男の姿が、まるで映画のフラッシュバックのように重なる。野ざらしとなった屍の白い布が風になびき、黒髪だけが頭部にからみついているという無常の描写は、どこかハーンの怪談「和解」(「浅茅が宿」の再話)の最後――経帷子をまとった白骨死体の女の黒髪――の場面を連想させるような迫力がある。詩人は、帰郷を果たせなかった死者に「君」と語りかけ、「ますらお」と称えて、鎮魂の詩を捧げた。詩人がみつめる屍の姿に生と死、故郷と異国、過去と現在、祈願と現実が去来する、この万葉の歌の静かな激しさは、時を越えて読むものの胸を打つ。

旅先で倒れた死者を歌った「行路死人歌」としては、柿本人麻呂が讃岐の狭岑《さみね》島で詠んだ、いわゆる「石中死人の歌」(巻二・二二〇―二二二)(77)や、聖徳太子が龍田山で亡くなった人を見て作った「家にあらば　妹が手まかむ草枕　旅に臥《こ》やせる　この旅人あはれ」(巻三・四一五)の歌などがよく知られている。だが、チェンバレンにとっては、田辺福麻呂の歌が足柄坂を舞台にしていることが注意をひいたのだろう。足柄峠は、チェンバレンがやがて好んで滞在するようになる箱根に近い。さらに福麻呂の歌を特徴づけるのは、たとえば聖徳太子の歌と比べれば明らかなように、死人の姿を具体的に描いていることである。太子も、人麻呂も、死体を直接描写はしない。だが、自らも旅人である福麻呂は、非業の死者の姿をじっと見つめる。そしてその視線に、その詩を選び、英訳したチェンバレンの視線が重なるのである。

そして次に示すチェンバレンの英訳を見れば、チェンバレンの感情が透けて見えてくる。

Ballad: Composed On Seeing A Dead Body By The Roadside When Crossing The Ashigara Pass

Methinks from the hedge round the garden / His bride the fair hemp had ta'en,
　And woven the fleecy raiment / That ne'er he threw off him again.

For toilsome the journey he journeyed / To serve his liege and his lord,
　Till the single belt that encircled him / Was changed to a thrice-wound cord;

And now, methinks, he was faring / Back home to the country-side,
　With thoughts all full of his father, / Of his mother, and of his bride.

But here 'mid the eastern mountains, / Where the awful pass climbs their brow.
　He halts in his onward journey / And builds him a dwelling low;

And here he lies stark in his garments, / Dishevelled his raven hair.
　And ne'er can he tell me his birthplace, / Nor the name that he erst did bear.

(Sakimaro)

チェンバレンの訳で気づくことは、冒頭に、原詩にはない、"Methinks"（私は思う）の語を入れたことである。"Methinks"の語は、第三連「父と、母と、妻への思いであふれながら、彼は故郷への道を急いだのだろうと私は思う」に再びでてくる。過ぎ去った日々と、遠く離れた故郷へ死者が想いを馳せただろうことをしのぶ、詩人自身の視点の強調である。「水江浦島子を詠める歌」の英訳と同じように、ここでもまた、対象を見つめる詩人の視線が際立つ。興味深いことに、チェンバレン訳では、死者に向けた鎮魂の対話ともいうべき「君」という呼びかけがなく、ただ"he was faring back home", "here he lies stark in his garments"と、"he"という三人称を用いていて、「ますらお」も訳していない。あたかも、感情移入しきれずに、直視した視線が凍りつき、思わず体が引いて、語りかける言葉さえ飲み込んで黙したかのようである。

さらにチェンバレンは、「父母も　妻をも見むと思ひつつ」を、"With thoughts full of his father, / Of his mother, and of his bride."とした。原詩よりさらに感情のこもったその表現が、「水江浦島子を詠める歌」のなかの、"I have a word to my father, / A word to my mother to tell"（「家に帰りて　父母に事も告《の》らひ」）と響きあう。そして、帰郷できずに倒れた男の白い衣が風に舞う映像が、変わり果てた故郷で息絶えて一筋の白い煙となって立ちのぼった浦島の最後に、重なっていく。異郷に赴いた人間の死。そして、旅人の死を見つめる旅人。チェンバレンの脳裏で、異郷に斃れたその旅人が、一瞬、未来の自分の姿に見えたとしても不思議ではないのではないか。そこには、異国に死することへの恐怖が垣間見えるのである。

チェンバレンの『日本の古典詩歌』において、福麻呂の“Ballad: Composed On Seeing A Dead Body”は、その前にある、“The Fisher Boy Urashima”の反歌にいわば代わるものとして読める。反歌とまでいわずとも、異郷との往還の物語のヴァリアントであり、反転した描写の関係にあると解釈してよいだろう。「水江浦島子を詠める歌」において、海のかなたの異郷への憧憬が歌われているとすれば、ここでは、胸苦しいまでの帰郷の願望が見出される。そして「父と母と今一度、言葉をかわしたい」と戻ってきた浦島の行為を、単に「愚か」と批判したとするだけの解釈はここでは否定されるのである。

チェンバレンは、数十年の日本滞在の間、英国との間を往復し、最後は西洋世界に戻ってスイスに暮らした。『日本の古典詩歌』の序論での日本文化に対する身構えたような低評価については先に述べた通りだが、ここで取り上げた英訳作品や和歌などを読むと、『日本事物誌』などの記述にみられる、いわゆる「西洋文化至上主義」とも、また弟子たちが語る「立派な英国紳士」像にもおさまらない一面がその奥に見えてくる。海、それも南の海へのアンビヴァレントな感情である。あるいはチェンバレンの出自の微妙な位置が関係しているのかもしれない。祖父ヘンリー・チェンバレン卿は、名門貴族フェイン伯爵の私生児として生まれ、出奔したのち船乗り、ついで外交官になって活躍し、その功績で准男爵に序せられたという(78)。准男爵は貴族のうちには入らないが世襲の位階であり、いわばアッパークラスの最下位に位置する。ところがチェンバレンの父親は後妻の子であったため、その称号をも継げなかった。アッパークラスからアッパーミドルクラスへ落ちた父親と兄弟は海軍に行き、実力で出世した。母方の祖父については先述の通りである。そういう一族のなかで、体の弱かったチェンバレンの心の底には、父祖が羽ばたいた海への憧憬と同時に、ヴィクトリア朝大英帝国の階級社会のなかで、アッパーミドルクラスからさらにこれ以上逸脱、転落することへの激しい恐れがあったのではないか。そして、決して海の果てのネイティヴ――つまり日本という異郷――の側の価値観に与《くみ》しているのではない、ということを故郷の社会に、そして何よりも自分自身に対して明らかにしておこうとする心理が働いたのではないか。チェンバレンには、ハーンの幼き日のトラウマとは別種の、だがやはり複雑にして鬱屈した感情があったと想像できる。チェンバレンが浦島伝説に見出した海界《うなさか》の風景は、茫々として広い。夏の海は、南の異郷への憧憬と故国を遠く離れた客死への恐怖を同時にたたえて、果てしなく広がっていくのである。

三　ハーンにおける「水江浦島子を詠める歌」

ハーンの「夏の日の夢」を、以上の考察をふまえて読み直してみよう。ハーンがチェンバレンの『日本の古典詩歌』を精読し、アストンによる「水江浦島子を詠める歌」の逐語訳をも読んでいたということは、私たちが今ここで行なったような、二つの訳を照らし合わせ比べてみるという作業をハーンもまた行なっていただろうと想像できる。ハーンは、『万葉集』の「水江浦島子を詠める歌」を理解し、チェンバレンが英訳において何を加え、何を省略したか、つまりチェンバレンがどのように「水江浦島子を詠める歌」を読んだかをも理解したはずである。

そして「夏の日の夢」を、そのような過程の上に再話されたハーンの新たな「水江浦島子を詠める歌」として読むと、作品のなかに挿入されたハーンの浦島伝説の独自性が明らかになり、浦島伝説をめぐる夢想も一見自由に繰り出されているようで、実は周到にくみこまれたものだということがわかる。

「夏の日の夢」という作品が、まず何よりも「水江浦島子を詠める歌」と大きく響きあうのは、海を眺め、思うという全体の枠組みである。チェンバレンが強調した、原詩における海を眺めるまなざしが、ハーンの「夏の日の夢」の構成にそのまま投影されたことになろう。

「夏の日の夢」という作品の特徴がその三部構成の形にあることについてはすでに述べた。紀行文にしては浦島伝説の再話と随想の部分の比重が大きすぎるとされてきた[79]その形も、「水江浦島子を詠める歌」の構成にならったものだと考えれば納得がいく。冒頭の三角の海の風景の描写に始まり、浦島伝説が挿入され、ふたたび現実の海を眺めながら浦島をめぐる夢想を語るという三部構成自体が、「水江浦島子を詠める歌」の世界をなぞっているといえるだろう。さらに、その夢想の部分も、長浜の海の描写、夢想、最後の山々の情景という三部仕立ての入れ子細工のようになっており、ハーンの「夏の日の夢」という作品には、全編、“I gaze” そして “I muse” という詩人の語りが響いているのである。ハーンは、従来言われてきたように自らを浦島に重ねたというよりは、浦島を語る『万葉集』の詩人の方に同一化して海を眺め、海の彼方で展開した物語に想いを馳せたと考えられよう。

ところで、チェンバレンが、「Anonymous 読み人知らず」とした「水江浦島子を詠める歌」は、その後の国文学者の研究によって、奈良時代初期の歌人高橋虫麻呂の作に含まれるようになった。

高橋虫麻呂は下級役人で各地を旅したという。「真間娘子《ままのをとめ》の歌」（巻九・一八〇七―〇八）や「菟原《うなひ》処女《をとめ》の歌」（巻九・一八〇九―一一）[80]など、土地の伝説に取材した作品が多いため、「伝説の歌人」「旅の歌人」として近年注目されるようになった。[81]前述したように、明治期を代表する研究書である三上参次・高津鍬三郎『日本文学史』に「水江浦島子を詠める歌」への言及はない。歌人佐々木信綱によれば、「万葉歌人のうちで、特にすぐれた個人的特色を有して、しかも多く注意せられなかったものが高橋虫麻呂」で、「賀茂真淵も、高橋虫麻呂などは、徒らに古へを言ひうつせしものなれば、強きが如くにしてかよわし（『万葉考序』）と非難し去ったに過ぎぬ」、と言う。[82]だがチェンバレンの弟子であった佐々木は「水江浦島子を詠める歌」を「伝説の長歌として秀逸」であり、浦島の諸伝説中、「最もすぐれてゐるやうに感んぜられる」[83]と評価した。以後、多くの研究者が「水江浦島子を詠める歌」の冒頭の叙景から回想へと続く構成をすぐれた表現手法だとするようになったのだが、あるいは佐々木もチェンバレン訳「水江浦島子を詠める歌」の詩人の視線にハーン同様、引き入れられたのかもしれない。ただし本論では、チェンバレンの認識のまま、浦島伝説を歌った無名の歌人としておく。チェンバレンもハーンも、詩人がどのような人物であったのか知らずに、長歌としての「水江浦島子を詠める歌」に心をひかれた。二人の視線が、異郷へとつながる夏の海の情景を見るまなざしにおいて重なり合い、その海と空が交わる境界――海界《うなさか》で展開した物語にハーンがチェンバレン同様に想いを馳せた時期があった。それがハーンの熊本時代ということになる。たとえば、「夏の日の夢」のなかには、チェンバレンの「水江浦島子を詠める歌」の英訳の表現を直接借用したと考えられるフレーズがある。浦島の死の場面で、「氷のような冷気が血管を走りぬけた」(an icy chill shot through all his blood) と描写した箇所である。この印象的な表現がチェンバレンの縮緬本にはないため、ハーン独自の感性の表われと評されてきたことについては前述したが、実は先にみたチェンバレン訳「水江浦島子を詠める歌」の“a sudden chill comes o'er him”(突然の寒気が体を走りぬけた)という部分にヒントを得たことは明らかだろう。ハーンの「夏の日の夢」のなかに繰り返し描かれる夏の太陽のきらめく風景もまた、チェンバレンの「水江浦島子を詠める歌」に描かれた「七つの太陽」のイメージに響きあっているといえる。こうした表現の重なりからは、死の瞬間を悪寒としてとらえる感覚や、南の海のイメージを、両者が共有していたことがわかる。

だがやがて袂を分かつことになる両者の違いは、海を眺めるまなざしという枠組みは同じでありながら、枠の中に描かれるもの、いわばそれぞれが浦島の海界の情景の上に紡ぎだした夢想の違いに明らかに読み取ることができる。

チェンバレンは「水江浦島子を詠める歌」の反歌「常世辺に住むべきものを　剣刀《つるぎたち》己《な》が心から鈍《おそ》やこの君」を省略した。省略することによって、逆にその反歌に対するハーンの注意を喚起したと考えられよう。「常世に住むことができたのに、愚かなことであった」とする反歌が問いかけるもの、チェンバレンが反歌を削除した理由、また反歌のかわりにおかれた田辺福麻呂の行路死人歌の意味をもハーンは察したにちがいない。そしてハーンが何週間も「浦島に関するわが夢想にかかりきり」(チェンバレン宛八月十六日付書簡(84))だったというとき、ハーンは、浦島伝説が古来描いてきた、異郷への憧憬、帰郷の願望と帰還の可否、時間の経過の違いなどのモチーフに加えて、「水江浦島子を詠める歌」の反歌が問いかける人間の「愚かさ」について、思索を重ねたのではないかと思う。ハーンの語る浦島伝説が際立つのも、また「夏の日の夢」の後半部の浦島をめぐる随想と夢想も、その「愚かさ」の問題とかかわっているのである。

ハーンにおける「疑念」

ハーンの語る浦島帰郷の場面が印象的であることは、第一節で触れた。

『万葉集』の「水江浦島子を詠める歌」では、浦島が帰郷を望んだことを、「愚人《おろかびと》の吾妹子に告《の》りて語らく　須臾《しましく》は家に帰りて　父母に事も告らひ、明日のごと　われは来なむ」、つまり、「愚人」が一旦帰郷し、再び常世に戻ろうとした、と歌っている。チェンバレンは、その「愚人の語らく」を、そのまま、“the foolish boy said”と英訳したが、前述したように、「愚かなことをしたものだ」と歌う反歌を省いた。

それに対して、ハーンは浦島が妻に帰郷の希望を告げる場面から「愚か」という形容を削除して、ただ“he prayed his bride to let him go home for a little while only, just to say one word to his father and mother — after which he would hasten back to her.”とした上で、故郷の地に戻った浦島の心の動きを大きく膨らませた。

故郷の地を踏んでから、箱を開けるまでのくだりを、比較してみよう。「水江浦島子を詠める歌」の「墨吉《すみのえ》に　還り来《きた》りて　家見れど　家も見かねて　里見れど　里も見かねて　恠《あや》しみと　そこに思はく　家ゆ出でて　三歳《みとせ》の間《ほど》に　垣も無く　家滅《う》せめやと」の詩句を、チェンバレンは忠実にそのまま英語に訳している。(85) 故郷に帰ったものの、もはや家も村もなく、風景さえ変わり果てていたことをのべるくだりはハーンもほぼ同じである。だが、そこにハーンは一文を付け加えた。

Again at last he glided into his native bay; again he stood upon its beach. But as he looked, there came upon him a great bewilderment — a weird doubt.

景色を眺めるうちに、浦島の心は「大きな当惑——妖しい疑念に襲われた」とする一文である。当惑の気持ち（bewilderment）とは、あるはずの家も里もなくて戸惑うことを言ったのだろう。だが、ハーンはそこからさらに浦島の心理を進めて、“a weird doubt”と言い換えるのである。元の長歌にも、チェンバレン訳にも、また『御伽草紙』にも、縮緬本にもない、“doubt”（疑念）の語は、さらに重要なキーワードとして、浦島が玉手箱を開けてしまう場面に再び登場する。「水江浦島子を詠める歌」では、浦島は「この箱を　開きて見てば　もとの如　家はあらむ」と思って「玉くしげ」をあけてしまう。チェンバレン訳も同じである。御伽草紙では、「亀が与へしかたみの箱、「あひかまへてあけさせ給ふな」といひけれども、今は何かせん、あけて見ばやと思ひ」、とある。縮緬本でも、“‘Perhaps,’ thought he, ‘if I open the box which she gave me, I shall be able to find the way.’”（「箱を開けたなら竜宮へ帰る道がわかるかもしれない」と思った）とあるだけである。だが、ハーンはここで、なぜ浦島が箱を開けてしまうのか、その心理を浦島伝説のひとつのクライマックスとして語るのである。村の墓地に並ぶ古い墓石群を見た後のその箇所を再び、今回は原文のまま引用する。

Then he knew himself the victim of some strange illusion, and he took his way back to the beach — always carrying in his hand the box, the gift of the Sea God's daughter. But what was this illusion? And what could be in that box? Or might not that which was in the box be the cause of the illusion? Doubt mastered faith. Recklessly he broke the promise made to his beloved; he loosened the silken cord; he opened the box!

浦島の心に湧いてきた疑念は、自分の墓石という動かしがたい現実を前にして一層強まり、浦島は、自分はなにか不可解な「幻想」(illusion)にとらわれたのではないか、その答えが箱にあるのではないかと疑う。「これはいったいどういう幻想なのか」、「この箱の中には何が入っているのか」、「箱に仕掛けが隠されているのではないか」、と短い疑問文をたたみかけていく。浦島は、自分が「幻想」の「犠牲者」(victim)であると認識し、まるで被害者が加害者を追及するがごとくに、〝真実〟をあきらかにしようと、問い詰めていく。疑念は、目にみえる客観的事実を根拠に、追及の切先を「幻想」につながる唯一の具体的な物体、玉手箱にむける。そして「疑が信を捩じ伏せて」、大胆に箱を開けてしまう。ハーンの語る浦島伝説においては、「愚かさ」ではなく、愚かさとは反対の理知的で理詰めの「疑念」が乙姫との約束を破らせ、海の彼方の世界に再び赴くことを不可能にするのである。

"Doubt mastered faith." 端的で強い表現といえる。あるいは、ここでハーンはチェンバレンの『日本の古典詩歌』に収められた英訳の謡曲『羽衣』の一節を念頭に置いたかもしれない。春の海辺で漁師が天女に遭遇するこの物語は、海、漁師、異界の女との出会い、帰還願望などの点で浦島伝説と重なる部分がある。この謡曲のなかで、羽衣がなければ天に戻ることができない天女(Fairy)は、羽衣を返してくれれば天の舞を見せましょうと言う。そして、その Fairy の言葉を疑う Fisherman に向かって、Fairy は "The pledge of mortals may be doubted, but in heavenly being there is no falsehood." と諭し、漁師を恥じ入らせる。「疑は人間にあり。天に偽なきものを」(86)とするこの中世の言は、人間と天を対置する。しかし、ハーンの浦島伝説においては、「疑」(Doubt)と「信」(faith)の対立は、自問自答する人間の心の内にあるのである。浦島の疑念は、「信」(faith)の実態が「幻想」(illusion)ではないかと問う、ある意味で「近代の知」の色合いを帯びたものとして、提示されているといえる。そしてここに、十九世紀後半に生きたハーンによる浦島伝説の再話の創意がある。

では「愚か」とは何か。浦島が帰郷を望んだことが「愚か」ではなく、また「愚かさ」ゆえに箱を開けたのではないとすれば、何が「愚かさ」なのか。

第三部の帰路のエピソードの連なりとハーンの夢想は、いわば、ハーンの浦島伝説への"反歌"にあたる。そして「愚かさ」とは何かという問いに対する答えとして読めるのが、帰路の二つのエピソード——ハーンの記憶の海の場面、そして "The Fountain of Youth"(「青春の泉」)の民話——なのである。帰路の終盤近くに添えられた、後の方の話を先にみよう。

ハーンは、山裾にある長浜村の池のほとりで一休みしたときに、「山から流れるせせらぎの歌」を聞いて、その昔話を思い出す。ハーンは語る。

昔々、ある山のなかに貧しい木樵の夫婦が住んでいました。二人ともたいそう年老いていましたが、こどもはいませんでした。毎日夫はひとりで森へ木をかりに出かけ、妻は家で機を織っていました。

漁師の浦島が海へと出かけたように、木樵の老人は山に出かけ、森の奥深く、不思議な泉を見つける。水は澄んで冷たい。喉が渇いていた老人は、その水を一口飲むと、自分が若々しい青年に戻っていることに気づく。驚いて家に帰り、妻である老婆に知らせると、妻もまた若返ろうとして、森に出かける。だが、妻はいつまでたっても戻ってこない。男が心配して探しに行くと、妻の姿はなく、泉のほとりから赤ん坊の泣き声が聞こえてくる。赤ん坊の傍らには、妻の衣服があった。「おばあさんは魔法の水を飲みすぎたのでした。青春を通り越して、口のきけない幼年期にいたるまで、泉の水を飲んでしまったのです」とハーンはいう。男は、悲しい目をしたその赤児を抱き上げて、家に連れて帰った。いわゆる「若返りの泉」として知られるこの昔話は、おばあさんの欲張りがすぎて悲喜劇になる民話によくあるパターンである。だが、浦島伝説と同じように、水にまつわる異世界訪問の物語であり、失われた時間の回復を主題とする。そして、この老夫婦の顛末を通じて、ハーンは、若返りを望んで赤ん坊になってしまった「愚人」のひとつの姿を示している。

滑稽な要素もあるこの民話は、謡曲でいえば、狂言としてそえられていることになろう。つまり、ハーンにとって、より重要な思考は、その前に、すでに示されているわけである。

では、帰路についたハーンの夢想をあらためてたどっていこう。浦島伝説を語り終えたハーンは、「妖精の女主人」(the fairy mistress)、つまり浦島屋の女将が手配した迎えの人力車に乗りこむ。女将は、ハーンに「俥屋には七十五銭だけお支払いください」(you will pay the kurumaya only seventy-five sen) と言う。そしてハーンは、人力車で浜辺の道を進みながら、浦島伝説に関わる夢想に浸ることになるのだが、前述したように、夢想の冒頭に置かれるのは、再び、海を眺めるハーンの姿である。ハーンは言う。

> 何マイルも浜辺を揺られながら、私は果てしない光の世界に見入っていた。すべては青のなかに浸されていた。大きな貝殻の奥深く去来するような、すばらしい青だった。青く輝く海が青い虚空と合して、電気溶接のような光輝を発していた。そのきらめきのなかに、大きな青の幻影——肥後の山々の幻影が、さながら紫水晶の巨塊のようにそそり立っていた。何と透明な青の色であろう。

(Mile after mile, I rolled along that shore, looking into the infinite light. All was steeped in blue—a marvelous blue, like that which comes and goes in the heart of a great shell. Glowing blue sea met hollow blue sky in a brightness of electric fusion; and vast blue apparitions —the mountains of Higo—angled up through the blaze, like masses of amethyst. What a blue transparency！）

ハーンが見入っているのは、浦島が常世へといざなわれていった海の果て、〝海界《うなさか》〟である。「夏の日の夢」全体の三部構成のなかで、さらに三部構成をなす〝反歌〟のいわばの歌いだしとして提示された、この海界の風景が鮮やかなのは、すべてが青の世界であることに加え、湧き上がるような動きに満ちているからだろう。一面の青色が、海中の巨大な二枚貝の内側の輝きにたとえられて、生命の神秘を思わせる。海原が沸き立ち、大空の天蓋に吸い込まれ、雷光を発する。そして、火花を散らすその輝き（blaze）のなかに、山々の幻影が、林立する「紫水晶の巨塊」（masses of amethyst）のように鋭く天に向かって「そそりたつ」（angled up）というのである。electric fusion, blaze, masses of amethyst, angle up といった、電気や鉱物の硬質で鋭角的な語彙によって、輪郭のいまだ定まらぬ山影が大地から隆起するさまが、透明な青の世界のなかで映し出される。『万葉集』の歌人が見つめた朦朧たる春の海、チェンバレンの茫々たる海原と比べて、ハーンの澄み切った夏の海には、静けさのなか、海が天空へと向かうダイナミックな、天地創造にも似た強い動きがあるのである。そしてその海を眺めながら、ハーンの最初の夢想は、雄略帝の時代へと向かう。

小さな羽虫となった私の魂は、海と太陽のはざまの青の幻のなかへとあくがれ出た。千四百年の夏のまばゆい幻影を突き抜けて、羽音の唸りも軽やかに住之江の岸辺に戻ってきた。私の体は何だか漂う舟の揺れのようなものを感じたように思った。時は雄略帝の時代であった。そして海神の姫は鈴をならすように言った。「さあ父の御殿へまいりましょう。いつも青い父の御殿へ」。「どうしていつも青いのです」私は尋ねた。姫は答えた。「雲をみな箱の中に入れてしまったからです」。「でも私は家へ帰らなくてはなりません」私はきっぱりとそう言った。「それでは」、と彼女は言った、「俥屋には七十五銭だけお支払いください」。

（The gnat of the soul of me flitted out into that dream of blue, 'twixt sea and sun – hummed back to the shore of Suminoyé through the luminous ghosts of fourteen hundred summers. Vaguely I felt beneath me the drifting of a keel. It was the time of the Mikado Yuriaku. And the Daughter of the Dragon King said tinklingly, "Now we will go to my father's palace where it is always blue." "Why always blue?" I asked. "Because," she said, "I put all the clouds into the Box." "But I must go home," I answered resolutely. "Then," she said "you will pay the kurumaya only seventy-five sen."）

千四百年の昔へと飛翔したというこの場面で、心を小さな羽虫にたとえるのがハーンらしい。だが、印象的なのは、ハーンが見つめる海界、「海と太陽のはざまの青い夢」（that dream of blue, 'twixt sea and sun）に、「千四百の夏のまばゆい幻影」（the luminous ghosts of fourteen hundred summers）の重なりをみる時空のイメージと、海神の姫の「鈴をならすような」（tinklingly）という声の響きだろう。

ハーンの心が雄略帝の時代へと千四百の夏の層を軽やかに浮上したことは、浦島の果たせなかった常世への帰還を、夢で代わって実現しようとしたのだ、といえる。“'twixt sea and sun”という古雅なバラード風の表現が、万葉の時代の海界にふわさしい。そして空がどこまでも青いのは、浦島が不覚にも開けてしまった箱の中から漂いでた白雲を、海神の姫が箱の中にすべて戻してくれたからだという。いわば、時間を戻して、やり直しをさせてくれるのである。

夢の中でハーンが浦島として海神の姫に会うこの場面には、一種の夢幻能のような趣きがある。旅の作家であるハーンがワキ、旅の途上、海辺の旅館で出会う女主人が前シテ、伝説が語られてハーンの夢想の中に登場する乙姫が後シテというわけだが、そのような読みを読者に想像させるのも、旅館の女将が、乙姫の化身であるとわかるように描写の言葉が選ばれているからである。作品冒頭、楽園にある御殿のようだという海辺の旅館は、それだけで竜宮を予感させるが、その御殿の女主人も、夢想の中で言葉を交わす海神の娘も、ともに「風鈴」(windbell)のようなと形容される声でハーンに語りかけるのである。女将は「鈴をならすように挨拶の言葉を述べて」(tinkle words of courtesy)、その「声の音楽の魔法」によって、浦島伝説が再現される。そして、夢の中の雄略帝の時代では、海神の娘が、やはり「鈴をならすように」(tinklingly)、海神の御殿へと誘い、女将の言葉「俥屋には七十五銭だけお支払いくださいい」を繰り返すのである。tinkleとは、小さく軽やかに空気を震わす銀鈴の響きである。そしてtinkerが妖精やジプシーをもさす言葉であるように、tinkleにも、風と魔法のイメージがただよう。

ハーンは夢の中で、乙姫とともに海の彼方の常世に戻ってもよかった。ところが、夢想の中のハーンは、乙姫の楽園への誘いを"I must go home."と断わるのである。では、浦島が「愚か」にも「家に帰りて父母に事も告《の》らひ」と舟を急がせたように"home"へ人力車を走らせるハーンは、伝説の成り行きを繰り返すだけなのだろうか。海界の彼方の世界は失われたままに終わるのだろうか。

語りの空間

ハーンは、この後に、心の底の海の記憶を語るのである。第一節で示した場面を、再び読んでみよう。

> I have a memory of a place and a magical time in which the Sun and the Moon were larger and brighter than now. Whether it was of this life or of some life before I cannot tell. But I know the sky was very much more blue, and nearer to the world—almost as it seems to become above the masts of a steamer steaming into equatorial summer. The sea was alive, and used to talk—and the Wind made me cry out for joy when it touched me. Once or twice during other years, in divine days lived among the peaks, I have dreamed just for a moment that the same wind was blowing—but it was only a remembrance.
>
> Also in that place the clouds were wonderful, and of colors for which there are no names at all—colors that used to make me hungry and thirsty. I remember, too, that the days were ever so much longer than these days—and that every day there were new wonders and new

pleasures for me. And all that country and time were softly ruled by One who thought only of ways to make me happy.

（私はある場所とある不思議な時を覚えている。その頃は太陽も月も今よりもっと明るく大きかった。それがこの世のことであったか、もっと前の世であったかは定かではない。ただはっきりとわかっているのは、空がもっともっと青かったこと、そして大地に近かったこと——赤道直下の夏に向けて港を出てゆく汽船のマストのすぐ上に空があるかと思われた。海は生きていて、言葉を語った。風は体に触れると私を歓びのあまり叫びたい思いに駆り立てた。ほかにも一、二度、山間で過ごした聖らかな日々に、同じ風が吹いているような心地に束の間誘われたことがある。だが、それとてただの記憶にすぎない。

そこでは雲もまた不思議であった。何ともいえぬ色をしていて、私を激しい渇望に駆り立てた。私は覚えている。一日一日が今よりずっと長かったことを。毎日毎日が新しい驚きと新しい喜びに満ちていたことを。そしてその国と時間とをやさしく統べる人がいて、その人はひたすら私の幸福だけを願っていた。）

詩的で美しい描写である。冒頭の直截的な語りに、読む者を引き込む力がある。“I have a memory of a place and a magical time”（私はある場所と魔法の時間を覚えている）、—“in which the Sun and the Moon were larger and brighter than now.”（そこでは太陽も月も今よりもっと明るく大きかった）、と大空の鮮やかな映像が読者の脳裏に広がり、さらに“Whether it was of this life or of some life before I cannot tell.”（それがこの世のことであったか、もっと前の世であったかは定かではない）というところで次元を越えた時間の深まりが加わるのである。続いてその空の映像に色がさし、船が現われ、生命感あふれる波や風の動きと音が加わっていく。

映像詩のようなこの一節に多くの人が魅せられ、ここにハーンの瞼の母への思慕を読み取ってきたことについては前述した。だが、ハーンがこの記憶の海の場面で、“my mother”といわず、“One”と言っていることは重要だろう。ハーンの原文では、太陽は the Sun、月は the Moon、風は the Wind、人は the One と大文字の名詞である。そのため、大きな太陽と大きな月に照らされ、擬人化された海と風とが精霊のように生きて語りかけてくる世界は、神話的な色彩を帯びた、始原の風景と化しているのであり、ハーンが見つめていた「青く輝く海が青い虚空と合して火花を放つ」天地創造の〝海界〟の光景と重なるのである。

「海は生きていて、言葉を語った。風は体に触れると私は歓びのあまり声をあげた」というハーンは、いわば太古の自然との対話の記憶を、意識の片隅から掘り起こしているのである。そして海辺の風の声に触れる喜びについて語った後に、「その人 the One」の記憶が浮上することも、the One の存在の本質を表わしているといえるだろう。引き続き引用をする。

When day was done, and there fell the great hush of the night before moonrise, she would tell me stories that made me tingle from head to foot with pleasure. I have never heard any other stories half so beautiful. And when the pleasure became too great, she would sing a weird little song which always brought sleep. At last there came a parting day; and she wept, and told me of a charm she had given that I must never, never lose, because it would keep me young, and give me power to return. But I never returned. And the years went; and one day I knew that I had lost the charm, and had become ridiculously old.

（昼が過ぎて月が出る前のたそがれ時、夜の静寂が大地を領すると、その人は色々なお話を聞かせてくれた。頭から足の先までうれしさでぞくぞくするようなお話を。あんなに美しい物語は、その後もついぞ聞いたことはない。そして嬉しさが極まると、その人は不思議な短い歌を歌ってくれた。眠りへいざなう歌だった。遂に別離の日がやってきた。その人は泣き、いつかくれたお守りの話をした。決して決してなくしてはいけない。それさえあればいつでも年はとらず、帰る力が得られるからと言った。しかし私は一度も帰ることをしなかった。年月が過ぎ、ある日ふと気づいてみたら、お守りはなくなっていて、私は愚かしい齢《よわい》を重ねているのだった。）

「夜の静寂が大地を覆うとき、その人は物語を話してくれた。そして夜の広がりに伝わるその語りに共鳴して、体中が嬉しさで震えた」とハーンは言う。"stories that made me tingle" の tingle は前述の tinkle と語源を同じくする言葉であり、同様に、風の中の震えるような小さな響きをいう。つまり、the One の声は、海の彼方から渡ってくる風の化身のように、きらめきながら体に直接触れ、体は楽器のように、その声の響きを受け止めて小さく振動し、音を奏でるのである。ここには、非常に原始的かつ肉感的な語り手と聞き手の共感の空間が描かれている。

この情景が読者の心に響くのは、それが個人的な母の記憶であるからというよりは、太陽と月と風が輝く、いわば、始原の語りの空間へと昇華されているからだろう。ハーンは、「夏の日の夢」において、時代を超えて語り継がれてきた浦島伝説に想像を馳せ、〝海界《うなさか》〟を眺め続けて、ここに〝語り〟の風景を提示した。ハーンが見出した海界とは、つまり、地理的に遠い異郷でも、不老不死の理想郷でもなく、時空を超えた物語のある空間に他ならない。ハーンは、その海界に戻ることがなくなったときを、"I had become ridiculously old."（愚かしくも年をとってしまった）と締めくくる。「愚かさ」とは、物語の場を忘れ、太古の自然の声を忘れることだと、ハーンは言うのではないか。

そして最後のエピソードとしてハーンが加えた「青春の泉」の昔話が、幼児に戻ってしまった老人の悲喜劇を通じて、いわば人間の一生というスパンのなかで、現世的現実的な尺度の時間を遡ろうとすることの「愚かしさ」を示唆しているのだとすれば、ハーンがこの海の風景と語りの空間に象徴的に描こうとしたものが、決して一個人の幼児期の甘悲しい思い出ではないことは明らかだろう。そうした次元を超えたところに、ハーンの海の彼方の世界はあるのである。

四　海の彼方　地の光

二つの場、二つの時間

ハーンは、チェンバレンにあてた手紙のなかで、「何時間もの間、私は青い世界を見つめていました。そしてその美しさに驚嘆し、古《いにしえ》の神々とその神々の所業のことを考えていました」、「太鼓の音が、私の夢をさましました。村の農夫が雨乞いをしていました。雨は一滴もふらないのです。ただ、白い雲——一千年前の夏に死んだ雲々の亡霊——いや、浦島の玉手箱から逃れでたあの夏の靄——ばかりが浮かんでいます」(一八九三年七月二十二日)[87]と記し、長崎旅行の間、ずっと浦島伝説について考えていたことを報告している。

ハーンとチェンバレンの二人は、相反する日本観をもち、著述の対象に相反するアプローチをしたことに焦点をあてて比較されることが多い。だが二人が、ともに「水江浦島子を詠める歌」に惹かれ、日本という異郷の古代の伝説へ思いを馳せるという感性を共有した時期があったのも事実である。それは、チェンバレン以外の多くのジャパノロジストたちとも共通の、いわば浦島伝説をめぐる共同幻想のようなものであった。彼らは、「水江浦島子を詠める歌」の歌人の視点に同化すると同時に、「須臾《しましく》は家に帰りて　父母に事も告《の》らひ、明日のごと　われは来なむ」と望んだ浦島のなかに、いったん帰郷したのちに、ふたたび常世に戻ることへの明確な意思を見出したはずである。つまり、ハーンにとってもチェンバレンにとっても、浦島伝説とは、異郷との〝往還〟、つまりは二つの場、ひいては二つの時間を同時に生きようとした人間の物語であったからこそ、強い関心をもって受け止められたのだといえよう。異郷訪問の結末をめぐって、万葉の歌人の眼差しは常世の方に残り、チェンバレンの感情の重点が帰郷の方にあったことについては前述した。そして、〝帰る〟ことへの強い執着は、夢想のなかで〝I must go home〟と乙姫の誘いを断わったことを反芻しつつ、人力車を走らせ帰途についたハーンにも引き継がれているのである。

だが、茫々たる海の情景に客死の幻影を重ねるチェンバレンにおいては、海のかなたと、その彼方に想いをはせる自分との時空の隔たりは厳然と存在し、なおかつその空間の位置関係は、極めて明確で揺らぎないものであり続けたといえるだろう。「水江浦島子を詠める歌」の解釈についていえば、浦島伝説のなかの空間の広がりが、チェンバレンという異文化の人が読むことで、さらにどうしようもなく広がっていくような感を受ける。ハーンはチェンバレンと、熊本時代に、異なる民族文化の間で影響しあうことの可能性について書簡で論争したことがある。その際のチェンバレンの議論は、世界各国の文化を異なる高さの山々が連なる山脈に見立て、文化は高きから低きへ流れるという考えかたを示していると、かつて論じたことがあるが[88]、ここでもチェンバレンの自己認識の形は三次元の空間のなかに自他を位置づけるものであること、時間さえも、歴史的な具体性のなかに、つまり、空間的にとらえるものであることを感じさせる。

それに対して、ハーンにおいては、空間内の位置づけ、つまり自己把握が絶対不動ではない。時に感覚が逆転して、さらにまた戻るような揺らぎが感じられ、そうした幻惑感が三角《みすみ》からの帰途、浦島伝説に考えをめぐらすハーンをもとらえるのである。

ハーンは、雄略帝の時代に戻る夢想からさめた後、土用の日が照りつける明治二十六年の夏に戻っていた。海岸沿いの道を走りながら、いつまでも続く電線の上にじっと止まっている雀の群れを眺める。同じ方向をむいた動かぬ雀たちはハーンの目の前を幻のようによぎっていくのだが、そのとき、ハーンは雀が動かないのは、雀からみれば、自分の方こそ「目の前を通り過ぎていく一瞬の現象にすぎない」からだと思う。ふっと視点が入れ替わるのである。ハーンはさらに海岸の道を走らせながら、松江で見た浦島踊りの美しい芸者を思い出す。そして、小道具の玉手箱から立ち上った香の煙の記憶が、車夫の草鞋が巻き上げる土埃の煙に重なり、ハーンは「人が帰り行くべき抽象の塵」と「目の前の具象の塵」との間に思いをめぐらす。このように、ハーンが浦島伝説の、二つの世界と二つの時間の往還にかかわる夢想をめぐらす時、ふと、ハーンの視点は彼岸と此岸が、現在と過去、異郷と現世との間で固定されずに入れ替わり、すりかわる。それはハーンの幾多の怪談をはじめとする再話作品における光と闇、昼と夜、生者と死者、天と地の反転と、その間の自在な往還に通じるハーンの感覚だといえよう。

それゆえ、「夏の日の夢」の最後は、ハーン文学の根底をなす感覚の映像化という意味で、より示唆的である。

ハーンが帰路を急ぐ間、道中の村々では雨乞いの太鼓を打っていて、その音が響いてくる。ハーンは女将の、つまりは乙姫の言葉を想起し、浦島と異なって、その言葉を守る。車夫があまりの暑さに交代を申し出、五十五銭だけ求めたとき、ハーンは次のように答える。「夏の日の夢」の最後の場面である。

たしかに、暑さは大変なものだった。後から知ったが、華氏百度は超えていた。遠くの方では炎暑そのものの鼓動のように、雨乞いの大きな太鼓の音がひっきりなしに響いていた。そして私は海神の娘のことを思っていた。

「七十五銭とあの人は言いました」。私は言葉を続けた。「なるほど初めの約束は果たされていません。でも七十五銭お支払いしましょう。――私は神さまがこわいのです」。

そしてまだ疲れていない新しい俥屋の曳く車は、私をのせて、赫々たる輝きの中へ――大きな太鼓のとどろき渡る方角へとひた走りに走っていった。

途中で交代した車夫に満額の謝礼を支払うのは、伝説の浦島になり代わって乙姫との約束を果たすためだろう。七十五銭支払うという他愛のない約束だからこそ、逆に魔法の力を帯びて繰り返される言葉をハーンは守り、浦島の「疑念」ではなく、「信」を示す。そして印象的なのは、最後の一文、"And behind a yet unwearied runner I fled away into the enormous blaze—in the direction of the great drums." である。"the enormous blaze"（大空を覆いつくす輝き）とは、もちろん西方に輝く夏の大きな夕日のことである。だが赤々と炎のように燃えたつその光は明らかに、帰路についたハーンが最初に眺めた海の景色、海原と天空が交わるところの雷光の輝き（blaze）に重ねられている。ハーンが向かう、大地のかなたの映像に、海界の映像がだぶる。しかも雨乞いの太鼓の響く方向だという。水の世界を予感させる最後なのである。

ここでハーンが最終的に向かおうとするのは、どこなのか。ハーンは乙姫のセイレーンのごとき誘惑を振り払って"I must go home"と主張した。それならば、と課された約束をハーンは守った。だが、雨太鼓がとどろく山の光の彼方へ「戻っていく」ハーンの後ろ姿に、果たして、"home"と認識されているのは、家族の待つ現実世界の家なのか、乙姫の待つ海の果ての異世界なのか、読者はふと迷う(89)。

しかし、最後に読者をとらえる、異郷と故郷がすり替わるようなこの感覚、前述した視点の相対化、逆転こそが、意図して映し出されていると考えるべきだろう。「夏の日の夢」は、海界の風景にはじまり、山の稜線の風景に終わる。海と空の交わるところに太古から伝わる物語があり、その物語を思い描きながら、大地と空の交わるところへ吸い込まれるように、ハーンが赴くところで終わるのである。その姿は、ハーンにとって再話すべき物語が大地と空のあわいにあることの象徴となっているようにも見えるし、またそこには、「東洋の土を踏んだ日」での寺めぐりのときと同じように、やはり対象の奥深くに入っていく視線がある。

海のかなた　地の光

海の彼方が地の光に重なる山々の映像のなかへと「帰って」いくハーンの後姿に不安はなく、「異郷との往還」を経た人間の一種の覚悟にも似た確信が感じられる。それは、『万葉集』の歌人とも、十九世紀大英帝国のチェンバレンとも異なる、ハーンの考える〝異郷との往還〟の物語の結末であり、浦島伝説が語りかけるさまざまな問い――異郷への憧憬、望郷の念、人間が生きる時間の違い、そして「水江浦島子を詠める歌」にいう人間の「愚かさ」――に対するハーンの答えでもある。

そして赴く先がより根源的な、彼我を超えたところであることを示唆するのが、「夏の日の夢」という作品全体を支配する、澄みきった青い夏の海原の風景なのであり、また、そのような鮮やかな映像に託して描いてみせるところがハーンという作家なのだともいえる。

帰路についたハーンの夢想が、「何と透明な青の色であろう」と感嘆しつつ海界の風景を見つめることから始まると、先に述べた。ハーンの魂が小さな羽虫となって、「海と太陽のはざまの青の幻のなかへとあくがれ出て、千四百年の夏のまばゆい幻影を突き抜け、羽音の唸りも軽やかに住之江の岸辺に戻った」という箇所である。そこで会う海神の姫の声が銀鈴のごとき響きをもつことの意味についてはすでに述べた。

だが、千四百年の昔へと飛翔するこの場面をさらに際だたせるのは、ハーンが見つめる「海と太陽のはざまの青い夢」に、「千四百の夏のまばゆい幻影」(the luminous ghosts of fourteen hundred summers)の重なりを見るという、時空のイメージだろう。そこでは、summers, ghostsという複数形が、千四百回分の夏の残影が透明な板のように重なりあっているさまを見せる。千四百の夏が層となって、積み重なっているのであって、それは、浦島伝説の最後、「四百の冬の重み」(the weight of four hundred winters)によって浦島が息絶える場面で、やはり四百の冬が雪山の断崖の層のごとく堆積して見えるのと同様の時間感覚の映像化といえる。どちらの場合も、時間は歴史の年表で表わされるような川の流れのごとくに、流れていくのではない。時間は同じ場所に降り積もっていく。したがって時とは、そして過去とは、「遡る」ものではなく、瞬間的にその場で現出するものとなる。そしてハーンにとって、絶対的な価値をもったもの、確実なもの、それは、空間ではなく、堆積した時間なのである。

「夏の日の夢」では、異なる時空の夏の海が幾重にも描かれている。風景描写のなかに青い空と海原の小舟の点景が繰り返され、「昔も今も変わらぬ」「昔と同じ」とそのつど言いそえることによって、過去と現在が巧みに重ねあわせられ、その上で、浦島伝説の千四百年の過去へ赴き、さらに始原の太陽と月と風の空間が読者の脳裏に刻みこまれる。いわば海の風景のなかに時間をさかのぼる通路を幻出させることで、「水江浦島子を詠める歌」に対する、ハーンの複数の反歌が重奏のように奏でられたあと、読者の目に残るのは、澄み切った夏の海の広がりの上に映し出される、〞時間の円塔〟ともいうべきイメージなのである。そして、鏡のように光り輝く夏の海は、そのような時間意識を投影する場としていかにもふわさしい。

『万葉集』の「水江浦島子を詠める歌」の舞台は春の海だった。靄がかかり、海界の景色がたゆたう。朧朧《ろうろう》たる春霞の帳《とばり》の向こう側に、万葉の歌人が想像する古代の浦島伝説が展開するのだが、霞や霧は、古今東西の物語のなかで、現実と幻想、現世と異世界との境をあいまいにする装置としてなじみ深い。例えば『アーサー王伝説』のアーサー誕生の場面、『ハムレット』のなかの亡霊登場の場面など、数しれぬ神話伝説や物語のなかで、霧が立ち込めるとき、二つの世界の間の扉が開かれ、断絶が融解し、横断可能となる。その点からすると、「水江浦島子を詠める歌」もまた極めて普遍的な舞台設定がなされたことになるのだが、霧や靄の向こう側にある別世界とは、三次元的な空間のなかで遠くに把握されているということになろう。だが、ハーンにとっての異世界は、現実世界と時空が重なり、同じ所に現出するものなのである。ハーンが、浦島伝説の季節を春から夏に変えた必然性は、ここにあるというべきだろう。たまたま夏に長崎旅行をしたからでも、南国への憧憬の現われだけでもない。夏という季節が、ハーンにおいて特権的なものだったからである。「盆踊り」「盆市にて」「日本海の浜辺で」などに描かれているように、夏の夜の闇は、過去が現出し、死者と生者がこの世とあの世を往還する場であった。「焼津にて」「夜光るもの」などの晩年の随筆の主題は、夏の夜の海に響きわたる、太古からの魂の音楽であった。そのようなハーンにとっては、光り輝く夏の昼の海もまた現実が異世界に、現在が過去に重なる場だったのである。「夏の日の夢」とは、時空を突き抜ける回路を、透明な青の世界に映し出す「夢」なのである。

ハーンが晩年、『万葉集』の「水江浦島子を詠める歌」を好んで暗誦していたことを、小泉セツが回想している。萩原朔太郎が引いた『思ひ出の記』の一節について本論冒頭で触れたが、引用はこう続く。

日本のお伽噺のうちでは「浦島太郎」が一番好きでございました。ただ浦島と云ふ名を聞いただけでも「あゝ浦島」と申して喜んでゐました。よく廊下の端近くへ出まして、「春の日の霞める空に、すみの江の……」と節をつけて面白さうに毎度歌ひました。よく暗誦してゐました。それを聞いて私も暗ずるやうになりました程でございます。(90)

廊下にたたずみ、縁側から外をながめて、浦島の歌を口ずさむハーン。その傍らで、思わず共に口ずさむようになったセツ。この一節を読んで感じ入るのは、簡単な「へるんさん言葉」ばかりを話すように伝えられてきたハーンが、『万葉集』の長歌を日本語原文のまま暗記していて、しかもそばで聞いているものが覚えてしまうほど、繰り返し朗唱していたということだろう。ハーンは、もはやチェンバレンの英訳ではなく、「水江浦島子を詠める歌」の日本語そのものを、心の中で反芻した。そして、ハーンが「あゝ浦島」と感慨をこめて言ったとき、ハーンの脳裏には、アストン、フローレンツ、そしてチェンバレンという、先行するジャパノロジストたちにとっての浦島伝説が浮かんだはずであり、と同時に、自らの軌跡と、その結果として達しえた境地を心の中でかみしめたにちがいない。それゆえ、「喜んで」「面白そうに」、おそらくは静かに微笑み、ゆっくりうなずきながら、毎度歌ったのである。そしてハーンが浦島の歌を歌うとき、セツとともにすごす生活に満足していることがわかるからこそ、セツは一緒に、口ずさんだのだろう。ハーンの「夏の日の夢」を、「母性思慕と楽園喪失」の「哀しみ」の物語として読むことは、このようなハーン晩年の姿とは相容れない。

いまひとつ、この文章で気づくのは、ハーンの朗誦を聞いて「私も暗ずるやうになりました」とセツが語っていることである。ハーンの再話文学の創作過程について、ハーンに様々な日本の怪談や民話伝説を語ってきかせたのはセツであり、それゆえハーンの再話作品は、〝語る女〟〝インフォーマント〟であるセツとの協力の賜物であると、これまで言われてきた。その発端は、セツ自身の回想にある。セツが提供した、いわばハーンの知られざる創作秘話としての、「耳なし芳一」や「幽霊滝」にまつわるエピソードがあまりに印象的だったのであり、その怪談じみた雰囲気と、やはりセツが回想のなかで明らかにした、たどたどしく、かわいらしい数々の「へるんさん言葉」とセツの落差がまた読者に強い印象を残すのである。かくして、ランプのほの暗い明かりのもと、セツの語る怪談に耳を傾け、子供のように怖がりながら、何度も話をせがみ、その後にセツの語りを言葉に記すハーン、というまるで母子のような夫婦の情景が、これまでのハーン研究のなかで繰り返し再現され、伝説と化してきた。

土地の文化を体現するセツという女の語りに、耳を傾けるハーンという男の書き手、という図は民俗学における民話採集のイメージにぴたりと当てはまる。しかも、この図式にひそむ、現地の女対西欧の男、口承文芸対知識人による文字化という支配被支配の関係は、母と母の語りに頼る息子という逆の支配関係をかぶせることで、一見相殺されているかのようにみえる。一方、セツにしてみれば、怪談の創作にまつわるエピソードは、ハーンの文業に対する自らの貢献をそれとなく知らせたくて語ったものだったかもしれない。

しかし、ハーンの再話作品とそれぞれの原話をつきあわせてみれば、ハーンの作品のもつ言葉の力と表現の魅力は、原話とむきあい、自らにたちかえるという想念の往復運動と、それぞれの文学世界に想像を遊ばせるという、きわめて内的な、また孤独な思考過程をへて練り上げられたものであることは明らかである。雨森信成が覗き見たという夜中に鬼気迫る形相で机に向かうハーンの姿は、そのような創作の一瞬をとらえたものだろう。たしかに、例えば「日本海の浜辺で」に挿入された「鳥取の布団」の話など、作品によっては、セツの語りがきっかけになったものもあったにちがいない。だが、浦島伝説という異郷との往還、そして二つの時空間を生きることにかかわる、ハーンにとって根源的な意味をもっただろう物語の再話において、セツは関与していない。ここでは反対にセツの方が、ハーンの朗唱する「水江浦島子を詠める歌」に、つまりハーンの語りに、耳を傾けたのである。日々の「へるんさん言葉」による会話からは推し量れない深い感慨がその語りのなかにこめられていることを、おそらくは察して聞き続けるうちに、セツも浦島の歌を覚えた。縁側でハーンの傍らに立ち、ハーンと同じ視線を庭のかなたに向けるセツの姿には、「語る女」の役から解放されて、そっと「水江浦島子を詠める歌」を唱和する、静かで穏やかな共感の一瞬が感じられよう。

ハーンは、〝海界の風景〟を生涯、心の中で眺め続けたのかもしれない。そして海と空との風景のなかに浦島伝説の再話を試みたハーンの作品「夏の日の夢」のなかには、古代より語り伝えられ、様々に変奏されてきた物語と、人が古来眺め、想念をはせてきた風景の、時代を経て凝縮されたエッセンスがある。古代の物語の舞台を見つめて歌う万葉の歌人、万葉のその長歌をさらに見つめて、翻訳したチェンバレン、その言をうけとめ、考え、語りなおすハーン。ここには、二つの時間、二つの世界の往還にかかわる物語が、入れ子細工のように見えてくる。ハーンの再話文学の魅力がここにもある。

第九章　地底の青い空——「安藝之介の夢」

地底の異世界

ハーンが亡くなった年に刊行された『怪談』（一九〇四年）には、「耳なし芳一」から始まる十四編の再話作品に、三編の短いエッセイ、そして「蝶」「蚊」「蟻」の「虫の研究」が収められている。「十六桜」の次にくる、最後の話が「安藝之介の夢」（"The Dream of Akinosuke"）[1]である。

ハーンは晩年、まだ小学生だった長男の一雄に、アンデルセン童話集やギリシャ神話などを読ませて、毎日英語を教えたという（小泉一雄『父「八雲」を憶ふ』）。ハーンが亡くなる一ヶ月ほど前、『怪談』を読むことになった。そして一雄は、「父の歿する日わたしは怪談中の「安藝之介の夢」を丁度読了したのでした」と回想している。[2]「安藝之介の夢」は、はからずもハーンが人生の最後の日に読んだ、文字通り最後の物語でもあった。

その「安藝之介の夢」のあらすじを簡単に示そう。

大和の国の遠市郡の郷士、宮田安藝之介の家の庭には杉の大樹があった。ある暑い昼下がり、安藝之介は友人とともにその樹陰で休んでいたところ、急に眠気を催し、夢を見た。青い絹を垂れた御所車をひいた華やかな行列が近づいてきて、立派な身なりの使者が常世の国王の命で迎えにきたという。車に乗ると、たちまち立派な楼門の前につき、宮殿のなかに案内され、常世の国王に会う。そして美しい王女と結婚して、西南にある島、莱《らい》州に国守として赴任する。七人の子供をえて幸せな二十三年間を過ごすが、妃を病でなくし、安藝之介は元の国へ帰ることになる。船で海に出たところで、安藝之介は目覚め、自分が杉の木の下で眠っていたこと、眠ってから数分しかたってないことを知る。そして友人の話から、安藝之介が眠っている間に顔の上に一匹の黄色の蝶が現われて、蟻の穴の中へひきこまれていったこと、その蝶が再び戻ってきて安藝之介の顔のあたりで消えたことがわかる。不思議に思った彼らが杉の木の根元を掘ってみると、大きな蟻の巣があり、安藝之介の見た常世の国とつくりが一緒だった。国王とおぼしき立派な蟻もいて、妃を葬った丘の塚まであった、という話である。

「安藝之介の夢」は長さ九頁ほどの短編で、ハーンの作品のなかでは取り上げられることの少ない方かもしれない。だが、「夏の日の夢」の浦島伝説と同じく異郷訪問譚であり、「雪女」や「泉の乙女」同様の異類婚姻譚でもある。庭先にある一本の樹木にまつわる話であり、さらにハーンが心をよせた小さな虫の世界の話でもある。海と島も話のなかに登場する。ハーンの文学のこれまでの重要なモチーフの多くが、さながら交響曲の最終楽章のように、この小さな物語のなかに再結集している。

「安藝之介の夢」は、「南柯《なんか》の夢」の話に材を得たものであるとされる。「南柯の夢」は、「邯鄲《かんたん》の夢」の話とともに広く知られ、テキストとしては、中国の唐中期の李公佐による『南柯太守伝』(3)と、唐末期編纂の陳翰の『異聞録』に収められた『槐宮記《かいぐう》』(4)がある。後者は前者を多少短くしただけで同じ話である。曲亭馬琴の『三七全伝南柯夢』（文化五年、一八〇八年）は、「南柯の夢」の話を取り込んだ伝奇小説であり、その序文に『槐宮記』を全文収録した『校訂馬琴傑作集』（博文館帝国文庫）がハーンの蔵書に残っている。そして、ハーンはこの『槐宮記』を参照して、「安藝之介の夢」を書いたのだろうと現在考えられている。(5) つまり、「安藝之介の夢」は中国の話からの再話ということになるのだが、ハーンは、『怪談』所収最後の再話作品において、いかなる物語世界を描こうとしたのか。中国の原話との差異には、いかなる意味があるのか。原話の要点を確認しておこう。

「南柯の夢」は、唐の広陵郡に住む俠客、淳于棼《うふん》の話である。そして庭にあるのは杉ではなく、槐《えんじゅ》の大木である。淳于棼は槐の木の下で友達と酒を飲み、ひどく酔って家の中へ運びこまれる。寝ている淳于棼のもとに使者が現われ、車に乗ると、まっすぐ槐の根元の穴をめざして中に入っていく。大きな城楼がそびえる地下の王国の名前が「槐安国」であり、槐安国王の命で娶る美しい王女は、金枝公主と呼ばれていた。夫婦で赴くのは「南柯郡」という地方であり、島ではない。淳于棼は南柯郡を良く治め、宰相となる。妃が亡くなって、盤竜岡に葬るくだりは同じだが、その後、淳于棼はますます権勢盛んとなり、奢侈がすぎたため国にとって凶兆だと誅されて失脚し、地上に戻されるのである。夢から覚めて、槐の老木の下の穴を調べると、洞のように開けていて、槐安国である蟻の国を見つける。王である大蟻がいて、妻を葬った場所を見つけるところは同じである。だが、最後に、夕暮れの雨風が来て蟻の国を壊し、穴をふさいでしまう。蟻の群れもいなくなってしまったというところで終わる。

ハーンが『槐宮記』を読んだとき、この物語が地下に広がる異世界を訪れる話であり、さらにそれが蟻の国だったという点に着目したはずである。ハーンの虫好きはよく知られている。来日前は、さまざまな熱帯の虫のことを記事のなかで取り上げた。来日後のエッセイでも、夏蝉や秋の虫の鳴き声の魅力について語り、「草雲雀」という味わい深い短編を残した。ハーンの蔵書には、ファーブルの『昆虫記』(6)があり、『怪談』の最後にも、「蝶」「蚊」「蟻」の三編の短いエッセイが附せられている。一方、ケルトの民話伝説において、野原や丘の地下に妖精たちの別世界があると想像されてきたことは、アイルランドの詩人ウィリアム・バトラー・イェイツが集め編集したケルト伝説集によっても知られる通りである。妖精の国の入口は洞窟や洞穴であり、ときに野原にフェアリーリング(妖精の輪)が出現して、迷い込んだ人間を地下世界へと引き入れる。ハーンはルイス・キャロルの『不思議の国のアリス』(一八六五年)(7)を読んでいるが、アリスもまたウサギの穴に落ちて地底の不思議な世界に行き、帰ってくると、僅かな時間まどろんでいただけだったことがわかる、という話である。地面の穴に落ちて異世界を訪問するという話は民話のひとつの型でもある。

ハーンの「安藝之介の夢」は、地下の異世界で二十数年を過ごしたこと、地上に戻るとそれが一瞬の眠りの間の出来事であったとわかり、だが木の根元に蟻の国が現実として存在したことを知るという展開は、原話とほぼ同じである。だが「安藝之介の夢」は、原話とはおよそ異なる印象を読後に残す。

ハーンは再話にあたって、舞台を日本にして、登場人物の名前を変えただけではない。脚色として印象的なのは、夢のはじめの部分で迎えの使者の立派な行列が近づいてくる場面、安藝之介の魂が蝶となって地下世界に入ったことが示唆される場面、最後に蟻の巣の小さな石の下に雌の蟻の遺体があった、という箇所などである。だが、より重要な改変は、ハーンが、地底の異世界の性質を根本的に変えたこと、そして蟻の国の壊滅という結末を削除したことだろう。

原話の槐安国は、地下にある蟻の国だが、地上世界の写し絵として構成されている。槐安国は、槐の大木の根元にある。南柯郡らしき蟻の群は、南柯、つまり南に伸びた枝の下に発見される。『槐宮記』では省略されているが、『南柯太守伝』では檀羅国という国が槐安国を攻撃してくる。その蟻の国も檀《まゆみ》の大木の根の下にあることがわかる。王女を葬った盤竜岡も、古い根がとぐろを巻いて竜のような形に盛り上がった地形のところだった。地上世界とひとつひとつ符節があう蟻の世界では、宮廷は黄金や翡翠で飾られ、武具が並ぶ。与えられる褒美も具体的に描かれる。その槐安国で淳于棼は爵位と領地を得、宰相となって栄華を極める。だが、そのために王の側近の上表により、失脚する。「南柯の夢」とともに中国の〝二大夢〟と称される「邯鄲の夢」⑻の話においても、主人公の盧生は成功と失敗、信頼と裏切りの繰り返しで宰相になったかと思うと逆賊として捕えられ、激しい人生の浮沈を夢のなかで経験する。官位や富の描写が詳しく、立身出世が重視され、人の世の栄枯盛衰が描かれているという点においては、「南柯の夢」も同じである。槐安国は、政争も戦争もある、いわば人間界の縮図であり、それは、アリスの地下世界が諧謔と風刺と不条理によって人間世界を映しているのと同様に、一種の鏡の世界なのである。権勢をほしいままにした後、失意のうちに放逐される人生が、午睡の間の夢にすぎなかったという物語が伝えんとするものは、したがって極めて明確に、人の世は儚《はかな》いという教訓になる。

それに対して、安藝之介の赴く「常世の国」の「莱州」という、蓬莱を連想させる島では、「健康で肥沃な土地なので病気も窮乏もなく、人々は善良で法を破ることもなかった」(9)とハーンは記す。国守の仕事には何の苦労もなく、古式ゆかしく儀礼を執り行なうのが主な務めだった。安藝之介は政治力を発揮する必要もなく、平和な日々を送る。姫の死後、安藝之介が莱州を去るのも、妻を失った悲しみのためであり、追放ではない。安藝之介は丁重に港まで送られるのである。つまり、ハーンは、中国の原話における蟻の国から現世的な権力と富への執着や確執の要素を取り去り、人々の善意と穏やかな平和が支配する、夢のなかの理想郷にしたのである。「常世」「蓬莱」という名前ながら、そこで得られるのは不老不死ではなく、むしろ「青柳物語」の樹々の世界に通じるような、何か人間にとって大切なものである。

ハーンが『槐宮記』の漢文を弟子などの助力を得て読み解いたとき、槐《えんじゅ》という樹木が中国では現世における栄達を象徴すること、周の時代には宮廷の庭に植えられ、その前に宰相が座することから、「槐位《かいい》」が最高の官位を意味し、「南柯の夢」にちなんで「槐夢《かいむ》」が儚《はかな》い夢の意味であるという、今でも『広辞苑』を引けば載っている、この程度の知識は当然得たはずである。その上で、ハーンは木の種類を槐から杉に変えたのだろう。ハーンの考える〝常世〟は、日本のいたるところにある常緑樹の杉の木の地底に展開するのである。

地底の青い海と夏の空

原話の槐安国では、宮廷の豪華な調度品や侍女たちの華やかな衣装があふれ、自然光のないなかで原色の色彩が交差する。だがハーンは、「美しい官女たち」「威儀を正した高官たち」「豪奢な応接の間」と、抽象的な形容詞だけを残して、原話の絢爛たる色彩描写を消した。ハーンは、いわば全体に紗がかかったような幻想の世界をつくり、そのなかで、二色だけをくっきりと際立たせた。青と黄の色である。

最初に安藝之介を迎えにきた使者は、「輝くばかりの青い絹を垂れた、大きな漆塗りの御所車」(a great lacquered palace-carriage, or gosho-guruma, hung with bright blue silk)[10]を引いてきた。また花嫁は、「天女にもまごう姿で、その衣は夏の空のごとく美しかった」(As a maiden of heaven the bride appeared to be; and her robes were beautiful as a summer sky.)[11]と描かれる。王女の描写は、この一文のみで、名前も記されず、顔も声も言葉も描かれない。原話では、母后が王女に妻として夫に尽くすよう儒教的な助言を与えるが、ハーンはそのくだりを削除している。王女の存在は、生身の女というより、まるで夏空の化身のようなのである。ハーンがこれまで描いてきた幾多の異類婚姻譚の女たちのなかで、もっとも淡い、ほとんど雰囲気に近い存在といっていいかもしれない。そして、その「夏の空のような美しさ」が安藝之介を包み込む。

「安藝之介の夢」の地底世界がさらに印象的なのは、原話にない青い海が広がっていることである。安藝之介は常世の国王が用意した立派な御座船で順風に恵まれて無事に莱州に着き、島を去るときの次の描写も、海の広大さが感じられる。

船は青い空のもと、青い海へと乗り出した。莱州の島影がはるか遠く青くなり、やがて灰色に移り、ついに永遠に消えてしまった……そして安藝之介は我が家の庭の大杉の樹下で目を覚ましたのである。

(the ship sailed out into the blue sea, under the blue sky, and the shape of the island of Raishū itself turned blue, and then turned gray, and then vanished forever.....And Akinosuké suddenly awoke—under the cedar-tree in his own garden!....)(12)

この場面が、どこか「夏の日の夢」のなかの浦島伝説を連想させるのは、青い空と青い海のあわいに、去り行く安藝之介の心が残るからだろう。安藝之介が赴いた常世は、青の色に満たされた世界なのである。そのなかで、国王は、黄色の絹の衣をまとい、のちに黄色の羽の大蟻の姿で見つかる。安藝之介の魂は、黄色の蝶の姿と化して常世に引き入れられた。国王の衣服と蟻の羽と、安藝之介の霊魂である蝶だけが、青の世界のなかで陽の光の黄色の輝きを発している。

ハーンの作品について、夜の中の光が印象的に描かれていることを、第一章で述べた。「夜光るもの」では、夜の海の水面を埋め尽くす夜光虫の神秘的な輝きが、「焼津にて」では、やはり夜の海に流される盆灯籠の光がハーンの文章からあふれてくる。怪談については繰り返すまでもない。闇の中にともる灯火と白い顔が浮かびあがる「むじな」をはじめ、「雪女」も、「十六桜」も、「耳なし芳一」も、闇を描きながら、闇の中の白い光が魅力を発しているのである。来日するまでのハーンがアメリカ時代、「言葉の印象派」とよばれたほど、色彩を駆使した華麗な描写を得意としたことについては「はじめに」で言及した。多彩な色は、「神々の国の首都」の朝焼けと夕焼けの描写にまだ残っているが、次第に、闇と光の世界のなかに色が消えていくのが、晩年の作品群だといえる。ところが、「安藝之介の夢」という『怪談』最後の再話作品において、ふたたび色彩が、それも青と黄という二色だけが現われる。そして、この青と黄の色合いは、どこかイタリア中世の画家ジョットの宗教画のような穏やかな静けさをたたえているのである。

ハーンの「安藝之介の夢」を際立たせる青の世界と陽光の輝き。そこには、「大和の国の遠市郡の郷士、宮田安藝之介」という物語の設定も、寓意をこめたものではないかと想像させるような、イメージの鮮やかさがある。ハーンが『槐宮記』を直接の素材として、「安藝之介の夢」を書いたとすれば、ハーンが考えた地名と人物名にも意味があるのではないか。作品冒頭で示される、"the district called Toïchi of Yamato Province" の Toïchi は、ハーンの弟子だった田部隆次による最初の邦訳（大正十五年）[13]では、「遠市」と表記された。だがその後、現行の翻訳にいたるまで「十市」があてられるようになったのは、奈良県橿原市に古代の文献にも登場する十市という古くからの地名が明治時代まであったからだろう。[14]だが、十市は「とおち」と読み、Tochi と表記される。「い」の音にアクセントのある Toïchi ではない。とすれば、Toïchi はやはり「遠市」なのではないだろうか。「安藝之介の夢」は大和の国、日本の、どこか遠い場所の郷士、つまり代々その土地に暮らしてきた人の物語なのである。そしてその主人公は、庭にある常緑樹の大きな杉の老木（a great and ancient cedar-tree）の地底に、海と空の広がりを見出す。

ハーンの「安藝之介の夢」の地底世界は、ハーンが抱くにいたった異世界のひとつのイメージを凝縮して表わしているといえるだろう。〝常世〟の国は、青い空と海が広がる別天地であるが、その別世界は、庭の古木の地下深くに潜んでいる。「十六桜」の樹下が聖なる空間だったのと同じように、〝常世〟は杉の木の根元の、大地の底に息づいているのである。ハーンがかつて「神々の国の首都」に描いた、早朝の杵搗《きねつ》きの音に感じとった、〝大地の鼓動〟、地の底から湧き上がる響きは、ある意味で「安藝之介の夢」の地底において一つの像を結んだといえるのかもしれない。

そして、その地底の〝常世〟を見せてくれたのは、地上の最も小さな生き物のひとつである蟻だった。安藝之介の顔の上に現われた蝶が蟻の穴に引き入れられるのを見ていた友人は、こう言う。"Ants are queer beings—possibly goblins"（「蟻は不思議な生き物だ。魔物かもしれぬ」）。地中や山に住む自然の精霊であり魔物でもあるゴブリンとしての蟻が、地底の〝常世〟に引き入れるのである。

異世界の時間

ハーンが原話に加えたもうひとつの重要な改変は、物語の結末である。前述したように、原話では夕暮れの風雨が蟻の国を壊滅させる。槐安国滅亡の予言があり、国に災禍をもたらすものとして追放された淳于棼が地上に戻って蟻の巣を暴き、そこに風雨が襲って、王国は崩壊する。つまり、予言を避けようとして逆に予言が実現されてしまうわけだが[15]、ハーンの再話では、予言もなく、その後の王国壊滅の記述もない。

夢から覚めた安藝之介は、自らの魂が杉の根元に入っていったことを知り、友人とともに根元を掘ると、蟻の巣の中に「黄色味を帯びた羽と長い黒い頭をした一匹の大きな蟻」がいて、夢でみた国王だとわかる。物語は次のように終わる。

「常世の国の御殿も見える。……何という不思議。……莱州はあの南の方、あの大きな根の左の方にあるはずだ。……そうだ、ここにある！　なんという不思議なことだ。こうなれば、盤竜岡がどこにあるかもわかるはずだ。そしてお妃のお墓も……」

壊れた巣の中を安藝之介は探しに探した。そしてついに小さな塚を見つけ出した。その塚の上には水で磨り減った小石が据えてあった。仏寺の石碑にそっくりである。そしてその石の下に安藝之介は、土中に埋められた一匹の雌の蟻の遺骸を見つけたのであった。(16)

ハーンは、安藝之介が、蟻の巣を無言のまま見つめるところで、筆を置く。あたかも、読者を物語の場に引き込み、その想像を喚起するかのように。

「安藝之介の夢」は、浦島伝説と同じ〝異郷訪問譚〟である。ハーンは「夏の日の夢」を書いてから十年の時を経て、ふたたび、時間を異にする異世界との往還を作品に描き、『怪談』最後の再話作品としたことになる。あらためて理解されるのは、ハーンが、二つの世界、二つの時間――それを、現実と永遠の世界、現在と過去、近代社会と遙かな古代、生と死、彼岸と此岸、人間と神々や魔物の世界、といいかえてもいい――が同時に存在し、重なりあっている、と信じ、そして感覚として実感していたということである。今、この自分が生きる時間、世界と、別の次元の異世界は重なりあい、連なっている……ただ、ふだんは見えないだけなのである。二つの世界の間の回路は、ふとした瞬間に開いて、別の景色が見え、人は気づくと異世界にいるのである。ハーンにとって、その景色は、きらめく海に、夜の帳《とばり》のなかに、そして大地の底深くに立ち現われた。

異世界との往還を描いた二つの物語は、いくつかの点で、興味深い照応と違いを見せる。たとえば、ハーンの浦島伝説のなかで、浦島に玉手箱を開けさせた「疑念」の影は、安藝之介にもその残影がみられる。目が覚めた安藝之介に、友人が蝶を見た話をして、それだけでは夢を説明できないから、「蟻を調べればわかるかもしれない。蟻は不可思議な生き物だ」と言う。すると安藝之介は、「その提案に心動き、「調べてみよう！」と叫んで、鋤を取りに行った」とハーンは記す。安藝之介は「知」の欲求にかられて夢の真偽を確かめようとするのである。掘り起こした蟻の国に、蟻の姫の墓を必死に探す安藝之介を、ハーンは、"In the wreck of the nest he searched and searched."と記した。"the wreck of the nest"とは、壊れた蟻の巣の残骸である。そして「安藝之介の夢」では、王国滅亡の予言が削除されたために、木の根元を掘り返すことは不可避の運命ではなく、安藝之介自身の意思による行為となる。「夢」の証を求めた安藝之介の行為は、同時に、その「夢」の世界を荒らすことでもあった。安藝之介の行為の二面性は、あるいは人間の「知」の営みの本質を示唆していると、みることができるのかもしれない。そしてこの一文にただよう、心に何か小さな刺がささったような痛みは、やはり「近代」の「知」の本質的矛盾にまつわるものなのだといえる。

では「安藝之介の夢」と浦島伝説との違いは何か。まずは、異世界との時間の関係にあるといえよう。浦島伝説においては、常世の時間の三年間が、現実では数百年であり、逆に「安藝之介の夢」では、常世の時間の数十年が、現実世界では一瞬のことだった。その違いは、時間のずれを重要な要素とする異郷訪問譚における二つの話型の違いの特徴でもある。

その違いがハーンの再話作品においては、墓という〝現実〟に向かい合ったときの、異世界の時間のゆくえとして提示される。浦島伝説のなかでは、浦島は帰郷後、村の墓地で一族の、そして自分自身の墓を見つける。その〝現実〟を知って浦島は打ちのめされ、乙姫のもとで過ごした日々も、自分の命も一条の白い煙となって消えた。異世界の時間が手のとどかぬものとして、遠ざかっていくのである。

それに対して「安藝之介の夢」では、木の根元の地底に蟻の墓を見つけたとき、安藝之介は、常世での日々が幻想ではなく、自分が本当に体験した〝現実〟であったことを知る。夢と思われた異郷も、その時間も、確かなものとして存在していたことがわかるのである。

このとき、安藝之介をとらえる感慨はどういうものだろうか。小さな蟻と化して地下世界に暮らしたのだという、恐ろしさも入り混じった不可思議な思い。常世での時間が夢ではなかったと知ることができた、一種の安堵と救いの念。だが何よりも大きいのは、時空が内なるものとして広がりゆく感覚ではないだろうか。安藝之介は、蟻の墓を見つめながら、常世の時間も空間も、自らのうちに収めるのである。

庭の杉の大木の根元を掘り返した蟻の国の前で、蟻の姫の小さな墓を見つめて坐り込む安藝之介の姿を映して、物語は終わる。読者もまた安藝之介の視線にひきこまれ、安藝之介に一体化していく。そして、樹木の下の地底に美しい夏の空が広がり、常世の青い海をやわらかく照らしていたことを、小さな蟻の世界のなかに広大な宇宙があったことを改めて想起するのである。このとき、

「安藝之介の夢」という物語から伝わってくるのは、原話におけるような〝人生のはかなさ〟ではあるまい。大地の底に垣間見た異世界の夢、異世界の時の流れが確かなものとして人生のなかに残り、人は生きていくということなのではないか。

『怪談』冒頭の「耳なし芳一」において、再話文学者としてのマニフェストを高らかに提示したハーンは、最後に「安藝之介の夢」において、時空の広がりを見つめる人間の姿を、象徴的に映し出した。その姿は、「夏の日の夢」の最後の場面で、海と空のあわいに山々が重なる彼方に向かうハーンの姿と響きあう。ただ「夏の日の夢」にあった幻惑感は、もはやここにはない。

“Akinosuke”の物語

「安藝之介の夢」は、さきほど述べたように、〝大和の国〟の〝遠市〟の郷士の物語である。主人公の、個人名としては珍しい“Akinosuke”という名前は、もしハーンが考えたものだとしたら、どこからくるのだろうか。〝宮田安藝之介〟という漢字表記から何か意味を読み取ろうと想像を馳せてみることもできる。だが、その漢字表記も、もともとは翻訳者によって当てられたものである。ハーンの作品そのものは、“Akinosuke”の夢の物語なのである。そして“Akinosuke”が赴く〝常世〟の空は、いかなる現実世界をも超えて青く澄みわたり、陽はおだやかに輝く。

ここで思い出されるのは、ハーンの幾多の異類婚姻譚のなかで、いわば最初の本格的な再話作品である「泉の乙女」のこと（第五章参照）である。その主人公が、アキという名前だった。あるいはハーンにとっては、〝アキ〟という音の響きに、心にふれるものがあったのかもしれない。そしてハーンは、『怪談』の末尾にそえたエッセイ「虫の研究」の「蝶」（"Butterflies"）の最後で、近所の宗参寺《そうざん》にまつわる次の話を紹介する。

寺近くに一人の老人が暮らしていた。ある夏の昼下がり、病に倒れた男の枕もとに、どこからともなく白い蝶が現われる。見舞いにきていた甥が追い払っても、蝶は枕元を離れようとしない。しばらくしてその蝶は庭へひらひらと飛んで出た。不思議に思った甥が後を追っていくと、墓地のなかに入り、ある墓のところで消えた。墓石には、アキコという名前があった。戻った甥は伯父が亡くなったことを知る。母親は息子に、伯父が若くして許婚を亡くしたこと、寺のそばに庵をかまえて五十年以上もその墓を守りつづけてきたことを話し、"So, at last, Akiko came for him; the white butterfly was her soul."[17]（「ああ、ついにアキコさんが迎えに来たのね。あの白い蝶は、彼女の魂だったのよ」）と言う。そしてハーンは、最後にこう付け加える。日本には「胡蝶の舞」という古《いにしえ》の舞楽がある。蝶に似た衣裳をまとった舞人たちが雅楽の調べにあわせて、ゆっくりと円を描いて舞うのである、と。

宗参寺のエピソードの最後の場面は、「泉の乙女」の、白い妖精の妻が数十年の時をへて、今や年老いた男の枕辺に迎えに来るところに重なるかもしれない。だが、『怪談』という一冊の本を読み進めてくると、最後にそえられた宗参寺の話は、最後の再話作品である「安藝之介の夢」のその後を想像させる。安藝之介は、きっと、杉の根元の蟻の巣にそっと土をかけて元にもどし、蟻の妃の墓を、そして蟻の国の〝常世〟を守ったに違いない。五十年後、安藝之介の元に、夏の空の化身であった妃が白い蝶と化して戻ってくる。そして「胡蝶の舞い」への言及があるため、読者の脳裏には、安藝之介の黄色の蝶と妃の白い蝶が円を描いて舞いながら、彼方へと遠ざかっていく映像が浮かぶのである。

ハーンが一雄のために「安藝之介の夢」を読み聞かせたその日の夜、ハーンは亡くなった。読み終えて本を閉じたとき、ハーンは、蟻の地底世界の時と空を見つめる安藝之介の姿にあらためて自らを重ねただろう。さらに安藝之介の上にそびえたつ杉の大木も、その上に広がる青い夏の空もひとつの視野のなかに広がり、同時に、安藝之介の異世界の時間も、みずからの人生の時間も、そこに凝縮される。ハーンには、そのすべてが二匹の蝶が舞うひとつの光の球体となって、空へと立ちのぼるさまが見えていたのかもしれない。

結び　ハーンの再話文学

ハーンが再話作品を書くことに力をそそぎながら、その一方で数多くの随想文に仏教思想などをめぐる哲学的な思索をつづり、そこで一貫して問われたのが、人間における「時間」の問題だったことについて、「はじめに」で述べた。

ハーンは来日直後の横浜で寺めぐりをしたとき、訪ねた地蔵堂で老僧と話をした。その時の自分の言葉を後に、次のように記している。

There are three great questions by which the minds of many men in the Western countries are perpetually tormented. These questions we call 'the Whence, the Whither, and the Why,' meaning, Whence Life? Whither does it go? Why does it exist and suffer? ("In Yokohama"[1])

西洋の多くの人々が常に悩んできた三つの大きな問題があります。それを私たちは、「どこから」「どこへ」そして「なぜ」の問題と称してきました。つまり、「生命はどこから来たのか」「どこへ行くのか」「なぜ存在し、苦悩するのか」ということです。（「横浜にて」『東の国から』）

このように大文字ではじまる言葉として強調された、“the Whence, the Whither, and the Why”の問いは、その後もハーンの随想文のなかで繰り返される。熊本時代の「石仏」と題した長編随筆のなかでは、現代の学者がいくら人間経験を体系化しても“the Whence, the Whither, or, the Why”[(2)]について啓発しないだろう、と述べた。神戸時代の作品「前世の観念」(『心』)では、仏教思想には“the questions "Whence?" and "Whither?"”[(3)]の問いへの独自の答えがあるとした。翌年の「塵」(『仏の畑の落穂』)でも、[(4)]遺稿「究極の問題」のなかでも、[(5)]同じ表現の問いに触れていた。

つまり、この「どこから、どこへ、なぜ」という問いは、ハーンが日本時代を通して追求しつづけたものであり、ハーンの「時間」をめぐる思索の中心にある意識を表現した言葉だといえる。ただし、この問いはハーン独自のものではない。「ヨハネによる福音書」(第八章十四節)にも同様の表現があるが、キリスト教の教理問答に含まれていて、キリスト教教育のなかで必ず用いられる問答のひとつである。ハーン自身「横浜にて」で述べているように、「西洋の人々が常に悩んできた」問題であり、また西洋に限らず「あらゆる宗教が解こうと試みてきた謎」なのである。

だがもちろんハーンは、伝統的かつ普遍的な宗教の問いとして、この言葉を繰り返したのではないだろう。十九世紀後半、この問いは、新たな相貌を帯びて浮上する。[(6)]そしてこの問いをタイトルに掲げて、いわば時代を象徴する問いとなしたのが、よく知られたポール・ゴーギャン(一八四八—一九〇三)の大作「我々はどこからきたのか、我々はなにものか、我々はどこへいくのか」(一八九七年)である。タヒチで描かれたこの作品では、神話的な情景が展開し、ゴーギャン自身が、画面の上の方に“D'où venons-nous? / Que sommes-nous? / Où allons-nous?”と記している。ゴーギャンは偶然ハーンと同じ時期にマルティニークにも滞在していた。ハーンと直接の面識はないが、幼年期をペルーですごし、帰国後、神学校に入れられ、三十代後半で画家となり、ブルターニュ地方のポン・タヴェンを最初の拠点としたことなど、ギリシャで生まれアイルランドで育ったハーンと共通するのは、十九世紀西洋世界の辺境かつ古代世界につながる土地に出発点をもったということである。そうした二人が、非西欧世界と出会ったとき、〝近代西欧〟文明自体の、地球文明史における辺境性に思い当たり、同じように「どこから、どこへ、なぜ」とみずからに問うこととなった。いわば、この問いは、地球文明という視野に立てば、ヨーロッパ北部という一地方に発しながら、世界を制覇した十九世紀「西欧近代」が、自らを超えるより大きな、とらえきれないものに出会ったときに発した、自分の存在を問うた言葉として、にわかに精彩を放ちはじめた問いなのだともいえるのではないだろうか。

ハーンの再話文学とは、そのような時代の問いへの答えを「言葉」にして表現する文学的営みでもあったのだと、私は考える。そしてハーンの文学人生において際立つのは、ハーンがその幼年期の欠落感と密接に関わるものとして、最初は発せられた〝過去〟への問いが、時代の問いと同一化し、来日以後、思索を重ねるなかでさらに広大な視野のものへと昇華されていったことなのである。

本書の「はじめに」において、ラフカディオ・ハーンの再話文学を考察する目的を三つ掲げた。その一つめが、ハーンの再話作品と原話との違いは何に由来するのかを明らかにすることであった。ハーンが、自らの文学表現として、原話の世界に新たに投影させたもの。それはハーンの問いが提示され、答えを見出す、まさに、その過程に他ならない。

そのことを、第三章から第五章にかけて行なった作品分析を通じていくぶんなりとも明らかにできたと思う。ここで取り上げた「むじな」や「雪女」などは、ハーンの怪談のなかでも特に良く知られたものである。そこに描かれているのが、ただ異国日本の珍しい怪異譚ではないことを、原話の世界との差異の大きさを示すことで明らかにした。また、ハーンの怪談がただ近代社会に対峙するものとしての怪奇な世界を描くものではないことを、そこに投影されたハーンの心象世界を読み取ることで示した。ハーンの作品のなかから抽出した、〈顔〉の恐怖、〈背中〉の感触、〈水鏡〉のなかの〈顔〉、〈宿命の女性〉といったモチーフは、それぞれ民族を超えて人の心に訴える力がある。そのことが、これらの物語が〝日本の怪談〟として、今にいたるまで読まれている理由のひとつであることを示した。だが、特筆すべきは、「むじな」にしても、「茶碗の中」、「雪女」にしても、ただ心理的恐怖感を描くのではなく、「はじめに」で述べた、ハーンがとりくんだ「時間」にまつわる問いがそこにこめられているということなのである。その問いに対して、それぞれの物語にそって、答えのヴィジョンが示唆されていく。その解決過程が、ハーン特有の時空感覚のおりなす物語として仕立てられているのである。ハーンの日本での軌跡が、ハーンが何かを悟り、何かを受け入れ、何かが昇華された過程だとすると、ハーンの日本時代を通じて増え続けた再話作品のひとつひとつは、ハーンのその内面世界の変化を託した、様々な変奏曲なのだといえよう。

第二に、ハーン自身が再話文学、再話という営みをどのようにとらえているかを考察した。ハーンの再話観については第一章と第七章でも、作品に即してハーンの考えを示している。だが再話するということ、再話として物語を語るということを特に主題とした作品として取り上げて論じたのが、第二章「民話を語る母――『ユーマ』」、および第六章「語り手の肖像――「耳なし芳一」」である。再話することの意味が、これらの物語で語られているのではないかと考えたのである。ここでは、他の章が語られる物語の分析であるのに対して、語り手の方に焦点をあてた。

『ユーマ』は、本書で考察の対象としたハーンの作品のなかでは、唯一、来日以前のアメリカ時代の作品である。ハーンが僅か二年間だけ滞在した、西インド諸島を舞台にした作品であり、しかも再話作品ではなく、創作の小説である。その『ユーマ』を、本書で取り上げた理由は、クレオールという異文化の混淆を特質とする文化のなかで、ユーマという存在によって、再話物語を語ることの意味が明らかにされるからである。そして、ユーマが語るクレオール民話のなかに、異文化をとりこみつつ再話される物語のあり方が読み取れるからでもある。ここに、ハーンによって、再話行為のもつ力というものが見出されたのだと考えた。

物語が語られることの力、再話の力が、さらに明確に主題化されたのが、「耳なし芳一」である。怪談作品の集大成である『怪談』冒頭におかれた「耳なし芳一」の作品分析を通して、再話文学の一つの本質的なあり方ととらえるにいたった、ハーンの再話作家としてのいわばマニフェストを読みとった。再話とは、過ぎ去りゆくものを甦らせ、消えゆくものに新たな命を吹き込むことであり、それこそが「言葉」のひとつの本質であるという、ハーンの再話文学観が、ここに明らかにされたと思う。

そして三つめに、再話文学者としてのハーンと、同時代の他のジャパノロジストとの関係を問い直しつつ、ハーンが日本に見出したものの意味を改めて考察したのが、第一章「〈夜〉のなかの

〈昼〉――「東洋の土を踏んだ日」「盆踊り」」と第八章「海界《うなさか》の風景――「夏の日の夢」」である。

ハーンはこれまで、「小泉八雲」という帰化した人として、他の来日外国人とは異なる特別な、ある意味で孤立した存在であった。だが、ラフカディオ・ハーンという著者としては、他のジャパノロジストと多くの視野や関心を共有していたのである。そこで、ハーン固有のものとされてきた日本の風物への着眼が、モースがすでに着目したものであることを指摘し、ハーンならではの心性の表現とされた浦島伝説に対する共感が、実はアストンやチェンバレンなど初期のジャパノロジストと共通の「浦島幻想」の上に築かれたものであることを、まず示した。その上で、ハーンが他のジャパノロジストと異なって、深く追求したものを問うた。日本という異文化の場においてより深いものを見出そうとするハーンの感性と視線を、第一章では、〈夜〉の描写のなかに、そして、さらに広がりをもったヴィジョンとして、「夏の日の夢」の最後の場面に読み取った。

第七章「聖なる樹々――「青柳物語」「十六桜」」では、ハーンが見出したものとしての日本人の自然観、自然の時間のイメージの現われに焦点をあてたが、特に「十六桜」において、ハーンは、桜の物語の系譜に、再話という形で連なった。再話とは、人間が積み重ねてきた〈時〉を受けとめ、それを未来へつなぐことなのだと明確に示した重要な作品として、注目した。

ハーンを他のジャパノロジストと分かつのは、ハーンが日本という異文化の場において見出した、先述した時代の問いへの答えを、ひとつの肯定すべき価値観として提示し、それを、再話文学という言葉の形に託したことなのである。

『怪談』末尾の随想「蓬莱」においてハーンは、「白い大気」に満ちる無数の霊の微細な顫動が体に染みわたって、自分のそれまでの〈時間〉と〈空間〉の概念が変わったのだと述べている。(7) 自分が「過去の世の様々な物のなかに生きて」きて、「未来の生存物の目で同じ太陽を見るにちがいない」(「餓鬼」『骨董』)と考えるにいたったことを言うのである。この「白い大気」のイメージは、第一章で言及した「夜光るもの」や「焼津にて」などにおいても、「白い光」、「霊の海」などの表現で登場していた。ハーンには、ひとつの幻視のように、壮大な宇宙空間を思わせる映像が見えていたのだといえる。

ハーンは、ではなぜ、日本で得たヴィジョンを独自の小説なり何なりに描かなかったのか。来日前は、長編小説を書いているのである。なぜ、文学史でもあつかわれないような、昔の素朴な民話や怪異譚などを取り上げて再話することをもって、時代の問いに答えることだとみなしたのか。それは、そうした民話や伝説が、人類史をおおうものだからである。そこには、その時代その時代の人間の「どこから、どこへ、なぜ」という問いがこめられている。

このような、滔々たる人類の歴史とともにある物語に向かい合い、それに自らの表現を投影して、その幻影の重なりを言葉にして残すこと。それが、過去の無数の命を引き継ぐ、みずからの存在の確認となり、同時に、未来の命へとつながることであると、ハーンは考えた。

ハーンにとって、夜や海、地底の領域とはそのような〈時〉の思索を引き出す場であり、そしてハーンの幾多の作品を特徴づける不思議な透明感とイメージの鮮やかさは、ハーンの思索の映像の重なりによるものなのである。ハーンの再話作品の力は、広大な〈時〉と、異世界を含めた〈空〉の広がりをみつめるヴィジョンに支えられて生まれた。そして先ほどとは別の言い方をすれば、原話とハーンの再話作品の間にあるものは、無数の人々の想念をみている、ハーン自身の想念なのであり、ハーンの再話文学とは、人々の想念に満ちた〈時空〉をみつめた〈言葉〉として残され、その〈時空〉の未来に向けて再び、発せられたものなのである。

このような〈言葉〉のあり方は、双方向のダイナミックな動きをはらむ。個性と独創性を主張して、作者から一方的に発信される近代の文学観といかに異なり、いかに革新的なものか明らかだろう。ハーンの独自性は、その文学にあるのである。同時に、民俗学において口碑の伝承の採集と蒐集を重視する考え方とも異なることが指摘できるかもしれない。民話の原型とオリジナルの語りへの遡及志向は、ハーンの再話文学とは、ベクトルが異なるといえる。

ここで、私たちは、「はじめに」の冒頭でふれたことに戻る。なぜ、「のっぺらぼう」や「雪女」や「耳なし芳一」は、日本の物語として土着したのだろうか。もちろん、それぞれの作品が、今述べたような、再話作品としての力があるからである。だが、それだけではない。

ハーンが再話を行なった時代は、日本が「西洋化」「近代化」を進めた時代だった。従って、人々は明治以降、「近代西洋文明」と向かい合い、憧憬、対決、または葛藤の対象にしたと、様々な事例で考察が行なわれてきた。また、その対峙のなかで、自らの「日本」をつくりあげようとした、と考えられてきた。いずれにせよ、二項対立的な文化の捉え方である。

だが、西欧近代が自らを問うた問いを動機としてはらむハーンの作品が、江戸時代のものである日本の原話の方をしのいで、「民話」として受け入れられ、根づいたということは、その問いを日本人もまた、みずからのものとし、そうせざるをえなかったことを意味しているのではないのか。

ハーンの再話作品には、古くからの日本人の想像力に、ハーン自身が投影した問いが重なっている。それは、西欧近代の視線を、いわば内に抱え込んだ日本人自身のあらたな想像力の世界と一致した。だから原話ではなく、ハーンの再話作品が人々の心に残り、「雪女」も、「のっぺらぼう」も、新たな日本の民話として生命をえたのだ、と私は考えている。

異文化が投影された民話の土着は、多文化社会のあり方に示唆をあたえてくれる点でも興味深い。ここにみられるのは、ハーンがマルティニークに見出したクレオール文化がそうであったように、変わらぬものを土台に保持しつつ、異文化をも異界をも取り込んで変容していく文化のあり方である。ハーンの〈再話〉は、異世界の〈時〉をもつなぐ〈言葉〉なのである。

注

はじめに

（1）ハーンの絵画やスケッチ類を最初に紹介したのは、次の二点である。
小泉一雄編『小泉八雲秘稿畫本　妖魔詩話』小山書店、昭和九年
Kazuo Hearn Koizumi, ed. by Nancy Jane Feller, *Re-Echo*, The Caxton Printers, Ltd., Caldwell, Idaho, 1957
小泉時・小泉凡編『文学アルバム　小泉八雲』恒文社、二〇〇〇年（現在、縮小判ながらカラー写真で見ることができる）

（2）*The Writings of Lafcadio Hearn*, vol. 8, p. 204, Houghton Mifflin, 1922（Reproduced by Rinsen Book co., 1988）. 以下、*WLH* と略記し、巻数のみを示す。

（3）*Ibid*, p. 71.

（4）*Ibid*, p. 219.

（5）*WHL*, vol. 14, p. 359.『ラフカディオ・ハーン著作集』第十五巻、恒文社、一九八八年、三〇四頁。

（6）*WHL*, vol. 5, 森亮訳「神々の国の首都」、小泉八雲著・平川祐弘編『神々の国の首都』講談社学術文庫、一九九〇年、九九頁。以下同じ。

第一章　〈夜〉のなかの〈昼〉

（1）チェンバレンなどとの対比の図式で捉えられたハーンの日本描写に反撥する人の例として太田雄三（『B・

H・チェンバレン　日欧間の往復運動に生きた世界人』リブロポート、一九九〇年）や、楠家重敏（『ネズミはまだ生きている――チェンバレンの伝記』雄松堂出版、一九八六年）は、チェンバレンこそ日本を客観的に評価し、ハーンは日本を美化しただけだと批判する。

（2）*WLH*, vol. 5, p. 196. 森亮訳「神々の国の首都」、小泉八雲著・平川祐弘編『神々の国の首都』講談社学術文庫、一九九〇年、一三五頁。

（3）*Ibid.*, p. 199. 同、一三七頁。

（4）*Ibid.*, p. 213. 遠田勝訳「杵築」、同、一四九頁。

（5）チェンバレン宛書簡、一八九三年十月十一日。*WLH*, vol. 16, p. 49.

（6）モースは、来日した年の八月二十一日に上野で行なわれた第一回内国勧業博覧会の開会式に出席し、その後もたびたび訪れて、出品された工芸品がことのほか気に入ったという（磯野直秀『モースその日その日――ある御雇教師と近代日本』有隣堂、一九八七年、九六頁）。

（7）モース『日本人の住まい』斎藤正二・藤本周一訳、八坂書房、一九九一年、九頁。

（8）磯野直秀『モースその日その日』一四頁。

（9）「旧式なニューイングランドの習慣で育てられた者」にとって日本の日曜日は店にも町にも活気があって実に愉快な日だ、とモースは述べている（E・S・モース『日本その日その日』石川欣一訳、平凡社東洋文庫、一九七〇年、二八頁）。

（10）宮田登「モースと日本民俗学」、守屋毅編『共同研究　モースと日本』小学館、一九八八年、二二二頁。

（11）ハーンの蔵書「ヘルン文庫」には、*Japanese Homes and their Surroundings*, New York, Harper & Bros, 1889 がある。

（12）一九〇〇年一月十日付『ボストン・ヘラルド』紙に掲載の新渡戸稲造『武士道』の書評。太田雄三『E・S・モース』リブロポート社、一九八八年、二二〇頁。

（13）太田、同書による。手紙は Peabody Museum（Salem）が所蔵し、富山大学ヘルン文庫もコピーを所蔵。
（14）モース『日本その日その日』二〇頁。
（15）同、四頁。
（16）同、六頁。
（17）同、七頁。
（18）*WLH*, vol. 5, p. 4. 仙北谷晃一訳「東洋の土を踏んだ日」『神々の国の首都』八頁。
（19）*Ibid.*, p. 14. 同、一八頁。
（20）これまでも指摘されてきたように、「小さい」という形容詞を連発して、日本では風景も、町並みも、建物も、人間も、調度品も何もかもが小振りに出来ているとするのは、西洋の日本に対する基本的な共通認識の一つだった（Toshio Yokoyama, *Japan in the Victorian Mind*, 1987 の最後の章、“Victorian Travellers in the Japanese, ‘Elf-land’”）。違うのは、たとえばイザベラ・バードが『日本奥地紀行』（*Unbeaten Tracks in Japan*, 一八八〇年）のなかで横浜上陸後、はじめて見た日本の商店や人々の第一印象を小さくて醜いと記し、バジル・ホール・チェンバレンが『日本事物誌』（*Things Japanese*, 一八九〇年）のなかで、日本文化のすべてが西洋文明と比較して、貧弱だと述べたことであり、それに対して、ハーンはこじんまりとして居心地のよい、美しい “fairy land” のようだと描く。
（21）モース『日本その日その日』一二頁。
（22）同、一二六頁。
（23）同、一二〇頁。
（24）同、四五頁。
（25）Edwin Arnold, *Seas and Lands*, London, 1892, pp. 457–458. アーノルドは *Seas and Lands* のなかで次のように述べる。「学理に従ったマッサージを行う者として、彼の職業は日本の目の見えぬ男女の大きな収入源となっている。そういうことがなければ、彼らは家族のお荷物になっていただろうが、日本ではちゃんと家族を養っており、お金を溜めて、本来の職業のほかに金貸しをやっている場合もしばしばだ。目の見えぬ按摩は車馬の交通がはげしいところでは存在しえないだろう。彼の物悲しい笛の音なんて、蹄や車輪の咆哮にかき消されてしまうし、彼自身何百回となく轢かれることになるだろう。だけど東京では、彼が用心すべきものとては人力車のほかにない。そいつは物音はたてないし、子どもとか按摩さんと衝突しないように細心の注意を払ってくれるのだ」（渡辺京二『逝きし世の面影』葦書房、一九九八年、一七一頁）。

(26) モース『日本その日その日』一二頁。

(27) E. S. Morse, *Japan Day by Day*, vol. I, Cherokee Publishing Co. (repr.), 1990, p. 4. 同、六頁。

(28) *Ibid.*, p. 7. 同、八頁。

(29) *Ibid.*, p. 6. 同、九頁。

(30) 渡辺京二『逝きし世の面影』一二七頁。

(31) *Ibid.*, p. 8. モース『日本その日その日』九頁。

(32) 同、四三頁。

(33) 同、二一頁。

(34) 同、三〇—三一頁。

(35) 同、三三頁。

(36) 同、三八頁。

(37) 同、三〇頁。

(38) 同、三四頁。

(39) 同、四〇頁。

(40) 同、四五頁、四九頁。

（41）*WLH*, vol. 5, p. 15.「東洋の土を踏んだ日」一九頁。
（42）*Ibid.*, p. 16. 同、二一頁。
（43）*Ibid.*, p. 24. 同、三〇頁。
（44）*Ibid.*, p. 17. 同、二一頁。
（45）*Ibid.*, p. 26. 同、三一頁。
（46）*Ibid.*, p. 29. 同、三四頁。
（47）たとえば、ニューオリンズ時代の手紙（W・D・オコンナー宛、一八九三年）のなかで、アーノルドの『アジアの光』にいかに魅了されたかについて述べている（*WLH*, vol. 8, pp. 285–286）。
（48）アメリカのR・A・ローゼンストーンがハーン、モース、グリフィス三人の評伝（『ハーン、モース、グリフィスの日本』杉田英明・吉田和久訳、平凡社、一九九九年）を、*Mirror in the Shrine* と題したのは、この場面からとったものである。象徴性漂う場面だが、異文化に何かを求めて、結局自分に戻ってくるのだとしたら、やや平凡な結論となってしまうかもしれない。なお、その評伝では、ハーンらの経験と著者自身の経験が重ね合わされている。
（49）*WLH*, vol. 5, p. 33.「東洋の土を踏んだ日」三九、四〇頁。
（50）*Ibid.*, p. 34. 同、四〇頁。
（51）*Ibid.*, p. 139. 仙北谷晃一訳「盆踊り」『神々の国の首都』七六頁。
（52）*Ibid.* 同、七六頁。
（53）*Ibid.*, p. 141. 同、七八頁。
（54）*Ibid.*, p. 154. 同、九一頁。
（55）ところで、ハーンのこの盆踊りの情景描写に、ピエール・ロティによるバンバラ族の輪舞（『アフリカ騎兵物語』）の投影を認め、ハーンを経由して柳田国男の「浜の月夜」（『清光館哀史』）やモラエスの『徳島の盆踊り』へと、幻想的な祭りのイメージがさらに伝わったことを指摘した興味深い論考（平川祐弘「祭りの踊り――ロティ・ハーン・柳田国男」『オリエンタルな夢――小泉八雲と霊の世界』筑摩書房、一九九六年）がある。たしかに、単調な手足の動き、呪術的な音楽、ひらひらと揺れる白の衣装、そして何よりも、異郷で見た月夜の踊りに深く感じ入る詩的な感受性が、それぞれの描写に共通するものとして見られる。ただ、ロティにも柳田にもなくて、ハーンだけにあるものが、ハーンの描写の中心をなすといえる、無言のまま踊り続ける無音の時間なのである。

(56) 現在、妙元寺で観光客向けに復興されている盆踊りは、一部伴奏の音楽が付されているが、地元で伝わる「イサイ踊り」を土台に、ハーンの記述をも参考にしたものであろう。境内には、ハーンの「盆踊り」の一節を印刻した石碑もある。

(57) *WLH*, vol. 5, p. 122.

(58)「盆踊り」九一頁。

(59) "La Vérette", *WLH*, vol. 3, p. 291. 平井呈一訳「天然痘」『仏領西インド諸島の二年間』（上）恒文社、一九八六年、三三二頁。

(60) そのことについては、太田雄三『E・S・モース』に詳しい。

(61) 仙北谷晃一「ハーンと音楽」『人生の教師 ラフカディオ・ハーン』恒文社、一九九六年。村松眞一『霊魂の探究者小泉八雲――焼津滞在とその作品』静岡新聞社、一九九四年。内藤高『明治の音――西洋人が聴いた近代日本』中公新書、二〇〇五年。

(62) *WLH*, vol. 9, pp. 369–370.「焼津にて」、小泉八雲著・平川祐弘編『日本の心』講談社学術文庫、一九九〇年、三五六頁。

(63) *WLH*, vol. 10, p 139. 森亮訳「夜光るもの」、平川祐弘編『怪談・奇談』講談社学術文庫、一九九〇年、三一五頁。

なお、村松眞一編訳『対訳・焼津の八雲名作集』（静岡新聞社、二〇〇九年）も参考にした。

第二章　民話を語る母

（1）平川祐弘訳『カリブの女』「訳者解説」、河出書房新社、一九九九年、二八五頁。
（2）杉山直子「アウトサイダーとしてのハーン――「他者」との同一化をめぐって」、平川祐弘編『世界の中のラフカディオ・ハーン』河出書房新社、一九九四年、所収。
（3）西成彦「語る女の系譜」、平川祐弘編『世界の中のラフカディオ・ハーン』所収。
（4）平川祐弘訳『カリブの女』「訳者解説」。
（5）*WLH*, vol. 4, p. 261. 平川祐弘訳『カリブの女』一三七頁。
（6）*Ibid.*, p. 369. 同、二六二頁。
（7）*Ibid.*, p. 299. 同、一八〇頁。
（8）*Ibid.*, p. 300. 同、一八一頁。
（9）*Ibid.*, p. 261. 同、一三七頁。
（10）*Ibid.*, p. 327. 同、二一二頁。
（11）"the girl really died under the heroic conditions described—refusing the help of the blacks, and the ladder. Of course I may have idealized her, but not the act." Letter to Mitchell McDonald, Jan. 1898, *Writings of Lafcadio Hearn*, vol. 15, p. 79.
（12）*Sugar and Slavery, Family and Race: The Letters and Diary of Pierre Desalles, Planter in Martinique, 1808-1856*, The Johns Hopkins U. P., Baltimore, 1996 p. 215.
（13）Adeline de Reynal, "Youma", ハーンのマルティニーク来訪百周年記念シンポジウムの記録、*Centenaire du Passage de Lafcadio Hearn aux Antilles: Regards sur un écrivain à la découverte de la Martinique*, Edition du

Centre d'Art Musée Paul Gauguin, Carbet, 1987 所収。

（14）ヴァージニア大学所蔵のラフカディオ・ハーンのマルティニーク取材ノート（三）。斉藤みどり氏所蔵の同ノートのコピーより。斉藤氏に御礼申し上げます。

（15）*WLH*, vol. 4, p. 276. 平川祐弘訳『カリブの女』一五二頁。

（16）*Ibid*., p. 276. 同、一五三頁。

（17）*Ibid*., p. 226. 同、九九頁。

（18）*Ibid*., p. 226. 同、九九頁。

（19）*Ibid*., pp. 226–228. 同、九九―一〇一頁。

（20）*Ibid*., p. 228. 同、一〇一頁。

（21）*Ibid*., p. 233. 同、一〇六頁。

（22）*Ibid*., p. 233. 同、一〇七頁。

（23）Phyllis Bixler, "Gardens, Houses, and Nurturant Power," *Romanticism and Children's Literature in Nineteenth-Century England*, ed. James H. McGavran, Univ. of Georgia Press, 1991.

（24）*WLH*, vol. 4, p. 233. 平川訳『カリブの女』一〇七頁。

（25）*Ibid*., p. 282.

（26）*Ibid*., p. 282. 同、一五八頁。

（27）*Ibid*., p. 285. 同、一六一頁。

（28）*WLH*, vol. 4, p. 286.

（29）*Ibid*., p. 286. 平川訳『カリブの女』一六二頁。

（30）*Ibid*., p. 267. 同、一四三頁。

（31）*Ibid*., p. 310. 同、一九二頁。

(32) *Ibid.*, p. 287. 同、一六三頁。

(33) *Ibid.*, p. 284. 同、一六〇頁。

(34) *Ibid.*, p. 282. 同、一五九頁。

(35) Elizabeth Keyser, "'Quite Contrary': Frances Hodgeson Burnett's *The Secret Garden,*" *Children's Literature*, no. 2, 1983.

第三章　顔の恐怖、背中の感触

(1) 例えば、次のような書物がふくまれている。

John Fiske, *Myths and Myth-Makers — Old Tales & Superstitions*, 1891.

Almanach des Traditions populaires, 1882–84.

Louis de Backer, *Bidasari*, 1875.

Rene Basset, *Contes Arabs*, 1883.

L. J. B. Bérenger-Féraud, *Recueil de Contes populaires dela Sénégambie*, 1885.

E. Lamairesse, *Poésies populaires du Sud de l'Inde*. 1867.

Les Littératures populaires de toutes les nations, 24vols, 1881–84.

また蔵書中にないが参照しているものに、

W. W. Gill, *Myths and Songs from the South Pacific*, 1876.

A. B. Mitford, *Tales of Old Japan*, 1876.

(2) Bernadette Lemoine, *Exotisme Spirituel et Esthetique dans la Vie et l'Oeuvre de Lafcadio Hearn*, Paris, Didier Erudition, 1988.

(3) *WLH*, vol. 11, pp. 205–207.

以下同じ。

（4）田部隆次『小泉八雲』北星堂書店、一九五一年。

中田賢治「ラフカディオ・ハーン論考――怪談 Mujina の成立をめぐって」『茨城工業高等専門学校研究彙報』第九号、一九七四年三月。

平川祐弘「一異端児の霊の世界」『小泉八雲　西洋脱出の夢』新潮社、一九八一年。

（5）町田宗七編『百物語』扶桑堂、明治二七年。『百物語』からの引用は、ヘルン文庫所蔵本によった。コピーを送って下さった富山大学の村井文夫氏に御礼申し上げます。

（6）平川祐弘訳「むじな」、小泉八雲著・平川祐弘編訳『怪談・奇談』講談社学術文庫、一九九〇年、五八―六一頁。以下同じ。訳には部分的に変更した箇所もある。

（7）鳥山石燕『画図百鬼夜行』田中初夫編、渡辺書店、一九六八年。

なお、石燕（一七一二―一七八八）には『百鬼拾遺』もある。石燕のものをはじめとする化物絵が当時なお人々に親しいものであったことは、文政十三（一八〇三）年に書かれた随筆集『嬉遊笑覧』の書画の巻に「化物絵」の項が設けられていることからも想像できる。また、秋田県の軍部の小さな質屋で『画図百鬼夜行』とほぼ同じ内容の巻物『化物尽』が発見されている事実（『美術手帖』第二四〇号、一九六四年八月、中村雄二郎「化物づくし」）から推察すれば、このような画集は、その模写、海賊版も含めて、江戸のみならず地方の片隅までかなり流布していたらしい。『嬉遊笑覧』は化物絵について、

其名の大略は、赤口、ぬらりひょん、牛鬼、山彦、おとろん、わいらうわん、目一ツ坊、ぬけ首、ぬっぺらぼう、ぬりほとけ、ぬれ女、ひやうすべ、しやうけら、ふらり火、りうんばう、さかがみ、身の毛だち、あふあふ、どうもかうも、是ら其のさまによりて作りたる名多かり。其外猫また、野きつね、雪女、山わらわ、犬がみ、山姥、火耳、みこし入道……

と記している（喜多村信節『嬉遊笑覧』、『日本随筆大系』別巻所収、吉川弘文館、一九七九年）。

（8）ぬっぺらぼう、ぬっぺっぽう、のっぺっぽうはいずれも、のっぺらぼうと同義で、地方によって異なるだけである。
（9）小泉一雄「昔人」『父小泉八雲』小山書店、一九五〇年。ハーンが化け物の正体を原話の通り獺ではなく〝むじな〟としたいきさつとして、この話が平川祐弘によって指摘されている（『小泉八雲　西洋脱出の夢』二〇八頁）。ハーンはダブリンの大叔母の屋敷で、ハーンに地獄の話ばかりするジェーンという名の従姉が顔のない姿で立っている幻を見たことがある。その恐ろしい体験を後年妻セツの養母である稲垣トミに語ったところ、トミは即座に、「それは狢の悪戯だがネ。さもなきゃ貂だ」、「顔なしの怪物なら日本人だろが異人さんだろが貂に定っちょる」と答えたという。平川の指摘するとおり、トミの意見を「むじな」の題にそのまま生かしたハーンは、彼女の断言がよほど気に入ったに違いない。しかしその時、それぞれの胸に去来した思い、それぞれの脳裏に描かれた〝顔なしの化物〟のイメージは恐らく全く異なるものだったろう。
（10）同じ時代の模写である文政十二（一八二九）年狩野義信写『異本百鬼夜行図絵巻』（『日本絵巻大成25』小松茂美編、中央公論社、一九七九年。室町時代のものと推定される原本（現存せず）を住吉如慶が元和三（一六一八）年に写し、それをさらに狩野義信が模写。現在、東京国立博物館蔵）を見れば、そこには牛鬼、赤舌といった妖怪に入り混じって、狐や狸、猿、蛇などがいろいろに描かれている。
（11）E・スティーブンソン『評伝ラフカディオ・ハーン』遠田勝訳、恒文社、一九八四年、三九九頁。この説は平川の前掲書のなかでも紹介されている。ただしこの体験については、小泉一雄『父小泉八雲』のなかでも述べているように、晩年に想起したという点が重要であろう。
（12）“My Guardian Angel”, *WLH*, vol. 13, p. 20.
（13）*An American Miscellany* vol.1, Dodd, Mead & Co., New York, 1924 所収。
（14）*Ibid.*, p. 186.『ラフカディオ・ハーン著作集』第一巻、恒文社、一九八〇年、一八三―一八四頁、拙訳。
（15）*WLH*, vol. 3, pp. 222–244.

（16）*Ibid*, p. 54. 平井呈一訳「真夏の熱帯行」、『仏領西インド諸島の二年間（上）』恒文社、一九七六年、六三頁。
（17）*Ibid.*, p. 53. 同、六二頁。
（18）*Ibid.*, p. 55. 同、六四頁。
（19）*WLH*, vol. 10, pp. 151–155.
（20）平川祐弘訳「ゴシックの恐怖」、『怪談・奇談』三二二頁、三二五頁。
（21）*Ibid*, p. 156.
（22）なお、ハーンは「ゴシックの恐怖」を論じるにあたり、当然、いわゆるゴシック・ノヴェルにおけるゴシック建築物のかもしだす恐怖のイメージを念頭におき、それとは異なる独自の恐怖感覚を提示する意図はあっただろう。アメリカ時代には、「さまよえる亡者たち」の冒頭で、四つの事件の報告に入る前に一般論として幽霊や妖怪は暗く陰険なゴシック風建築物のなかでこそ本領発揮できると述べていた。
（23）*WLH*, vol. 6, p. 345.
（24）拙訳、『怪談・奇談』一四〇－一四六頁。
（25）同、四一一頁。
（26）老年のように感じられるからこそ、平井呈一の訳（『小泉八雲作品集』第九巻、恒文社、一九六四年）では、奥方は雪子とは全く異なって、ことさら時代がかった言葉づかいをさせられているのだろう。また原話では、大名が奥方の胸をさすりながら語りかけるのだが、こういう箇所もハーンはただ“tenderly”とした。
（27）“Saint Malo”, *An American Miscellany*.「サンマロ」『ラフカディオ・ハーン著作集』第一巻所収。
（28）Maupassant, *Saint Anthony & Other Stories*, tr. by L. Hearn, Albert & Charles Boni, 1924, p. 64.
（29）『夢十夜』明治四十一（一九一一）年、『漱石全集』第十三巻、岩波書店、一九七四年。
（30）“La Guiablesse”, *WLH*, vo. 3, p. 239.
（31）平井呈一訳「魔女」、『仏領西インド諸島の二年間（上）』二六七頁。

（32）L. Hearn, *On Poets*, Hokuseido, 1971, p. 300.

第四章　水鏡の中の顔

（1）*WLH*, vol. 11, pp. 7–10.
（2）拙訳、『怪談・奇談』講談社学術文庫、一九九〇年、二一九頁。以下同。
（3）平井呈一訳、『骨董・怪談』恒文社、一九六四年、九―一四頁。
（4）『骨董』という書名は、〈古い物語〉の題名の下に付された但し書き、「ここに掲げる九篇の物語は、不思議な信仰の説明として、『新著聞集』『百物語』『宇治拾遺物語』その他、日本の古い書物から選んだもの。ほんの骨董である」からきている。
（5）『怪談・奇談』四三六頁。
（6）赤江瀑『八雲が殺した』文藝春秋、一九八四年、三三頁、一五―一六頁。
（7）再話に際してハーンが用いた様々な種本を探してくるのは、周知のように妻のセツの役目であった。セツおよびハーンの長男の一雄の回想によれば、セツは時には幼い一雄の手を引いて神田から浅草あたりの古本屋街を回った。そしていい本を見つけると、「これはパパサマにぴったり」とハーンの喜ぶ顔を思い描きながら、人力車を走らせて家路を急ぎ、ハーンの書斎にかけこむようにして古書を手渡したという。日本語を読むのが得意ではなかったハーンは、セツに話を読んでもらった。淋しそうな夜、二人で書斎にこもり、ランプの芯を下げて雰囲気をだした。そしてハーンは話のクライマックスや気に入った所にくると、何度も何度もセツに繰返させては、深刻なあらたまった表情で聞き入ったらしい。このようにセツが『思ひ出の記』（『小泉八雲　回想と研究』講談社学術文庫）に述べていることもよく知られている。
（8）氏家幹人『江戸藩邸物語』中公新書、一九八八年。
（9）店村新次・小柳保義訳『ゴーチエ幻想作品集』、創土社、一九七七年、三九六頁。

(10) Nina Kennard, *Lafcadio Hearn*, Eveleigh Nash, London, 1912, p. 311,
(11) 一八九四年八月二十一日付書簡、*The Japanese Letters of Lafcadio Hearn*, Houghton Mifflin, 1910, p. 370.
(12) 一八八七年の手紙、*Harper's Weekly*, LXVIII (1904. 10. 15).
(13) クレビール宛手紙、一八八六年十月。*WLH*, vol. 13, p. 376.
(14) アルビー宛手紙、一八八三年。*Ibid.*, p. 269.
(15) 佐伯彰一ほか訳『ポオ全集』第一巻、東京創元新社、一九七〇年、五〇二頁。
(16) "On the Relation of Life and Character to Literature", *On Art, Literature and Philosophy*, ed. Ryuji Tanabe, Hokuseido Press, 1932, p. 67.『ラフカディオ・ハーン著作集』第九巻、四七頁。

第五章　世紀末〈宿命の女〉の変容

(1) *WLH*, vol. 11, Houghton Mifflin, 1922, pp. 226–231.
(2) 引用の訳文は左記の二訳に負うところが多いが、作品の解釈と関係する重要な会話など部分的に筆者が訳しなおした。本文中の以降の引用訳文も同様である。
平井呈一訳『小泉八雲作品集　怪談・骨董他』恒文社、一九七五年、二四九―二五六頁。

森亮・平川祐弘ほか訳『小泉八雲作品集　物語文学』(河出書房新社、一九七七年) 所収の奥田裕子訳。
(3) *WLH*, vol. 14, p. 124, p. 126.『ラフカディオ・ハーン著作集』第十四巻、恒文社、一九八三年、三九五頁。
(4) *WLH*, vol. 6, pp. 337–355.
(5) *WLH*, vol. 15, p. 378.
(6) 手帳の方は、他の狂歌とともに「化け物の歌」としてまとめられ、ハーンの死後刊行された『天の川奇譚』に収められている ("Goblin Poetry", *WLH*, vol. 8, pp. 258–288.『小泉八雲作品集　怪談・骨董他』三八一―四〇八頁)。

またハーンの長男一雄の編集による『妖魔詩話』という大判の手すき和紙を使った美しい本にはスケッチの方も入っている。それらの歌は次の通りである。

雪女　よそおう櫛も　厚氷　さす笄《こうがい》や　氷なるらん
本来は　空なるものか　雪女　よくよく見れば　一物もなし
夜明ければ　消えてゆくえは　白雪の　女と見しも　柳なりけり
雪女　見てはやさしく　松を折り　なま竹ひしぐ　力ありけり
寒けさに　ぞっとはすれど　雪女　雪折れのなき　柳腰かな
池水に　結ぶ氷の　鏡みて　雪女こそ　けはひするらめ
ちらちらと　見えてぞ凄き　雪女　我が足までも　知らぬ大雪

(7) 今野圓輔『日本怪談集（妖怪編）』社会思想社、一九八一年。

(8) たとえば、文書にしるされたもっとも古い部類としてあげられている、室町末期の旅の連歌師、宗祇法師（一四二一－一五〇二）の『宗祇諸国物語』（一六八五年）の序文にのっているという次の話はこの第一のタイプである。宗祇法師が越後国にいた頃、二月のある夜明け方にふと遣り戸を開けて東の方を見ると、向こうの竹藪の端に、顔から肌まで透き通るくらいに白い、すらりとした怪しい女が、白い単衣の着物を着て立っていたが、やがて静かに歩くとみるまに消え失せた。それが大雪などの際にまれに現われる雪の精で、俗に雪女というものだと後で人に聞いたという話である。
柳田国男の『遠野物語』の記す雪女の伝説（第一〇三話）も、冬の満月の夜には雪女が出るからといって子供たちに帰宅を促すというもので、「されど雪女を見たりという者は少なし」と柳田は言葉をそえている。

(9) 吹雪で倒れた者の霊魂が出てくる幽霊話風のものは、近松門左衛門の『雪女五枚羽子板』などのような浄瑠璃にみられるという。

(10)「散文芸術論」『ラフカディオ・ハーン著作集』第七巻、恒文社、一九八五年、九四頁。

(11)「宿命の女」（ファム・ファタル、femme fatale）のルーツは古代神話のキルケやセイレンともいわれ、またキーツの詩「冷たい美女」をはじめ、フローベールの「サランボー」、メリメの「カルメン」など、数かぎりない作品がその系列にいれられている。ただ、十九世紀の女の像の典型の一つとして喧伝されながら、あまりに例が多く多様であるため、確立された原型というものはない。しかし、その重要な特性が、両極性であり、男の運命を決するという点にあることからすれば（松浦暢『宿命の女』平凡社、一九八七年、一二頁）、ボードレールの月の女神はまちがいなく「宿命の女」の一典型といえ、ハーンが抽出した場面に、その姿が特徴的に表現されているといえる。

(12) Beongcheon Yu, *An Ape of Gods—The Art and Thought of Lafcadio Hearn*, Wayne State University Press, 1964, p. 12.

ハーンの訳詩がボードレールの原詩とともに再録されており、ユーはハーンの翻訳のどこが直訳でどこが意訳か検討している。

(13) "The Idol of a Great Eccentric", *Essays in European & Oriental Literature*, ed. Albert Mordell, Dodd Mead Co., 1923.『ラフカディオ・ハーン著作集』第五巻、五二—五八頁

(14) Studies on Extraordinary Prose, *Interpretations of Literature* II, ed. John Erskin, New York, Dodd Mead Co., 1915, p. 84.

(15) 矢野峰人「日本におけるボードレール（二）」『日本比較文学会会報』第八号、一九五七年一月。なお、ボードレールの詩の最初の邦訳は、ハーン死後の明治三十八年七月の『明星』に発表された上田敏の「信天翁」と「人と海」である。

(16) *WLH*, vol. 2, pp. 312–315.

『小泉八雲作品集　飛花落葉集他』恒文社、三四八—三五二頁。

(17) ハーンの翻訳を見ると、『アイテム』紙にのせたものでは "this child pleaseth me"、「散文芸術論」のなかで

は“that child pleases me”となっている。
(18) 大貫徹の指摘による(大貫徹「書評 *Rediscovering Lafcadio Hearn: Japanese Legends, Life and Culture*, ed. Sukehiro Hirakawa」『比較文学研究』第七一号、一九九八年七月、一四七頁)。
(19) *An American Miscellany*, vol. 1, ed. Dodd Mead Co., 1924, pp. 25-28.『ラフカディオ・ハーン著作集』第一巻、二三九―二四二頁。

アメリカ時代の一八七八年に『アイテム』紙に発表したこの「夢魔および夢魔伝説」(Nightmare and Nightmare legends) はエドガー・アラン・ポーを論じた文章なのだが、このなかで、夢魔 Nightmare という言葉の起源にまつわる北欧伝説を紹介している。Nightmare という語はもともと Night-Mara、夜のマーラという意味だという。

このマーラは美しい女の姿をした妖怪で、夜眠っている人のもとに現われてはいろいろな方法で苦しめるのを快楽としていたが、一度部屋に入ると、その入った時と同じ道でしか外に出られないという弱点があった。それで一人の騎士が、ある晩とてもうなされたので、自分の部屋に通じている唯一の穴、ドアの鍵穴にものをつめて塞いでしまった。マーラはその美しい姿を現わし、騎士は結婚を申し込む。夫婦となった二人は、七年もの間ともに暮らし、子供も生まれた。ところが、ある日、騎士はうかつにも妻に鍵穴のことを教えてしまい、そこからちょっと外を覗いてみたいという妻に請われるまま、詰め物をとってしまう。するとマーラは一条の淡い靄と化して、その鍵穴からすーっと抜けたと思うとそのまま永久に姿を消した、という話である。

なお平川祐弘は、「雪女」が煙と化して天井の穴から消え去るところに、マーラ伝説の最後の、靄となって鍵穴から消えるくだりの影響がみられ、「雪女」にフェアリー・テールめいた印象を与えていると指摘している(『小泉八雲　西洋脱出の夢』新潮社、一九八一年、二二二頁)。
(20) *WLH*, vol. 2, pp. 23-27.『小泉八雲作品集　飛花落葉集他』三九―四四頁。次がそのあらすじである。
象牙採りの男がある日、海鷗の群れが人間の姿に化けるところを目撃し、飛びかかって一人をつかまえる。

月のように色の白い、ほっそりした女で、しくしく泣くのをなぐさめて妻にする。ふたりは仲睦まじく暮らし、子供も二人生まれた。妻に逃げられないようにと男が用心することもなくなったころ、海辺に鳥がたくさん射落とされているのを見た妻は、子供たちに急いで羽を掻き集めさせ、体につけて、叫んだ。「さあ、お飛び！お前たちは鳥の仲間なんだよ！　風の子なんだよ！」と。母と二人の子供たちは、みるみるうちに海鷗の姿に変わって、泣き崩れる父親の上を旋廻したと思うと、空のかなたへと永久に飛び去ってしまった。

(21) *WLH*, vol. 2, pp. 16–22.『小泉八雲作品集　飛花落葉集他』三〇一三八頁。

(22) 平川祐弘『小泉八雲　西洋脱出の夢』一四〇頁。

(23) 同、二二二頁。

(24) 国文学研究資料館編『文学における「向こう側」』明治書院、一九八五年。

(25) 十九世紀後半から世紀末にかけての〝宿命の女〟像の流行については、従来いろいろに指摘され、評されもしてきた。最近のある研究では、男を破滅させる〝宿命の女〟は、植物に絡まれてなよなよと水に漂よう世紀末の〝水底の女〟と表裏一体の関係にあり、双方とも、現実社会ではたやすくは満たされぬ男の帝国主義的支配欲が家庭に向けられたあげく、受け身の無力な性的存在としての女を求める心理の反映したそれぞれマゾヒズム的、サディズム的結果だという見方さえ出てきている（Bram Dijkstra, *Idols of Perversity*, Oxford U.P., New York, 1986）。いずれにせよ、当時の文学・美術を風靡したこの女のイメージ自体は普遍性をもつものであっても、それがこの時代に流行したことは、「茶碗の中」を論じた際に言及した分身のテーマの流行同様、十九世紀の市民社会の意識構造や倫理観と密接に関係していることは間違いないだろう。

(26) これらの話をハーンの「雪女」の原話であると断定した上で、叙述の細部の比較もなされている中田賢治「『雪女』小考」『へるん』第一九号、一九八二年。
同「『雪女』小考（つづき）」『へるん』第二〇号、一九八三年。
なお、中田のあげる原話は次の三点である。

瀬川拓男・松谷みよ子共編『日本の民話2　自然の精霊』角川書店、一九七三年。

「信濃の民話」編集委員会編『信濃の民話』未来社、一九七四年。

和歌森太郎・二反長半共編『日本伝説傑作選』第三文明社、一九七四年。
(24) 関敬吾も同じ意見を『日本昔話集成』第三部の二（角川書店、一九五八年）のなかで述べている。

第六章　語り手の肖像

(1) 平川祐弘『小泉八雲　西洋脱出の夢』新潮社、一九八一年、二七三頁。
(2) 本文中に引いたハーンの文章、日本語訳、および「耳なし芳一」の原話は、次から引用した。訳文については部分的に変更した箇所もある。
平川祐弘訳「耳なし芳一」、小泉八雲著・平川祐弘編『怪談・奇談』講談社学術文庫、一九九〇年。

「琵琶ノ秘曲幽霊ヲ泣カシム」同『怪談・奇談』。

"The Story of Mimi-Nashi-Hochi", *WLH*, vol. 11.
(3) この点にさらに社会史的考察を加えて論じたのが西成彦（『ラフカディオ・ハーンの耳』岩波書店、一九九三年）であり、「耳なし芳一」は、知的教養のある芸術鑑賞家の和尚、文盲の漂泊被差別芸能民の流れをくむ芳一、そして芳一の本来の聴衆である異界の怨霊および無名の民衆という三者の間のいわば三角関係の物語だと述べた。和尚が芳一の体にお経を書きつけたことは特権的文字所有者としての庇護行為だが、口承文芸の領域たる異界との間で引き裂かれる芳一のなかにハーンは明治日本の現実を見たという。
なお、柳田国男は、「耳なし芳一」が〝こぶとり爺さん〟と同じく、魔性に囚われた人間が身体の一部を譲り渡して逃げ帰るという〝逃竄説話〟の系列にあり、盲目の放浪芸人に関わる類似の話が日本各地に見られることを指摘した（「鹿の耳」『一目小僧その他』）。
(4) 田部隆次『小泉八雲』（大正三年）北星堂、一九八〇年、三三三頁。

（5）幾多の琵琶法師、放浪の歌人や語り部に現実社会の人々が求めた伝統的な呪術者としての職能のひとつが、異界の対象をなだめ、鎮めることだとすれば、それとはまさに正反対の役割をハーンは芳一に課したことになる。

（6）小泉節子「思ひ出の記」平川祐弘編『小泉八雲　回想と研究』講談社学術文庫、一九九一年、四六頁。

第七章　聖なる樹々

（1）*WLH*, vol 5, p. 26. 仙北谷晃一訳「東洋の土を踏んだ日」、小泉八雲著・平川祐弘編『神々の国の首都』講談社学術文庫、一九九〇年、三一頁。

（2）*WLH*, vol 6, p. 16.「日本の庭で」『神々の国の首都』二九五頁。

（3）*Ibid*, p. 20. 同、二九八頁。

（4）平川祐弘「御神木の倒れた日」（『オリエンタルな夢——小泉八雲と霊の世界』筑摩書房、一九九六年）、仙北谷晃一「樹木との共苦共生」（『人生の教師ラフカディオ・ハーン』恒文社、一九九六年）など。

（5）平川祐弘訳「青柳物語」、『怪談・奇談』講談社学術文庫、一九九〇年。ただし、部分的に語句を変えたところもある。以下同。

"The Story of Aoyagi", *WLH*, vol. 11, pp. 232–244.

（6）「柳精霊妖」『怪談・奇談』巻末「原拠」講談社学術文庫、三九二頁。

（7）松村恒「Hearniana:「青柳の話」に用いられた漢詩」『神戸親和女子大学英語英文学』第一七号、一九九七年。

（8）友忠が送った漢詩が唐の詩人崔郊のものであると早くに指摘したのは田部隆次だが、その田部訳の脚注を手がかりに、松村は原典をつきとめ、同論文のなかで紹介している。

（9）松村恒、前掲論文、六三頁。

（10）浅井了意『伽婢子2』江本裕校訂、平凡社東洋文庫、一九八七年、一〇三頁。

（11）さらに例をあげれば、奥州に流布する「阿古耶の松」の伝説でも、阿古耶姫のもとに毎夜、実は古松の精である美丈夫が現われてやがて結ばれるのは、姫が詩歌管弦に堪能であり、その琴の妙音に心魅かれたからだとされる（日野巌『植物怪異伝説新考』有明書房、一九七八年、二九九頁）。
（12）"On Tree Spirits in Western Poetry", *Interpretations of Literature*, vol. II, Dodd, Mead & Co., 1920.
（13）「ロイコスの物語」をあげたことについては、伝承文学論の古典とされる Thomas Keightley, *The Fairy Mythology*, 1850（『妖精の誕生』市場泰男訳、社会思想社、一九八二年、二二三頁）のなかの記述に倣ったのかもしれない。同書はヘルン文庫に含まれ、またハーンはすでに来日前、カイトリーのこの著作とベアリング＝グールドの『中世の神話と伝説』と読んでいることを、友人のクレイビール宛一八八三年九月の手紙に記している（*WLH*, vol. 13, p. 272.）。
（14）『ラフカディオ・ハーン著作集』第七巻「解説」のなかで、池田雅之はハーンの「西洋の詩歌における樹の精について」にふれて、「青柳物語」は仏教の輪廻思想を借りる一方、ギリシャ神話の枠組みを想像力の源泉としていると指摘している。
（15）平川祐弘訳「十六桜」、『怪談・奇談』一〇〇頁。なお、一部語句を変えた箇所もある。"Jiu-Roku-Zakura," *WLH*, vol. 11, p. 245.
（16）「十六日櫻」『怪談・奇談』巻末「原拠」三九七頁。
（17）日野巌『植物怪異伝説新考』三二六頁、による。なお、『諸国俚人談』の記事では、伊予国の〝和気〟郡となっており、また寺の住職が「実よりこの桜を植えてわが子桜と寵愛せり」とあって、あるいはハーンはこちらの記述をも参照したかもしれない。ただしヘルン文庫には所蔵されていない。
（18）『平家物語全注釈』上、冨倉徳次郎、角川書店、一九六六年、七九頁。
（19）ミットフォード『英国外交官の見た幕末維新』長岡祥三訳、新人物往来社、一九八五年、九二―九六頁。アーネスト・サトウ『一外交官の見た明治維新』下巻、坂田精一訳、岩波文庫、一九六〇年、一六三―一六六頁。

ヒュー・コータッツィ『ある英国外交官の明治維新』中須賀哲朗訳、中央公論社、一九八六年、一二二―一二三頁。

(20) A. B. Mitford, *Tales of Old Japan*, Charles E. Tuttle Company, Reprint, 1966.

(21) ハーンが、他者のために自己を犠牲にする精神を〝旧日本〟の尊い美徳であると考えていたことは、これまでも指摘されてきており、「十六桜」で、枯れる寸前の桜の樹の〝身代わりに立つ〟老武士の行為は、「ハル」「君子」「勇子」などに描かれた生き方に通じる、との論もある(仙北谷晃一「身代わりの人」『人生の教師ラフカディオ・ハーン』恒文社、一九九六年)。

(22) 太田雄三は、「十六桜」の再話は、「ゲイシャ・フジヤマ的ステレオタイプにのった典型的な話」であり、「木を生き返らせるために切腹するという行為」には「グロテスクな不自然さ」しか感じられない、として酷評する(『ラフカディオ・ハーン　虚像と実像』岩波新書、一九九四年、一七四頁)。

(23) マンフレート・ルルカー『シンボルとしての樹木』林捷訳、法政大学出版局、一九九四年、二二二頁。

(24) トリスタンとイゾルデの場合は墓に植えられた葡萄と薔薇の蔓が生い茂り絡みあう。同様の説話がノルウェーにも中国にもトネリコ、西洋杉と樹は異なるが伝わっているという(Alexander Porteous, *Forest Folklore, Mythology and Romance*, London: Unwin Bros. ltd., 1928, pp. 277, 179. なお、この中国の説話の例は次注のグベルナティスの書から引用されている)。

また、伊藤亮輔がハーンの「十六桜」にはアイルランド伝説「悲運のディアドラ」の影響が認められると指摘している(「怪談『十六桜』とアイルランド伝説」『へるん』第三一号、一九九四年)。「悲運のディアドラ」では、引き裂かれた夫婦が死後、イチイの樹と化して枝がからみあう。

(25) Angelo de Gubernatis, *La Mythologie des Plantes ou Les Légendes du Règne Végétal*, Paris: Reinwald, 1878.

(26) チェンバレン宛手紙、一八九五年、神戸。*WLH*, vol. 14, p. 364.『ラフカディオ・ハーン著作集』第十五巻(書簡)恒文社、三〇九頁。

（27）“Studies of Extraordinary Prose”, *Interpretations of Literature* II, p. 56.「散文芸術論」『ラフカディオ・ハーン著作集』第七巻、六五頁。
（28）高橋健二訳『アンデルセン童話全集』第三巻、小学館、一九八〇年所収。
（29）拙著『ラフカディオ・ハーン』中公新書、一九九二年、一五四頁。
（30）*WLH*, vol 2, p. 224.（小泉八雲『クレオール物語』講談社学術文庫、一九九一年、所収）。
（31）“Midsummer Trip to the Tropics,” *WLH*, vol. 3, pp. 53-54.
（32）“La Guiablesse,” *Ibid.*, p. 224.
（33）*WLH*, vol 10, pp. 149-156. 平川祐弘訳「ゴシックの恐怖」『怪談・奇談』三一八—三二七頁。
（34）高橋健二訳『アンデルセン童話全集』第三巻所収。
（35）ヴィルヘルム・ヴォリンガー『ゴシック美術形式論』中野勇訳、岩崎美術社、一九六八年、七九頁。
（36）同、八五頁。
（37）高浜虚子選『子規句集』岩波文庫、一九九三年、一九八頁。
（38）小泉節子「思ひ出の記」、平川祐弘編『小泉八雲　回想と研究』五九頁。
（39）池橋達雄「大谷正信」、平川祐弘編『小泉八雲事典』恒文社、二〇〇〇年、九三頁。

追記

現在、松山市内山越の桜谷地区の龍穏寺境内の「十六桜」は残念ながら戦災で焼けてしまって、由来を記した看板と、正岡子規をはじめ幾多の文人の歌や俳句を刻んだ石碑が残っているだけである。だが、かつての「十六桜」からとって育てたとされる若木が近くの吉平家屋敷跡、および天徳寺の境内裏の二ヶ所に残っていて松山市天然記念物に指定されている。そこに記された説明によれば、『文藝倶楽部』の記述とは少し異なり、昔、病気の父親のために孝行息子の吉平が桜に祈念したところ、正月十六日に花を咲かせたので「十六日桜」の名がつけられ、父親は長生きし、それゆえ別名「孝子桜」ともいうらしい。

ところで、ハーンは龍穏寺の所在を原文のままの山越村ではなく和気郡としている。和気は山越の北側に隣接する地区の名である。和気の地名をハーンが自分で思いつくことはないだろうから、あるいは、「松山十六桜」の話を直接知っていてハーンに語った人（例えば大谷正信）が、市内の地理と龍穏寺の場所を覚え違いして話したということも考えられる。なお、同じく『文藝倶楽部』の記事をもとにした「乳母桜」（『怪談』）の舞台の西法寺も松山市北部の山あいにあり、その境内の桜は淡い色合いが美しい「薄墨桜」として知られている。

第八章　海界の風景

（1）“The Dream of a Summer Day”, *WLH*, vol. 7, 1988.
仙北谷晃一訳「夏の日の夢」、小泉八雲著・平川祐弘編訳『日本の心』講談社学術文庫、九頁。以下、この作品からの引用は、仙北谷訳を基本にして、部分的に手を加えた。

（2）*WLH*, vol. 7, p. 17.

（3）小泉節子「思ひ出の記」、平川祐弘編『小泉八雲　回想と研究』講談社学術文庫、一九九二年、五八頁。

（4）仙北谷晃一「ハーンと浦島伝説──『夏の日の夢』の幻」『比較文学研究』第三〇号、一九七六年（『人生の教師　ラフカディオ・ハーン』恒文社、一九九六年所収）。

（5）西成彦『耳の悦楽──ラフカディオ・ハーンと女たち』紀伊國屋書店、二〇〇四年、六七頁。

（6）熊本大学小泉八雲研究会編『ラフカディオ・ハーン再考──百年後の熊本から』恒文社、一九九三年、二二五頁、二二一頁。

（7）遠田勝「夏の日の夢」『小泉八雲事典』恒文社、二〇〇〇年、四一七頁。

（8）グリフィス『明治日本体験記』山下英一訳、平凡社東洋文庫、一九八四年。
グリフィスは一八七〇年に福井藩に招かれて来日し、福井と東京帝国大学で化学と物理を教えた。『皇国』のなかの「昔話と炉端物語」という章には、浦島伝説のほかに曽我兄弟、大岡越前、舌切り雀、猿蟹合戦、桃太郎、瘤取の話などが、老婆が炉辺で語った話として紹介されている。

（9）奥沢康正『外国人のみたお伽ばなし――京のお雇い医師ヨンケルの『扶桑茶話』』思文閣出版、一九九三年。この書は、第一部ヨンケル著『扶桑茶話』の全訳、第二部著者による解説とヨンケルの略伝、資料集が添えられており、これまであまり知られてなかったフェルディナンド・ヨンケル・フォン・ランゲッグ（一八二八―一九〇一）の人物にはじめて光をあてたものである。一八七二年に京都療病院に招聘されたヨンケルは、四年間の滞在中に収集した日本の民話伝説、歴史上のエピソードなどを『扶桑茶話』と題して、一八八四年にウィーンで出版し、全三十一話のなかに「漁夫浦島」を納めている。序文で、「風俗習慣、日常の雑踏、国や家庭の祝祭の様子を織り交ぜ、自分の見聞したことや解説を加えて、自分の話を民俗学的に興味のあるものにしたい」と記しており、浦島伝説についても、古くは『日本書紀』における記述、『万葉集』の歌にみられ、後世様々なバリエーションで語り伝えられていることを解説した上で、リップ・ヴァン・ウィンクルの伝説を想起させると述べた。

（10）*The Century; a popular quarterly*, vol. 32. issue 2（June 1886）, "Bric-A-Brac: Urashima: A Japanese Rip Van Winkle" pp. 329–331. 片岡政行による英訳である。

（11）林晃平『浦島伝説の研究』おうふう、二〇〇一年による。

（12）「夢のなかで若返った老人が、目をさましてみると、冷酷で動かしようのない現実があるばかり」という筋で、「語られるのは、夢の持つ真実性」である、と述べている（*Interpretations of Literature*, vol II, p. 101.『ラフカディオ・ハーン著作集』第七巻、恒文社、一一二頁）。

（13）チェンバレンは、この昔話集に浦島物語の他に *The Eight-Headed Serpent*（『八岐大蛇』）、*The Silly Jelly*

Fish（『海月と猿の生き肝』）、*My Lord Bag -O- Rice*（『俵藤太』）の計四点を明治十九年から二十年にかけて翻訳している。ハーンもまた、チェンバレンの紹介なのか、第二集として、*The Boy Who Drew Cats*（『猫を描いた少年』）、*Chin Chin Kobakama*（『ちんちん小袴』）、*The Fountain of Youth*（『若返りの泉』）、*Goblin Spider*（『化蜘蛛』）、*The Old Woman Who Lost Her Dumpling*（『団子をなくした婆』）の五冊を出した。巌谷小波の『日本昔噺』全二十四編（一八九四―一八九六年）は、長谷川弘文社の『日本御伽噺集』に倣った企画だとされ、縮緬本は、出版物として成功しただけでなく、影響も大きかった。英語以外に独語、仏語、西語版も長く版を重ね、伝説や昔話の翻訳のほか、『絵で見る日本人の生活』など、日本文化に関するものも多く刊行された。長谷川弘文社の縮緬本と、その企画者長谷川武次郎については、石澤小枝子『ちりめん本のすべて――明治の欧文挿絵本』（三弥井書店　二〇〇四年）に詳しい。

（14）西成彦「怪談　浦島太郎」『耳の悦楽――ラフカディオ・ハーンと女たち』六八頁。

（15）仙北谷晃一「ハーンと浦島伝説――『夏の日の夢』の幻」『人生の教師ラフカディオ・ハーン』二四五頁。

（16）西成彦、前掲書。

（17）仙北谷晃一、前掲書、二五〇頁。

（18）『丹後国風土記』逸文に言及のある伊予部馬養《いよべのうまかい》がその作者であるというのが三浦説である。

（19）『万葉集』「浦島子の歌」には、「常世に至り　海若の　神の宮の　内の重の　妙なる殿に携はり　二人入り居て　老いもせず　死にもせずして」とあり、『日本書紀』では、「蓬莱山に到りて、仙衆を歴り観る」となっていて、『丹後国風土記』逸文では、「天上の仙の家」「蓬山」「仙都」「神仙の堺」を訪れたとする。

（20）市古貞次校注『御伽草子』（下）岩波文庫、一九八六年、一六一頁。

（21）さらに、現代の子供向けの話の形にととのえられていくのが、明治時代であり、浦島太郎は悪童らにいじめられていた亀を助け、その亀の背中に乗って、海底の竜宮城へ行き、乙姫からお礼の接待をうける。乙姫は亀ではなく、乙姫との結婚も影をひそめ、玉手箱を開けてしまったところで終わる。なお、玉手箱は、お土産として渡されるようになり、この場合、亀を助けたお礼なのに、箱の中に富や幸せが入っているのではなく、最後は年老いてしまうという話の矛盾については、三浦はじめ多くの人が言及している。
(22) 林晃平『浦島伝説の研究』によれば、チェンバレンの縮緬本『浦島』には、『御伽草子』のほか馬琴の『燕石雑誌』をも参照した可能性があるという。なお、竜宮の描写に妖精の城のような表現があることを、林は指摘している。
(23) アストンはアイルランドに生まれ、一八六四(元治元)年英国公使館日本語通訳生として来日、兵庫領事などを経て、一八八九年に帰国した。
(24) W. G. Aston, *A Grammar of the Japanese Written Language*, London, Luzac & Co, 1872; 3rd edition, 1904.
(25)「日本の文学史の嚆矢にして、量的にも明治年間を通じてこれを凌駕するものはなかったとされる浩瀚な体系的著述」だとされる(小堀桂一郎「K・フローレンツの謡曲研究」『比較文学研究』第三九号、一九八一年四月、九九頁)。
(26) W. G. Aston, *A History of Japanese Literature*, London, Heinemann, 1899, p. 401.
(27) P・F・コーニッキー「ウィリアム・ジョージ・アストン」、ヒュー・コータッツィ&ゴードン・ダニエルズ編『英国と日本——架橋の人びと』思文閣出版、一九九八年所収、一一七頁。
(28) フローレンツは、ライプチヒ大学で言語学と東洋学を学び、留学中の井上哲次郎と出会ったことから、日本文学研究を志して、明治二十一(一八八八)年二十三歳のときに来日。大正三(一九一四)年に最終的に帰国するまで、東京大学の外国人教師としてドイツ語ドイツ文学を教え、チェンバレンの後任として比較言語学の講義も持って、日本ではドイツ文学研究の、ドイツでは日本文学研究の途を拓いた。
(29) この著書の末尾に、フローレンツは、アストンの『日本文学史』を参考にしたことへの謝辞を記している。フローレンツの『日本文学史』は、また、東京帝国大学文学部の同僚の国学者らの助力をえて彼らの研究成果をもふまえたものでもあり、その後長くドイツにおける日本学の最重要な基礎的文献であり続けたという(小堀桂一郎「K・フローレンツの謡曲研究」)。
(30) 縮緬本としては大著(九七頁)のこの日本詩歌選集は、「愛情」「自然」「人生」「宮廷詩」「諸々の詩」「叙事詩」という六つの章からなり、山上憶良や大伴家持などの長歌、反歌に読み人知らずのものも含め、『万葉集』の歌が多くを占めている。また、『古今和歌集』からも壬生忠岑や紀貫之らの歌が選ばれ、新しいものとして「一八五五年十月二日の地震(安政二年の大地震)」「桶狭間の夜戦」といった新体詩も載せている。美しい挿絵は、三島蕉窓、新井芳宗、鈴木華邨、小林永濯などが担当し、巻末に画家の説明がある。よく読まれ、一九一二年には十四版が出ている。また、文科大学の同僚でOAGの会員でもあったアーサー・ロイドの訳による英語版 *Poetical Greeting from the Far-East: Japanese Poems* (1896) も出た。
(31) 七月前後の、ハーンとチェンバレンの往復書簡では、フローレンツ滞在についてたびたび言及している。
(32) フローレンツは教育会で西田の通訳で講演し、また出雲言葉の資料も西田から受け取っている。
(33) フローレンツは、ドイツ文学科を卒業したばかりの藤代禎輔の協力によって研究を進めた。藤代は、フローレンツのために木村正辞の『万葉集』の講義に出席し、その内容をドイツ語で伝えたという(佐藤マサ子「カール・フローレンツの日本研究」春秋社、一九九五年)。
(34) The Asiatic Society of Japan. 一八七二年、明治五年に創設された在日英米人の日本研究の学会だが、親睦会を兼ね、社交の場でもあった。
(35) Deutsche Gesellschaft für Natur- und Völkerkunde Ostasiens (通称OAG)。一八七三年、東京大学医科大学外国人教師エルヴィン・ベルツらを中心に創設された。
(36) 八月十一日付書簡、*Letters from B. H. Chamberlain to Lafcadio Hearn*, Hokuseido Press. 1936, p. 36.『ラフカディオ・ハーン著作集』第十五巻、恒文社、一〇三頁。
(37) 六月十九日付書簡、同、五三頁。
(38) 六月二十五日付書簡、*More Letters from B. H. Chamberlain to Lafcadio Hearn*, Hokuseido Press. 1937, p.

84. 同、六七頁。

（39）*WLH*, vol 16, p. 11. 同、一〇七頁。ボストンに原稿を送ったことと、『日本書紀』の該当箇所の写しを送ってくれたことへの礼も述べている。

（40）*Ibid.*, p. 123. 同、二五〇頁。

（41）ハーンは同じ手紙のなかで、チェンバレンの提示した、the far east はすでに他の人々の専用語になっている、farthest east, uttermost east は耳障り、効果的でない、などとひとつひとつ、否定して、「表題は、簡潔であって漠然としているほど良いのです」と自信を示した（一八九五年三月付書簡、*WLH*, vol 15, p. 323. 同、二五一頁）。

（42）この叢書では、"Japan in 3 Volumes" と題して、チェンバレンの著作と里見岸雄の英文著作二点 *Japanese Civilization, Its Significance And Realization* と、*Discovery of Japanese Idealism* が一揃セットになっている。

（43）「マタイによる福音書」二十四章二十七 Sicut enim fulgur exit ab oriente, et paret usque in occidentem: ita erit et adventus Filii hominis（ちょうど、稲光が東方から出て西方に輝き渡るように、人の子も現われるであろう）による。

（44）B. S. Chamberlain, *The Classical Poetry of the Japanese*, London, Truebner & Co, Ludgate Hill, 1880.

（45）"On the Use of 'Pillow-Words' and 'Plays upon Words' in Japanese Poetry", 1877.

（46）*The Classical Poetry of the Japanese*, p. 1-2.

（47）リチャード・バウリング「バジル・ホール・チェンバレン」、ヒュー・コータッツィ&ゴードン・ダニエルズ編『英国と日本――架橋の人びと』二三二頁。

（48）同、二三三頁。

（49）平川祐弘『アーサー・ウェイリー「源氏物語」の翻訳者』白水社、二〇〇八年、一〇九—一一一頁。

（50）中西進著作集23『万葉の長歌』四季社、二〇〇八年、二三八—二四〇頁。なお、『万葉集』の歌の漢字と読みの表記には、注釈書によって違いがあることがある。本論では中西著の表記に従った。また、中西著では、読みやすいようにとの配慮からか一句ごとに行を改めているが、本論では、従来の注釈書の例にならい、改行をしていない。

(51) 訳は拙訳をそえた。

(52) この様式の選択に、前述のアーサー・ウェイリーは、『万葉集』の長歌を西欧詩歌の旧い形式に無理に合わせるような不自然さを感じて、チェンバレンの訳を"very free verse translations"(はなはだ自由な韻文訳)と批判をこめて評した(Arthur Waley, *Japanese Poetry: The Uta*, Oxford, The Clarendon Press, 1919, p.16)。

(53) 土居光知はイングランドとスコットランドに伝わる「歌人トマス」、アイルランドの「アッシーン物語」と浦島伝説の類似性について述べている(神話・伝説の伝播と流転」『土居光知著作集』第三巻、岩波書店、一九七七年)。ちなみに、「歌人トマス」は、次のように始まる。

True Thomas lay on Huntlie bank;	正直トーマス、ハントリ川の土手でまどろみ、
A ferlie he spied wi' his e'e	ふと気づくと妖精をその目で見ていた
And there he saw a ladye bright	そこに、光り輝く貴婦人が
Come riding down by the Eildon Tree	エルドンの木の方から馬にのって来るのを。

水辺でまどろむ青年のもとにすべるように異世界の女が近づいてきて、二人は妖精の国に行き、最後、第二十連で、次のように終わる。

He has gotten a coat of the even cloth	彼は柔らかな絹の上着と
And a pair o' shoon of the velvet green	緑色のビロードの靴をもらった。
And till seven years were gane and past	そして七年の月日がたってしまうまで、
True Thomas on earth was never seen	正直トーマスの姿をこの世でみることはなかった。

(同、九五頁、一〇一頁)

(54)この点についての評価はさまざまあるようであり、否定的なものの代表としては、土屋文明が「虫麻呂の此の歌も、風土記の文の省略はあっても、文学的に加ふる所は全然ないと言へよう。文と歌とを比べれば、歌が如何に貧弱のものであるかがはつきり分かる位であらう。之は内容が支那的神仙譚であるからばかりではあるまい。馬養の文と思はれる風土記も、恐らくは、支那文学の表現の補綴にすぎないものかも知れないが、それでもなほ、無力なる作者虫麻呂の歌ふ所よりも勝つて居るのである」(『万葉集私注　五』筑摩書房、一九六九年、九三頁)と記している。また最近のものでは、フェミニズム批評の視点で『丹後国風土記』の浦島伝説を読み直した坂田千鶴子は「『風土記』は感動を呼ぶ古典的カップルの悲劇」「恋の讃歌の高い調べ」であるのに対して、『万葉集』の恋は「月並み、日常的で現実的」であり、「万葉はあっけらかんとした喜劇そのもの」で、「そこにあるのは男の愚かさへの罵倒だけ」だと述べる(『よみがえる浦島伝説――恋人たちのゆくえ』新曜社、二〇〇一年、四二―四三頁)。一方、本文でも後述するように、佐々木信綱は、「伝説の長歌として秀逸」であり、浦島の諸伝説中、「最もすぐれてゐるやうに感んぜられる」と述べた。

(55)ハーンもそうした注を読んでいたからこそ、チェンバレン宛書簡(一八九三年九月二十七日)のなかで、沖縄の師範学校の学生が熊本第五高等学校に来たことを、「今日は学校に琉球の、つまり蓬莱の師範学校の全員がやってきました」と記したのだろう(*WLH*, vol. 16, p. 41.『ラフカディオ・ハーン著作集』第十五巻、一五四頁)。ハーンはまた、同日、西田千太郎宛書簡のなかでも、「今日、蓬莱の――琉球の――沖縄県の師範学校の生徒が私たちを訪問し、全教師と学生から公式に迎えられました」(『ラフカディオ・ハーン著作集』第十四巻、二八〇頁)と記している。

(56)多くの研究者が、季節が春であることの効果について述べている。「春の日の霞める時に云々の歌い起こしは、全体の空気を作るものとして極めて効果が多い」(武田祐吉『万葉集全註釈　七』角川書店、一九五六年、三三二頁)、「春の日の霞んでいる間に釣舟のたゆたうさまを叙して長閑な風景が浮かんでくる」(久松潜一『万葉秀歌(四)』講談社学術文庫、一九七六年、一五三頁)、「春霞の中で伝説を思い出す趣向が自然に夢物語への導入部へとなっている」（岡田喜久男「高橋虫麻呂伝説歌考」『日本文学研究』第十三号、梅光女学院大学、一九七七年、一二七頁）。そして中西進は、「朦朧と霞こめる春日」であることに、「高く晴れ渡った秋天の下とか炎熱の夏日には存在しない朧化」の力があるとし、「眼前にゆらゆらとゆれている釣舟が映じることが、過去の回想の世界へと筋が運ばれていく」ところに、想像の世界へと読者を導く「効果」がみられると説く（中西進『万葉の長歌』七二頁）。

(57) バジル・ホール『大琉球島航海探検記』須藤利一訳補、第一書房、一九八二年。
ベイジル・ホール『朝鮮・琉球航海記――一八一六年アマースト使節団とともに』春名徹訳、岩波書店、一九八六年。

(58) 一八九一年十二月六日付ハーン宛書簡、*More Letters from B. H. Chamberlain Lafcadio Hean*, p. 35.『ラフカディオ・ハーン著作集』第十四巻、四九〇頁。

(59) 一八八三（明治十六）年四月"Vries Island Past and Present"（*Transactions of the Asiatic Society of Japan*, Vol.11, pt.2, p.179）。当時英国人は、伊豆大島をVries Islandと呼んでいた。

(60) 太田雄三『B・H・チェンバレン』リブロポート、一九九〇年、一一六頁。

(61) *Journal of the Anthropological Institute of Great Britain*, vol. 22, 1893.

(62) 楠家重敏『ネズミはまだ生きている――チェンバレンの伝記』雄松堂出版、一九八六年、七九頁。チェンバレンの日本研究事始については佐々木信綱「バジル・ホオル・チェンバレン先生小伝」（佐々木信綱編『王堂チェンバレン先生』好学社、一九四八年）が詳しい。

(63) B・H・チェンバレン『日本事物誌』(上) 高梨健吉訳、平凡社東洋文庫、一九六九年、「序論」八頁。

(64)『日本の古典詩歌』の巻末で参照した文献、参考書として、賀茂真淵、本居宣長、橘守部ら国学者の著作を列挙している。チェンバレンは、英訳『古事記』（一八八三年）の総論でも、橘守部の代表的な著作『稜威道別』（一八四四年）、『稜威言別』（一八四七年）をあげて、『日本書紀』『古事記』の理解に有用だと述べている。

(65) 橘道守は、明治十三年から十九年まで海軍兵学寮、海軍兵学校で文官教授として教鞭をとっていた。

(66) 二〇一〇(平成二十二)年八月に、三重県の朝日町歴史博物館にて、「明治の歌人　橘東世子・道守」展が開催され、朝日町出身の橘守部ゆかりの両人、そしてチェンバレンとの交流に関する資料が展示された。同博物館所蔵の『明治歌集』のなかの、チェンバレンの和歌の掲載箇所などについて、同博物館の浅川充弘氏にご教示とコピーをいただいた。ここに記して御礼申し上げます。

(67) 佐々木信綱『明治大正昭和の人々』新樹社、一九六一年、一一二頁。

(68) *More letters from Basil Hall Chamberlain to Lafcadio Hearn and letters from M. Toyama, Y. Tsubouchi and others*, Kazuo Koizumi ed., Hokuseido, 1937, p. 66.

(69) 楠家重敏『ネズミはまだ生きている』七六頁。

(70) Basil Hall Chamberlain, *Things Japanese : Complete Edition*, 第二部「補遺」一四頁、名著普及会、一九八五年。

(71) 武田祐吉『万葉集全評釈　七』三三二頁。

(72) 中西進著作集24『鑑賞万葉集』四季社、二〇〇八年、二六〇頁。

(73) 中西進はさらに、「虫麻呂は虚無的なほどに冷たい」(中西進著作集24『鑑賞万葉集』二六〇頁)と述べ、「儒教の倫理」への「激しい反逆精神」(中西進著作集22『万葉の秀歌』二〇九頁)と「孝などというものを過信した愚者への冷ややかな批判がここにある」(中西進著作集27『旅に棲む——高橋虫麻呂論』九五頁)と繰り返す。同じ趣旨のことを『万葉の長歌』のなかでも述べている。虫麻呂がさながら反体制の闘士に見えてくるが、多田一郎が指摘するように、果たしてここで「儒教倫理」を持ち出すべきかは疑問であり、虫麻呂の歌に浦島の行動への単純な批判を見るべきではないだろう(多田一郎「水江浦島子を詠める歌」高岡市万葉歴史館編『伝承の万葉集』笠間書院、一九九九年、一六六—一六七頁)。

(74) "Poor Urashima! He died because he had been foolish and disobedient. If only he had done as he was told,

he might have lived another thousand years. Wouldn't you like to go and see the Dragon Palace beyond the waves, where the Sea-God lives and rules as King over the Dragons and the tortoises and the fishes, where the trees have emeralds for leaves and rubies for berries, where the fishes' tails are of silver and the dragons' tails all of solid gold?"

（75）「反歌」の英訳が定まっていなかったため、アストンは、そのまま Hanka と題しているが、チェンバレンは stanza や short stanza、フローレンツは Nachgesang、アーサー・ロイド、および佐々木信綱が監修した学術振興会版の英訳 *Manyoshu*（一九四〇年）では、バラードの最終連を意味する envoy の語をあてている。なお、フローレンツはチェンバレンにならって『日本の詩歌』のなかの「浦島」に反歌を添えなかった。

（76）中西進著作集23『万葉の長歌』三二五頁。

（77）「讃岐の狭岑の島にして、石の中の死人を見て、柿本朝臣人麻呂の作る歌一首并せて短歌」（巻二・二二〇—二二二）。

（78）太田雄三『B・H・チェンバレン』四七—五一頁

（79）遠田勝「東の国から」、平川祐弘編『小泉八雲事典』五〇五頁。印象主義的紀行文集である『知られぬ日本の面影』から、夢想に綾どられた研究の方向へと向かう里程標的作品であると遠田は位置づけた。

（80）いずれもチェンバレンの『日本の古典詩歌』に英訳されて入っている。

（81）神野志隆光・坂本信幸編『山部赤人・高橋虫麻呂』〈万葉の歌人と作品〉第七巻（和泉書院、二〇〇一年）巻末の「虫麻呂関係文献目録」が詳しい。

（82）佐佐木信綱『和歌史の研究』一九一五年、林大編『佐佐木信綱歌学著作覆刻選』本の友社、一九九四年所収、五五頁。

（83）佐々木信綱全集第三巻『評釈万葉集　巻三』六興出版社、一九五〇年、三二六頁、三六九頁。

（84）*WLH*, vol. 16, p. 11.『ラフカディオ・ハーン著作集』第十五巻、恒文社、一〇七頁。

(85) So the boy row'd home o'er the billows / To Suminoye's beach.
But where is his native hamlet ? / Strange hamlets line the strand.
Where is his mother's cottage ? / Strange cots rise on either hand.
"What, in three short years since I left it," / He cries in his wonder sore,
"Has the home of my childhood vanished ? / Is the bamboo fence no more ?
"Perchance if I open the casket / Which the maiden gave to me,
My home and the dear old village / Will come back as they used to be."

(86) 佐成謙太郎『謡曲大観』第四巻、明治書院、一九八七年、二四九一頁。

(87) *WLH*, vol. 16, p. 8.『ラフカディオ・ハーン著作集』第十五巻、九二頁。

(88) 牧野陽子『ラフカディオ・ハーン　異文化体験の果てに』中公新書、一九九二年、一三九—一四三頁。

(89) この最終場面に、西成彦は、漁労民の「海神」信仰に農耕民の「水神」信仰を重ね合わせてみせるハーンの民俗学者としての洞察の魅力を見出し(「怪談　浦島太郎」『耳の悦楽——ラフカディオ・ハーンと女たち』)、さらに大貫徹は、帰宅を果たす前の「宙吊り状態」で終わっているところに、「帰還しない旅」というテーマを見出す(「〈帰還しない旅〉の行方——「夏の日の夢」を読みながら」『比較文学研究』第八五号、東京大学比較文学会、二〇〇五年四月)。たしかに、晩年には西欧に戻ったチェンバレンなどと比べれば、ハーンは結局帰郷できなかったということになろう。

(90) 小泉節子「思ひ出の記」、平川祐弘編『小泉八雲　回想と研究』講談社学術文庫、一九九二年、五八頁。

第九章　地底の青い空

(1) *WLH*, vol. 11, pp. 253.
平川祐弘訳「安藝之介の夢」、小泉八雲著・平川祐弘編訳『怪談・奇談』講談社学術文庫、一九九〇年、一〇二一一一〇頁。以下同様。

（2）小泉一雄『父「八雲」を憶ふ』一九三一年（小泉節子・小泉一雄『小泉八雲』恒文社、一九七六年、二七二頁）。

（3）『唐宋伝奇集（上）「南柯の一夢」他十一篇』今村与志雄訳、岩波文庫、一九八八年。今村は、「南柯の一夢」の訳注で、「安藝之介の夢」の原話であると記している。

（4）『槐宮記』『怪談・奇談』巻末「原拠」三九八頁。

（5）広瀬朝光『小泉八雲論　研究と資料』笠間書院、一九七六年。布村弘「『槐宮記』と「安芸之介の夢」」『比較文学研究』五四号、一九九八年十一月。布村による漢文の通釈を含む。

なお、原話について、以前は出典未詳とされた。理由は、ひとつは主人公の名前や国名などが異なるからである。ハーンの再話作品は登場人物の名前を変えないことが多い。もうひとつの理由は、ハーン自身が『怪談』の序文で、作品の原拠について、「たとえば、「安藝之介の夢」は元々は中国の話である。だが、どの場合も日本の作者は形も色も変えて帰化させている」と述べているからである。この記述が日本の原話の存在を示唆するものだと受けとめられてきた。しかし、ハーンの「安藝之介の夢」と唐の「南柯の夢」の間に介在する物語は、それらしきものが見つかっていない。少なくとも、ハーンの蔵書（富山大学ヘルン文庫）にはないことが布村弘の調査によって確認されている。

そこで、序文にある〝日本の話〟とは一般論をいうのであり、「安藝之介の夢」については国の名や人物名などの変更は、「物語を日本化するための若干の変更にすぎないから、特に問題とするに当たらない」（同論文、八一頁）というのが布村の意見である。

（6）Fabre, *Insect Life*, 1901 がある。

（7）蔵書（ヘルン文庫）に一八九四年版がある。また、大学の講義「小説における超自然的なものの価値」でも言及している。

（8）前掲の今村与志雄訳『唐宋伝奇集（上）「南柯の一夢」他十一篇』所収。
（9）*WLH*, vol. 11, p. 252.
（10）*Ibid.*, p. 247.
（11）*Ibid.*, p. 251.
（12）*Ibid.*, p. 253.
（13）『小泉八雲全集』第七巻所収、大正十五年、第一書房。
（14）十市は旧郡名で一八九七（明治三十）年に磯城郡に合併された。古代には十市県主の、中世には豪族十市氏の居城があったという。『万葉集』に天武天皇の娘の十市皇女の歌があり、『新古今集』などには「十市の里」として詠まれている。なお、高知県中部にも、十市という村が一九五六年の合併まであった。もし布村の仮説に反して、ハーンの作品の原話と想定しうる、奈良県の十市を舞台にした宮田安藝之介の話が発見されたならば、奈良の十市が詩的イメージに富む土地であるだけに、それはそれで実に興味深いと思われる。
（15）『槐宮記』では省略されているが、『南柯太守伝』では、淳于棼は行方不明の父から「丁丑の年に会おう」という手紙を槐安国で受けとる。そして蟻の王は、帰国する淳于生に向かって「三年後に迎えを遣わそう」と約束し、淳于棼はこの夢の三年後、丁丑の年に死ぬ。つまり、槐安国は蟻の国であると同時にじつは冥界でもあり、正夢の世界でもある。そして地下世界が地上世界の写し絵だとしたら、人間世界もまたいずれ滅ぶことが想像されて、『南柯太守伝』には独特の暗い味わいがある。
（16）*WLH*, vol. 11., p. 255.
（17）*Ibid*, p. 287.

結び　ハーンの再話文学

（1）*WLH*, vol. 7, p. 240.

（2）“The Stone Buddha”, *WLH*,. vol. 7, p. 138.

（3）“The Idea Of Preexistence”, *WLH*, vol. 7, p. 454.

“Buddhist faith, however, answers the questions "Whence?" and "Whither?" in its own fashion”

（4）“Dust”, *WLH*, vol. 8, p. 73.

“The questions of the Whence and the Whither” に比べて、“the Why” は一層難解だ、と述べた。

（5）“Ultimate Questions”, *WLH*, vol. 8, p. 292.

（6）たとえば、ハーンの文学講義「西洋の詩歌における樹の精」に引用されるランドーの詩（第七章参照）では、若者ロイコスが樹の妖精に同じ問いを向ける。青年は、木の妖精 Hamadryad に向かって、“Who art thou? Whence? Why here? And Whither wouldst thou go?” と問う。

また、同じ表現の問いが生物学の分野でも用いられた。たとえば、ジョン・メーソン・タイラーというアマースト・カレッジの教授は、一八九五年に “The Whence and the Whither of Man” と題して、最新の生物学の講義をニューヨークの Union Theological Seminary で行なった（*The Whence and the Whither of Man : A Brief History of His Origin and Development through Conformity to Environment, Being the Morse Lectures of 1895*, by John M. Tyler, Professor of Biology, Amherst College, New York, Charles Scribner’s Sons, 1896）。ちなみに前年度の講演は、グリフィスによる、“The Religions Of Japan” だった。

（7）“Horai”, *WLH*,. vol. 11, p.265. ハーンは、日本を「蓬莱」に見立てて、最も素晴らしいのは、大気であり、太陽の光はどこよりも「白い」のだという。柔らかな陽射しがあふれる大気は、酸素と窒素の合成物ではなく、「何億何兆の世代の霊魂がひとつの巨大な透明体となったもの」に他ならないという。そして、その大気を呼吸すると、体の内なる感覚が変わっていき、〈時間〉と〈空間〉の概念が再形成されるのである、と述懐した。

あとがき

本書には、これまでに発表したハーンの再話文学関係の論文と、新しく書き下ろした第九章を収め、全体の展望を示した「はじめに」と総論でもある「結び」をあわせて、一冊とした。
各章の初出は次の通りである。

第一章　「異郷の風景――ラフカディオ・ハーンとエドワード・モース（上）（下）」、成城大学『経済研究』一八六号・一八八号、二〇〇九年十一月、二〇一〇年三月

第二章　「民話を語る〈母〉――ラフカディオ・ハーン『ユーマ』について」、成城大学『経済研究』一五六号、二〇〇二年三月（平川・牧野編『講座小泉八雲Ⅱ　ハーンの文学世界』新曜社、二〇〇九年、所収）

第三章　「輪廻の夢――ハーンの怪談『むじな』と『因果話』の分析の試み」、東大比較文学会編『比較文学研究』第四十七号、一九八五年四月

第四章　「ラフカディオ・ハーン「茶碗の中」について」、成城大学『経済研究』一〇二・一〇三号、一九八八年十二月（『小泉八雲　回想と研究』講談社学術文庫、一九九二年、所収）

第五章　「ラフカディオ・ハーン「雪女」について」、成城大学『経済研究』一〇五号、一九八九年七月（『小泉八雲　回想と研究』講談社学術文庫、一九九二年、所収）
第六章　「「耳なし芳一」について」、『國文学　横断するラフカディオ・ハーン』一九九八年七月号、學燈社
第七章　「聖なる樹々（上）（下）――ラフカディオ・ハーン「青柳物語」と「十六桜」について」、成城大学『経済研究』一四五号・一四六号、一九九九年七月・十月（平川・牧野編『講座小泉八雲Ⅱ　ハーンの文学世界』新曜社、二〇〇九年、所収）
第八章　「海界《うなさか》の風景――ハーンとチェンバレン　それぞれの浦島伝説（1）（2）（3）」、成城大学『経済研究』一九一号―一九三号、二〇一一年一月、三月、七月
第九章　書き下ろし

ハーンの再話作品の魅力を分析して、再話文学論としてまとめたいと思ってから、ずいぶん月日がたった。はじめて解釈を試みたのは「むじな」だった。その後、ハーンの評伝を書く機会を与えられ、他の題材にも時に寄り道をして、ささやかながら研究を続けることができたことを、今あらためて幸せに思い、感謝している。

はじめは、原話と再話作品の表現を比較してみることが中心だった。ハーンの作品独自の芸術性や、イメージの鮮やかさを明らかにしたかった。だが、より大きなパースペクティブのなかにハーンの再話という営みをとらえることの必要をも感じるようになった。そして、広大な時空を見てい

た晩年のハーンの後姿をとらえたいと思った。一冊の研究書としてまとめるのに思わぬ時間がかかったが、その間の月日も、この一冊の中に収められている。

各章の論文は、第八章と第九章以外、すべて学会での発表を経てまとめられたものである。「むじな」論は日本英文学会で、「雪女」論は小泉八雲来日百年を記念して松江で開催された日本比較文学会で発表した。特に思い出深いのは、アテネ大学での「日本ギリシャ国交樹立百周年記念シンポジウム　ラフカディオ・ハーン」（一九九八年十月）で「耳なし芳一」とオルフェウスの話をしたことと、マルティニークでの国際シンポジウム「ラフカディオ・ハーン　エグゾートの軌跡」（二〇〇二年五月）で『ユーマ』の話をしたことである。ギリシャではレフカダ島を訪ねた。マルティニークでは行事のひとつとして、昔そのままに、「民話を語る夕べ」が開催された。天井の高い市庁舎の一室で、照明を落とし、開け放たれた窓から入る柔かな海風を感じながら、聴衆からの“trois fois bel contes!”（「三倍すてきなお話をして！」）という伝統の掛け声を受けて、英語・クレオール語・日本語でハーンの作品の輪読を夜半まで行なったのである。このとき、日本語朗読の役を同行した高校生の娘に頂いたのも嬉しかった。そのほかにも、ハーン研究で訪れた土地の風景と、季節と、ご一緒した方々が思い出される。

これまでのささやかな研究がこのような形で一冊にまとまるまでには、恩師の先生がたをはじめ、多くの方々のお世話になった。

なかでも、大学院時代より御指導を賜っている東京大学名誉教授平川祐弘先生と東京女子大学教授小宮彰先生は、原稿に眼を通してくださり、たくさんの貴重な御指摘と御助言をくださいました。筆が進まなかった時にも、再三の御指導とお励ましをいただきました。心からの感謝を申し上げます。平川先生にはギリシャをはじめとした学会にもご一緒させていただきました。ハーン研究の広がりを見ることができたことを、重ねて御礼申し上げます。

最後に本書を、今は亡き父に捧げる。樹々を愛し、庭の小さな生き物を慈しんだ父は、最晩年、一人縁側に坐り、庭を眺めていた。光をあびた満開のつつじの輝きと、父の後姿のシルエットが今も目に浮かび、父の恩を思う。

そして音楽を聴くよろこびと、美術にふれる楽しさを教えてくれた母に感謝する。娘のたくさんの応援と、夫の協力にも、お礼を言いたい。

新曜社編集部の渦岡謙一氏には、原稿が遅れてしまい、お世話になりました。お礼申し上げます。

平成二十三年七月　東京にて

牧野陽子

主要参考文献

本書はハーン研究の先達の数々の著作に多くを負っている。すべてを挙げることができないが、ここに主な研究書を掲げて、謝意に代えさせていただきたい。

ハーンのテキスト

本文中に引用したハーンの文章は、次のテキストに基づいている。

The Writings of Lafcadio Hearn, 16vols., ed. Elizabeth Bisland, Boston: Houghton Mifflin,1922 (Reproduced by Rinsen Book co., 1988)

Letters from Basil Hall Chamberlain to Lafcadio Hearn, ed. Kazuo Koizumi, Hokuseido, 1931

More letters from Basil Hall Chamberlain to Lafcadio Hearn and letters from M. Toyama, Y. Tsubouchi and others, Kazuo Koizumi ed., Hokuseido, 1931

Interpretations of Literature, 2 vols., ed. John Erskin, Dodd, Mead &Co., New York, 1915

Essays in European & Oriental Literature, ed. Albert Mordell, Dodd, Mead &Co., New York, 1923

An American Miscellany, 2 vols., Dodd, Mead &Co., New York, 1924

Maupassant, *Saint Anthony & Other Stories*, tr. by L. Hearn, Albert & Charles Boni, 1924

L. Hearn, *On Art, Literature, and Philosophy*, ed. Ryuji Tanabe, Hokuseido Press, 1932

Lafcadio Hearn, *Japanese Goblin Poetry*, compiled by his son Kazuo Koizumi, Oyama, 1934（小泉一雄編『小泉八雲秘稿畫本　妖魔詩話』小山書店、昭和九年）
L. Hearn, *On Poets*, ed. Ryuji Tanabe, Hokuseido, 1941（rep. 1971）
Kazuo Hearn Koizumi, ed. by Nancy Jane Feller, *Re-Echo*, The Caxton Printers, Ltd., Caldwell, Idaho, 1957
Lafcadio Hearn, *Contes Créoles (II)*, Transcrits et traduits en français par Louis Solo Martinel, Ibis Rouge Editions, 2001

なお、現在、代表作十一点が Charles E. Tuttle Co. からペーパーバックで出ている。

訳文については、次の訳書を参考にさせていただいた。そのまま引いたものも、手を入れたものもある。ここで各訳者の方にお礼申しあげたい。

平川祐弘編訳・小泉八雲名作選集『神々の国の首都』『明治日本の面影』『日本の心』『怪談・奇談』『クレオール物語』講談社学術文庫、一九九〇－一九九一年
平川祐弘編訳・小泉八雲名作選集『光は東方より』講談社学術文庫、一九九九年
平井呈一訳『小泉八雲作品集』全十二巻、恒文社、一九六四年
西脇順三郎・森亮監修『ラフカディオ・ハーン著作集』全十五巻、恒文社、一九八八年
大谷正信ほか訳『小泉八雲全集』全十八巻、第一書房、一九二七年
長澤純夫編訳・小泉八雲著『蝶の幻想』築地書館、一九八八年
平川祐弘訳『カリブの女』河出書房新社、一九九九年

ハーン研究（紙数の関係上、一九九〇年以降の主なもののみを挙げる。注で挙げたものは省略したものもある）

平川祐弘監修『小泉八雲事典』恒文社、二〇〇〇年
平川祐弘編『小泉八雲　回想と研究』講談社学術文庫、一九九二年
平川祐弘編『世界の中のラフカディオ・ハーン』河出書房新社、一九九四年
平川祐弘『小泉八雲　西洋脱出の夢』（一九八一年）講談社学術文庫、一九九四年
――――『オリエンタルな夢――小泉八雲と霊の世界』筑摩書房、一九九六年
――――『ラフカディオ・ハーン――植民地化・キリスト教化・文明開化』ミネルヴァ書房、二〇〇四年
牧野陽子『ラフカディオ・ハーン　異文化体験の果てに』中公新書、一九九二年
西成彦『ラフカディオ・ハーンの耳』岩波書店、一九九三年
――――『耳の悦楽――ラフカディオ・ハーンと女たち』紀伊國屋書店、二〇〇四年
熊本大学小泉八雲研究会編『ラフカディオ・ハーン再考――百年後の熊本から』恒文社、一九九三年
――――『続ラフカディオ・ハーン再考――熊本ゆかりの作品を中心に』恒文社、一九九九年
太田雄三『ラフカディオ・ハーン　虚像と実像』岩波新書、一九九四年
小泉凡『民俗学者・小泉八雲――日本時代の活動から』恒文社、一九九五年
仙北谷晃一『人生の教師ラフカディオ・ハーン』恒文社、一九九六年
坂東浩司『詳述年表　ラフカディオ・ハーン伝』英潮社、一九九七年
関田かをる『小泉八雲と早稲田大学』恒文社、一九九九年
梅本順子『浦島コンプレックス』南雲堂、二〇〇〇年。
小泉時・小泉凡編『文学アルバム 小泉八雲』恒文社、二〇〇〇年
河島弘美『ラフカディオ・ハーン』岩波ジュニア新書、二〇〇二年
ジョージ・ヒューズ『ハーンの轍の中で』平石貴樹・玉井暲訳、研究社、二〇〇二年

劉岸偉『小泉八雲と近代中国』岩波書店、二〇〇四年
内藤高『明治の音』岩波新書、二〇〇五年
池田雅之『ラフカディオ・ハーンの日本』角川選書、二〇〇九年
平川祐弘・牧野陽子編『講座小泉八雲Ⅰ　ハーンの人と周辺』新曜社、二〇〇九年
――『講座小泉八雲Ⅱ　ハーンの文学世界』新曜社、二〇〇九年
遠田勝「小泉八雲　神道発見の旅」、平川祐弘編『小泉八雲　回想と研究』講談社学術文庫、所収
大貫徹「〈帰還しない旅〉の行方――「夏の日の夢」を読みながら」『比較文学研究』第八五号、東京大学比較文学会、二〇〇五年四月
Paul Murray, *A Fantastic Journey: The Life and Literature of Lafcadio Hearn*, Curzon Pr., 1993（ポール・マレー『ファンタスティック・ジャーニー――ラフカディオ・ハーンの生涯と作品』村井文夫訳、恒文社、二〇〇〇年）
Irish Writing on Lafcadio Hearn and Japan, ed. Sean G. Ronan, Global Oriental, 1997
Rediscovering Lafcadio Hearn: Japanese Legends, Life and Culture, ed. Sukehiro Hirakawa, Global Oriental, 1997
Lafcadio Hearn in International Perspectives, ed. Hirakawa Sukehiro, Japan Library, London 2007

や　行

ら　行

わ　行

ま 行

な 行

は 行

た　行

さ　行

か　行

索　引

あ 行

著者紹介

牧野　陽子（まきの・ようこ）

1953年，東京生まれ。東京大学教養学部教養学科イギリス科卒業。同大学院人文科学研究科（比較文学比較文化専攻）博士課程修了。現在，成城大学教授。

著書：『ラフカディオ・ハーン——異文化体験の果てに』（中公新書，1992年），*Lafcadio Hearn in International Perspectives*（共著，Japan Library，2007年），『イギリス文化事典』（共著，大修館書店，2003年）ほか。

新曜社

〈時〉をつなぐ言葉
——ラフカディオ・ハーンの再話文学

初版第1刷発行　2011年8月25日©

著　者　牧野　陽子
発行者　塩浦　暲
発行所　株式会社　新曜社
101-0051　東京都千代田区神田神保町2-10
電話（03）3264-4973（代）・FAX（03）3239-2958
E-mail：info@shin-yo-sha.co.jp
URL：http://www.shin-yo-sha.co.jp/

印　刷　長野印刷商工　Printed in Japan
製　本　渋谷文泉閣
ISBN978-4-7885-1252-8　C1090